孩子们必读的诺贝尔文学经典

喧哗与骚动

【美】W.福克纳◎著 曾菡◎译

·福克纳卷·

北京联合出版公司
Beijing United Publishing Co.,Ltd.

图书在版编目（CIP）数据

喧哗与骚动 /（美）福克纳著；曾菡译．-- 北京：北京联合出版公司，2015.2（2023.2重印）

（孩子们必读的诺贝尔文学经典）

ISBN 978-7-5502-4499-3

Ⅰ．①喧… Ⅱ．①福… ②曾… Ⅲ．①长篇小说－美国－现代 Ⅳ．①I712.45

中国版本图书馆CIP数据核字（2015）第010888号

喧哗与骚动

作　　者：（美）福克纳/著；曾菡/译

选题策划：王成国　郎爱民

责任编辑：王　巍

封面设计：尚世视觉

版式设计：许　可

北京联合出版公司出版

（北京市西城区德外大街83号楼9层　100088）

福州俊丰彩印有限公司　新华书店经销

字数290千字　650毫米×950毫米　1/16　20.25印张

2015年2月第1版　2023年2月第2次印刷

ISBN 978-7-5502-4499-3

定价：40.00元

导读

在艺术表现方面，福克纳是一个大胆的尝试者。

他追求表现人们的精神世界，却常常将生活的表象扭曲，从而从不寻常的角度，多层次地、逼真地切入人物的内心。在本书的表现方式上，福克纳使用了“多角度表达”——用4个人物的独白来一同完成故事的叙述。然而这还不够，他运用时空颠倒、意识流等艺术手法，有时候激动得没有断句，有时候哀伤得无法停顿，有时候甚至将记忆碎片胡乱拼接……福克纳用这些看似繁杂的写作创造了一部伟大而独特的作品。

福克纳是一位乐于创新的作家，而本书则是一部能给读者带来无限惊喜的作品。

目录
Contents

一九二八年四月七日

我穿过那堵篱笆，越过花枝缠绕之处，看到他们正在球场里打球，他们冲着球场上一面小旗子走了过去，我也沿着篱笆一直往前走。拉斯特发现了一棵花团锦簇的大树，他在树旁边的草坪里找东西。他们把插在草地里的小旗子拔了出来，打了几球。然后他们又把小旗子插回去了，来到高尔夫球场的发球台上，这个人挥杆打出一球，另外那个人也挥了一次杆。他们继续向前走去，我也随着他们的方向，沿着篱笆往前走。拉斯特转身离开那棵繁花盛开的大树，我们沿着篱笆一起走着，他们停下脚步，我们也站住不走，拉斯特又低头在草坪上找来找去了，我扭头透过篱笆的缝隙往球场看。

“科弟[①]，过来捡球。”那个人挥杆打出了一球。接着，他们横穿草地，越走越远。我全身都紧紧地贴在篱笆上，目送着他们走远。

“你嘀嘀咕咕的，又说什么呢。”拉斯特说，“你要我怎么说你好

①“科弟”，即是Caddie，原意为“球童”，但因此词在原文中与班吉姐姐“凯蒂”（Caddy）同音，所以班吉一听到这个词，就会想起他最喜欢的姐姐，于是就开始哼哼唧唧了。

呢，都三十三岁的人了，还像个小孩子。亏我还特意跑大老远去城里给你买了生日蛋糕呢。别无病呻吟了。你赶快帮我找到那个两毛五的硬币，我今晚就指望拿这点钱去看演出呢。”

他们几乎不怎么打球，过了很久很久，才挥动一次球杆，小球顺着草场急速飞了出去。我顺着篱笆慢慢走着，回到他们之前插小旗子的地方。在生机勃勃的绿草坪和青翠挺拔的小树林之间，那面小旗子正在随风飘荡着。

“别找了，赶紧过来吧。”拉斯特说，“那一片地方我们刚刚找过了。他们现在肯定不会再过来了。我们下去小河谷那边找一找，一定要赶在那帮黑崽子之前找到那个东西。”

红彤彤的小旗子在草地上呼啦啦地飘着。一只小鸟俯冲下来，停在了小旗子顶上。拉斯特猛地扔了一个土块过去。小旗子在生机勃勃的绿草坪和青翠挺拔的小树林之间随风飘扬。我依然紧紧抓着篱笆不肯放手。

“快别叽叽咕咕了。”拉斯特说，“他们不肯到这边来，我也没办法呀，你说对不对？你要是还不肯闭嘴，奶奶[①]就不给你办生日派对了。你要是还不肯闭嘴，你看我怎么收拾你。你信不信我把你的生日蛋糕全都吃掉？连蜡烛也不放过。把三十三根全都吞进肚子里。好啦，走吧，我们下去小河谷里找找看。我非得找到那个硬币不可。说不定还能找到掉在那里的高尔夫球呢。咦。他们居然在那儿呢。离我们好远啊。你看见了吗？”他走到栅栏边，伸长了胳膊指着远方说。“看见了没有。他们肯定不会再回来了。走吧。”

我们沿着篱笆继续走到了花园的栅栏边上，我们的身影落在栅栏上，我的影子比拉斯特的更高更长。我们走到一个栅栏缺口处，想从那里钻过去。

“别动，等一下。”拉斯特说，“你又把衣服挂在钉子上弄破了。你怎么每次都这样，你就不能小心一点，别再把衣服挂在钉子上了吗？”

凯蒂替我解了围，她帮我把衣服解下来，我们钻过了栅栏。凯蒂说，莫里舅舅特地交代了，别让别人瞧见咱们，所以我们还是佝偻着腰往前走吧。佝偻着腰，班吉。就像我这样，你明白了吗？我们全部佝偻着腰，穿

① 即是拉斯特的外婆，康普生家里的黑人女佣迪尔希。

过花园，大片大片的花朵拂过我们的身体，发出沙沙作响的声音。脚下的土地踩上去硬硬的。我们爬上栅栏，翻了过去，几只猪在那四周嗅着闻着，嘴里发出咕噜咕噜的哼唧声。凯蒂说，我猜它们肯定都很伤心，因为它们刚失去了一个伙伴。刚被翻掘过的土地踩上去那么硬邦邦的，大块大块的土疙瘩硌得脚生疼。把你的两只手都放在口袋里，凯蒂说。不然你的手指又要被冻坏了。圣诞节就快来了，你要是把手冻伤了，可怎么过节呢，你说对吧。

“外面冷得要命啊。”维尔施[①]说，“你肯定不会想出门的。”

“你们现在又怎么了。”母亲说。

“他想出门呢。”维尔施说。

“那就让他出去吧。”莫里舅舅说。

“今天冷得太刺骨了。”母亲说，“他还是待在家里吧。班吉明。行了，别发牢骚了。”

“没事，他不会冻伤的。”莫里舅舅说。

“班吉明，你听我说。”母亲说，“你要是不听话，我就要把你关进厨房里去了。”

“妈妈说了，他今天不能进厨房啊。”维尔施说，“妈咪说她要把那些过节吃的美味食物都赶着做出来。”

“让他出去吧，卡洛琳。”莫里舅舅说，“你别太过为他担心了，小心先把自己给累病了。”

“我清楚我自己的身体状况。”母亲说，“我真想知道，这是不是就是上帝给我的惩罚呢。”

“我懂，我懂。”莫里舅舅说，“可你还是要先好好保重自己的身体啊。我给你倒一杯棕榈酒吧。”

“没用，喝酒简直就是愁上浇愁。”母亲说，“愁更愁啊，你难道不

---

① 与上文是同一天稍早时候，地点在康普生大宅子里。维尔施是迪尔希的大儿子，康普生家里的黑佣。按照时间先后来看，一共有三个黑佣服侍过班吉。1905年以前：维尔施；1905年以后：T.P.（迪尔希的小儿子）；1928年（文中的“当前”）是拉斯特（迪尔希的外孙）。作者用不同的黑佣来表示不同的时期。

明白吗？”

“喝一点儿吧，你会放松下来，好受很多的。”莫里舅舅说，“给他裹得严实点些，小厮，带他出去吧，记得早点儿回来。”

莫里舅舅出去倒酒了。维尔施也打开门走出去了。

“你别闹了，行不行。”母亲说，“其实我们巴不得你赶快出去呢，我只是怕把你冻病了。”

维尔施给我穿上了套鞋和大衣，拿上我的帽子，接着我们就出门了。莫里舅舅在餐厅里，正要把酒瓶从酒柜里拿出来。

“小厮，只准他在外面待半个小时。”莫里舅舅说，“就在院子里玩一会儿，不许出大门。”

“是的，遵命。”维尔施说，“我们从来不让他出大门跑到外面街上去的。”

我们走出门口。阳光冷冷地洒下来，耀眼的光芒刺着我的双眼。

“你往哪儿走呢？”维尔施说，“我们不能出大门呢，你不会真的想去城里吧，是不是啊？”脚下一地树上落下的叶子，我们踩上去，发出沙沙好听的声音。院子的大铁门摸起来冰冷刺骨。“你还是把手放在口袋里吧。”维尔施说，“你的手老摸着门，手指会冻坏的，对不对。你为什么就是不肯待在家里等他们呢。”他把我的手塞进我口袋里去。我能听见他踩在落叶上的沙沙声。我能闻到空气里寒冷清冽的味道。[①]院子的大铁门摸起来是那么地冰冷刺骨。

“太好了。这里有几个山核桃。咦，你看，还有一只松鼠，跳到那棵树上去了，你快看呀，班吉。”

我已经完全感觉不到铁门的寒意了，但我还是能闻到空气里寒冷清冽的气味。“你最好还是把手放回到口袋里去吧。”

凯蒂往这边走过来了。她跑着过来了，她背着一个书包，一蹦一跳的，书包在她身后甩来甩去。

“嘿，班吉。”凯蒂打了个招呼。她打开大铁门走了进来，她弯下

---

① 班吉是个智障者，但他对周围事物的反应很灵敏，可以体验到各种感觉。

腰来。凯蒂身上散发着一股闻起来像雨后树叶般的清香。“你是特意出来接我的吗？”她说，“你是来等凯蒂的对吧。维尔施，你怎么能让他把手冻得这么冰冷呢。”“我喊了他好多次把手放进口袋里啊。”维尔施说，“可他就是喜欢摸着铁门。”

“你是来接凯蒂的吧。”她说着，一边揉搓着我冻僵了的双手。“什么事。你想告诉凯蒂什么事呀。”凯蒂散发着一股雨后树叶的清香，当她说我们困得就要睡着的时候，她也散发着这种香味。

你又一个人哼哼唧唧些什么呀，拉斯特问[①]。等我们走到小河那儿，你不就又能看见他们了嘛。来，这株曼陀罗送给你。他递给我一朵鲜花。我们一起走过了栅栏，眼前是一片空地。

“你在想什么呢？”凯蒂说[②]，“你到底想告诉凯蒂什么事情呀。他们肯让他出来吗，维尔施？”

“没办法，不能把他关在家里啊。”维尔施说，“他一门心思就想着要出来，他们好不容易同意了，他就直奔这里，两眼直勾勾地盯着大门。”

“你在想什么呢？”凯蒂说，“你是不是想着我一从学校回家，圣诞节就到了呀。这是不是就是你的小心思呀。圣诞节是后天呢。圣诞老人，班吉，圣诞老人。来吧，咱们一起跑回家，跑暖和起来吧。”她牵起我的手，我俩一起奔跑，穿过闪耀着明媚光芒，沙沙作响的树叶。我们沿着楼梯跑上去，跑出了那一片明亮的寒冷，跑进了这一片黑暗的寒冷。莫里舅舅正在把酒瓶放回到餐柜上去。他喊住了凯蒂。

“维尔施，把他带去壁炉边取暖吧。去吧，跟着维尔施。”凯蒂说，“我马上就来。”

我们走向壁炉，坐了下来。妈妈说：“他着凉了没有啊，维尔施？”

“没有。”维尔施说。

“把他的外套和套鞋都脱下来吧。”妈妈说，“我告诉过你多少次了，别再让他穿着套鞋就进屋了。”

---

① 这一段回到“当前”。

② 紧接之前的回忆，回到了1900年12月23日。

“好的，太太。”维尔施说，“现在先别动。”他把我的套鞋脱了下来，又帮我把外套的扣子解开。凯蒂说：

“等等，维尔施。妈妈，他今天还能再出一次门吗。我想带他一起出去。”

“你最好别带他出去。”莫里舅舅说，“他今天已经出去得够久了。”

“我觉得，你们两个最好都别再出去了。”妈妈说，“迪尔希说天气要变得越来越冷了。”

“啊，妈妈。”凯蒂说。

“真是胡说八道呢。”莫里舅舅说，“她在学校待了一整天了。她需要呼吸新鲜空气。去吧，凯蒂斯[①]。”

“妈妈，让他也一起出去吧。”凯蒂说，“求您了。不然他又得哭叫了，您也知道的。”

“那你为什么还在他的面前提这个事啊。”妈妈说，“你为什么跑回家里来呢。这下好了，又给找到了他出去的借口了，他又要来闹腾我了，我又得担惊受怕了。你今天在外面玩得已经够久了。我觉得你最好还是坐在家里，陪他一起玩吧。”

“卡洛琳，就让他们出去玩吧。”莫里舅舅说，“这一点点寒气不能把他们怎么样的。记住，你自己也得振作起来，可别担心过度又累病了。”

“我知道。”妈妈说，“真是没人能懂我内心有多害怕过圣诞节。真没人知道。我不是那种能吃苦耐劳独当一面的女人。看在杰生[②]和孩子们的份儿上，我真希望自己的身体能健康强壮一些。”

“你已经竭尽所能不让他们为你担心了。”莫里舅舅说，“你俩出去吧。但是今天别在外面待太久了。你们的母亲会担心。”

“遵命，先生。”凯蒂说，“来吧，班吉。我们又要出门啦。”她帮我把衣服扣好，我们俩就往大门走去了。

“你怎么不帮他把套鞋穿上呢，你是不是想让我的小宝贝就这么出

---

① 凯蒂斯是凯蒂的大名。

② 康普生先生的二儿子沿用了他的姓名“杰生”。此处指康普生先生。

门。”妈妈说，“你是不是想让他生病呢，你看看这快过节的节骨眼上，家里可闹哄哄全都是人哪。”

“我忘了。”凯蒂说，“我还以为他正穿着套鞋呢。”

我们俩又走回来。“你可得多想想，细心点啊。”妈妈说。

现在别动啊，维尔施说。他帮我把套鞋穿上。“等哪一天我归西了，你们可就得多为他操心啊。”妈妈说。现在跺一跺脚，维尔施说。“班吉明，过来亲亲你的母亲吧。”

凯蒂把我带到妈妈的椅子旁边，妈妈用双手捧着我的脸，然后她紧紧地拥抱着我。

“我可怜的心肝宝贝啊。”她说。她放开了我。“小甜心，你和维尔施可得好好照顾他啊。”

“好的，没问题，”凯蒂说。我们出去了。凯蒂说，

“维尔施，你不用跟我们一起出去啊。现在他归我管啦。”

“好吧。”维尔施说，“这冰天雪地的，我出去也没什么好玩的。”他走开了，我们在过道里停下了脚步，凯蒂双腿跪了下来，两只胳膊环抱着我，她的冰凉明媚的脸蛋贴着我的脸。她的气息像森林里的大树。

“你才不是可怜的小宝贝呢。是不是呀。是不是呀。你有凯蒂陪着你呢。你是不是有你的凯蒂姐姐陪着你呀。”

你能不能闭嘴，别再叽叽歪歪了啊，拉斯特说。[①]你难道不为你自己感到羞耻吗，这么闹腾了大半天。我们路过了马车房，马车正停在里面。这辆马车装了一个新轮子。

“你先上马车坐着吧，乖乖地等你妈妈出来。”迪尔希说。[②]她胡乱地把我塞进了马车里。T.P.拽着缰绳。“老实说，我实在不明白为什么杰生就是不肯再买一辆轻便些的新马车。”迪尔希说，“这辆破车迟早有一天

---

① 回到“当前”。

② 以下的一大段文字，写的是班吉看到车房的旧马车时所引发的回忆。事情发生在康普生先生已经去世的1912年。这天，康普生太太戴了黑色面纱和花去上坟。康普生太太与迪尔希提到的昆汀是凯蒂的私生女，她与班吉的大哥同名，他已于1910年自杀。罗斯科斯是迪尔希的丈夫。

会跑着跑着就突然散架了。你看看这些车轮都快报废了。”

妈妈出来了，她把脸上的面纱往下拉了拉。她手里握着几枝鲜花。

“罗斯科斯在哪里呢？”妈妈问。

“罗斯科斯的胳膊今天酸疼得太厉害，根本抬不起来了。”迪尔希说，“您放心，T.P.的驾驶技术也是一流的。”

“我还是不太放心啊。”妈妈说，“我本来觉得，一个礼拜才麻烦你们一次给我准备一个马车夫。苍天可鉴，这实在不算什么很难办到的要求吧。”

“卡洛琳小姐[①]，您也知道，罗斯科斯患上了很严重的风湿病，一旦犯病，他就没办法干驾马车这个活了。”迪尔希说，“您现在还是先上车吧。T.P.的驾驶技术和罗斯科斯一样好呢，保证能把您安全送到目的地。”

“我还是觉得心里没底。”妈妈说，“车上还带着个小孩子。”迪尔希走上台阶。“您还觉得他是个小孩子呀。”她一边说着。她一边扶着妈妈的胳膊。“他都是和T.P.一样高大的小伙子了。您不是要出门吗，那现在就赶紧出发吧。”

“我还是觉得心里有点害怕。”他们从台阶上走了下来，迪尔希扶着妈妈坐进了马车。

“要是走到一半，马车翻了，那就皆大欢喜了。”妈妈说。

“哎呀，您这么说，难道不觉得羞愧嘛。”迪尔希说，“难道您不知道吗，光有一个十八岁的黑人小伙子，这可没办法让‘皇后号’飞奔起来。‘皇后号’的岁数比T.P.和班吉的年龄加起来还大些。T.P.你可得把皮绷紧点，好好伺候‘皇后号’。要是你没能把卡洛琳小姐伺候得心满意足，我回头就让罗斯科斯暴揍你一顿，你知道我说得出就做得到。他虽然有风湿痛，可揍扁你还是绰绰有余。”

“好的，遵命。”T.P.说。

“我总有预感有什么事情将要发生。”妈妈说，“班吉明，别再嘟嘟囔囔了。”

---

① 源自美国南方的习惯，黑人女佣对自己一手带大的主人家的孩子依然沿用婚前的称呼。

“给他一枝鲜花拿在手上吧。”迪尔希说，“他正想要一枝呢。”她说着就把手伸了过来想抽一枝鲜花。

“不行，不行。”妈妈说，“你会把它们全都拆散架了，揉得一团糟。”

“您把它们抓紧点。”迪尔希说，“我就只抽一枝给他。”她递给我一枝鲜花，然后她的手就离我远去了。

“现在就出发吧。不然待会儿小昆汀看到了你们，她也吵着要跟你们一起出去了呢。”迪尔希说道。

“她现在在哪里啊？”妈妈问。

“她正在房子里和拉斯特一起玩得开心呢。”迪尔希说，“出发吧，T.P.。就像罗斯科斯教你的那样驾着这辆马车，出发吧。”

“是的，遵命。”T.P. 说道，“驾！出发吧，皇后号！”

“别让小昆汀出来啊。”妈妈说?

“放心啦，我肯定不会让她出来。”迪尔希说。

马车在颠簸中摇摇晃晃前进着。“我还是不去了吧，我不放心把小昆汀留在家里。”妈妈说，“T.P.，我不想出去了。”这时我们已经驶出了大门，地面不再颠簸不平，T.P.抽了“皇后号”一鞭子。

“T.P.，听见我说的话没有。”妈妈说。

“可还是得让它继续跑着呢，”T.P.说道，“我们不能让它睡过去了，不然咱们怎么回马房呢。”

“你就在这里掉头往回走吧。”妈妈说，“我实在不放心把昆汀留在家里。”

“这里真的没办法掉头呢。”T.P.说。很快马车就行驶到了更宽阔的路面上。

“在这里总能往回掉头了吧。”妈妈说。

“好吧。”T.P.说。马车开始掉头往回跑。

“T.P.，你能不能稳当一点啊。”妈妈说着，一边赶快抱紧了我。

“我总得想办法掉头回去呀。”T.P.说，“皇后号，吁！”我们停了下来。

“你是不是想把我们全部掀翻呀。”妈妈说。

“那不然您要我怎么办呢。”T.P.说。

“你给马车掉头让我心惊胆战。”妈妈说。

“‘皇后号’，打起精神来。”T.P.说。我们继续前进。

“我就知道，迪尔希肯定会趁我不在家，让小昆汀弄出点什么乱子来。”妈妈说，“我们得快点赶回去。”

“驾！跑起来吧。”T.P.说。他抽了“皇后号”一鞭子。

“哎呀，T.P.你还是悠着点儿吧。”妈妈一边说，一边紧紧搂住我。我能听见“皇后号”的马蹄落在地上的声音，大片大片明亮晃眼的各种形状流畅平缓地掠过马车两侧，它们的影子流淌在皇后号身后。它们就像车轮顶端那一小块明晃晃的区域，一直不停地往前移动着。然后，有一边的形状停住不动了，这是个有士兵站岗的白色岗亭。但另一侧依然流畅平缓地往前移动着，渐渐地也慢了下来。

“你们这是要去哪里啊？”杰生问。他双手插袋，他耳朵后面夹着一支铅笔。

“我们正要赶去墓地呢。”妈妈说。

“很好啊。”杰生说，“你们去吧，我可没拦着你们啊，是不是。你们特意来这里跟我说这个对吧。我还有什么好说的呢。”

“我知道，你也不想去。”妈妈说，“但我还是希望你能去，要是你肯的话，我就觉得稳妥多了。”

“你在害怕些什么呢？”杰生说，“反正父亲和昆汀又不会再伤害你了。”

妈妈把手帕伸进面纱下面。“妈妈，您快别这样了。”杰生说，“你想让这个大白痴在这广场中央疯疯癫癫地大喊大叫吗？T.P.，赶快起驾吧。”

“驾！‘皇后号’。”T.P.说。

“这真是上天对我的惩罚呀。”妈妈说，“不过我很快就离开这人世间了，就再也不用这么烦恼了。”

“好了好了。”杰生说。

“吁。”T.P.说。

杰生又说：“莫里舅舅用你的名义开了五十块钱的支票。对于这件事你有什么要说的吗。”

“你为什么这么问我。”妈妈说，“我没有任何话要说。我现在唯一能做的就是尽量别麻烦你和迪尔希。我很快就要离开人世了，接下来背负重担的人就该轮到你了。”

“快点吧，T.P.。”杰生说。

“吁。”T.P.说。各种各样的形状继续流动着。马车另一侧的光影又开始变幻了，明媚耀眼，快速疾驰，平稳流畅，这一切都很像是凯蒂对我说，我们就快要睡着了的那个时刻。

大傻子，你就尽情地哭吧，拉斯特说。难道你自己不觉得害臊吗？我们穿过了牲口棚。棚里的所有小隔间都敞开大门。现在可没有斑点小马给你骑了咧，拉斯特说。地板脏脏的，积满了灰尘。天花板眼看着就快掉下来了。那些东倒西歪的窗户里全是昏黄的蜘蛛网。你怎么会想到走那条路呢。你是不是很希望他们的球飞过来把你的脑袋削掉？

“把你的手放在口袋里。”凯蒂说，“不然你的手指又会被冻坏的。圣诞节就快来了，你要是把手冻伤了，可怎么过节呢，你说对吧？”[①]

我们在牲口棚外四处走动。大奶牛和小奶牛都站在棚子门口，我们还能听见“小王子”和“皇后号”，还有小欢欢在牲口棚里顿蹄子的声音。“要是天气不这么冷就好了，我们就可以骑上小欢欢出去玩啦。”凯蒂说，“可是今天太冷了，没办法在马背上待那么久。”然后，我们看见了小河沟，那里正在冒着炊烟。“那是他们杀猪的地方。”凯蒂说，“我们回去的时候可以走那边，然后就能看到他们了。”我们慢慢从山上走下来。

“你不是一直都很想拿着这封信吗。”凯蒂说，“那你就拿着吧。”她把那封信从她衣服口袋里拿出来，放在我的口袋里。“这是一个圣诞礼物。”凯蒂说，“莫里舅舅想把这个礼物送给派特森太太，给她一个惊喜。我们要把这个礼物送给她，但不能让任何人看见。嗯，你现在把双手放在口袋里，这很好。”我们走到了小河沟。“这里已经结冻了。”凯蒂说，“你看。”她敲下了河面上的一小块冰，把这块冰贴在我脸上。“冰

---

① 班吉看到了马厩，就想起了圣诞节前夕和凯蒂一起去送信时，经过马厩的情景。

块。这就说明天气真的非常冷了。”她小心翼翼地带我穿过小河沟，然后我们爬上了山。“我们甚至不能把这事告诉母亲和父亲。你知道我是怎么寻思的吗。我觉得这会让派特森先生，还有母亲和父亲都喜出望外，派特森先生不是给过你糖果吃吗。派特森先生去年夏天送了好多糖果给你，还记得吗？”

我们眼前出现了一条栅栏。上面的藤蔓已经枯萎，风拂过栅栏，猎猎作响。

“我唯一不明白的是，为什么莫里舅舅不让维尔施来送信呢？”凯蒂说，“维尔施的口风很紧啊，他会保守秘密的。”派特森太太正在窗户上张望着。“你在这里等着我。”凯蒂说，“现在就在这里等着。我一会儿就回来。把信给我吧。”她把那封信从我口袋里拿出来。“记得要把双手放在口袋里呀。”她手里抓着信，爬上了栅栏，穿过那一丛枯萎的，沙沙作响的花朵。派特森太太来到大门口，打开了门，站在那里。

派特森先生在绿油油的花丛中砍伐枯枝。[①]他放下手里的活儿，看着我。派特森太太一路飞奔着穿过花园。我看到她的双眼，我开始哭泣。你这个笨蛋。派特森太太说，我早就跟他[②]说了，别让你一个人跑来送信了。赶快把这信给我吧。派特森先生飞快地跑了过来，手里还握着他的锄头。派特森太太斜身靠在栅栏上，伸出手来想拿信。她还想试着翻过栅栏。把信给我吧，她说，赶快给我吧。派特森先生爬过栅栏。他拿到了那封信。派特森太太的裙子挂在栅栏上。我又看见了她的双眼，然后我跑着下山了。

“那边远处除了房子，什么也没有。”[③]拉斯特说，“我们走下到小河沟那里去吧。”他们在小河沟里洗衣服。其中有一个人正在唱歌。我能闻到衣服飘荡在空气中散发出来的味道，一缕缕青烟飘过小河沟往我们这里飘来了。

---

① 这一段写的是另外一次班吉独自一个人给派特森太太送信时，被派特森先生发现的情景。当时是1908年的春夏之间，花园里已经有了“绿油油的花丛”。班吉分不清花和草。

② 这里指的是派特森太太的情夫莫里舅舅。

③ 回到“当前”。

“你待在这里别走。”拉斯特说。“你跑去那边也没什么可做的。他们那些小子肯定会揍你的，一定会。”

“他到底想干什么呢。”

“他其实也不知道自己想做什么。”拉斯特说。“他觉得自己可能想去他们打球的那块场地玩。你就坐在这里吧，无聊的话，就跟你的曼陀罗玩玩。如果你想看点什么的话，就看那些在小河沟里的孩子们玩耍吧。你怎么就不能跟普通孩子那样举止正常点儿呢。”我在河堤上坐下来，人们正在这里洗衣服，阵阵青烟缓缓升起，飘进空气中消散不见了。

“你们大家有没有在这附近捡到一个两毛五的硬币呢？”拉斯特说。

“什么硬币？”

“今天早上就在这个地方，那硬币还在我身上呢。”拉斯特说，“我不知道它掉在什么地方了。它就是从我口袋的这个窟窿里掉出去的。要是我找不到这个硬币，我今晚就没办法去看演出了。”

“小伙子，你的硬币是从哪里来的？是不是趁那些白人们一不留神，就从他们的口袋里拿走的？”

“这硬币从它该来的地方来的。”拉斯特说，“那个地方多得是硬币呢。但我还是想找到我自己的那一枚。你们有没有谁捡到了？”

“我对什么硬币一点兴趣也没有。我自己还有一大堆事情要忙呢。”

“过来这里呗。”拉斯特说，“帮我找找看。”

“就算他看到了，他也不认识什么硬币吧，是不是。”

“他也能帮着找一找的。”拉斯特说，“你们今晚全都打算去看演出吧？”

“别跟我说什么演出了。等我把这一大盆衣服洗完，我会累得连胳膊都举不起来了。”

“我敢打赌，你一定会去。”拉斯特说，“我还打赌，你昨晚也去看了。我敢说那个帐篷还没开门，你们全都在那儿等着了。”

“就算我没去，那儿也有足够多的黑人小伙了。昨晚不就是这样嘛。”

“黑人的钱就不是钱吗？我觉得黑人的钱和白人的钱都一样啊，对吧。”

“白人肯把钱给黑人，那是因为他们早早地就知道有个白人乐队会来，很快就会把这些钱全都收回去，如此这般，黑人们为了多赚点钱，又得努力干活了。”

“也没有人强迫你非要去看演出啊。”

“目前是还没有。我估计是他们还没想起这事吧。”

“为什么你非要跟白人小子们闹别扭呢？”

“我没找他们的碴儿啊。他们走他们的阳关道，我走我的独木桥。我一点也不想去看演出。”

“剧团里有个人，他能用锯子演奏出旋律来，像在拉一把班卓琴似的。”

“你昨晚去看了吧？”拉斯特说，“我今晚也要去看，如果我能找到在什么地方掉了那个硬币就能去看了。”

“依我看，你得带上他一起去看演出了。”

“我？”拉斯特说，“你以为我无时无刻都得伺候他吗？他一吼起来，我就得安慰他吗？”

“那他发起狂来，你怎么办？”

“我直接拿鞭子抽他啊。”拉斯特说。他坐了下来，挽起了工装裤的裤管。黑人少年们都在小河沟里玩耍。

“你们大家有没有谁捡到高尔夫球啊。”拉斯特说。

“你说话能不能别这么趾高气扬。你最好别让你奶奶听到你用这么大的口气讲话。”

拉斯特也下到小河沟里，他们都在那一带玩耍。他沿着河堤，在水里寻找着。

“今天早上我们下到这里来时，那个硬币还在我身上呢。”拉斯特说。

“你是在哪一段河沟弄丢硬币的呢？”

“它就是从我口袋的这个窟窿里掉出去的。”拉斯特说。他们在小河沟里摸索寻找着。然后他们全都突然站了起来，没有继续寻找，接着他们你争我抢起来，小河沟里四处水花四溅。拉斯特抢到了手，他们全都猫在水里，透过灌木丛朝山上望去。

“他们在哪里啊。”拉斯特说。

“目前还杳无踪影啊。”

拉斯特把找到的那个玩意儿放进口袋里。他们从山上走下来。

“有没有看见一只球落在这附近？”

“球可能落进水里了吧。你们这些小孩有谁看见或是听见了一只球落在这里吗？”

“根本没听见有什么东西落在这里啊。”拉斯特说。“不过倒是听见有什么击中了远处的那棵树。然后就不知道它滚到什么地方去了。”

他们在小河沟里四处寻找。

“该死。赶快沿着小河沟好好找一找。我看见它明明就是朝这边飞过来了。”

他们沿着小河沟到处搜寻。然后他们就回到山上去了。

“你有没有捡到那个球？”那个男孩说。

“我要那个球干什么？”拉斯特说，“我根本没看到什么球。”

那个男孩走进水沟里。他继续往前走。他回头再看了拉斯特一眼。他继续沿着河沟往下走。

那个男人在山上喊了句“科弟”。男孩从水沟里爬上河岸，爬上了山岗上。

“你自己听听，又叽叽歪歪了。”拉斯特说，“就不能安静一点吗。”

“他这次又是为什么嘟嘟囔囔啊。”

“天知道。”拉斯特说，“他经常莫名其妙就这样嘀嘀咕咕的。他整个上午都叨叨没完呢。我估计大概是因为今天他过生日吧。”

“他多少岁了呢。”

“他三十三岁了。”拉斯特说，“到今天上午为止，他整整三十三周岁了。”

“你的意思是，他像这样只有三岁智商的样子已经过了三十年吗。”

“反正我奶奶是这么说的。”拉斯特说，“我也不知道。无论如何，我们要在蛋糕上插上三十三根蜡烛呢。蛋糕太小了。都快要插不下那么多蜡烛了。嘘，安静一点好吗。赶快回这里来。”他走过来抓住我的胳膊。

“你这个老痴呆，”他说，“你是不是又想我拿鞭子抽你了？”

“我打赌你不敢抽他。”

“我又不是没抽过他。嘘，现在安静一点。”拉斯特说，“我没告诉过你，不准上那里去吗？他们打飞一个球，就能把你脑袋敲下来。过来这里。”他把我拉回去了。“坐下。”我坐了下来，他脱掉我的鞋子，把我的裤管卷起来。“现在去水里玩一会儿吧，看你还眼馋不，还嘀嘀咕咕不。”

我闭嘴，安静下来了，然后走进水里。[①]这时候，罗斯科斯来了，他说我们去吃晚饭吧，然而凯蒂说，还没到吃晚饭的时候啊，我不想去。

她全身都湿透了。[②]我们在小河沟里玩耍，凯蒂就这么蹲了下来，结果她的衣服都弄湿了，维尔施说，“你全身衣服都弄湿了，你妈咪肯定会抽你一顿。”

“她才不会干这种事呢。”凯蒂说。

“你怎么知道她不会？”昆汀说。

“我就是知道她不会呀。”凯蒂说，“那你怎么知道她会呢？”

“她都说了她会抽你的。”昆汀说，“再说了。我比你大呢。”

“我都已经七岁了。”凯蒂说，“我觉得我应该知道了。”

“我早就不止七岁了。”昆汀说，“我都已经上学了，对吧，维尔施？”

“我明年也要上学了。”凯蒂说，“到了那时候我就可以上学了。我说得对不对啊，维尔施？”

“你明明知道要是把衣服弄湿了，她就会抽你的。”维尔施说。

“没有弄湿啊。”凯蒂说。她在河水中站了起来，瞧了瞧她的衣服。“我把衣服脱下来。”她说，“然后它很快就干了。”

“我打赌你肯定不敢脱。”昆汀说。

“我肯定敢脱。”凯蒂说。

---

① 以上叙述的是“当前”，而当班吉一跨入水中，他立刻想起了小时候和凯蒂一起在小河沟里玩水的情景，当时是1898年，班吉三岁，哥哥昆汀八岁。

② 讲诉的是1898年同一天稍早一点的情形。班吉的祖母在这一天去世了。

“我觉得你最好还是别脱。”昆汀说。

凯蒂走到维尔施和我面前，转身背对着我们。

“维尔施，解开我的扣子。”她说。

“维尔施，别帮她解扣子。”昆汀说。

“这又不是我的衣服。”维尔施说。

“维尔施，快帮我解开扣子。”凯蒂说，“否则我就告诉迪尔希你昨天干了什么坏事。”于是维尔施就真的帮她解开了扣子。

“你还真把衣服给脱了啊。”昆汀说，凯蒂把她的衣服脱了下来，丢在河堤上。然后她身上除了紧身胸衣和内裤，就啥也没穿了，紧接着，昆汀打了她一记耳光，她脚下一滑，摔在水里。她一站起来，就开始往昆汀身上猛泼水，昆汀也不甘示弱，也直往凯蒂身上泼水。水花还溅到了维尔施和我身上，维尔施把我抱起来，放在河堤上。他说回去之后要告发凯蒂和昆汀，结果昆汀和凯蒂就开始往维尔施身上泼水了。他赶快躲在灌木丛后面。

“我要跟你们妈妈告状去，你们一个个的都跑不了。”维尔施说。

昆汀爬上河堤，他想抓住维尔施，可是维尔施跑走了，抓不住他。昆汀只好往回走，维尔施停下了脚步，他大声嚷嚷说要去告状。凯蒂对他说，只要他不告状，他们就让他回来。于是维尔施就说他不告状了，他们让他回来了。

“现在我猜你终于心满意足了吧。”昆汀说，“现在我们俩都要被抽一顿了。”

“我一点也不在乎啊。”凯蒂说，“到时候我就跑得远远的。”

“哼，你要逃跑。”昆汀说。

“我到时候会跑得非常远，而且再也不回来了。”我开始哭了起来。凯蒂扭过头来说：“嘘，别哭。”于是我就不哭了。然后他们在小河沟里玩耍。杰生也在那里玩。他独自一个人在更远的地方玩耍。维尔施绕过灌木丛，又把我抱进了水沟里。凯蒂全身湿漉漉的，背上还全是泥巴，我开始哭了起来，她走过来了，蹲在水里。

“嘘，别哭了。”她说，“我不会跑走啦。”于是我就不哭了。凯蒂身上的气味闻起来好似大雨滂沱中的树叶。

你又怎么了啊，拉斯特说。[①]你就不能别再嘀嘀咕咕了，像别的正常孩子一样，去小河沟里玩耍吗。

你干吗要把他从家里带出来啊。他们难道没告诉过你，不能把他带出大院子吗。

他还以为这一大块牧场是他家的地盘呢，拉斯特说。反正从大房子那儿无论如何也看不到这里。

可是我们看到了啊。谁也不想看到这个弱智啊。这太不吉利了。

罗斯科斯来了，他说去吃晚餐吧，凯蒂说现在还没到晚餐的点啊。[②]

“不啊，已经到时候了。”罗斯科斯说，“迪尔希让你们全都快回大房子去。维尔施，你带他们回去吧。”他爬上山头，一头奶牛在山坡上哞哞叫个不停。

“也许等我们到了大房子，身上的衣服就全干透了呢。”昆汀说。

“这全都是你的错。”凯蒂说，“真希望我们全都挨一顿抽。”她穿上裙子，维尔施帮她把扣子全都扣好。

“他们不会发现你们弄湿了衣服。”维尔施说，“只要我和杰生不告发你们，他们一点都看不出来。”

“杰生，你会告发我们吗？”凯蒂说。

“告发谁啊？”杰生说。

“他会守口如瓶的。”昆汀说，“杰生，是不是？”

“我肯定他会告发我们的。”凯蒂说，“他一定会告诉咱奶奶的。”

“他不可能会告诉咱奶奶的。”昆汀说，“她病怏怏的。如果我们慢慢走回去，等到家的时候，天色都全黑了，他们什么也看不出来。”

“我才不管他们能不能看出来。”凯蒂说，“我还是自己跟他们说去吧。维尔施，你把他背上山去吧。”

“杰生真的什么也不会说的。”昆汀说，“杰生，我给你做了一副弓箭，你还记得吗？”

---

① 回到“当前”。

② 回到1898年祖母去世的那一天。

“那副弓箭现在已经断了。”杰生说。

“就让他说去吧。”凯蒂说，“我不会咒骂他的。维尔施，你把莫里[①]先背上山去吧。”维尔施蹲了下来，我爬到他背上去了。

咱们大伙今晚看演出时见，拉斯特说。来这里吧。我们一定要找到那个硬币。[②]

“我们慢慢走，到家就天黑了。”昆汀说。[③]

“我才不要慢慢走呢。”凯蒂说，我们爬上山坡，但昆汀还没跟上来。我们一路往上走，都能闻到猪圈的气味了，他还在下面的小河沟里。它们在角落里呼噜噜地叫唤着，还在食槽里拱着鼻子，喷着热气。杰生双手插袋，走在我们后面。罗斯科斯正在牲口棚门口挤牛奶。

一群奶牛从牲口棚里跳着奔出来。[④]

“又来了。”T.P说，“叽里呱啦个没完没了。我也想吼几嗓子。哇呀呀。”昆汀又踢了T.P.一脚。他把T.P.踹进了猪猡们的饭碗——食槽里，T.P.顺势躺在食槽里。“乖乖隆地隆。”T.P.说，“他那时候就这么一直欺负我。刚才你们都看见这个白人踹我了吧。哎哟喂。”

我没哭，也没停下脚步，踉踉跄跄往前走着。我没哭，可是地面开始不稳了，我还是哭了出来。[⑤]地面开始不断地向上倾斜，奶牛群全都撒腿往山上跑。T.P.竭力想站起来。他又摔倒了，奶牛群又撒腿往山脚下跑。昆汀拽着我的胳膊，我俩往牲口棚走去。可是牲口棚居然不见了，我们只好站着等它走回来。可等了半天，它也没回来。过了一会儿，它突然在我们后面出现了，昆汀把我放着躺在奶牛们吃食的木槽里。我紧紧抓着木槽边缘。木槽也想跑走，我赶快紧紧地抓住它。奶牛群又穿过门，往山下狂奔

---

① “莫里”是班吉小时候的名字。康普生太太发现了小儿子是白痴之后，就在1900年把他的名字“莫里”（沿袭她弟弟的名字）改为了“班吉明”。

② 回到“当前”。拉斯特带着班吉离开了小河沟。

③ 又回到1898年那一天。

④ 回到“当前。”当他们走到牲口棚时，班吉想起了凯蒂结婚那天，也就是1910年4月25日，T.P.和班吉偷酒喝的场景。下面描述的是喝醉之后发生的事情。

⑤ 班吉也摔倒了，接下来是描写他失去了方向感之后的状态。

了。我停不下脚步。昆汀和T.P.这俩人互相拳打脚踢着对方，一边往山上爬。T.P.差点儿掉下山，昆汀把他拽回了山上。昆汀给了T.P.一记重拳。我停不下脚步。

“站起来。”昆汀说，“你就乖乖待在这里。在我回来之前，绝对不要走开。”

“我和班吉还要回去继续参加婚礼呢。”T.P.说，“哇哈哈。”

昆汀又给了T.P.一拳。然后他把T.P.按在墙壁上猛揍他，T.P.狂笑不已。

每次昆汀把T.P.按在墙上揍他的时候，他都想叫一句“哎哟，好疼”，可他现在大笑着叫不出口了。我不再哭了，但我的脚步还高高低低往前走着。T.P.摔倒在我身上，牲口棚的大门突然跑走了。大门跑到山脚下去了，T.P.在跟自己拳打脚踢，自己又把自己绊倒了。他还在哈哈大笑，我停不下脚步，我很想站起来，可又跌倒了，我没办法让自己停下脚步。维尔施说：

“你们都闹够了没。你们再闹下去，我就真要发火了。都给我闭嘴，别叫唤了。”

T.P.还是大笑个没完。他轰然倒在地板上，疯狂大笑着。“哇哈哈。”他说，“我和班吉还要回到婚礼上去呢。我要喝沙士汽水[①]呀。”

“嘘，别闹了。”维尔施说，“你从哪儿弄来的啊。”

“地下酒窖啊。”T.P.说，“哇呀呀。”

“嘘，别张扬出去了。”维尔施说，“在酒窖的哪一块啊。”

“到处都是啊。”T.P.说。他笑得更癫狂了。“还有一百多瓶呢。还有一百多万瓶呢。黑小伙，你当心点儿啊。我可要开始吼叫啦。”

昆汀说：“把他扶起来。”

维尔施把我扶起来了。

“班吉，把这个喝了。”昆汀说。那一杯子饮料好烫啊。[②]“嘘，别闹了。把这个喝了吧。”

---

① 应该指的是结婚当天喝的香槟。

② 可能是醒酒用的热茶或热咖啡。

“沙士汽水。”T.P.说，“昆汀少爷，让我把这杯干了吧。”

“你给我把嘴巴闭上。”维尔施说，“当心昆汀少爷把你揍得满地找牙。”

“维尔施，稳住他。”昆汀说。

他们死死摁住我。那一杯滚烫的热饮料不小心倒在我下巴和衬衣上了。“喝下去。”昆汀说。他们按住我的脑袋。这饮料喝进肚子里，热乎乎的，我又开始号啕大哭。我依然在哭泣，肚子里咕噜噜的很不舒服，我哭得更响亮了，直到我肚子里不再闹腾了，他们才松手。我安静下来。四周依然旋转不停，紧接着几个身影闪现了。“维尔施，把饲料槽的门打开。”那几个身影走得很慢。把几个空麻袋铺在地上。那些身影越走越快，快得已经没办法更快了。“现在把他的双脚抬起来。”他们继续前进，四周柔软流畅而且明亮。我听到T.P.在大笑。他们带着我一起爬上了明晃晃的山岗。①

到了山顶时，维尔施放下了我。“昆汀，赶快来这里。”他朝山下望去，大声呼喊着。昆汀还是站在小河沟附近。他正朝着被阴影笼罩的小河沟里扔石子。

“就让那个大傻子待在那里吧。”凯蒂说。她牵起我的手，我俩一起走过牲口棚，穿过大门。砖块小路上蹲着一只青蛙。凯蒂一脚从这只青蛙上跨过去，然后拉着我继续往前走。

“莫里，快点啊。”凯蒂说。青蛙还是蹲在那里，杰生用脚趾捅了捅它。

“你小心点啊，它会让你长一个大瘤子哟。”维尔施说。青蛙跳走了。

“莫里，来呀。”凯蒂说。

“他们今晚在家里请客。”维尔施说。

“你怎么知道的。”凯蒂说。

“家里所有灯都亮着啊。”维尔施说，“每一扇窗户都透着灯光。”

---

① 其实班吉是在麻袋上渐渐昏睡过去了，他感觉自己是在上山。这样的幻觉让他回想起了1898年那一天。

“我觉得啊，只要我们自己高兴，即使没请客，也可以把家里所有灯都打开啊。”凯蒂说。

“我敢打赌肯定是在请客。”维尔施说，“你们最好从后门进去，然后偷偷地溜上楼去。”

“我才不怕呢。”凯蒂说，“我就大大方方从他们坐着的客厅进去。”

“要是你这么做的话，你爸爸肯定会痛揍你一顿。”维尔施说。

“我才不怕呢。”凯蒂说，“我就自自然然地走进客厅里去。我再自然潇洒地走进餐厅吃晚餐去。”

“没你的座位啊，你要坐哪里？”维尔施说。

“我就大大方方坐在咱奶奶的座位上。”凯蒂说，“她现在吃饭都不下床了。”

“我饿了。”杰生说。他越过我们，在砖块小路上撒腿就跑。他双手插袋，被自己绊倒在地。维尔施赶快上前去把他扶了起来。

“你跑步的时候，别把双手插在口袋里，那样就不会摔跤了。”维尔施说，“你这么胖乎乎的，快摔倒的时候才伸出手来撑地就来不及了。”

父亲站在厨房的台阶旁边。

“昆汀在哪里？”他说。

“他正沿着小路往这里来呢。”维尔施说。昆汀慢腾腾地走上来了。他的衬衣上是一大块白色污渍。

“嗯。”父亲说。灯光顺着台阶倾泻下来，洒在他身上。

“凯蒂和昆汀今天打水战了。”杰生说。

我们屏息等待。

“哦，真的吗？”父亲说。昆汀走进门，“今晚你们在厨房吃晚餐。”他弯腰抱起了我，灯光顺着台阶也倾泻照到我身上，我的目光俯视着凯蒂、杰生、昆汀和维尔施。父亲扭头朝台阶上走去。“但是，你们都得给我安静点。”他说。

“父亲，为什么我们非得安静呢。”凯蒂说，“家里今天是不是有客人？”

“是的。”父亲说。

“我早就告诉你了，今晚家里请客。”维尔施说。

“你才没说呢。”凯蒂说，“明明是我说的今晚家里在请客。我说了我早就知道这事儿。”

“嘘，别闹了。”父亲说。他们都噤声了，父亲打开门，我们穿过后门走廊，进到了厨房。

迪尔希已经在厨房里候着了，父亲把我放在椅子上，给我系上围嘴，把椅子推到准备开餐的桌子边。餐桌上放着热气腾腾的食物。

“你们现在都归迪尔希管了。”父亲说，“迪尔希，别让他们不由自主瞎嚷嚷了。”

“遵命，老爷。”迪尔希说。父亲准备离开厨房。

“都给我记清楚，今晚你们都归迪尔希管。”父亲在我们身后补了一句。我把脸往桌子上的食物凑过去。热腾腾的蒸汽迎面扑来。

“父亲，今晚让我管管他们吧。”凯蒂说。

“我才不要呢。”杰生说，“我要听迪尔希的。”

“要是父亲开口了，那你就得听我的。”凯蒂说，“父亲，就让他们听我的吧。”

“别吵了。”父亲说，“那你们就听凯蒂的吧。迪尔希，等他们全都吃完了，就带他们从后面楼梯上楼去吧。”

“遵命，老爷。”迪尔希说。

“你瞧瞧。”凯蒂说，“现在你们可都得听我指挥啦。”

“你们都别嚷嚷了。”迪尔希说，“今晚你们都给我安静点儿。”

“为什么咱们今晚非得那么安静啊？”凯蒂悄悄地说。

“别多问了。”迪尔希说，“到了该知道的时候，你自然就知道了。”她端出了我的饭碗。碗里热气腾腾的，让我觉得很满足愉悦。“维尔施，过来。”迪尔希说。

“迪尔希，该知道的时候到底是什么时候？”凯蒂说。

“就是礼拜天。”昆汀说，“你真是一无所知啊。”

“嘘……”迪尔希说，“杰生先生难道不是让你们都安安静静的吗？你们赶快吃晚餐吧。维尔施，把他的汤匙拿过来。”维尔施拿来了汤匙，放在碗里。汤匙又伸进了我嘴里。热腾腾的香味钻进我嘴里，我很心满意足。然后，我们停下来，不再用餐了，彼此互相看着对方，大家都很安静，而后我们又听见了那个动静，我开始哭起来了。

“那到底是什么声音？”凯蒂问。她把手覆在我的手上。

“那是母亲的声音。”昆汀说。汤匙又递到我嘴边，我吃了一口。然后我又哭了。

“嘘，别说话。”凯蒂说。但是我没办法静下来，她走过来，用两只胳膊抱着我。迪尔希走过去把两扇门都关上了，然后我们就听不到那动静了。

“都别出声了。”凯蒂说。我安静下来了，继续吃晚餐。昆汀没吃东西，但杰生一直在吃个不停。

“那是母亲的声音。”昆汀说。他站了起来。

“你还是坐下吧。”迪尔希说，“他们正在宴请客人呢，你这一身泥泞，脏兮兮的。凯蒂，你也给我坐下吧，赶快吃完晚餐吧。”

“她刚才在哭。”昆汀说。

“那是谁在唱歌吧。”凯蒂说，“迪尔希，你说呢？”

“你们现在全都给我吃晚餐，按照杰生先生吩咐的那样。”迪尔希说，“到了该知道的时候，你们自然就知道了。”凯蒂回到她自己的椅子上。

“我早告诉你了那里在开派对。”她说。

维尔施说：“他全吃光了。”

“把他的碗拿过来。”迪尔希说。那个碗就不见了。

“迪尔希，”凯蒂说，“昆汀没吃晚饭。他不是得听我的话吗？”

“昆汀，赶快吃饭吧。”迪尔希说，“你们全都给我赶紧吃完，别老待在厨房里，这可是我的地盘。”

“我一点也吃不下晚饭了。”昆汀说。

“我让你吃，你就得吃完。”凯蒂说，“迪尔希，对吧？”饭碗里的腾腾热气扑面而来，维尔施把汤匙插进碗里，香味钻进我嘴里，我心满意足了。

“我再也吃不下了。”昆汀说，“奶奶都病重成那样了，这种时候他们怎么还能开舞会呢？”

"他们这不是在楼下开嘛。"凯蒂说。"她可以走到楼梯口子上看一看。待会儿等我换上睡袍，我也要偷看他们开舞会。"

"刚才是母亲在哭。"昆汀说，"迪尔希，她刚才确实哭了，对不对？"

"孩子，你就不能别为难我吗？"迪尔希说，"等你们几个小孩子吃完了，我还得给他们那些人做晚餐呢。"

过了一会儿，连杰生也吃完了，接着他开始哭起来了。

"你这又是闹的哪一出啊！"迪尔希说。

"自从咱奶奶病了之后，没法带着他一起睡了，他就每晚都哭几嗓子。"凯蒂说，"爱哭鬼。"

"我要去告状，说你欺负我。"杰生说。

他还在哭哭啼啼。"你不是已经告状了吗？"凯蒂说，"现在你都已经告无可告了。"

"你们全都给我去睡觉。"迪尔希说。她走上前来，她把我从椅子上抱下来，拿一块热毛巾给我擦脸蛋和双手。"维尔施，你能悄悄地带他们从后楼梯上楼吗。杰生，你闭嘴，别哭了。"

"现在睡觉未免也太早了吧。"凯蒂说，"我们可从来没这么早上床睡觉的习惯。"

"你们今晚必须早睡。"迪尔希说，"你们的爸爸嘱咐过了，一吃完饭，就让你们上楼睡觉去。你们自己也听到了啊。"

"但他说了大家都得听我的安排。"凯蒂说。

"我可没打算想听你的。"杰生说。

"你必须听我的。"凯蒂说，"好啦，都别闹。你们都必须乖乖听我的话。"

"维尔施，让他们别那么闹哄哄的。"迪尔希说，"你们都会静悄悄的，对吧。"

"为什么我们今晚非得那么静悄悄呢？"凯蒂说。

"你妈妈今晚身体不太舒服。"迪尔希说，"现在你们就跟着维尔施上楼去吧。"

“我早说了，妈妈刚才就是在哭。”昆汀说。维尔施抱起我，打开了通往后走廊的大门。我们走出厨房，维尔施关上了门，四周一片漆黑。在黑暗中，我能清晰地闻到维尔施身上的气味，也能触摸到他的身体。“你们现在都静下来听我说。我们现在不上楼去了。虽然杰生先生说了让你们上楼去。但他也说了你们都得听我的指挥。我本来也不想指挥你们。可是他已经说了让我管着你们。昆汀，他是不是这么说的？”我能触摸到维尔施的脑袋。我能听见大家呼吸的声音。“昆汀，他是不是这么说的？没错，就是那样说的。那么我提议大家都去外面玩一会儿，来吧。”维尔施打开了门，我们走了出去。

我们走下了台阶。

“我说，咱们大家一起去维尔施的小屋子[①]里玩吧，大屋里的人们就听不到咱们闹腾了。”凯蒂说。维尔施把我放下来，凯蒂牵起我的手，我们一群人沿着砖石小路一直往下走着。

“快来看。”凯蒂说，“那只青蛙不见了。这会儿它肯定是跳到花园另一头去了。也许咱们还能看见另外一只呢。”罗斯科斯双手提着牛奶桶过来了。他又继续往前走。昆汀没跟着我们一起来。他依然坐在厨房外面的台阶上。我们沿路走到维尔施的小屋子门口。我很喜欢闻维尔施小屋子散发的气味。[②]*房子里生着火炉，T.P.蹲在炉火前，衬衣的后摆拖在地上，他正把木块丢进火炉里。*

接着我起床了，T.P.帮我把衣服穿好，我们一同去厨房用餐。迪尔希在唱歌，我张嘴哭了，她就没再继续唱了。

“现在就别让他进大屋里嘛。”迪尔希说。

“我们可不能往那边走。”T.P.说。

我们在小河沟里玩耍。

“我们不能绕到那边去。”T.P.说，“你难道不知道妈妈说了不准我们

---

① 康普生家的佣人房。

② 上面描写的是奶奶去世那天的事情。然后班吉从维尔施的小屋联想到了1910年6月昆汀自杀的消息传到家里之后，他自己住在佣人房的情景。

去那边吗？”

迪尔希在厨房里唱歌，[①]我张嘴哭了。

“嘘，别哭。”T.P.说，“来吧。我们去牲口棚玩。”罗斯科斯正在牲口棚里挤牛奶。他一边用一只手挤牛奶，一边在嘟嘟囔囔发着牢骚。几只小鸟停留在牲口棚的门栏上，看着他挤牛奶。其中一只小鸟飞进牲口棚的食槽里和奶牛群一起吃饲料。我看到罗斯科斯在挤牛奶，T.P.正在给“小王子”和“皇后号”喂食。小牛犊关在猪栏里。它拿鼻子蹭着猪栏上的铁网，一边哞哞叫唤着。

“T.P.。”罗斯科斯说。T.P.在牲口棚里回应了一声“在”。小欢欢把脑袋从棚里探出来，因为T.P.还没给她喂食。“你先喂完她。”罗斯科斯说。“接着你就来帮忙挤牛奶吧。我这右手没法再干活了。”

T.P.走过来，然后开始挤牛奶。

“您为什么不去看医生呢？”T.P.说。

“医生也治不好啊。”罗斯科斯说，“至少在咱们这儿，医生没什么作用。”

“咱们这儿怎么了？”T.P.说。

“这个地方很不吉利。”罗斯科斯说，“你要是挤完了奶，就把那头小牛犊牵进来吧。”

这个地方很不吉利，罗斯科斯说。[②]火苗在他和维尔施的身后蹿起又落下，火光拂过他和维尔施的脸庞。迪尔希把我放在床上安置好。床上有一股闻起来像T.P.的味道，而我是如此喜欢那个味道。

“你知道了些什么，”迪尔希说，“莫非你又神志不清了？”

“我的脑子再清楚不过了。”罗斯科斯说，“那个凶兆现在不就躺在床上吗。这十五年来，大家不都已经把这个凶兆看得一清二楚了吗？”

“就算是这么回事吧。”迪尔希说，“可这对你们全家人也没什么坏

① 其实是迪尔希知道昆汀自杀的消息之后，她在哭泣。

② 这里是前一晚在佣人房里的情景。

处啊，对不对？维尔施已经长大成人了，都能干粗活了，还把方罗妮[①]抚养长大，好好嫁人了，等T.P.也长大了，他就能顶替你的工作了，那时候你就轻松了，说不定风湿病都好起来了。”

“现在都已经死了两个了。”[②]罗斯科斯说，“这以后还得死一个。我已经看见凶兆了，你不是也看见了吗？”

“那天晚上，我听见一只猫头鹰在叫唤。”T.P.说，“阿丹[③]甚至都不来吃晚饭了。它守在牲口棚里，哪儿都不敢去。天色一旦暗淡下来，它就吼叫个不停。维尔施都听到了。”

“要再出事，哪止再死一个啊。”迪尔希说，“你告诉我有谁能长生不老，永生不死，感谢耶稣。”

“光是死几个人，这还不算最糟糕。”罗斯科斯说。

“我知道你在想什么。”迪尔希说，“要是把那个名字说出来，他们就真要倒霉了，除非他一哭，你也跟着坐起来。”[④]

“这就是他们的不祥之地。”罗斯科斯说，“我早看出端倪了，他们一给他改名字，我就立刻了然于心了。”

“管好你自己的嘴，可不能乱说。”迪尔希说。她把被子往上拉了拉。这气味闻起来像T.P.身上的味道。“你们都别瞎吵吵了，安静点儿，先让他睡着吧。”

“我看见预兆了。”罗斯科斯说。

“还能有啥预兆，预兆就是T.P.要顶替你了，你的活儿都归他干了。”迪尔希说。[⑤]*T.P.，把他和昆汀带去后面的小房子里，他们可以和拉斯特一起玩，方罗妮可以照看他们，你赶快帮你爹干活去。*

我们用餐结束了。T.P.抱起昆汀，我们一起上T.P.的小房子里玩去了。拉斯特在泥巴堆里玩得不亦乐乎。T.P.把小昆汀放下来，她也在泥巴堆里

---

① 方罗妮是罗斯科斯和迪尔希的女儿，拉斯特的母亲。

② 指的是奶奶病死和昆汀自杀身亡。

③ 狗名。

④ 黑人的迷信，认为这样可以免灾。

⑤ 班吉回忆至此，又联想到了1912年迪尔希在康普生先生去世那天所讲的类似的话。

玩耍起来了。拉斯特的玩具是几个线轴，昆汀和他打了起来，小昆汀抢到了他的玩具。拉斯特号啕大哭，方罗妮走过来，她给了拉斯特一个小铁皮罐头当玩具，然后我把小昆汀的线轴拿走了，他打了我，我咧嘴大哭起来。“嘘，别哭了。”方罗妮说，“你自己难道不害臊吗？抢小孩子的玩具。”她把那些线轴从我手上拿走，还给了小昆汀。

“嘘，别闹了。”方罗妮说，“别哭了，听见没。”

“安静点儿。”方罗妮说，“你们都欠抽啊，是不是。”她把拉斯特和小昆汀抱起来。“到这里来。”她说。我们都去了牲口棚。T.P.正在挤奶。罗斯科斯坐在箱子上休息。

“他又哪里不对劲了。”罗斯科斯说。

“你们得让他待在这里。”方罗妮说，“他又和小宝宝们打架了。还抢人家的玩具。你现在就在这儿，和T.P.待在一块，看你能不能安静一会儿。”

“你好好把奶牛的乳头清理干净。”罗斯科斯说，“你去年冬天给那头小奶牛挤过奶，她现在都不出奶了，要这头奶牛也挤不出奶了，他们可就没牛奶喝了。”

迪尔希在唱着什么歌。[①]

“别凑过那边去。”T.P.说，“难道你不记得妈妈说过的，你不能去那边吗？”他们在吟诵着什么。

“来吧。”T.P.说，“我们去找小昆汀和拉斯特一起玩吧。走啦。”

小昆汀和拉斯特正在T.P.的小房子前面玩泥巴。房子里生了一个火炉，火苗蹿起又落下，罗斯科斯背对着火炉坐着，看不清他脸上的表情。

“那就是三个了啊，我的老天爷。”罗斯科斯说，“我两年前就跟你说过了。这个地方很不吉利呀。”

“那你为什么不赶快逃离这里呢？”迪尔希说。她给我脱下衣服。“你这一套不吉利的说辞都把维尔施吓得跑去孟菲斯[②]了。这下你可算满意了吧。”

---

① 班吉总把迪尔希的哭泣认为是在唱歌。

② 美国田纳西州西南部的大城市，离本书故事发生地点的密西西比州北部距离很近。

“如果维尔施就只有那么一点坏运气，那我可就真满意了哟。”罗斯科斯说。

方罗妮走进来了。

“你们都干完活儿了吧。”迪尔希说。

“T.P.马上就干完活儿了。”方罗妮说，“卡洛琳小姐希望你能服侍小昆汀上床睡觉。”

“我一做完这些事，就尽快赶过去，也只能这样了。”迪尔希说，“事到如今，她也应该知道其实我没长翅膀吧。”

“我不是早就说过了嘛。”罗斯科斯说，“他们连自己家孩子的名字都不准提起，[①]你说这样的地方是不是凶多吉少呢。”

“嘘，快别说了。”迪尔希说，“你要是把他吵醒了，他又要闹个没完了。”

“抚养了一个根本不知道自己妈妈叫什么名字的孩子，这事太荒谬了。”罗斯科斯说。

“别再费神为她瞎操心了。”迪尔希说，“我带大了家里所有的孩子们，再多一个又有什么关系。行了，别唠叨了。就让他好好睡一觉吧。”

“你就直接说出那个名字吧。”方罗妮说，“反正无论谁的名字，他都听不懂。”

“你试一试说说看啊，看他到底懂不懂。”迪尔希说，“他睡觉的时候，你说的那些话他都听到了，我敢打赌。”

“大家都觉得他是个白痴，啥也不懂，但其实他懂得还真不少。”罗斯科斯说，“他就像短毛大猎狗似的，嗅觉精准，能知道家里每个人的日子什么时候到头。要是他能开口说话，肯定能说出他自己的日子啥时候到头，还有你们的，或者我的。”

“妈妈，您能把拉斯特从床上抱起来吗？”方罗妮说，“那个孩子会给他施魔咒的。”

---

① 凯蒂被丈夫抛弃之后生下了私生女。康普生太太觉得非常耻辱，不允许凯蒂回家，在家里也不允许任何人提起她的名字。

“闭上你的嘴，别瞎说。”迪尔希说，“你就不能往好处想想吗。怎么能听信罗斯科斯的胡言乱语呢，班吉，赶快上床睡觉吧。”

迪尔希推搡了我一把，我赶快爬上床，拉斯特已经躺在上面了。他睡得很香。迪尔希拿出一根很长的木头板子，横在拉斯特和我中间。“你乖乖待在自己那边。”迪尔希说，“拉斯特还是小孩子，你别挤坏了他。”

你还不能去那里，T.P.说。再等等。[①]

我们在房子的拐角处张望，一辆辆马车依次驶过去了。

“赶快。”T.P.说。他一把抱起小昆汀，我们一起跑到篱笆的拐角处，目送他们远去。“他就这么走了。”T.P.说，“你们看见那辆有窗户的马车了吗？好好看看那辆。他就躺在那辆马车里。跟他好好告别吧。”

赶快走吧。拉斯特说，[②]我要把这个球带回家去，那样保证丢不了。啊，不行的，少爷，这不能给你。要是让那些人看见你有这个球，他们会说这是你偷来的呢。嘘，快别抱怨了。这真不能给你。再说即使给你玩，你也不会玩啊。

方罗妮和T.P.在门口的泥巴堆里玩耍。[③]T.P.有一个装满了萤火虫的瓶子。

“你们怎么全都出来了？”方罗妮说。

“家里来了客人。”凯蒂说，“父亲说今晚家里全部的小孩子都听我指挥。我想你和T.P.也得听我的吧。”

“我可不会听你瞎指挥。”杰生说，“方罗妮和T.P.也不会听你的。”

“只要我开口，他们就得听我的。”凯蒂说，“不过我可能还懒得开口呢。”

“谁也管不了T.P.。”方罗妮说，“葬礼开始了吗？”

“葬礼是什么啊。”杰生说。

“难道妈妈没说过不准你告诉他们这事吗？”维尔施说。

---

① 班吉联想到了第二天他父亲的灵柩运往墓地的情景。

② 回到“当前”。

③ 班吉又想到了奶奶去世那天晚上，凯蒂建议大家一起去维尔施的小屋里玩耍的情景。

“葬礼就是大家一起悲叹哀悼。”方罗妮说，“比尤拉·克莱大姐去世的时候，大家足足悲悼了两天呢。”

他们聚集在维尔施的房子里悲痛哀悼。[①]迪尔希在哭泣。迪尔希一边哭着，拉斯特一边说，嘘，别出声，我们大家就屏息静气，而后我又放声大哭起来，打破了四周安静的氛围，布鲁也跟着在厨房台阶下面哀号。迪尔希终于不哭了，我们也安静了下来。

“哦。”凯蒂说，[②]“那是黑人们的规矩。白种人是没有葬礼的。”

“方罗妮，妈妈说了，这事儿可不能告诉他们。”维尔施说。

“什么事儿不能告诉他们啊？”凯蒂问。

迪尔希在悲悼，她的哭声传到这儿，我也跟着哭了，布鲁听见了，它在台阶下狂吠。[③]拉斯特，方罗妮透过窗户说。把他们全带去牲口棚。这吵吵闹闹的我可怎么做饭呀。还有那条小猎犬，统统都带走。

我不想去哟，拉斯特说。昨晚我在那里看到爷爷了，他就站在牲口棚里冲我挥手。说不定今晚又能看到他。

“我倒很想知道为什么白人就不能举行葬礼呢。”方罗妮说，[④]“白人不也一样会死去吗。你奶奶不也就像黑人一样死去了吗。”

“狗才会死。”凯蒂说，“那次南希掉进地沟里，罗斯科斯一枪就崩了它，飞来了一大群秃鹫把它给撕碎了。”

白骨散落在地沟四周，阴森可怕的地沟里遍布着黑漆漆的藤蔓，藤蔓暴露在月色下，像一动不动躺着的尸体。而后他们全都安静下来，没动静了，四周一片漆黑，我昏昏睡去，醒来之后睁开眼睛，我听见了妈妈在说话，还听到了匆匆忙忙来来去去的脚步声，我闻到了那股奇怪的气味。[⑤]而后那间房子的轮廓出现了，但我却紧闭双眼。我并没有睡着。我能闻到那股气味。T.P.把被单上的别针都解开了。

---

① 班吉想到了罗斯科斯去世的情景。

② 奶奶去世那天。

③ 罗斯科斯去世那天。

④ 奶奶去世那天。

⑤ 班吉联想到1912年他父亲去世那晚他醒过来闻到了“死亡”的气味。

“别说话。”他说，“嘘……”

但是我能闻出那股气味。T.P.一把拉起我，飞速给我穿好衣服。

“班吉，别出声。”他说，“我们一起去我的小房子里。你们不是都喜欢去我家吗，方罗妮在家呢。别说话，嘘……”

他帮我系上鞋带，戴好帽子，我们就出发了。门厅亮着灯。我们听见了母亲在门厅那头正在说话。

“班吉，嘘……”T.P.说，“我们马上就出去了。”一扇门缓缓打开了，那股奇怪的味道又来了，甚至更浓烈了，一颗脑袋从门后冒了出来。这不可能是父亲。他生病了，躺在床上呢。

“你能把他带出去，别待在屋里吗。”

“我们正要出去呢。”T.P.说。迪尔希从楼梯走上来了。

“别说话。”她说，“都安静点儿，T.P.，把他带去我们家吧。方罗妮会给他铺好床。你们要照顾好他啊。班吉，别出声。跟T.P.一起去吧。”

她朝着母亲正在说话的门厅那头走去了。

“最好还是把他放在那里。”这不是父亲的声音。他关上了门，但是我依然能闻到那股奇怪的气味。

我们走下楼梯。楼梯的尽头是一片无边无际的漆黑，T.P.拉着我往前走，我们走出了大门口，走进了门外的那一片黑暗中。阿丹坐在后院的空地上，吠叫个不停。

“它闻到了那个气味。”T.P.说，“你是不是也是这样闻出来的。”

我们拾阶而下，身后的影子也一步一步落下台阶。

“我忘记拿你的外套了。”T.P.说，“你本该穿着外套出来的。但是我又实在不想回去拿了。”

阿丹还在一直吠叫着。

“你给我消停点吧。”T.P.说。我们的影子一直在移动变化，可是阿丹的影子却一动不动，不过它一开口吠叫，地上的影子就跟着动起来了。

“我完全没办法把你带回家啊，你这么闹腾。”T.P.说，“你以前就很惹人厌恶了，现在叫起来的声音还像只牛蛙，真是的。赶快走吧。”

我们在砖石小路上踯躅而行，身后拖着长长的影子。猪圈里散发出猪猡特有的那种味道。一头奶牛站在棚里，面对着我们，正在嚼草。阿丹又嚎叫起来了。

“你这是要把全镇的人都吵醒啊。”T.P.说，“你就不能安静一会儿吗？”我们看到了阿欢，它正在小河谷边吃草。我们走到小河谷边，月亮静静地照在水面上。

“少爷，别啊。”T.P.说。“这里离家太近了。我们可不能就待在这儿。走吧。哎呀，你看看你自己。整条腿都给弄湿透了。来吧，到这儿来。”阿丹还在吠叫。

拨开窸窸窣窣的草丛，那条地沟又出现了。阴森森的白骨就散落在黑漆漆的藤蔓四周。

“就是现在。”T.P.说，“你要是想大吼大叫，那就尽情吼出来吧。在你面前是二十英亩的牧场和无尽的黑夜，你想怎么吼就怎么吼。”

T.P.在小河沟里找了个地方躺下来，我也跟着坐下去，看着四周散落的白骨，秃鹫们就是在这里把南希撕碎，吞得一干二净的，那些黝黑阴郁的大鸟吃饱之后，扑腾着它们沉甸甸的大翅膀，缓缓飞出了小河沟。

我之前来这里的时候，那个硬币还在我身上呢，拉斯特说。[①]我还掏出来给你们看了呢。你们是不是看到了呀。我就站在这个地方，把硬币从兜里掏出来给你们看的。

“你以为秃鹫会把咱奶奶也撕成碎片吗？”凯蒂说，[②]“你可真是太疯癫了。”

“你是个大坏蛋。”杰生说。他开始哭了起来。

“你才是个大浑球呢。”凯蒂说。杰生还是在哭。他的双手插在裤袋里。

“杰生长大之后肯定富得流油。”维尔施说，“他随时随刻都紧紧攥着自己的钱，绝不松手。”

杰生依旧在哭。

---

① 回到“当前”，拉斯特依然在找他的硬币。

② 又回到奶奶去世的那一晚。

“你看你又惹他哭得没完没了。”凯蒂说，“杰生，快别哭了。秃鹫们怎么可能飞得进去咱奶奶的房间里呢。父亲不会让它们飞进去的。你会让秃鹫活生生把你撕碎吗？好啦，别哭了。”

杰生不哭了。“方罗妮说那是一个葬礼。”他说。

“才不是呢。”凯蒂说，“那是一个舞会。方罗妮根本就一无所知啦。T.P.，他眼馋你的萤火虫了。给他玩一会儿吧。”

T.P.递给我那瓶萤火虫。

“我敢说，要是我们现在绕道去客厅窗户底下，肯定能有点什么重大发现。”凯蒂说，“然后你们就会相信我的话了。”

“我已经知道是怎么回事了。”方罗妮说，“我不用过去也知道。”

“方罗妮，你最好赶快闭嘴。”维尔施说，“妈妈又要抽你了。”

“那你说这是怎么回事。”凯蒂说。

“反正该知道的我都知道。”方罗妮说。

“走吧。”凯蒂说，“我们绕到房子前面去吧。”

我们又起身出发了。

“T.P.想要回他的萤火虫瓶子了。”方罗妮说。

“T.P.，就让他多玩一会儿呗。”凯蒂说，“我们肯定会还给你的。”

“你们自己就从来都不去逮萤火虫。”方罗妮说。

“如果我说，你和T.P.也可以来的话，你会让他多玩一会儿这瓶萤火虫吗？”凯蒂说。

“又没人说我和T.P.非得听你指挥呀。”方罗妮说。

“要是我说你们不用听我的，你们能让他多玩一会儿嘛。”凯蒂说。

“好吧。”方罗妮说，“T.P.，就让他玩吧。维尔施，我们去看他们是怎么哀悼的。”

“他们才不是在哀悼呢。”凯蒂说，“我早就说啦，他们是在开舞会。维尔施，你说那是哭哭啼啼的葬礼吗？”

“我们老站在这里不动，就是想破头也想不出他们到底在干吗啊。”维尔施说。

“动身吧。”凯蒂说，“方罗妮和T.P.可以不用听我指挥。但其他人还是得听我的啊。维尔施，你还是抱起他来吧。天色眼看就要暗下来了。”

维尔施一把抱起我来，然后我们一起绕过了厨房。

我们在屋子拐角附近东张西望，马车上的灯光沿着车道一路照射过来。[①]T.P.走回到地窖门口，打开了门。

你知道地窖里面有什么吗。T.P.说。有苏打水呢。我亲眼见过杰生少爷抱着满满一大堆从里面走出来。你稍等一下。

T.P.走了过去，在厨房门口四处张望着。迪尔希说，你在那里偷偷摸摸地看什么呢？班吉呢，在哪里？

他不就在那里嘛。T.P.说。

过去看着他吧，迪尔希说。但现在别让他进大房子里去。

好的，遵命，T.P.说。他们开始举行婚礼了吗。

你赶快去看管好那个孩子，别让大家看见了他，迪尔希说。我这儿已经手忙脚乱快顾不过来了。

一条蛇从房子地下钻了出来。[②]杰生说他一点都不害怕蛇，凯蒂说他肯定怕蛇，而她自己倒不害怕，维尔施说其实这两个人都怕蛇，凯蒂对他说，你给我闭嘴，她说话的语气极像父亲。

你不会是要开始歇斯底里大喊大叫了吧。T.P.说。[③]来喝一点沙士汽水啦。

汽水的味道直冲我的鼻子，泛上眼睛。

要是你不想喝，那就给我喝吧。T.P.说。好咧，拿到了。我们赶快再拿一瓶吧，趁现在没人发现咱们。你千万别说出去啊。

门厅窗户下有一棵树，我们走到树底下，停住了脚步。[④]维尔施把我放在湿漉漉的草地上。天气阴冷刺骨。每一扇窗户都透着灯光。

“咱奶奶就躺在那一间屋子里。”凯蒂说，“她现在每天病怏怏的。等她身体好起来了，我们就能去郊外野餐了。”

“反正该知道的我都知道。”方罗妮说。

---

① 又回到了1910年凯蒂婚礼那晚，在T.P.与班吉喝醉之前。

② 奶奶去世的那一晚。

③ 凯蒂结婚的那一晚。

④ 奶奶去世的那一晚。

风吹过来，树叶在沙沙作响，地上的小草也沙沙作响。

“再往前走过去，我们在那间屋子出过麻疹啊。”凯蒂说，“方罗妮，你和T.P.是在什么地方出的麻疹呢？”

“还不就在我们平时住的地方嘛。”方罗妮说。

“他们还没开始呢。”凯蒂说。

他们正准备要开始了，T.P.说。[1]你就在这里等着，我去把那个大箱子搬过来，我们站上去，就能从窗户看到房子里了。喂，咱们赶快把这杯沙士汽水给干了吧。这玩意儿喝起来就像嗓子眼里塞了一只猫头鹰。

我们喝完了手里的沙士汽水，T.P.把那几个空瓶子塞回地窖里的储酒格子里，然后他就走开了。我听见了他们在门厅里聊天说话，我举起双手攀上墙壁，想扒上窗台。T.P.拖来了一个大箱子。他一不留神，摔倒在地，开始咧嘴大笑起来。他躺在那里，侧着脸，对着草地狂笑不已。他好不容易站了起来，把大箱子拖到窗台下，使劲憋住不笑。

“我生怕自己会忍不住嚷出声来。”T.P.说，“你站到箱子上去，看看他们到底开始了没。”

“乐队还没来，他们还没开始吧。”凯蒂说。[2]

“他们才不需要什么乐队呢。”方罗妮说。

“你怎么知道呢？”凯蒂说。

“反正该知道的我都知道。”方罗妮说。

“其实你根本什么都不知道。”凯蒂说，她走到大树下。“维尔施，推我一把。”

“可是你爸爸交代过，你不能爬那棵树。”维尔施说。

“那都是好久好久以前的事儿了。”凯蒂说，“我估计连他自己都不记得这回事了。再说了，他吩咐过了，今晚我是总指挥。他是不是说了大家都得听我的指挥呀。”

“我才懒得理你。”杰生说，“方罗妮和T.P.也不会听你指挥的。”

---

① 凯蒂结婚的那一晚。

② 从“开始”回想到另外一个“开始。”依然是奶奶去世那晚的情景。

“维尔施，推我上去。”凯蒂说。

“好吧。”维尔施说，“以后要是追究起来，挨抽的人可是你，跟我没关系啊。”他走过去了，把凯蒂推上了那棵大树最底下的枝丫上。我们全部都齐刷刷地盯着她内裤上的那块沾满泥巴的臀部。然而一转眼，她就不见了。但我们能听到树梢上传来的树枝摇晃声。

“杰生少爷说了，要是你把树枝折断了，他就抽你。”维尔施说。

“我也要去告她的状。”杰生说。

那棵树突然不晃动了。我们集体抬头往树上看去，树枝静悄悄的。

“你看到什么了啊？”方罗妮轻声问。

我看见他们了。[1]然后我又看到了凯蒂，她头上戴着美丽的花朵，头顶披着一条长尾白纱，轻柔得像一阵华丽闪亮的微风。

“嘘，别出声。”T.P.说，“他们会发现你的。赶快下来吧。”他把我拽了下来。凯蒂。我举着双手攀在窗台上，凯蒂。T.P.一把拉下我来了。“嘘，别说话。”他说，“安静。赶快到我这里来。”他拉着我往前走。“班吉，千万别说话。你难道希望他们听见你的声音吗。走吧，我们再去地窖里喝沙士汽水，但是你要安静一点儿，喝完了我们再回来看情况如何。我们俩最好再各喝一瓶，否则随时会崩溃大喊大叫。我们就说是阿丹喝了。昆汀老爷总说这条狗非常聪明，那我们就顺水推舟，说这是条很爱喝沙士汽水的聪明狗狗。”

月光洒落在通往地窖的台阶上。我们又喝掉了更多的沙士汽水。

“你知道我希望现在发生什么事情吗。”T.P.说，“我就希望此刻有一头熊从地窖门口走过来。你知道我要干什么吗。我会直接冲它走过去，深深地蔑视它。赶快把那瓶递给我，把我嘴巴给堵上，不然我真会号叫出来了。”

T.P.喝得仰面倒下去了。他开始大笑不止，地窖的门和月光仿佛也喝醉了，在一起跳舞，越跳越远，不知道有个什么东西打了我一下。

“别出声了。”T.P.说，他竭力不笑。“天哪，他们肯定全都听见咱们的声音了。赶快起来。班吉，起来，赶快。”他笑个不停，全身筛糠似的抖

---

① 凯蒂婚礼那天。

得厉害，我竭力想站起来。月色笼罩中，酒窖的台阶仿佛自己长腿了，跑到山岗上去了，T.P.就倒在这山岗上，倒进了这月色迷茫中，与此同时，我一头扎进了篱笆里，T.P.跟在我身后跑，一边说“小声点，小声点啊”。然后，他又跌倒在花丛中，狂笑不止，我想往前跑，却和那个大箱子撞了个正着。我趴在地上，寻思着要爬上那个大箱子，可这箱子竟然自己长腿了，跳开了，还猛击了我的后脑勺一下，痛得我从嗓子眼里发出了一声号叫。我的嗓子好像不属于我了，它自己又发出了一声号叫，我放弃挣扎，继续趴在地上，嗓子眼又号叫了一声，我害怕了，我哭了起来。T.P.走过来，他想把我拉起来，可我嗓子眼里不断冒出各种各样的号叫声。它不停地号叫着，我不明白自己到底是不是在哭泣，T.P.没把我拉起来，他反而倒下来，坐在我身上，我的嗓子眼里依然冒出各种古怪的号叫声，他发狂似的大笑着，昆汀踢了踢T.P.，凯蒂过来了，她伸手抱住我，她那轻柔得像闪亮微风般的白纱缠绕着我，可我再也闻不到她身上那雨后森林的气息了，我开始哭泣。

班吉，凯蒂说，班吉。[①]她又伸出一双手臂想抱着我，可是我躲开了。“班吉，你怎么了。”她说，“你是不是不喜欢这顶帽子啊。”她摘下头上的帽子，又过来了想抱我，而我躲开了。

“班吉。”她说。“到底怎么回事呢，班吉。是不是凯蒂做错了什么呀？”

“他不喜欢你这身神经兮兮的衣服。”杰生说，“你是不是觉得自己已经是个大人了呀。你是不是觉得谁也不如你了呀。神经病。”

“给我闭上你的臭嘴。”凯蒂说，“班吉，你这个小坏蹄子。”

“就因为你今年十四岁了，你就觉得自己是个大人了，对吧？”杰生说，“你就自以为了不起了。对吧？”

“班吉，别哭了。”凯蒂说，“你就快把妈妈吵醒了。别哭哭啼啼了。”

但是我哭得正起劲，停不下来，她走开了去，我跟着她，她走到楼梯

---

① 班吉因为闻不到树叶的清香味，联想到凯蒂十四岁第一次穿大人的衣服，还喷了香水的情景。

口处，停下脚步来等我，我也停住了脚步。

“班吉，到底怎么回事呢。”凯蒂说，“告诉凯蒂吧，好不好。她一定可以办到的。来，试试看。”

“凯蒂斯。”母亲叫着。

“我在啊。”凯蒂说。

“你们为什么要戏弄他呀。”母亲说，“把他带来这里。”

我们走进母亲的房间里，她正病怏怏地躺在床上，额头上覆盖着一块布。

“又怎么了啊，”母亲说，“班吉明。”

“班吉……”凯蒂说。她又起劲了，但我赶快躲开了她。

“你肯定是什么地方惹着他了。”母亲说，“你就不能让他一个人好好待着嘛，我也能清静一会儿。把那个盒子给他吧，然后你忙你的去，让他自己玩儿。”

凯蒂把盒子拿来，放在地板上，打开了盖子。盒子里装满了星星。我静着不动，星星们也静悄悄的不动。我晃了晃脑袋，星星们就一眨一眨，闪闪发亮。我不哭了。

紧接着，我听到了凯蒂走路的声音，我又开始哭泣了。

“班吉明。”母亲说，“过来我这里。”我走到了屋子的门口。“班吉明，我叫你呢。”母亲说。

“这是怎么回事啊，”父亲说，“你要去哪里呢？”

“杰生，带他到楼下去玩，找个人看管他。”母亲说，“你明明知道我现在生病了，还来惹我生气呢。”

父亲带着我走出屋子，把门从身后关上了。

“T.P.。”他说。

“是的，老爷。”T.P.在楼下应声道。

“班吉要去楼下玩。”父亲说，“你跟着T.P.去吧。”

我走到洗澡间门口。我听见了里面传来的流水声。

“班吉。”T.P.在楼下喊我。

我能听见流水声。我屏声静气地听着。

我听不到流水声了，这时候，凯蒂打开了洗澡间的门。

“哎呀，班吉。”她说。她看着我，我走上前去，她伸出双手搂住了我。

“你是不是又找回了凯蒂呀。”她说，“你是不是以为凯蒂跑走了呀。”凯蒂又散发着雨后树叶般的清香了。

我们一起走回凯蒂的房间里。她坐在镜子面前梳妆。她停了下来，看着我。

“哎呀，班吉，到底怎么了呢？”她说，“你可不准哭啊。凯蒂不会跑走的。来，看看这是什么。”她拿起一个瓶子，拔开瓶塞，把瓶子凑在我鼻子底下。“很甜吧。闻一闻，好香的。”

我扭头避开了，我没有哭，她手里拿着那个瓶子，若有所思地看着我。

“噢。”她说。她放下手里的瓶子，走过来，双臂环绕着我。“原来是为了那个呀。你是不是本来打算告诉凯蒂，但你又没能告诉她呀。你想要，但你又说不出来，对不对啊。当然啦，凯蒂不再需要了啊。你先等我把衣服穿好啊。”

凯蒂穿好了衣服，又拿起那个瓶子，我们一起下楼，走到厨房里。

“迪尔希。”凯蒂说，“班吉有一个礼物要送给你。”她弯下腰来，把那个瓶子放在我手掌上。“现在去把这个送给迪尔希。”凯蒂握着我的手，伸了出去，迪尔希接过了那个瓶子。

“哎呀，真难以置信。”迪尔希说，“我的小宝贝竟然送了一瓶香水给迪尔希。罗斯科斯，快来看看呀。”

凯蒂身上散发着雨后树叶的清香。“我们平时不太爱用香水。”凯蒂说。

她身上散发着雨后树叶的清香。

“好啦，过来吧。”迪尔希说。①“你长大了，不能再跟别人睡一块儿了。你已经是个大孩子了。都十三岁了呢。你应该可以一个人去莫里舅舅房间里睡觉了吧。”

---

① 回到1908年班吉独自一人帮莫里舅舅送情书的那晚。

莫里舅舅生病了。他的眼睛看起来病怏怏的，嘴巴也病怏怏的。[1]迪尔希捧着托盘把晚餐送到了他的房间里。

“莫里说他迟早要开枪打死那个恶棍。”父亲说，“我告诉他，在动手之前，最好别在派特森先生面前流露出这个意思。”父亲正在喝酒。

“杰生。”母亲说道。

“父亲，要开枪打死谁啊？”昆汀说，“莫里舅舅为什么要开枪打他啊。”

“就只是一句玩笑话啊，他都受不了。”父亲说。

“杰生。”母亲说，“你怎么能那样无情呢？你就坐在那里无动于衷，眼睁睁地看着莫里遭埋伏还中枪倒地了，你居然还能嘲笑他。”

“那是莫里自己把自己给陷害到了遭埋伏还中枪的地步呀。”父亲说。

“父亲，开枪打了谁啊？”昆汀问，“莫里舅舅想开枪打谁啊？”

“没有谁。”父亲说，“我可是一把手枪都没有啊。”母亲开始哭泣起来了。“如果你怨恨莫里，不想再养着他这个吃白食的。你为什么不拿出点男子汉气概来，当面跟他说清楚呢。你何苦这样在他背后当着孩子们的面来奚落他呢。”

“我一点也没怨恨他。”父亲说，“其实我很喜欢莫里。他无限地满足了我的种族优越感。即使有人拿一对好马来跟我换他，我也不乐意呢。昆汀，你知道为什么吗？”

“父亲，我不知道。”昆汀说。

“Et ego in arcadia[2]，我忘记了‘干草’这个词在拉丁语里怎么说。”父亲说，“好啦，好啦。我只是在开玩笑而已。”他喝完了酒，把玻璃酒杯放下，走了过去，轻轻地把手放在了母亲的肩膀上。

“谁跟你开玩笑呢。”母亲说，“我娘家人和你家人一样出身高贵，

---

① 送情书当晚。派特森先生夺过班吉手里的信，发现了莫里舅舅和自己妻子私通之情，揍了莫里。这里说的“病怏怏”是指“肿起来了”。

② 本句拉丁文的原意为：我即使到了阿卡狄亚。阿卡狄亚是古希腊某地，后被喻为田园诗般淳朴之地。康普生这句话的意思为：如果他有一对好马，到了阿卡狄亚还是要找干草来喂马；而他有了莫里，就不用费劲喂了。

很有教养。只不过莫里的健康状况比较堪忧。”

“那肯定是显而易见的。”父亲说，“健康状况欠佳是所有人生活的致命原因。在苦痛中诞生，在堕落中成长，在腐烂中死去。维尔施。”

“是的，老爷。”维尔施应声道，他站在我椅子后面。

“这个玻璃瓶拿去，斟满酒。”

“再把迪尔希喊过来，让她带班吉明睡觉去。”母亲说。

“你现在已经是个大男孩了。”迪尔希说，[①]“凯蒂已经不乐意和你睡一起了。现在别闹了好吗，赶快去睡觉吧。”那间屋子突然消失不见了，但我没有哭，紧接着房子又出现了，迪尔希走过来，她坐在床边，静静地看着我。

“你要不要当个乖孩子呀，安安静静的。”迪尔希说，“你不肯呀，是不是。那你等我一会儿。”说完她就走开了。门口静悄悄的，一个人也没有。然后，凯蒂从门里走了出来。

“好啦，别闹了。”凯蒂说，“我这不是来了嘛。”

我不哭了，迪尔希把床单铺好，凯蒂钻进毛毯里去了。她没有脱下身上裹着的浴袍。

“你看。”凯蒂说，“我在这里呀。”迪尔希又拿来了一条毛毯，盖在凯蒂身上，还替她掖了掖被角。

“他过一会儿就会睡着了。”迪尔希说，“你房间的灯我给你留着吧。”

“好呢。”凯蒂说。她和我一起头挨着头挤在一个枕头上。“晚安，迪尔希。”

“晚安，小宝贝。”迪尔希说。房间的光线暗了。凯蒂身上散发着雨后树叶般的清香。

我们一起抬头往树上看，她正在树上。[②]

“维尔施，她到底看到了什么呢？”方罗妮压低声音问。

---

① 当晚后来发生的事情。

② 奶奶去世那一晚。

“嘘……”凯蒂在树上说。迪尔希发话了，她说，“你们赶快过来这儿呀。”她的身影从屋子拐角闪了出来。“你们为什么要背着我偷偷溜出来呢。为啥不听你们爸爸的话，乖乖上楼睡觉去呢。凯蒂和昆汀去了哪里？”

“我一早就告诫过她了，别爬那棵树。”杰生说，“我这就去告她的状。”

“谁在那棵树上呀。”迪尔希说。她凑近过来，抬头往树上张望。“凯蒂。”迪尔希喊了一句。树上的枝丫又开始摇来晃去了。

“是你这个小恶魔在树上啊。”迪尔希说，“赶紧给我从树上下来。”

“嘘……”凯蒂轻声说，“你难道不知道父亲说了要安静吗？”她的一双腿出现在我们视野里，迪尔希伸手接住她，把她从树上抱下来，放在地上。

“你竟然让他们跑到这里来玩，难道你就没有半点更好的办法了吗。”迪尔希说。

“对她，我可真是无能为力了。”维尔施说。

“你们都干了些什么事儿呀。”迪尔希说，“谁批准你们跑到房子前头这一块来玩耍的呀。”

“她带头的。”方罗妮说，“她带我们来这里的。”

“谁说了你们非得听她指挥呀。”迪尔希说，“现在都赶紧给我回家去。”方罗妮和T.P.抬腿就走。他们走得飞快，刚走了没几步，我们就看不见他们了。

“深更半夜跑去那里玩。”迪尔希说。她一把抱起我来，朝厨房走去。

“还背着我偷偷摸摸溜出去玩。”迪尔希说，“你们明明知道都已经过了睡觉的点了。”

“嘘……迪尔希，小声点儿。”凯蒂说，“说话的嗓门别这么粗犷啦。我们得安静一点儿。”

“你自己先闭嘴，安静一会儿吧。”迪尔希说，“昆汀去了哪里？”

“昆汀气得快发狂啦，因为今晚大家都得听我指挥，包括他。”凯蒂说，“他手里还抓着T.P.的萤火虫瓶子呢。”

“我敢说，T.P.即使没有那个萤火虫瓶子，他也不在乎。”迪尔希说，“维尔施，你去找找昆汀。罗斯科斯说看见他往牲口棚那个方向走去了。”维尔施走开了。很快我们就看不见他了。

“他们在屋子里面无所事事，什么也没干。”凯蒂说，“全都坐在椅子上，互相望着。”

“他们操办这种事，哪会让你们这些小孩子来帮忙呢。”迪尔希说。我们一起绕过了厨房。

你们现在又要去哪里，拉斯特说。[①] **你是不是又想回去看他们打球啊。那边我们不是已经找过了吗。啊，稍等片刻。你就在这儿等着好吗，等我去把那个球拿过来。我想到办法了。**

厨房里一片漆黑。[②] 半空中的那些树浸透在黑暗中。阿丹摇摇摆摆地从台阶下面走上来了，舔了舔我的脚脖子。我绕到厨房后面，那儿有朦胧的月色。阿丹拖着四只蹄子慢慢跟过来了，也浸入了月色中。

“班吉。”T.P在房子里叫道。

在客厅窗户外的那株开满花的树并不是黑漆漆的，真正黑暗难辨的是那些浓密茂盛的大树。我的身影在草地上轻轻掠过，所到之处的青草在月色笼罩中发出沙沙声。

“班吉，喊你呢。”T.P.在房子里叫道，“你藏在哪里？你从屋子里溜出去了。我一早就知道了。”

拉斯特回来了。[③] **等一等，他说。到这里来。别上那边去了。昆汀小姐和她的情郎在那边荡秋千呢。你从这边过来。班吉，回来呀。**

树底下一片漆黑。[④] 阿丹不乐意过来。它沐浴在月光中。接着我看到了那个秋千，我开始哭泣。

班吉，离开那里，赶快过来这里，拉斯特说。[⑤] **昆汀小姐要是知道了，她一准要发怒了。**

---

① 回到“当前”。

② 班吉联想到1906年的某个晚上，他一个人走出宅子去的情景。

③ “当前”。

④ 1906年的那个晚上。

⑤ “当前”。

当初秋千上有两个人，现在只有一个人了。[1]凯蒂疾步走来，在一片漆黑中，她是白茫茫的一片。

“班吉。”她说，“你是怎么溜出来的？维尔施呢，在哪里？”

她伸出手臂，环抱着我，我没再哭了，我拽住她的衣服，竭力想把她从我身上扯开。

“哎呀，班吉。”她说，“你这是怎么啦。T.P.。”她喊了一嗓子。坐在秋千上的那个人站起来了，走了过来，我吓哭了，使劲地抓着凯蒂的裙子不松手。

“班吉。”凯蒂说。“这不过是查理呀。难道你不认识查理吗？”

“负责看管他的那个黑小伙呢？”查理说，“为什么他们让他这么不受约束地到处乱跑呢。”

“班吉，别哭了。”凯蒂说。“查理，你走吧。他不喜欢你。”查理离开了，我就不哭了。我用力拉着凯蒂的裙子。

“班吉，怎么了呀。”凯蒂说，“你就是不想我待在这里跟查理聊几句呀。”

“去把那个黑小子叫过来啊。”查理说。他又回来了。我哭得更大声了，紧紧地拉着凯蒂的裙子。

“查理，你走开啦。”凯蒂说，查理走了过来，他把双手放在凯蒂身上，于是我哭得更厉害了。我哭得越来越大声。

“不行，别这样。”凯蒂说，“不行啊，别这样啦。”

“他又不会说话。”查理说，“凯蒂。”

“你疯了吗。”凯蒂说。她呼吸得越来越急促。“他看得见啊。别呀，别这样啦。”凯蒂挣扎着。他们两个人的呼吸都越来越急促了。“求求你，求你了。”凯蒂轻声呢喃。

“把他支开。”查理说。

“好，我会的。”凯蒂说，“你先放开我啊。”

“你会把他支走吗？”查理说。

---

① 1906年的那个晚上。

“我会的。”凯蒂说，“你放开我。”查理走开了。“嘘，别哭了。”凯蒂说，“他已经走了。”我就真没哭了。我能听见她急促的呼吸，还能感觉到她的胸脯在上下起伏不定。

“我得先把他送回房子里去。”她说。她牵起我的手。“我马上就回来。”她轻声细语地说。

“等等。”查理说，“还是把那个黑小子喊过来吧。”

“不要。”凯蒂说，“我马上就回来了。班吉，走吧。”

“凯蒂。”查理轻声说，大口喘着粗气。我们继续往前走着。“你还是回来吧。你到底回不回来啊。”凯蒂拉着我一起跑起来了。“凯蒂。”查理叫道。我们不停跑着，跑进了月色中，一直朝厨房跑去。

“凯蒂。”查理说。

凯蒂和我一路跑着。我们跑上了厨房的台阶，跑进了客厅里，凯蒂在一片黑暗中跪了下来，抱住了我。我能听见她的呼吸，能感觉到她的胸脯在上下起伏。“我再也不会这样了。”她说，“班吉，我永远也不会这样了，班吉。”紧接着，她哭了起来，我也哭了，我们紧紧拥抱着彼此。“嘘……别哭了。”她说，“别哭了好吗。我再也不会这样了。”于是我不哭了，凯蒂站了起来，我们一同走进厨房，打开了灯，凯蒂拿起厨房的肥皂，在水池边很用力地洗着她的嘴唇。凯蒂散发着雨后树叶的清香。

我不是一直告诫你要离那边远远的吗？拉斯特说。[①]他们急匆匆地从秋千上坐了起来。昆汀腾出双手来整理头发。那个男人系着一条红色领带。

你这个老疯子，昆汀说。我要告诉迪尔希，你让他紧紧地跟踪我。我要让她好好地抽打你一顿。

“我又管不住他。”拉斯特说，“班吉，到这里来。”

“不呀，你明明管得住他。”昆汀说，“你就是懒得管。你们两个人都鬼鬼祟祟地在我四周打转。是奶奶让你们全都来监视我，对吧。”她从秋千上跳了下来。“如果你不立刻把他带走，让他离这里远远的，我真会让杰生来狠狠抽你一顿。”

---

① 回到“当前”，这里的昆汀是指小昆汀。

“我对他真的无能为力啊。”拉斯特说，“你要觉得你管得住，你尽管试试看。”

“你给我闭嘴。”昆汀说，“你到底把不把他带走？”

“啊，那还是让他留下来吧。”他说。他系着一条红领带。阳光照射在领带上，发出明晃晃的光线。“嘿，小子，看这里。”他划着了一根火柴，然后放进他自己的嘴里。然后他又把火柴从嘴里拿出来。火柴还在燃烧着。“想来试试吗。”他说。我凑上前去。“张开你的嘴。”我张大了嘴。昆汀一扬手，把火柴打飞了。

“你这该死的家伙。”昆汀说，“你是不是想把他惹哭。难道你不知道他一哭就一整天，没完没了吗。我要去迪尔希那里告你的状。”她转身跑走了。

“喂，小孩。”他说，“嘿。赶快回来。我保证再也不戏弄他就是了。”

昆汀一路跑到了房子那里。她已经绕过了厨房。

“你是在瞎胡闹，对吧，小子。”他说，“是不是啊。”

“他听不懂你在说什么。”拉斯特说，“他又聋又哑。”

“是吗。”他说，“他这副德行多长时间了啊。”

“到今天为止，正好三十三年整了。”拉斯特说，“天生就是个疯子。你是他们戏班子里的人吗？”

“干吗这么问？”他说。

“我不记得以前在这一带见过你。”拉斯特说。

“唔，没见过又怎样呢？”他说。

“没什么。”拉斯特说，“今晚我要去看演出了。”

他扭头看了我一眼。

“你不会就是那个能用一把锯子演奏出曲子的人吧，是不是你啊。”拉斯特说。

“你花两毛五买张门票，就能知道答案了。”他看着说，“为什么他们不干脆把他锁起来呢。你带他来这周围转悠什么呢。”

“这种话你可别对着我说啊。”拉斯特说，“我对他真是一点办法也没有。我只是过来这里找一个我不小心掉了的硬币，找到了今晚我就能去看演出了。可现在看样子我是没办法去看这个演出了。”拉斯特在地上瞄来瞄去。“你身上还有多余的硬币吗，还有吗？”拉斯特说。

“没有了。”他说，“我真没有。”

“那好吧，看来我只有想办法上哪儿再弄一个硬币了。”拉斯特说。他双手都插进口袋里。“你也不想买一个高尔夫球，对吧？”

“什么球？”他问。

“高尔夫球。”拉斯特说，“只要两毛五分，就给你了。”

“买来干吗？”他说，“我买这个来干吗呢？”

“我也觉得你不需要这玩意儿。”拉斯特说，“驴脑子，过来这里。咱们走吧，去这边看他们打球去。喂。这个玩意儿给你，你拿这个跟曼陀罗一起玩去吧。”拉斯特捡起了一个东西，把它递给了我。这个东西闪闪发亮。

“你从哪里捡来的？”他说。他的领带在阳光下面看起来红得耀眼，正一步一步朝我们靠近。

“就在这里，灌木丛下面发现的。”拉斯特说，“当时一晃眼，我还以为是我丢失了的那个硬币呢。”

他走过来，把那个东西拿过去了。

“嘘，别闹。”拉斯特说，“他看完了马上就还给你。”

“艾格尼丝·玛贝尔·贝基。①”他说。他若有所思地朝大房子那个方向望去。

“别嚷嚷。”拉斯特说，“他铁定会把那个还给你。”

他把那个玩意儿还给了我，于是我就住嘴了。

“昨天晚上谁来找过她了？”他说。

“我不知道呢。”拉斯特说，“每个晚上都有人来来去去，她能从那棵大树上爬下来。我又没监视他们，我哪能知道呢。”

---

① 美国20世纪20年代通用的避孕工具的牌子。拉斯特在地上捡到了装避孕工具的盒子，给班吉玩。那个系着红领带的人看到后就知道了小昆汀还有别的情郎。

“他们当中有人不小心留下了痕迹。”他说。他望了望大房子。然后他走开了，在秋千上躺了下来。

“走开啦。”他说，“别来烦我。”

“赶快走吧。”拉斯特说，“你现在又捣乱了。昆汀小姐已经去告过你的状了。”

我们走到篱笆那里，透过卷曲缠绕的花枝间隙望过去。拉斯特在草地上扒拉着找东西。

“之前就在这里，那硬币还在我身上放着呢。”他说。我看见小旗子在风中飘荡着，太阳光线斜斜地照下来，洒在广袤的草地上。

“他们[①]很快就会过来了。”拉斯特说，“曾经有几个在这里，但他们又走了。你们都赶快过来帮忙找找啊。”

我们顺着篱笆往前走。

“闭嘴，别闹了。”拉斯特说，“他们不肯来，难道我还有什么办法能让他们过来吗。等等，他们有几个马上就要过来了。看那边。他们过来了。”

我顺着篱笆一直走，直至走到了大门口，经常有姑娘们背着她们的书包从这里经过。“嘿，班吉，我叫你呢。”拉斯特说，“回来这里啊。”

你傻傻站在大门口望穿秋水也没用啊，T.P.说。[②]凯蒂小姐早都已经不知道在离这儿多远的地方了。她都嫁人了，离开你了。你这样抓着大铁门号啕大哭，真是一点好处也没有啊。她压根儿也听不见你的心声啊。

他现在到底想要什么呀。T.P.。妈妈说。你就不能陪着他玩一玩，别让他这么闹腾嘛。

他想走到那边去，守着大铁门往外看，T.P.说。

啊，那可不行哟，母亲说。外面正下大雨呢。最多只能让你陪他玩一玩，让他安静一点儿。班吉明，你可得听话。

无论怎么折腾，我都没法让他安静下来呢，T.P.说。他以为只要他走到

---

① 打高尔夫球的人们。

② 班吉从打高尔夫球的联想到了铁门外经过的女学生们，于是一走到那个地方就想起来了1910年5月在铁门的情景。

大铁门那儿守着，凯蒂小姐就会回来了。

简直太荒谬了。母亲说。

我能听见他们在不停地说话。我从房门走出去，我再也听不到他们的声音了，我一直走到大铁门那里，姑娘们背着她们的书包从这里经过。她们看到了我，她们把头一扭，脚下的步子走得更快了。我很努力想对她们说点什么，但是她们头也不回就走了，我也沿着篱笆跟着她们往前走，我非常想说话，她们越走越快。然后她们还跑了起来，我跟到篱笆拐角处，再也没办法往前走了，我死死地抓着篱笆，远远地看着她们消失的方向，我很想说话。

“班吉，你啊，”T.P.说，“你偷偷摸摸溜出来，你想干吗呀？难道你不知道迪尔希会因此狠狠地抽你一顿吗？”

“你这样折腾半天，一点好处也没有，透过篱笆墙，你流着哈喇子，对着她们哼哼唧唧的。”T.P.说，“你把她们都吓坏了。你瞧瞧看，她们都不敢走咱们这边了，都跑去马路对面了。”

他是怎么跑出去的，父亲说。[①]杰生，是不是你进来的时候忘了把门闩上呢。

当然不是啊，怎么可能呢，杰生说。我的反应能那么迟钝嘛。你以为我乐意类似这样的事情发生呢嘛。噢，上帝知道，这个家庭的声誉已经糟得不能再糟了。一直以来我都应该早点儿告诉您的。就目前这状况来说，我觉得您还是早点儿把他送去杰克逊那儿吧。要不然伯吉斯太太真会开枪打死他。

好了，别说了。父亲说。

一直以来我都应该早点儿告诉您呀，杰生说。

暮色四合，我摸了摸大铁门，它没闩上，我紧紧抓住铁门。[②]我没哭喊，我竭力屏住哭喊的冲动，我看着姑娘们在昏黄的光线中走过来了。我没有大喊大叫。

---

① 1910年6月2号之后的某天，班吉冲出大门去追逐女学生。下面写的是此事发生之后康普生与杰生的对话。杰克逊是密西西比州的首府，设有州立精神病院。伯吉斯太太是这个女学生的母亲。

② 这是倒叙，他在回想追逐女学生的情景，此处描写先于上一段文字。

“他在那里。”

她们停下了脚步，不敢往前走了。

“他出不来的。不管怎样，他是人畜无害啦。走吧。”

“我好害怕啊。我不敢走这边了。我要走马路对面那一边。”

我很镇定，我没有大喊大叫。

“别比猫咪还胆小好吗。走啦。”

她们在昏黄的光线中走过来了。我没有大喊大叫，我只是紧紧地抓住大铁门。

她们缓缓地往前走着。

“我好害怕呀。”

“他不会伤害你啦。我每天都从这里经过的。他就只会傻傻地跟着篱笆跑。”

她们走过来了。我打开了大铁门，她们停住了脚步，扭头想转身跑走。我张开嘴想说点什么，我一把抓住她，很想对她说话，但她尖叫起来，我只想对她说话，想得口干舌燥[①]，突然明晃晃的身影开始变得模糊不清，我竭力想挣脱出去。我很想把那黏糊糊的东西从眼前拂开，但那些模糊不清的身影又出现了。他们朝山上走去，朝着山上的下坡路走过去，我竭力想哭喊出来。但是我吸一口气，却发现自己没法呼出这一口气了，我想哭喊但却发不出声音，我竭尽全力不让自己从山上滚落下去，结果却真的滚落下山了，我掉进了明晃晃的，飞速旋转得让人头晕眼花的旋涡里去了。

喂，疯子，拉斯特说。[②]来了几个人了。你赶紧闭嘴啊，别再叽叽歪歪，神神叨叨的了。

他们走到插小旗子的地方。他把小旗子拔了出来，他们打了几球，然后他又把小旗子插回去了。

“先生。”拉斯特说。

---

① 然后班吉被女学生的父亲伯吉斯先生用篱笆桩子打昏之后，送去医院做了去势手术。下一段描写就是班吉在手术台上的感受。

② 回到“当前”。

他扭头看了看。“什么事？”他说。

“您想买高尔夫球吗？”拉斯特说。

“让我看看。”他说。他走到篱笆跟前，拉斯特伸长了手，穿过篱笆，把球递给了他。

“你从哪里弄来的这个玩意儿？”他说。

“我自己捡来的。”拉斯特说。

“我知道这是怎么回事了。”他说，“从哪里捡来的，是从别人的高尔夫球袋里拿来的吧？”

“我就是在草地的那头捡到这个球的。”拉斯特说，“给我两毛五，这球就归你了。”

“你凭什么说这球是你的。”他说。

“这明明是我捡来的啊。”拉斯特说。

“那你再去给自己捡一个来吧。”他说。他把那个球放进自己的球袋里，然后就走了。

“我今晚能不能看到演出就全指望它了啊。”拉斯特说。

“哦，真的吗？”他说。他走上球台。“科弟，让开。[①]”他挥杆打了一球。

“真不知道该怎么说你好。”拉斯特说，“你没见着他们，你就瞎抱怨，你现在见着他们了，你又大惊小怪的。你为什么就不能安安静静的呢。你不知道大家早就受够了成天听你吵吵闹闹吗。拿去。你的曼陀罗掉地上了。”

他捡起那枝曼陀罗，递回给我。“我再去给你摘一枝吧。你手上这枝都快给你弄蔫巴了。”我们站在篱笆前面，眼巴巴地看着他们。

“那个白人真是不好对付啊。”拉斯特说，“你都看见了吧，他硬是抢走了我的球。”他们往前走了。我们也沿着篱笆，跟着走去。我们走到了花园里，再也没法往前走了。我紧紧抓住篱笆，透过花枝缠绕的空隙望过去。他们走远了，消失不见了。

① 又让班吉想到了姐姐凯蒂。

“现在好了，你再也没什么可抱怨的了吧。”拉斯特说，“快闭嘴别嘟囔了。我才是那个该伤心难过的人呢，你有什么可生气的呢？来，拿去。你还不赶快紧紧抓住这株曼陀罗。待会儿要是弄丢了，你又该大哭大闹了。”他递给我一株曼陀罗。“你又赶着去哪里。”

我们的身影映在草地上。这些影子比我们更早碰到大树。我的影子第一个到大树下。而后我们俩走到大树下，那些影子又跑走了。瓶子里面有一枝花。我又插了另外一枝花进瓶子里去。

“你现在是不是还没长大啊。”拉斯特说，“跟瓶子里的两枝花都能玩得这么起劲啊。等卡洛琳小姐一死，你知道他们会怎么对你吧。他们会把你送到杰克逊那里去，杰生先生早说了，那里就是你的归宿。等到了那里，你身边全都是些疯子和白痴，你成天都能抱着铁栅栏了，爱怎么哼哼唧唧都可以。你觉得如何。”

拉斯特一扬手，把花瓶里的花全都打翻了。“你到了杰克逊的地盘，只要一开始哼哼，他们就这么对你。”

我努力想把地上散落的花朵捡起来。拉斯特手疾眼快，先把那些花都捡起来了，还把它们全丢掉了。我开始号啕大哭。

“哭呀。”拉斯特说，“再哭响一点。你是不是在想到底要哭什么好呢。行了，我就给你一个想头吧。凯蒂。凯蒂，你就想着凯蒂吧。哭响一点呀。”

“拉斯特。”迪尔希在厨房里大喊着。

那些花朵又回来了。

“嘘，别哭。”拉斯特说，“它们不是在这儿嘛。瞧瞧，就跟之前一模一样还在瓶子里呀。喂，别哭了啊。”

“拉斯特，正喊你哪。”迪尔希说。

“是，我在。”拉斯特说，“我们这就来啦。你这个捣蛋鬼。赶快起来。”他猛地一拉我胳膊，我站了起来。我们离开了那棵大树。我们的影子消失了。

“小声点儿。”拉斯特说，“你瞧瞧，大家全都在望着你呢。快别哭了。”

“你把他带过这里来。”迪尔希说。她从台阶上走下来了。

“你这回又对他干了些什么呀？”她说。

“我什么也没干呀。”拉斯特说，“他就莫名其妙开始大哭大闹了。”

“你肯定什么地方惹着他了。”迪尔希说，“你肯定是又欺负他了。你们刚才在哪里？”

“就在那边的那片香柏树下呗。”拉斯特说。

“你还连带着把小昆汀也惹恼了。”迪尔希说，“为什么你就不能帮帮忙，别让他离她太近呢。难道你又忘记了吗，她很讨厌班吉在她附近转悠。”

“我已经在他身上花了太多时间了。”拉斯特说，“他又不是我舅舅。”

“你这个黑人小伙，竟敢顶撞我。”迪尔希说。

“我真的一点也没招惹他呀。”拉斯特说，“他本来好好在那里玩着，突然之间就放开嗓门开始又哭又号了。”

“你是不是把他的‘墓地’[①]怎么了。”迪尔希说。

“我连碰也没碰他的‘墓地’啊。”拉斯特说。

“小子，别对我说谎。”迪尔希说。我们走上台阶，走进了厨房。迪尔希打开炉门，拉了一把椅子过来，摆在炉子前面，我坐了上去。我不哭了。

你们是不是又想惹恼她[②]啊，迪尔希说。为什么你们就是不能让他远离这里呢。

他只不过傻乎乎坐在那里瞪着炉火呀，凯蒂说。母亲正在告诉他，他的新名字叫什么呢。我们一点也不想惹她生气啊。

我知道你们没故意捣乱，迪尔希说。他在房子的这一头，而她在房子那一头。你们现在千万别碰我的东西。在我回来之前，别碰我的任何东西，知道吗？

---

① 班吉在后院树丛下摆了一只瓶子，插了两根草。

② 回想到1900年11月康普生太太把小儿子的名字从莫里改为班吉明那一天所发生的事情。她指康普生太太。

“难道你不为自己感到羞愧吗？”迪尔希说，[①]“这么戏弄他。”她把那个蛋糕摆在了桌子上。

“我才没有戏弄他呢。”拉斯特说，“他自个儿在那里玩那个装满了狗尾巴草的瓶子，本来好端端，突然之间他就开始又哭又号了。您也听到了的。”

“你没对他的花花草草做什么手脚吗？”迪尔希问。

“我连碰也没碰他的‘墓地’啊。”拉斯特说，“我干吗碰他的那堆玩意儿。我只是想找到自己的那个硬币。”

“你弄丢了那个硬币，对吧。”迪尔希说。她把蛋糕上插着的蜡烛点亮了。有几根是小蜡烛。有几根是大蜡烛切成的一小段一小段。“我早就告诉过你了，好好收着那个硬币。现在可好，你是不是又希望我再去找方罗妮要一个给你呀。”

“无论如何我都要去看那个演出，带着班吉也好，不带他也行。”拉斯特说，“我可再也不想没日没夜地跟在他屁股后面伺候他了。”

“我告诉你，黑小子，无论他想干什么，你都得跟着。”迪尔希说，“听见我说的话没。”

“我一直就这么做的呀。”拉斯特说，“无论他想我干什么，我都乐颠颠去干了呀。班吉，是不是呀。”

“那你就这么坚持下去。”迪尔希说，“但他这么又哭又闹，你为啥把他带进房子里来呢，还把小昆汀也给惹恼了。现在趁着杰生还没来，你们赶快把这个蛋糕吃了吧。我可不希望他看到这个蛋糕又暴跳如雷，对我大叫大骂——这蛋糕还是我自己掏钱买的呢。我要是在这厨房里烤个蛋糕，厨房里的每一只鸡蛋他都要清点数目呢。你要是今晚还想去看演出，就好好留心点儿，别又把他惹得不耐烦了。”

迪尔希说完就走开了。

“你不知道怎么吹蜡烛啊。”拉斯特说，“来看着我是怎么吹熄它们的。”他弯下腰，用力吸气，鼓起双颊。蜡烛全都被吹熄了。我开始哭起来。

① 回到当前。

“嘘，别哭。”拉斯特说，“过来。我去切蛋糕，你看这炉火多好看呀。”

我能听见钟摆的声音，我还听见凯蒂就站在我身后，我甚至能听见雨点落在屋顶上的声音。[①]还在下雨呢，凯蒂说。我讨厌下雨。我讨厌所有这一切。说着说着，她就把脑袋搁在我膝盖上，她搂着我，哭了起来，惹得我也哭了。接着我又怔怔地望着炉火，那些明晃晃的、柔软光滑的形状又消失了。我能听见钟摆的嘀嗒声，屋顶上的雨声和凯蒂的呼吸声。

我吃了几口蛋糕。[②]拉斯特伸手过来，又拿走了一块蛋糕。我能听见他的咀嚼声。我只是望着炉火出神。

一根长长的铁丝从我肩头滑过。它径直伸到炉门，然后炉火熄灭了。我开始哭泣起来。

“现在你又在哀号什么啊。”拉斯特说，“看那里。”炉火又点亮了。我立刻住嘴，不哭了。

“你怎么就不能坐下来，听外婆的话，安安静静地看面前的炉火呢。”拉斯特说，“你真该为自己感到害臊啊。来。再给你一大块蛋糕。”

“你又招惹他什么了啊？”迪尔希说，“怎么你从来都做不到不惹他哭呢。”

“我刚正琢磨着怎么能让他不闹，免得打扰卡洛琳小姐睡觉呢。”拉斯特说，“不知道什么东西又让他爆发了。”

“而我还真知道这东西叫什么名字呢。”迪尔希说，“等维尔施回家，我要让他好好抽你一顿。你这是在引火烧身。今天一整天你都皮痒痒。你是不是把他带去小河谷那里了。”

“绝对没有。”拉斯特说，“就按照您的嘱咐，这一天我们都在院子里玩着呢。”

他的手又伸过来了，想再拿一块蛋糕。迪尔希一巴掌把他的手打开。“你再伸手过来试试，我就用这把屠刀把你的手剁掉。”迪尔希说，“我敢说，他肯定一块蛋糕都没吃着。”

---

① 班吉改名的当天。

② “当前”。

“才不是，他明明吃了。”拉斯特说，“他足足吃了我的两倍还多呢。不信你问问他自己到底吃了多少。”

“你伸一次爪子，我就打一次。”迪尔希说，“你再伸爪试试看。”

这下好了。迪尔希说。下一个该哭的人就是我了吧。我估计莫里也很希望我为他哭上一会儿吧。

现在他的名字叫做班吉。凯蒂说。

这到底是怎么回事呢，迪尔希说。他出生时候取的名字也没叫坏啊，对吧。

班吉明是《圣经》里的名字[①]，凯蒂说。对于他来说，这个名字比之前叫莫里好。

这到底是怎么回事呢，迪尔希说。

反正母亲是这么解释的，凯蒂说。

嘿，迪尔希说。名字可帮不上他太多忙呢。但也不会伤害他。大家一碰到什么倒霉事，就想着改名字来转转运。打我记事之前起，我的名字就叫迪尔希，即使他们早都忘了我这个人，我还是叫迪尔希。

要是他们都忘了你这个人了，那怎么还能记得你叫迪尔希呢。凯蒂说。

宝贝儿，这都在那本书上写着呢，迪尔希说。写得明明白白的。

你能读懂那本书吗？凯蒂问。

我不需要读懂呀，迪尔希说，他们会读给我听。我就只需要指给他们看，我的名字写在书上的什么地方就行了。

一根长长的铁丝从我肩头滑过，然后炉火熄灭了。[②]我开始哭泣了。

迪尔希和拉斯特扭打在一起。

“这回我可逮着你了。”迪尔希说，“哟呵，我可算逮了个正着。”她把拉斯特从屋角里拖了出来。“你不是说根本没逗弄他啊，是不是啊。你在这乖乖等你爹回来治你。我要是像以前那么年轻，我早就毫不犹豫地

---

① 根据《圣经·创世记》，班吉明是雅各的小儿子。西方风俗通常把最宠爱的小儿子取名为班吉明。

② “当前”。

把你给治得服服帖帖。我想了个好办法，就把你锁进那个地窖里，不让你去看今晚的演出，就这么定了。”

“啊，外婆。”拉斯特说，“哎哟，外婆。”

我伸出手，一直伸到刚才炉火升腾的地方去。

“拉住他。”迪尔希说，“赶快把他拉回来。”

我的手猛地弹了回来，我把手放进嘴里，迪尔希赶快抱住我。在自己的尖叫声中，我依然能听见钟摆发出的声音。迪尔希回头，伸手打了拉斯特的脑袋一下。我的尖叫一声比一声更响。

“去拿点碱面来。”迪尔希说。她把我的手从嘴里拿了出来。然而我的尖叫更响了，我想把手放回嘴巴里，但是迪尔希不让。我又号叫得更响亮了。她在我手上撒了一点碱面。

“赶快去储存室，从挂在钉子上的抹布上撕下一条来。”她说，“好了，别哭了。你不想让你妈妈又气得生病吧，对不对。来，你看看那个炉火，多漂亮。迪尔希能让你的手立刻就不疼了。乖乖看炉火啊。”她打开了火炉门。我望着炉火，但我的手还是好疼啊，我哭得停不下来。我总想把手伸回嘴巴里，但迪尔希就是不让。

她在我手上缠上了布条。

母亲说：“这又是怎么回事呀。我连生病了都不能得到一刻安宁。家里摆着两个成年黑人照顾他，我这还得爬起来下楼来守着他吗？”

“他现在没事儿了。”迪尔希说，“他马上就不哭了。刚才他是不小心烫了一下手。”

“杵着两个高高大大的黑人也不顶事，非要把他带进房子里，还非要把他惹哭。”母亲说。

“明知道我卧病在床，你们就故意让他又哭又号。”她走了过来，站在我旁边。“别闹了。”她说，“立刻闭嘴，不许哭。是你给他吃这个蛋糕吗。”

“这个蛋糕是我买来的。”迪尔希说，“这可绝对不是从杰生的伙食费里拿的钱。我准备给他过生日吃的。”

“你是不是想用小店里买来的便宜货毒死他呀。”母亲说，“这就是你处心积虑要干的事吧？为什么我就不能有一分钟的安宁呢。”

“您还是上楼去躺着吧。”迪尔希说，“这马上就能给他止痛了，他就不会哭了。好啦，您上楼去吧。”

“我要是把他留在这里，你们指不定又要对他下什么毒手了。”母亲说。“他在楼下大吼大叫，这可让我怎么能安心躺在床上呢。班吉明，你不准哭了。”

“现在也没什么地方好带他去玩了。”迪尔希说，“我们又不像以前，有那么多屋子。他也不能老待在院子里，一哭起来，全部邻居都来围观了。”

“我知道，我知道。”母亲说，“这都是我的错。反正我很快就要离开人世了，你们和杰生终于能过上舒坦日子了。”她也开始哭了。

“您快别那么说了。”迪尔希说，“您这下又要把自己弄病倒了。赶快上楼躺着去吧。拉斯特马上就带他去书房里玩，我好腾出手来给他做晚餐。”

迪尔希扶着母亲出去了。

“闭嘴。”拉斯特说，“你给我闭嘴！你要我把你另外一只手也烫一下吗。我看你就是没痛够。快闭嘴。”

“来，拿着这个。”迪尔希说，“现在可别哭了啊。”她给我那只拖鞋，[①]我就不哭了。“把他带去书房吧。”她说，“要是再让我听到他号，我就亲自把你的皮给撕了。”

我们进了书房。拉斯特把灯点亮了。四周的几扇窗户都黑了下来，墙壁上高高地映出一个黑色轮廓，我走上前去，伸手摸了摸。这个轮廓看起来像一扇门，但它又不是门。

炉火在我身后点燃了，我走近炉火，坐在地板上，手里抓着那只拖鞋。火苗腾得更高了。映亮了母亲椅子上的坐垫。

“还号个啥呢。”拉斯特说，“你能不能哪怕就安静一小会儿啊。我在这里辛辛苦苦给你点着了炉火，你连瞧都不瞧一眼。”

① 凯蒂穿过的旧拖鞋，能带给班吉莫大的安慰。

你的名字叫班吉。[1]凯蒂说。班吉，你听到了吗，班吉。

别这样喊他，[2]母亲说。把他带来这里。

凯蒂抱起我。

起来吧，莫——我是说，班吉，她说。

别老抱着他，母亲说。你带着他走过来不行吗。这种事对你来说都太难了吗。

我抱得起他呀，凯蒂说。“迪尔希，让我抱他上楼吧。”[3]

“小不点，你走开啦。”迪尔希说，“你自己才多大一点，连只跳蚤都搬不动呢，你自己上楼去，好好待着吧，听杰生先生[4]的话。”

楼梯顶上透出一丝灯光。父亲就在那里，穿了件衬衣。他的表情告诉我们，“安静，别出声”。

凯蒂悄声问：“是不是母亲生病了？”

凯蒂把我放下，我们一同走进了母亲的卧室。[5]屋子里生了一堆炉火。火苗忽高忽低，投射在墙上。镜子里面还有一堆炉火，我能闻到生病的气息。这是放在母亲额头上的那沓布散发出来的气息。她的头发散落在枕头上。火苗挨不到它，但火苗照亮了她的双手，戒指正一闪一闪地发着光芒。

“过来跟母亲说句晚安吧。”凯蒂说。我们走到床边。火苗从镜子里跑出来了。父亲从床上起来了，把我抱了过去，母亲把手按在我头上。

“现在几点了。”母亲说。她的眼睛一直没睁开。

“七点差十分。”父亲说。

“现在还太早了，他不能这么早睡觉。”母亲说，“不然的话，天还没亮他就起床了，我实在是没法再忍受这样过一天了。”

“好啦，好啦。”父亲说。他摸了摸母亲的脸颊。

“我知道对你来说，我纯粹是个包袱。”母亲说，“但我马上就要离

---

① 回到改名那天。

② 康普生太太不喜欢别人用班吉来称呼他。

③ 回到奶奶去世那一晚

④ 指康普生先生。

⑤ 改名那一天。

开人世了。然后你就再也不用操心我了。”

“快别说了。”父亲说，“我把他带到楼下去转一会儿。”他抱起我。“走吧，老兄。我们去楼下玩吧。不过咱们动作得轻一点，昆汀正在学习呢。”

凯蒂来了，她把头靠在床沿上，母亲的手伸进火光中。她的几个戒指在凯蒂的背上一闪一闪亮晃晃的。

妈妈生病了呢，父亲说。[①] 迪尔希会抱你上床睡觉。昆汀在哪里？

维尔施去找他了，迪尔希说。

父亲站在面前，看着我们挨个走过去。[②]我们能听到母亲在她卧室里发出的声音。凯蒂说，“安静点”。杰生还在往楼上爬去。他一双手都插在口袋里。

“今晚你们全部都必须乖一点儿。”父亲说，“而且要安静，别打扰妈妈休息了。”

“我们一定会听话。”凯蒂说，“你今晚可真得安静点啊，杰生。”我们踮着脚尖，小心翼翼地往前走着。

我们都能听见了屋顶上的声音。我还能看见镜子中的火光。凯蒂又把我抱起来了。

“好啦，来吧。”她说。“你很快就能再回到火炉旁边啦。别闹了，好吗。”

“凯蒂斯。”母亲说。

“班吉，快别哭了。”凯蒂说，“母亲要你去陪她一会儿呢。班吉，你乖乖地去啊。马上就可以回来了。”

凯蒂把我放了下来，我没哭了。

“母亲，就让他待在这里吧。等他不想看火了。您再告诉他好了。”

“凯蒂斯。”母亲说。凯蒂弯下腰，把我抱了起来。她抱得有点吃力，摇晃不定的。“凯蒂斯。”

---

① 奶奶去世那一晚。

② 改名的那一天。

“嘘，别闹。”凯蒂说，“你还是能看着炉火呀，别哭了好吗。”

“把他带来这里。”母亲说，“他现在个子太大，你抱不起了。你不准再抱他了。这样会弄伤你的脊椎。我们这样出身高贵家庭的女子一向都以挺拔的仪态为荣。你不会希望自己看起来像个洗衣女工吧。”

“他还不算太重呀。”凯蒂说，“我能抱得起他啦。”

“哎呀，可我不希望他总被抱着。”母亲说，“都是五岁的孩子了。不，不是。别把他放在我膝盖上。让他自己站直了。”

“你只要抱住他，他就不哭了。”凯蒂说，“嘘，别哭。你马上就能回去了。拿着。这是你的垫子。看见了吗。”

“凯蒂斯，别这样。”母亲说。

“就让他看着那个垫子，他就不闹了。”凯蒂说，“您稍微站起来一点，我好把这个垫子抽出来。这儿呢，班吉，来瞧瞧这是啥呀。”

我望着垫子，不哭了。

“你太宠他了。”母亲说，“你和你父亲都一个样。你们都不明白，到头来还是我吃苦头呀。奶奶把杰生溺爱成那样，足足花了两年时间才把他那些坏习惯改过来，我现在身体这么差，真没有精力再教导班吉明了。”

“您不必为他烦心呀。”凯蒂说，“我很喜欢照顾他。班吉，是不是呀。”

“凯蒂斯。”母亲说，“我告诫过你了，别那样喊他。你父亲非要坚持喊你的小名，这已经很粗俗了，我坚决不允许别人再喊他的小名了。叫小名的都非常鄙俗不堪。班吉明，只有平民才用小名。”

“你看着我。”母亲说。

“班吉明。”她说。她用双手把我的脸扳过去，正对着她的脸。

“班吉明。”她说，“凯蒂，把这个垫子拿走。”

“他会哭啦。”凯蒂说。

“你就按照我说的去做，把那个垫子拿走。”母亲说，“他必须学会专心听话。”

那个垫子不见了。

“嘘，班吉，别哭啊。”凯蒂说。

“你过去那边坐下来。”母亲说，“班吉明。”她把我的脸扳过去对着她的脸。

“别这样。”她说，“别这样啊。”

但是我没有停下哭声，母亲伸出双手抱住我，她哭了起来，于是我也哭了。接着那个垫子又出现了，凯蒂举着垫子在母亲的脑袋上方晃着。她把母亲扶着坐回椅子上去，母亲倚着那块红黄相间的垫子，哭个不停。

“母亲，您别哭了。”凯蒂说，“您上楼去躺着吧，好好养病。我去把迪尔希叫过来。”她把我牵到炉火边坐下，我望着那些明晃晃、光溜溜的形体。我能听见火苗和屋顶的声音。

父亲把我抱起来。[①]他身上散发着雨水的味道。

“嘿，班吉。”他说，“你今天有没有乖乖地听话呀。”

在镜子里面，我看见凯蒂和杰生扭打在一起。

“凯蒂，我喊你呢。”父亲说。

他们继续扭打着。杰生开始哭了。

“凯蒂。”父亲说。杰生哭个不停。他已经住手不打了，但我们从镜子里看见，凯蒂依然在打杰生，父亲把我放下来，走到镜子里，他也动手打了。他抱起了凯蒂。她还是不肯住手。杰生躺在地板上，哭得很惨。他手里拿着一把剪刀。父亲稳住了凯蒂。

“他把班吉的娃娃全都给剪烂了。”凯蒂说，“我要把他的肚子给撕了。”

“凯蒂斯。”父亲说。

“放开我。”凯蒂说，“我要撕了他。”她拼命挣扎。父亲按住她。她乱踢杰生。他滚到屋角里去，从镜子里消失了。父亲把凯蒂带到炉火边。他们都从镜子里消失了。只有炉火还在那里面。仿佛炉火在一扇门里闪烁似的。

“你快住手。”父亲说，“你是不是想把母亲气得在她房里卧床不起？”

---

① 当天后来的情景。

凯蒂不挣扎了。“他把莫——班吉和我一起做的娃娃全都剪烂了。”凯蒂说，“他就是存心捣乱，卑鄙无耻。”

“我才没有呢。”杰生说。他坐了起来，还在哭着。“我不知道那是他的娃娃呀。我以为就是些废纸片呢。”

“你不可能不知道。”凯蒂说，“你根本就是故意的。”

“别哭了。”父亲说，“杰生。我明天再给你做一些好了。”凯蒂说。“我们会再做许许多多玩具的。来吧，你也可以先看着这个垫子嘛。”

杰生走进来了。[1]

我不是一直叫你别吵吵了，拉斯特说。

现在到底是什么状况，杰生说。

“他就在瞎捣乱。”拉斯特说。“今天他一整天都这个德行。”

“你别管他不就行了嘛。”杰生说。“要是你没办法让他消停，你就把他带到厨房外面去。我们这些人可不想学母亲那样，成天把自己闷在屋子里。”

“外婆说了，她做好晚饭之后，才能让他进厨房里去。”拉斯特说。

“那就先陪他玩耍吧，别让他闹腾了。”杰生说，“我辛辛苦苦工作了一整天，回家还要对着一屋子疯疯癫癫的人吗？”他打开报纸开始阅读。

你可以望着炉火和镜子，还有垫子来解闷呀，凯蒂说。[2] 你不用等到晚饭的时候再望着垫子啦。我们可以一起听屋顶上的声音啊。我们还可以听杰生在墙外号啕大哭啊。

迪尔希说：“杰生，你过来。你今天没招惹他吧，是不是？”[3]

“没有。”拉斯特说。

“昆汀在哪里呢。”迪尔希说，“晚餐马上就做好了。”

“我不知道啊。”拉斯特说，“我没看见她。”

迪尔希走开了。“昆汀。”她在前厅里喊，“昆汀。晚餐准备好啦。”

---

① 回到“当前”。班吉的二哥杰生下班回家，走进书房里。

② 改名的当天。

③ “当前”。

我们能听见屋顶上的声音。昆汀身上也散发着雨水的气味。[①]

杰生之前干什么了，他说。

他把班吉的那些娃娃全都剪烂了，凯蒂说。

母亲说了，别再喊他班吉了，昆汀说。他在地毯上挨着我们坐了下来。我希望今天没下雨，一下雨就什么事儿也没法干了。

你之前打架了，凯蒂说。对不对。

没怎么打啊，昆汀说。

你这太明显了，凯蒂说。父亲一眼就能看出来。

我才不怕呢，昆汀说。我就希望老天爷别再下雨了。

昆汀说："迪尔希是不是刚说了晚餐已经准备好了。"

"是啊。"拉斯特说。杰生看了昆汀一眼。然后他又打开报纸开始看。

昆汀走进来。"她说马上就能吃饭了。"拉斯特说。昆汀重重地跌坐在母亲的椅子里。拉斯特说："杰生先生。"

"怎么了？"杰生说。

"请您给我两毛五分钱吧。"拉斯特说。

"你要钱干吗呢？"杰生问。

"我想去看今晚的演出啊。"拉斯特说。

"我以为迪尔希已经帮你问方罗妮要了一个硬币来呢。"杰生说。

"她是给我了。"拉斯特说，"可我给弄丢了。我和班吉为了找那个硬币，到处搜寻了一整天。您不信就问问他。"

"那就问他借一个硬币。"杰生说，"我挣来的都是血汗钱，得为自己打算。"他继续读报纸。昆汀望着炉火。火光映在她的眼珠和她的嘴唇上，跳跃着，闪烁着。她的嘴唇猩红猩红的。

"我一直留神不让他去那块地方。"拉斯特说。

"你给我闭嘴。"昆汀说。杰生看着她。

"我之前是怎么告诫你的，要是我再看见你和那个唱戏的厮混在一起，我将会采取什么行动。"他说。

---

① 改名当天。这里的昆汀是指班吉的大哥。

昆汀望着炉火。“你听见我说的话了吗。”杰生说。

“我听见了。”昆汀说，“那么你为什么不采取行动呢？”

“这个你不用担心。”杰生说。

“我一点也不担心啊。”昆汀说。杰生又读他的报纸去了。

我能听见屋顶上的声音。父亲俯下身来，目不转睛地看着昆汀。[①]

嘿，他说。谁赢了啊。

“没人赢。”昆汀说，“他们把我们给拉开了。就老师们。”

“对方是哪个人呢。”父亲说，“你会告诉我吗？”

“就那么回事。”昆汀说，“他的个子跟我差不多大。”

“那就好。”父亲说，“你能告诉为什么打架吗？”

“这没什么大不了的。”昆汀说，“他说他要放一只青蛙在她书桌里，而且算准了她不敢抽他。”

“噢。”父亲说，“她。然后呢，发生了什么事。”

“是的，爸爸。”昆汀说，“然后我就稍微打了他一下。”

我们能听见屋顶上的声音，火苗发出的噼啪声，还有门外的带浓重鼻音说话的声音。

“这可是十一月的大冷天啊，他从哪里搞来的青蛙啊？”父亲说。

“父亲，这我可不知道。”昆汀说。

我们能听见他们的声音。

“杰生。”父亲说。我们能听见杰生在说话。

“杰生。”父亲说，“快过来，别再闹腾了。”

我们能听见屋顶上的声音和火苗的噼啪声，还有杰生的说话声。

“快别那样了。”父亲说，“你是不是又想挨我一顿抽啊。”父亲抱起杰生放在他旁边的椅子上。杰生在抽抽搭搭地啜泣。我们能听见屋顶上的声音和火苗的噼啪声。杰生抽泣得更大声了。

“我再告诫你一次。”父亲说。我们能听见屋顶上的声音和火苗的噼啪声。

---

① 改名当天。这个是大昆汀。

迪尔希说，好啦。你们都赶快来吃晚餐吧。[①]

维尔施散发着一股雨水的气味。[②]他身上闻起来又像一只狗。我们能听见火苗的噼啪声和屋顶上的声音。

我们能听见凯蒂急匆匆走路的声音。[③]父亲和母亲都望着大门口。凯蒂经过大门，走得飞快。她没有抬头看我们。她走得飞快。

“凯蒂斯。”母亲说。凯蒂停下了脚步。

“是的，母亲。”她说。

“卡洛琳，别说了。”父亲说。

“你过来。”母亲说。

“卡洛琳，算了别说了。”父亲说，“让她一个人静静吧。”

凯蒂走到大门口，站在那里，望着父亲和母亲。她的眼神扫了我一眼，又移开了视线。我开始哭泣。我哭得越来越大声，我站了起来。凯蒂走进来，背靠墙站着，她的双眼望着我。我朝她走过去，边哭边走，然而她往墙上缩了缩，我望着她的双眸，我哭得更大声了，我紧紧地拉住她的裙子。她伸出双手，但我死死抓住她的裙子。她的双眼开始流泪了。

维尔施说，现在你的名字叫班吉明了。[④]你知道为什么要把你的名字改成班吉明吗。他们想把你变成一个长着蓝色牙龈的黑小伙。妈妈说在旧时候，你爷爷就是专门给黑小子们改名字的，后来他成为了一个牧师，结果人家仔细一看，原来他的牙龈也变成了蓝色。在那之前，他的牙龈可不是蓝色的呢。而且啊，如果孕妇在月圆之夜，与他面对面见着了，那她们生出来的孩子也肯定是蓝色牙龈。后来啊，在一个夜晚，十多个蓝色牙龈的小孩子绕着他家那个地方跑来跑去，于是他就再也没有回家了。当捕负鼠的猎人在树林里找到他的尸体时，他已经被啃得只剩下一副干干净净的骨头架子了。那么你知道是谁把他给吃了吗？就是那群蓝色牙龈的小孩子

---

① “当前”。

② 改名那天。

③ 1909年夏末，凯蒂与男友约会，第一次委身与人之后回到家中的情景。

④ 改名那天。

们呢。[①]

我们全都在大厅里。凯蒂仍然盯着我看。[②]她用手捂住嘴巴，我看到她的眼神，我哭了。我们一起上楼。她又停下了脚步，靠着墙壁，眼蒙蒙地望着我，我还是在哭着，她继续往前走，我也跟着走，边哭边走，她往墙上缩了缩，定睛望着我。她打开了她房间的门，但我死死拽着她的裙子，我们来到了洗澡房，她还是靠墙站着，看了看我。然后她举起手臂掩住脸蛋，我推了推她，依然哭着。[③]

你又对他干了什么烦心事啊，杰生说。[④]为什么你就不能好好待着，不招惹他啊。

我连碰也没碰他呀，拉斯特说。他这一整天都这么别别扭扭的。他真是欠抽呢。

他就该被送去杰克逊那儿，昆汀说。无论是谁，也没法在这样闹心的家里待下去呀。

年轻的女士，如果你不喜欢这样，你大可以一走了之嘛，杰生说。

我本来就想走了，昆汀说。不劳您费心。

维尔施说："你往后挪一挪，我好把我的腿烤干点。"[⑤]他把我往后推了推。"你不会又要开始连哭带闹了吧。你不就是想呆呆地望着炉火嘛，你还是能看见它的呀。你真好命，不用像我似的，大雨天还要往外跑。你真是生在福中不知福啊。"他在炉火面前一仰头，放松地躺了下去。

"你现在知道为啥你要改名叫班吉明了吧？"维尔施说，"我妈说，那是因为你妈太要面子了，她老觉得你丢了她的脸呢。"

"你乖乖在旁边待着，让我先把腿烤干了。"维尔施说，"不然你知

---

① 南方黑人民间传说，蓝色牙龈的人会蛊惑人的魔法，能让人无缘无故死去。黑人常用这个传说来吓唬小孩。

② 1909年夏末。

③ 班吉敏锐地感觉到心爱的姐姐有异样，他要她去洗澡，像之前洗掉香水味那样，洗掉她的不贞洁。

④ "当前"。

⑤ 改名那天。

道我要怎么弄你。我会把屁股上的皮扒下来。”

我们能听见火苗的噼啪声，屋顶上的声音，还有维尔施大喘粗气的声音。

突然维尔施一个鲤鱼打挺坐了起来，还猛地把腿收了回来。父亲说：“维尔施，没事。”

“今晚让我给他喂饭。”凯蒂说，“有时候维尔施给他喂饭，他不乐意，老哭呢。”

“那你把这个盘子拿上楼去吧。”迪尔希说，“然后赶快下来给班吉喂饭。”

“难道你不想凯蒂喂饭给你吃吗？”凯蒂说。

他非得把那只又脏又破的拖鞋拿到餐桌上来吗，昆汀说。[①] **为什么你不干脆就在厨房里喂他吃饭呢。跟他坐一起用餐，就像跟头猪猡一起吃饭。**

要是你不喜欢我们的用餐方式，你大可以不上桌吃饭，杰生说。

罗斯科斯浑身腾着热气。[②] 他正对着火炉坐着。烤箱门开着，罗斯科斯把双脚伸进去了。饭碗冒着热气。凯蒂从容悠闲地把饭勺送进我嘴里。饭碗里面有一个黑东西。

好了，好了，迪尔希说。他不会再给你们添麻烦了。[③]

那个黑东西翻了上来，在饭碗上面。[④] 然后饭碗空了。饭碗不见了。“今晚他很肚饿啊。”凯蒂说。那个饭碗又回来了。我没再看见那个黑东西了。接着我又看见它了。“他今晚肯定饿坏了。看看他吃了多少东西。”

没错，他肯定会的，昆汀说。[⑤] **你们全都派他来监视我。我恨透了这个家。我一定要逃出去。**

罗斯科斯说：“今天整晚都会下雨。”[⑥]

---

① “当前”。

② 改名当天。

③ “当前”。“他”是班吉。

④ 改名当天。

⑤ “当前”。

⑥ 改名那天。

你不是早就在外面玩得昏天黑地了吗，就差没在外面吃一日三餐了，杰生说。[①]

等着瞧吧，看我逃不逃，昆汀说。

“那我就不知道该怎么办了。”迪尔希说，[②]“整个晚上我都在楼梯上跑上跑下。腿关节都快痛死了，我现在都痛得没办法动弹了。”

噢，我一点儿也不惊讶，杰生说。无论你干了什么事，都吓不着我。[③]

昆汀生气地把她的餐巾往桌上一摔。

杰生，快别说了，迪尔希说。她赶快走过去，伸出胳膊抱着昆汀。宝贝儿，先坐下来，他把全部的错事一股脑都归在你身上，他应当感到羞愧。

“她又在憋气了，是不是？”罗斯科斯说。[④]

“你给我闭嘴，别啰唆。”迪尔希说。

昆汀把迪尔希一把推开。[⑤]她死死盯着杰生。她的嘴唇猩红猩红的。她伸手拿起她那个装满水的玻璃杯，猛地把胳膊收回，双眼怒视着杰生。迪尔希赶快抓住了她的胳膊。他们打起来了。那个玻璃杯摔在餐桌上，水花四溅，桌上全湿了。昆汀跑走了。

“母亲又病倒了。”凯蒂说。[⑥]

“一点也不奇怪。”迪尔希说，“天气这么糟糕，谁遇上都会生病的。臭小子，你啥时候才能把这几口饭扒完呀。”

你这该死的，昆汀说。[⑦]你这挨千刀的。我们能听见她在楼上奔来奔去。我们走进了书房。

凯蒂把那个垫子递给我，于是我可以同时看垫子、镜子和炉火了。[⑧]

---

① “当前”。

② 改名当天。

③ “当前”。

④ 改名当天。她是指康普生太太。

⑤ “当前”。

⑥ 改名当天。

⑦ “当前”。

⑧ 改名当天。

“昆汀在做功课呢，我们都得安静点儿。”父亲说，“杰生，你在干吗呢？”

“啥也没干啊。”杰生说。

“那你就过来这边玩吧。”父亲说。

杰生从角落里挪了出来。

“你嘴巴里在咀嚼啥呢。”父亲说。

“啥也没嚼啊。”杰生说。

“他又在嚼那些纸片了。”凯蒂说。

“杰生，过来。”父亲说。

杰生把嘴里的东西吐进了火炉里。那东西在火里嗞嗞呢作响，散了开来，烧成了黑炭色。然后它就变成灰白色了。再然后，它就消失了。凯蒂、父亲和杰生都坐在母亲的椅子里。杰生鼓鼓的双眼紧闭，他的嘴唇在蠕动，像在品尝什么东西。凯蒂的头靠在父亲的肩膀上。她的头发似火一般红艳艳，双眸里有小团的火星在跳跃，我走过去，父亲也把我抱上了椅子，然后凯蒂抱着我。她身上散发着雨后树叶的清香。

她散发着雨后树叶的清香。在角落里，天色渐暗，但我能看见窗户。[1]我蹲在那里，手里抓着那只拖鞋。我看不见这只拖鞋，但我的双手能看见它，而且我能听见天色一点一点入夜的声音，我的双手看见了拖鞋，但我看不见我自己，但我双手能看见拖鞋，我蹲着那里，聆听着天色一点一点变暗的声音。

原来你在这里，拉斯特说。来瞧瞧我手里有什么。他把手伸出给我看。你知道我从哪儿弄来的吗。昆汀小姐给我的呢。我就知道他们不能把我拒之门外。你在这里窝着干吗呢。我还以为你偷偷摸摸溜出门去了呢。你叽叽歪歪、嘟嘟囔囔了一整天了，还没闹够吗，还得躲在这个空房间里咕哝个没完没了呀。你赶快上床睡觉去吧，好戏开场前我得赶到那里呢。今晚我真没工夫陪你装疯卖傻了。他们只要一吹响那些大喇叭，我就要乐开花了。

我们没有回自己的房间睡觉。[2]

---

① “当前”，在书房里。

② 奶奶去世那晚。

“这是我们出麻疹的地方呀。”凯蒂说，“为什么今晚咱们非得睡在这里啊。”

“让你睡哪儿就哪儿，有什么可担心的呢。”迪尔希说。她关上了房门，坐了下来，开始给我们脱衣服。杰生哭了起来。“嘘，别闹。”

“我想跟我奶奶睡一起。”杰生说。

“她生病啦。”凯蒂说，“等她身体好了，你就能跟她睡一起了。迪尔希，是不是呀。”

“别闹了。”迪尔希说。于是杰生闭嘴了。

“我们的睡衣在这里，啊，所有东西都在这里。”凯蒂说，“真像是要搬过来住了。”

“那就赶快穿上睡衣吧。”迪尔希说，“你来帮杰生脱衣服。”

凯蒂帮杰生把扣子解开。他开始哭了。

“你真想挨削呀。”迪尔希说。杰生于是又不哭了。

昆汀，母亲在大厅里喊着。①

干吗呀，昆汀隔着墙应声。我们听见母亲锁上了门。她探头进我们房间看了看，然后走进来，在床边探过身来，亲了亲我的前额。

等你把他安顿睡下了，就去问问迪尔希，看她同不同意我用热水袋，母亲说。告诉她，要是她不同意，我也能凑合着睡觉。跟她说，我只是想问问她的意见。

好的，拉斯特说。过来吧。把你的裤子脱了。

昆汀和维尔施进来了。②昆汀把脸扭开了。“你在哭什么呀。”凯蒂说。

“别哭了呀。”迪尔希说，“你们都脱衣服睡觉吧。维尔施，你也可以回家了。”

我脱掉了衣服，我看了看自己，我开始哭泣。③**别哭了，拉斯特说。你还找它们干吗呢，一点好处也没有啊。它们早就没有了。你再这样下**

---

① “当前”。康普生太太唯恐小昆汀出去鬼混，所以每天晚上都要锁上她的房门。

② 奶奶去世当晚。

③ “当前”，班吉看见了自己被阉割的下半身。

去，我们以后可不给你办生日了啊。他帮我把睡袍穿上。我不哭了，然后拉斯特停下手，他转头看着窗户。接着他走到窗户边，朝窗外望去。他回来了，拉着我的胳膊。她来了，他说。千万要安静。我们走到窗户边，朝外看。一条黑影从昆汀的窗户里蹿出来，爬到了树上。我们看到那棵大树在摇晃。摇晃的地方渐渐往下落，接着那条黑影跳下了树，我们目送她穿过草地。然后她就消失了，我们再也看不见了。来吧，拉斯特说。哎呀。你听见他们在吹大喇叭了吗？你赶快上床吧，我要撒开脚丫子跑过去了。

屋子里有两张床。[1] 昆汀爬上了另外一张床。他把脸扭过去，对着墙壁。迪尔希把杰生抱到他床上去了。凯蒂脱下了衣服。

“你看看你的短裤。”迪尔希说，“你真该庆幸你妈妈没看见。”

“我已经告她的状了。”杰生说。

“我就知道你会告状。”迪尔希说。

“你又能得到什么好处呢。”凯蒂说，“这么爱搬弄是非，嚼舌根。”

“是呀，我能捞到什么好处哟。”杰生说。

“怎么你还不把睡袍给穿上呢。”迪尔希说。她过来帮凯蒂脱掉了胸衣和短裤。“你看看你自己。”她把短裤揉成团，用力擦了擦凯蒂的屁股。“你里里外外全都湿透了啊。”她说，“可今晚你们都没办法洗澡了哟。来，穿上。”她给凯蒂穿上睡袍，凯蒂爬上床，迪尔希走到门口，手放在灯的开关上。“你们今晚全都给我乖乖睡觉，听见了没。”她说。

“听见了。”凯蒂说，“妈妈今晚不会来了。所以你们大家还是得全听我指挥。”

“没问题。”迪尔希说，“现在赶快睡觉。”

“妈妈生病了。”凯蒂说，“她和奶奶都卧病在床呢。”

“嘘，别说话。”迪尔希说，“都快睡吧。”

房间一下子变黑了，除了门口。接着门口也变成了漆黑一片。凯蒂说：“莫里，别出声。”一边说着，一边伸手过来摸了摸我。于是我就安静下来了。我们能听见大家的呼吸声。我们能听见黑夜的声音。

---

① 奶奶去世的那晚。

黑夜散去了，父亲来看我们了。他看了看昆汀和杰生，然后他过来亲了亲凯蒂，再把手掌放在我脑袋上。

“妈妈是不是病得很严重？”凯蒂问。

“不是。”父亲说，“你会好好照顾莫里吗？”

“当然了。”凯蒂说。

父亲走到门口，又回头看了看我们。接着黑夜又来了，他站在门口，变成了一个黑色的身影，然后门口又被黑暗笼罩了。凯蒂抱着我，我能听见大家的呼吸声，还有黑夜的声音，还有我鼻头闻到的气味的声音。再接着，我能看见窗户的轮廓了，窗外的大树在沙沙作响。然后正如每天晚上一样，黑暗像一团团光滑，明亮的形状那样游散着，就在这时候，凯蒂说我已经睡着了。

一九一〇年六月二日

时间是七点多不到八点，窗户框的影子映照在窗帘布上，接着我又回到时间里来了，倾听手表走动的嘀嗒声。这个表是祖父传下来的，父亲把它送给我时，他说，这个表是人世间所有希望和渴望的陵墓；你拥有了这个表，轻而易举就能证明那些对你的父辈和祖辈不一定有用的人类经验，对你自己也未必管用，也就是说，你会慢慢懂得，所有的人类经验其实都是谬误，这叫做归谬法。我把这个表送给你，并不是要你能记住时间，而是希望你可以时不时地忘记时间，千万不要把所有的力气用来试图征服时间。他说，因为时间是无法征服的。时间不战而胜，赢得不费吹灰之力。这个战场只不过是向人类展示他们自己的愚笨与绝望，至于战胜时间，则不过只是哲学家与愚人的幻想而已。

那个表靠在衣领盒子里面，我斜倚在床上，侧耳聆听它走动的嘀嗒声。无意识地听着，仅此而已。我想并没有谁会有意识地仔细听钟表的走动声。没必要这样做。你可以长时间地忽略钟表的嘀嗒声，然而在某一秒钟里，那个声音又进入你的脑海里，你会感觉到，虽然一直没察觉到嘀嗒声，但时间却在永恒而从不中断地慢慢衰弱下去。正如父亲所说的，在漫长而孤独的时光中，你或许会看见耶稣在蹒跚前行。至于那位伟大的圣人般的弗兰西斯[①]，他称呼死亡为他的“小妹妹”，然而其实他并没有小妹妹。

我听到隔壁传来的施里夫[②]的弹簧床在吱呀作响，接着听到他踩着拖鞋在地板上走路的声音。我从床上起来了，走到梳妆台前面，伸出手在台上摸索着，摸到了那个表，把它面朝下放着，我又回到床上。可是窗户框的影子依旧映照在窗帘布上，我已经学会了根据影子的位移来判断现在是什么时辰了，所以我只好转身背朝着窗户，又觉得自己像是后脑勺长了眼睛的动物一般，影子落在我头顶上，挠得我直痒痒。你养成的那些懒散虚度时光的习惯总是会让你悔恨不已。父亲如是说。基督并不是被钉死在十字架上的：他是被那些小齿轮发出的咔嗒咔嗒声折磨致死的。耶稣基督也没有妹妹。

因此只要我一没感觉到影子，我就开始揣测现在到底是什么时辰了。父亲说，这种无端端始终不停地留意一个人造刻度盘上的几根机械指针的方位，这大概是心智失常的症状。父亲说，这个症状就是类似出汗的一种排泄方式。我嘴上说，是的，这真奇妙。但其实我很怀疑，一直都很怀疑。

如果天气是阴天，那么我就会望着窗户，想一想父亲说过的虚度时光的习性。想着如果天气一直这么好下去，对于新伦敦城[③]的人们来说倒是挺舒服的。天气为什么要变幻呢？这是当新娘子的好月份，那声音响彻在[④]她从镜子里直接走了出来，从层层叠叠的迷香中走了出来。玫瑰。玫瑰。杰生·里士满·康普生夫妇为爱女举办婚礼。[⑤]玫瑰。并不是如山茱萸或马利筋那般贞洁的植物。我说我犯了乱伦罪，[⑥]我说，父亲。玫瑰。狡黠但又

① 弗兰西斯·德·阿西斯(Francis di Assisi，1182–1226)，意大利僧侣，著有《咏日》，把“死亡”称为“小妹妹”。

② 加拿大人，是昆汀在哈佛大学的室友。

③ 美国康涅狄格州一个海滨小城，哈佛大学与其他大学之间的划船比赛在此进行。

④ 昆汀联想到妹妹凯蒂婚礼那天的情景。

⑤ 昆汀想起了父亲寄来的凯蒂婚礼的请柬。

⑥ 昆汀想到妹妹与推销员达尔顿·艾米斯私通之后，混汀自己去向父亲说犯了“乱伦罪”（但其实并没有）。

沉静。如果你在哈佛大学念书超过一年，但却没有看过划船比赛，你就有权要求退回学费。就让杰生去吧。让杰生去哈佛读一年大学吧。

施里夫站在门口，正在整理他的衣领，他的眼镜上闪烁着玫瑰色的光芒，仿佛是他把红扑扑的脸颊染在了眼镜上。“你今天早上想要旷课吗？”

“已经这么晚了吗？”

他看了看手表。“两分钟之后就要打上课铃了。”

“我真不知道时间已经这么晚了。”他还在盯着手表，他的嘴唇张张合合的。“我得赶快了。我不能再旷课了。上礼拜学监就已经告诫我——”他把手表放回口袋里。然后我就没再说什么了。

“你最好马上套好裤子，赶快跑去。”他说。他出去了。

我起床了，在屋里四处走动着，隔着墙壁听他那边的动静。他走进了客厅，走到了大门口。

“你准备好出门了吗？”

“还没呢。你先去啦。我自己赶得上。”

他走出门去了。大门关上了。他的脚步声消失在走廊的尽头。然后，我又能听见钟表走动的嘀嗒声了。我停了下来，没有再在屋里到处走动，我走到窗口，拉开窗帘，看着人们匆匆忙忙地朝着小教堂奔去，还是那些人们，一边走一边挣扎着把手塞进随风起伏的外套袖管里，总是那些书本和翻飞的衣领冲刷过街道，正如滚滚洪流中的碎片残骸，我看到了司博德①。他称呼施里夫是我的丈夫。啊，随他去吧，施里夫说，要是他除了追着那些小骚娘们跑，就没别的事好忙的话，谁理他呢。在南部，大家都觉得要还是个童子身，那可真是挺没面子的。男孩们这么想。男人们更是这样想。只要一说到这事儿，他们就瞎吹牛。父亲说，对女性来说，贞操问题的倒没那么严重。②他说，因为童贞这个观念是男人创造出来的，而不是女人。父亲说，这就像是死亡：仅仅是一种发生在他人身上的状况，于是我说，可是你相不相信它，这都无所谓吧，接着他就说，那这就是世界上万

① 昆汀的同学。昆汀看见他，就想起来有一次与他吵架的事情。

② 昆汀回忆起他向父亲“承认”自己有罪，父亲对他说的话。

事万物的可悲之处：这不仅仅是贞操观念，我又说了，为什么是她失去了贞操，而不是我呢？他接着说，这也正是可悲之处；万事万物并不值得被改变，而施里夫说，[①]除了追着那些小骚娘们跑，就没别的事好忙活了，我就说了，你有妹妹吗？有吗？有妹妹吗？

司博德夹杂在大街上的人流中间，就好像是满大街疾走飞舞的落叶中的一只淡水龟，他的衣领竖到了耳朵旁，他迈着惯常的不徐不疾的脚步。他来自南卡罗来纳州，是四年级学生。他喜欢在俱乐部里自吹自擂，他说首先，他从来不会慌慌张张跑去教堂，其次，他从来没有哪次准时到教堂，但大学四年来，他也从来没有在教堂缺席过，最后，不管是去教堂还是上第一堂课，他身上从来不穿衬衣，脚上也没穿袜子。大约上午十点钟左右，他会去汤普森家的咖啡馆，点两杯咖啡，在等待咖啡凉下来的片刻中，他会坐下来，再慢慢地从口袋里掏出一双袜子，脱掉鞋，优哉游哉地穿上袜子。到了午间时分，你就会看见他和别人一样，穿着衬衣，领子竖起。大家都一路小跑着经过他身边，可他从来不会加快步伐。稍过片刻之后，四方大院里一个人也没有，空空如也了。

一只麻雀斜穿过太阳光线，落在窗台上，歪着小脑袋望着我。它的眼睛圆滚滚的很明亮。起先它用一只眼睛看着我，接着突然摇一下小脑袋！换另外一只眼睛看我了，它的脖子一抽一抽的，频率比任何脉搏都快。钟声敲响，准点报时。这只麻雀不再换着眼睛看我了，而是一直用同一只眼睛盯着我，直到钟鸣声结束了，仿佛它刚才也在仔细听似的。然后它咻的一声从窗台上飞起，飞走了。

又等了片刻，钟鸣的最后一声才停了下来。这钟鸣声回绕在空气里，并不是用耳朵听到的，而是用心灵感觉出来的，余音绕梁而三日不绝。正如在落日斜长的余晖中，耶稣基督和圣弗兰西斯在讨论他妹妹时，所有曾经敲响过的而至今仍然萦绕不绝的钟声一般。因为如果这仅仅是下地狱；如果这就是最坏的结果。一切都结束。如果事情仅此而已。在那里没有别人了，只有她和我。如果我们真的干了罪恶滔天的坏事，他们都逃走了，只剩下我们两

---

① 回忆与司博德吵架的情景，施里夫劝昆汀不要为司博德的自吹自擂而生气。

个。我犯了乱伦罪啊，我说，父亲，是我犯了乱伦罪，不是达尔顿·艾米斯。当他把手枪放在我手里时，我并没有。我之所以没有那是因为他会下地狱的话，她也会下，我也会下。如果我们曾经干过那么丑陋可怕的事情，父亲说，那真是可悲啊，太多人根本就干不出这么可怕的事情，他们根本就没有干这么可怕事情的能力，即使他们今天干了点貌似很可怕的事儿，可到了明天他们自己都不记得了。我说，你可以逃避一切，而他说，啊，你能吗？于是我低头看自己，看着自己这副牢骚满腹的骨骼，深不可测的水流像疾风一般流淌，像是一个风构筑的屋顶，然后在过了无限漫长的时间之后，他们甚至不能够把骨头从那片孤寂荒凉又无瑕的沙漠中剔出来。直到那天，当他说起来，[①]但只有当你明白了没有什么可以帮助你，铁熨斗才会浮起来——宗教、自尊心、或任何东西——只有当你意识到你不需要任何帮助。达尔顿·艾米斯。达尔顿·艾米斯。达尔顿·艾米斯。真希望我是他母亲，敞开肚子躺在床上，微笑着抬起身体，用我的手抓住他的父亲，隐忍地看着，观察着他在未变成生命之前便已经死去。一时之间，她站在大门口。[②]

我走到梳妆台前，拿起那只表面朝下扣着的表。我把表的玻璃罩子往台角上猛敲了一下，用手掌接住了玻璃渣子，把它们倒在烟灰缸里，把两支表针也拧下来丢在烟灰缸里。[③]这表还在嘀嗒嘀嗒走着。表盘已经空空如也，我把表翻了过来，后面的小齿轮依然在孜孜不倦地咔嗒咔嗒走着，没有任何要停下来的迹象。耶稣基督在加利利海海岸上行走。[④]华盛顿从来不说谎话。父亲从圣路易斯集市上买了一只表链上的装饰品回来送给杰生：一副小小的观剧镜，你眯着一只眼睛往里看，可以看到一栋摩天大楼，一个非常精致的游戏转轮，还有针尖般大小的尼加拉瓜大瀑布。表盘上有一小摊红色血渍。当我看到自己的拇指时，才开始感觉到刺痛。我放下表，

---

① 《圣经·约翰福音》第十一章第四十三节，耶稣曾使人复活。昆汀先想到凯蒂与达尔顿·艾米斯的奸情，又想到他找艾米斯打架，艾米斯把枪递给他让他开枪，他又不敢。然后又想到自己向父亲“认罪”，最后想到了自杀，并幻想自杀后骨头沉入河底的情景。

② 昆汀回忆起凯蒂失身那天站在厨房门口的样子。

③ 昆汀对时间非常敏感，但又不想感觉到时间的存在，所以把表砸了。

④ 见《圣经·马太福音》第十四章第二十五节。

走进施里夫的房间里，找出碘酒抹了抹伤口。我用了条手巾把表盘边缘的玻璃渣子清理干净了。

我取出两套内衣裤，还有袜子、衬衫、硬领子还有领带，全都塞进了我的行李箱里。除了一套新西装、一套旧西装、两双鞋和两顶帽子，还有我的书本之外，我把所有东西都塞进了行李箱里。我把书本抱去客厅里，全都堆在桌上，里面有我从家里带来的书，还有那些父亲说，过去常常根据一个人的藏书来判断他是否是绅士；时至今日，就根据他借了哪些书不肯归还来判断。接着我锁上行李箱，在上面贴了地址。①这时候敲响了一刻钟的鸣声。我停了下来，侧耳倾听，直到钟声停止。

我洗了个澡，刮干净了胡子。热水冲到手指上，有些刺痛，于是我又涂了些碘酒。我穿上了那套新西服，戴上了表，把另一套西装和配饰，还有剃须刀、牙刷放进了我的手提包里，我用纸把行李箱的钥匙包好，放进一个信封里，在上面写了我父亲的地址，我写了两张纸条，放进去，封好了信封。

影子还没有完全从门廊前面消失。我在门口停下了脚步，仔细观察着影子的移动。时光以几乎可以察觉到的速度在移动着，匍匐着爬进门里，迫使影子退进门里面。当我听到动静的时候，她已经在狂奔了。②我还根本不知道发生了什么事，她在镜子里一路奔跑着。跑得太快了，她的手臂上挽着裙摆，她像一朵云似的从镜子里跑了出去，闪烁着白色光芒的长尾巴面纱在她身后打着旋儿地飘曳，她的鞋跟落在地上啪嗒啪嗒地发着脆响，她还腾出一只手来护住胸前的新娘礼服，她就这么一路跑出了镜子，那玫瑰的芳香，那响彻在伊甸园上空的声音。然后她穿过门廊，我再也没听见她的鞋跟落在地面的声音，也没见她在月色中跑得像一朵云，那团面色泛起的白光飘过草地，一直朝着咆哮声跑去。她一直奔跑着，婚纱拖在身后，她紧紧护住自己的礼服，径直朝着咆哮声跑去，在那个地方，T.P.全

① 昆汀准备要自杀了。他把东西装进箱子里，以便他死后，别人能带给他家人。

② 昆汀回忆凯蒂结婚那天，班吉本能地感觉到凯蒂即将离开他，就大吼了起来。挚爱班吉的凯蒂听到后不顾一切朝班吉奔去安慰他。

身沾满了露水，他大叫着沙士汽水真好喝，而班吉却在木箱子下面大吼大叫。父亲大汗淋漓地在胸前穿了一副V字形的银质护甲。[①]

施里夫说：[②]“呃，你还没……你这是要去参加婚礼还是要去守灵啊？”

“我刚才来不及出门。”我说。

“你梳洗打扮得这么整齐当然来不及了。你穿成这样是怎么了？你不会以为今天是礼拜天吧？”

“我觉得我偶尔穿这么一次新西服也没事儿，警察不会把我逮起来吧？”我说。

“我是在想那些经常在广场上四处闲晃的学生们。他们肯定会觉得你上了哈佛就开始骄傲自大了。你是不是真的太自满了，都不肯去上课了啊？”

“我还是先吃饱肚子再跟你聊这个。”门廊上的影子消失不见了。我走进阳光底下，又重新找到了自己的影子。我走在影子前头，走下了台阶。报半小时的钟声敲响了。然后钟声停了，在空气里消失了。

执事[③]也不在邮局里。我在两个信封上贴好邮票，把其中一个寄给我父亲的信封塞进了邮箱里，另一封寄给施里夫装进了我的衣服口袋里，然后接着我想起来我最后一次是在哪里见到执事了。那天是阵亡将士纪念日[④]，他身穿一套G.A.R.[⑤]的制服，走在游行队伍中。如果你有足够耐心，在任何一个街角多等一会儿，你总会看见他出现在随便哪个游行队伍里。在这之前的一次是在哥伦布或加里波第或某个人的诞辰日。他走在“清道夫”的队列里，嘴里抽着一根雪茄，头戴一顶烟囱那么大的礼帽，手里拿着一面两英寸长的意大利国旗。但是最后一次游行肯定是他身穿G.A.R.制服的那次，

因为当时施里夫说：

“你瞧瞧那边。你看看你爷爷当初都对那可怜的老黑奴做了些什么？”

“是啊，”我说，“当初要不是多亏了我爷爷，他还得像白人伙计那

---

① 意思为：身穿大礼服与白色硬领衬衣的父亲也气喘吁吁地跑到了班吉面前。

② 回到“现在”，施里夫从小教堂回来了。

③ 一名老年黑人，他经常为哈佛学生办杂事。昆汀把衣服留在宿舍准备送给他。

④ 每年的5月30日为美国的法定假日。

⑤ G.A.R.：共和国大军，内战时对北军的称呼。

样天天辛苦干活呢，你看他现在多轻松，一天天地就在街上游行。”

我在任何地方都找不到他。但是我知道即使是一个勤勤恳恳工作的黑人，你也没法想找他时就能找到他，更别说这个吃公粮却游手好闲的黑人了。一辆车开了过来。我乘车进了城里，[①]去了帕克饭点，吃了一顿丰盛的早餐。我一边吃着，耳边又听到了敲钟声。但是我觉得要过至少一个钟头，人们才会察觉到自己弄不清楚现在是几点，人类进入机械记时的历程比整个人类历史更加漫长。

用完早餐之后，我买了一支雪茄。卖烟的姑娘说五毛钱一支的那种雪茄最好，那么我就买了一根五毛钱的，点燃了抽了起来，我走到大街上。我站在街头，一连吸了好几口烟，接着我把烟夹在手上，朝街角走去。我路过一个钟表匠的铺头橱窗，但我及时地把视线移开了。在街角，两个擦鞋匠缠住了我，一边站一个，一个尖声尖气，一个粗声粗气，像两只乌鸦在我耳边叽叽喳喳。我把雪茄给了一个鞋匠，给了另一个鞋匠五分钱的镍币。于是他们终于放我走了。拿到雪茄的那个想把雪茄卖给另一个来换那个五分钱的镍币。

天上有一个时钟，高高地挂在太阳那里。而我在思考，不知为何，当你不想做某件事时，你的身体却会要把戏，哄骗你不知不觉中就做了。我感觉到后颈上的肌肉在抽动，接着我听到了那块表在我的口袋里发出的嘀嗒声，又过了一会儿，所有的声音都被我抛在脑后，能听到的只有口袋里那块表走动的嘀嗒声了。我转头往回走，回到了那个钟表店的橱窗。他正坐在橱窗后的桌子上修表。他的头顶几乎全秃了。他一只眼睛上戴着一个放大镜——一个嵌在他眼眶里的金属筒。我走进了店里。

这个地方充斥着各种各样的嘀嗒声，就像在九月份，草地上一片蟋蟀的叫声，我能特别听出来他头顶的墙上挂着的一只大钟的声音。他抬头看我，他的眼睛很大，但灰蒙蒙的，鼓鼓的好像要从镜片后面冲出来。我掏出自己的表，递给他看。

“我把这个表弄坏了。”

---

① 波士顿，哈佛大学在离波士顿三英里的坎布里奇。

他拿着表在手里轻轻翻动着。“看得出来确实弄坏了。你肯定从它上面踩了过去。”

“您说得对，先生。我把它从梳妆台上掉到地上了，一片黑漆漆的，我还踩了它一脚，不过它还在走着呢。”

他动手撬开表后面的小盖子，眯缝着眼睛往里面窥视。“这么看起来貌似还好。但是没给它彻底做个检查，我可不敢打包票。我今天下午来仔细检查它。”

“那我待会儿再拿过来修吧，”我说。“您能否告诉我，这橱窗里这么多钟表，哪只走得准？”

他把我的表放在手掌上，抬起了头，他那只灰蒙蒙的，鼓鼓的好像要从镜片后面冲出来的眼睛盯着我。

“我跟一个哥们儿打了个赌，”我说。“可我今天早上又忘了戴眼镜出门。”

“哦，好吧，”他说。他把表放下，从高脚椅上站了半个身子起来，越过栏杆往橱窗里看。然后他又抬头看了看墙壁。“现在是二十——”

“别告诉我，”我说，“求求您了，先生。只要告诉我那么多钟，是否有哪个走得准。”

他又朝我看了一眼。他重新坐回到高脚椅上，把放大镜推到前额上。他眼圈四周有一个红红的印子，拿开放大镜之后，他整张脸看起来光秃秃的。“今天你们在搞什么庆祝活动吗？”他说，“划船比赛要下个礼拜才举行啊，对不对？”

“不是的，先生。这仅仅是一个私人的庆祝活动。生日宴会。它们有哪块走得准吗？”

“没有。它们都还没校准过呢，也没对过时间。如果你是想买其中一块——”

“不是的，老板。我不需要买表了。我们客厅里已经有一个挂钟了。等我什么时候需要，再拿这块表来修吧。”我伸出了手。

“最好是放在这儿，我能早点儿帮你修好。”

“我还是以后再拿来修吧。”他把表递给了我。我把它放进口袋里。

我现在没有办法透过四周这一片纷纷扰扰的声音再听到这只表走动的嘀嗒声了。“很感谢您。希望没有耽误您太多时间。”

“没事儿。你啥时候想好了就带来吧。等咱们赢了这次划船比赛，你们再庆祝，不是更尽兴嘛。”

“是的，老板。我也觉得等赢了再庆祝好。”

我走出门，把那一片嘀嗒声关在了身后。我回头往橱窗里看了看。他也正在栏杆的那头注视着我。橱窗里面摆着十几只表，就各自显示了十几个不同的时间，每一只表都和我兜里那只缺了指针的表一样，笃定只有自己才是准时的，别的表都是乱走一气。每一只表都和其他的表互相矛盾，走得不一样。我能听见我那只表在口袋里发出的嘀嗒声，虽然没有人能看见它，尽管它已经不能说明时间了，但谁又真能说明时间呢？

于是我告诉自己，就按那只表的时间来过吧。因为父亲说过，钟表杀死时间。他说只要那些小齿轮在咔嗒咔嗒地走着，时间就是死的；只有当钟表停下来，时间才会恢复生机。两根指针水平展开，微微地形成一个角度，就像一只在风中斜飞的海鸥。我怀着满腔的难过与遗憾，正如黑人们所说的蓄满了水的新月一般。钟表匠又在工作了，他俯身在工作台上，那个圆筒深深地嵌入他的脸上。他梳了个中分的发型。中分线直通到他光秃秃的头顶上，就像十二月排干了水的沼泽。

我看见马路对面有一家五金铺子。我以前真不知道熨斗是论磅买的。

“大概你是想买一个裁缝熨斗吧，”店员说，“这些是十磅重的。”只是它们比我想象中重多了。所以我买了一对小一些的六磅重的，因为把这对熨斗用纸一包，看起来就像是一双鞋。这一对一起拿着可真够重的，但是我又想起父亲是如何说人类经验的归谬法了，还想起了我仅有那一次申请进哈佛的机会。也许到明年吧；我在想着也许要再在学校里待上两年，我才能学会如何恰当地做那件事。

但是光把他们拎在空中就够重了。一辆车开过来了。我上车了。我没看见车头上的牌子。车厢里坐满了人，貌似大多数都是些富人们正在读报纸。仅有的一个空座位是在一个黑鬼旁边。他头戴一顶常礼帽，皮鞋刷得锃亮，手里夹着一根灭了火的雪茄烟蒂。我过去总以为一个南方人应该对黑鬼的存在总是非常敏感。我想北方人大概也很希望他自己能这样。当我第一次来到东部时，我不断提醒自己，一定要把他们想成有色人种，而不是黑人，如果不是我凑巧跟他们混得很熟，我得花多少时间和精力才能弄懂，其实对于所有人类，无论是黑人还是白人，最好的相处之道就是他们怎么看待自己，我们就怎么看待他们，然后没事别招惹他们。我以前就已经领悟到了，黑鬼并不仅是一个人种，更是一种行为方式；与他周围的白人的观察对照面。可是我起先以为要是没有那么多黑人围着我打转，我肯定会觉得很失落，因为我觉得北方人会认为我是那样想，直到那天早上在弗吉尼亚州，我才确信我真的是很思念罗斯科斯、迪尔希和他们那一群人。那天当我醒来时，火车没有开动，我撩起遮阳布往外面张望着。那节车厢正好卡在一个三岔路口上。两行白色栅栏从山上一直延伸下来，到了这个三岔口，就像个牛角一样岔开了，继续往山下延伸过去，有个黑人骑着一匹骡子，站在硬邦邦的车辙印子里等火车开走。我不知道他在那里等了多久，但是瞧他的模样，头顶裹着一个毯子，叉开腿坐在骡子背上，似乎他和骡子，栅栏和路，都是与生俱来就在这个地方似的，就像这座山，仿佛就是从山上雕刻出来的，更像是有人在半山腰上竖起的一块牌子：欢迎回到家。那匹骡子没鞍，那个黑人的双脚几乎都要垂到地面上了。那匹骡子看起来就像一只兔子。我把窗户推了上去。

"嘿，大叔，"我说，"这儿有没有那个规矩呀？"

"啥呀？"他看着我，然后把毯子解开，从一只耳朵那里拉开了。

"圣诞礼物！"我说。

"哎呀，老板，您来真的呀。这下可让您逮在我前面了，[①]是不是呀。"

"这次就饶了你。"我把裤子从窄窄的吊床上拽了过来，摸出一枚两毛五的硬币。"但下次你可要小心点儿啊。过完新年后第三天我还要经过

---

① 美国南方的风俗：圣诞节期间，谁先喊"圣诞礼物"，对方就输了，应该给礼物，虽然不一定真给。昆汀回家过圣诞节时经过弗吉尼亚州，觉得回到南方，心情很好就和老黑人开玩笑。这也是他"想念"黑人的一种表现。

这里，你那时候可要当心啦。”我把硬币扔出窗户。“给你自己买点圣诞节礼物吧。”

“好的，先生。”他说。他爬下骡子，捡起了那个硬币，在裤管上擦了擦。“谢谢啦，少爷，谢谢您啦。”然后火车开始挪动了。我伸出上半身，伸进寒冷的空气里，往回望去。他站在那匹骨瘦如柴像兔子的骡子边上，人和骡子都破破烂烂、呆若木鸡，没有一丝不耐烦地等待着。火车拐了个弯，喷发出了几声又短又重的爆裂声，他和骡子就这么平静地离开了我的视线，依旧那么破破烂烂，那么永无止境的耐心，那么死一般的肃穆：他们身上融合了童真而又时刻存在的笨拙，也有可靠稳妥的部分，这两种矛盾的性格成分庇护着他们，照顾着他们，不顾一切地爱着他们，但却又不断地掠夺他们，而且还合理地回避了责任与义务，这样的手法实在太露骨了，简直无法称为诡辩，他们被欺骗和掠夺了，但却对胜利者满怀着由衷坦率的钦佩，一个绅士对于任何在公平公正的比赛中赢了他的人都怀有这样的敬意，除此之外，他们对于白人们异想天开的行径都抱着一种无原则的容忍和耐心，这种溺爱的态度正如爷爷奶奶对于随时可能发脾气的淘气孙子，而我已经渐渐忘记这种感情了。这一整天，火车穿过扑面而来的多个山口，沿着矿脉在山路上曲曲折折地前进着，所能听到只有排气管道和车轮在拼命呻吟，你感觉不到火车在移动，崇山峻岭往远处曲折绵延到天边，融进了阴霾灰暗的天空里，我想念我的家乡，我想那昏暗荒凉的小车站，泥泞小路，广场上那些从容不迫地来来往往的黑人和乡巴佬们，他们背着一袋袋的玩具小猴子、玩具小车子，还有糖果，还有从口袋里伸出来的一支支的烟火，就在这时，我的身体里涌动着一股异样的情绪，就像在学校里听到钟鸣时那样。

要等钟敲了三下，我才能开始数数。[①]接着我就开始数数了，数到六十，就弯下一根手指，我一边数着，一边心想还要弯下十四根手指，接着弯下了十三根、十二根，然后是八根、七根，忽然之间我感觉到四周一片寂静，大家全都不敢走神了，我说了句：“老师，怎么了？”“你名叫

① 昆汀回忆自己小时候等下课时用弯曲手指来计算时间。

昆汀，对不对？”劳拉小姐[1]说。然后四周陷入了更加深沉的寂静之中，所有人都屏气凝神，不敢走神，气氛紧张得我的手指都要抽筋了。“亨利，你告诉昆汀是谁发现了密西西比河。”“德索托[2]。”然后大家都松弛了下来，过了一会儿，我担心自己要落后了，就赶快加快速度数了起来，弯下了一根手指，但又怕速度太快了，于是放慢了一点，接着又担心太慢了，于是再次加快了速度。所以我从来都没办法刚好在鸣钟报时数完，几十只重获自由的脚已经迫不及待地在残破的地板上挪来挪去。那一天就像一格窗户玻璃被轻轻地但尖锐地敲了一下，我的身体里涌动着一股异样的情绪，我静静地坐着，一动不动。静静坐着，一动不动，扭来扭去。[3]我的同情心因你而泛滥。她在门口小站了片刻。班吉。大吼大叫着。[4]班吉明啊我老来得到的孩子[5]呀。凯蒂！凯蒂！

我想拔腿就跑走。[6]他哭了起来，她过去抚摸着他。嘘，别哭了。我不会走的。别哭了。他就不哭了。迪尔希。

只要他愿意，他就能闻出你想跟他说什么。他不需要听也不用讲话。[7]

那他能闻出他们要给他取的新名字吗？他能闻出霉运吗？

他干吗要担心运气是好是坏？反正运气再差也不能让他更命苦了。

如果对他的命运没啥好处，他们干吗还要费事给他改了个名字呢？

车子停了一下，又发动了，接着又停了下来。在窗户下面，我看到街上人头攒动，人们头上戴着崭新的未泛黄的稻草帽子。现在车里也有几个女人了，她们都挽着上街买东西用的篮子，而身穿工作服的男人已经开始比皮鞋锃亮而且还戴着硬领的男人更多了。

那个黑人碰了碰我的膝。“不好意思，借过。”他说。我把腿往外挪

---

① 昆汀在杰弗逊上小学时的老师。

② 埃尔南多·德索托（Hernando De Soto，1500–1542），西班牙冒险家。

③ 昆汀回想起几年前他在老家与一个名为娜塔莉的少女一起玩耍的情景。

④ 又回忆到凯蒂失身的情景。

⑤ 这是康普生太太在给小儿子换名时所讲的话。

⑥ 昆汀想起1898年祖母去世那晚的情景。回大房子的时候，班吉哭了，凯蒂安慰他。

⑦ 回到“当前”。

了挪，好让他过去。我们坐的车子正沿着一堵毛坯墙行驶着，车子的咔嗒声弹回到车厢里面，弹到膝上放着篮子的女人和那个在油腻腻的帽带上插着一支烟斗的男人身上。我能闻到水流的气味，接着透过墙壁的缝隙，我瞥见了水光[1]和两根桅杆，一只海鸥停留在半空中，一动不动，看起来好似停在桅杆之间一根看不见的绳子上，接着我举起手，伸进外套里，摸了摸之前写好的那两封信。这时候，车子停了，我跳了下来。

为了让一艘纵帆船行驶过去，吊桥打开了。一条正在冒着烟的拖船拖着它，挨着船舷边紧随其后，虽然纵帆船本身也像在行驶，但完全看不出来动力从何而来。一个光膀子的汉子在前面的甲板上绕着绳子。他的身上给太阳烤成了烟草色。另一个人在掌舵，他头上戴了一顶没顶的草帽。这艘纵帆船没有起帆，而是落帆飘航穿过了大桥，感觉像是青天白日下的一个幽灵，三只海鸥在船尾上空盘旋，像是被一根隐形的线扯住的玩具。

吊桥合拢了，我越过大桥来到河流的彼岸，斜斜地倚靠在船库的栏杆上。浮码头上面空空如也，几个闸也大门紧闭。船员们现在只有到了黄昏时分才来划船，在那之前都在休息。[2]大桥的影子、一根根栏杆的影子、还有我的影子都平平整整地映照在水面上，我轻而易举地混迹其中，水面没办法剔除掉我的影子。我的影子少说也有五十英尺那么长，我很渴望能找到某样东西，能把我的影子吸进水里去，紧紧地吸住它，直至它被淹死，那一包看起来像双皮鞋的东西的影子也平躺在水面上。黑人们传说着一个溺水身亡者的影子会每时每刻都躺在水里寻找和等待着他。影子闪闪发亮，随着呼吸的节奏一起闪烁着光芒，浮游码头也随着呼吸上下起伏，一半的碎片残骸泡在水里，海水不断冲刷淹没，碎片残骸被冲进海里，冲进了洞穴和窟窿里。河水的流动正是诸如此类般。就是人类经验的归谬法之类的，那两个六磅重的熨斗放一起，比裁缝用的长柄熨斗还重。迪尔希要是看到了，她肯定会说这太浪费了，真是作孽啊。奶奶去世的时候，班吉

---

① 查尔斯河。该河在入海口隔开了波士顿与坎布里奇。河东南是波士顿，河西北是坎布里奇。

② 这里是哈佛大学划船运动员放船的地方。

其实知道的。[1]他哭了。他闻出了那个气味。他肯定闻到了。

那只拖船顺流而下，划开了河水，水流卷成了一个个圆溜溜拖着长尾巴的旋涡，拖船所经之处，推着波浪拍打到河岸上，浮游码头被波浪晃得四处摇摆，水流的旋涡拍打在码头上，一阵扑通扑通作响，码头上传来一阵拖着尾音的嘈杂声，大门被推开了，有两个扛着一艘赛艇出来了。他们把赛艇放在水上，过了一小会儿，布兰德[2]带着两根船桨出来了。他头上戴着一顶僵硬呆板的草帽，身穿一条法兰绒裤，套着一件灰色夹克。他或者他母亲不知在何处看到说，牛津大学的学生都习惯头戴硬草帽身穿法兰绒来划船，所以才三月初，他就戴着硬草帽，穿着法兰绒来河边划船了。那些船夫们威胁说要让警察来管管他，[3]但是布兰德充耳不闻，还是下河划船了。他的母亲租了一辆车开到河边来了，她身上穿着一套厚厚的毛皮大衣，像是要去北极的探险家，她目送他离开岸边，顺着每小时二十五英里的风速，划过一堆堆像脏兮兮的羊群似的浮冰堆。自从那时候开始，我就坚信上帝不仅是一名绅士，一名运动员；他还是一个肯塔基人。他划着船出去之后，他母亲开车绕了个弯来到河边，在河岸上和他并排前进，车子低速行驶。他们说你简直都不敢确定这两个人之前认识彼此，这个场面就像国王和王后出巡，两个人甚至看都不看彼此一眼，只是在马萨诸塞州并排往前进，仿佛是一对沿着平行轨道移动的行星。

他上了赛艇，开始划动。如今他划船技术很不错了。不过他也应该到这个程度了。他们说本来他母亲让他不要划船，去做那些班上同学没办法做，或是不愿意做的事情，但他这一次倒是很有决心。如果这可以称为决心的话。他坐着不动，一脸高贵冷艳令人生厌的帝王相，一头卷曲的黄色头发，一对紫色的眼珠，一双长长的睫毛，还有一身纽约定做的衣服，他的母亲则在一旁，不停炫耀吉拉德的那些马匹，还有他的黑佣人们，当然少不了他的情妇们。肯塔基州的为人父与为人夫的男人们一定会欣喜若

---

① 昆汀又回忆1898年祖母去世的情景。

② 吉拉德·布兰德，昆汀的同学，南方人。阔少爷，非常傲慢无礼，他的母亲很势利眼，极力模仿英国贵族。

③ 三月份太冷，河面上很多浮冰，不适合划船。

狂，因为她把吉拉德带到肯塔基州来啦。她在城里有一套公寓，吉拉德也有一套，另外他在大学里还有宿舍。她允许吉拉德和我来往，因为我勉强也算是出身高贵，幸运地出生在梅森—迪克森线[①]以南，还有少数几个人的投胎位置也不错，达到了吉拉德的交友标准（最低标准）。勉强认可他们了。至少不跟他们仔细计较了。但是有一次，她半夜一点钟撞见了司博德从小教堂里出来，他说她不可能是个有教养有身份的夫人，因为有教养的夫人绝对不可能在晚上这个时候出门的，从此往后，她再也无法原谅司博德了，因为他的名字是由五个名字组成的一长串，其中有一个是某英国公爵府名。我敢说她肯定是用这个想法来安慰自己：某个曼戈尔特或是莫蒂默家[②]族的二世祖与某个守门人的女儿厮混上了。无论这是不是布兰德夫人瞎编乱造出来的，这情况其实真的很有可能发生过。司博德是全世界最喜欢四处乱窜的人，而且百无禁忌，自由散漫。

那艘快艇远远地成了一个黑点，在阳光中那两片船桨是两个分隔开的亮点，好似快艇一路上都在眨着眼睛。你曾经有过姐姐或妹妹吗？[③]没有，但她们全都是骚货。*你曾经有过姐姐或妹妹吗？那一瞬间她站在那里。全是骚货。她站在那里的时候还不是。*达尔顿·艾米斯。达尔顿·艾米斯。达尔顿牌衬衫[④]。我一直以为这牌子是卡其布的，军用卡其布的，直到我亲眼所见才知道它们是用中国产的厚丝绸，或是最细腻的法兰绒布做的，因为它们把他的脸[⑤]衬托成那么健康的棕色，又把他的眼睛衬托得那么湛蓝。达尔顿·艾米斯。这失去了高贵的质感，显得很粗俗。像是演戏的配置。这大概是纸浆灌铸出来的道具，你摸摸看。啊，原来是石棉。不是真正的青铜。*但是不会在家里见他了。*[⑥]

---

① 南北战争时期，南方与北方的分界线。

② 这两个姓氏在布兰德太太看来都很有贵族气质。

③ 回想到1909年夏末遇到达尔顿的那天。这一句是昆汀说的，下一句是达尔顿说的。

④ 联想到达尔顿牌衬衣。

⑤ 又联想到达尔顿的脸。

⑥ 回到凯蒂失身那天，这一句是凯蒂说的。下面一段先是达尔顿，接着是凯蒂与昆汀的对话。

请你记住，凯蒂也是个女人。她也肯定会像个女人那样来处理事情。

凯蒂，你为什么不把他带到家里来呢？为什么你要像那些黑种女人似的，躲在草地里，沟渠里，灌木丛里，黑糊糊的树林里干那种事呢。

过了一会儿，我听着表在走动的嘀嗒声听了好一会儿，我靠在栏杆上，透过衣服感觉到了那两封信发出了轻微的啪嗒声，我倚在栏杆上，低头看着自己的影子，我多么巧妙地骗过了它呀。我顺着栏杆往前走，但我的衣服也是深色的，我擦了擦手，看着自己的影子，我多么巧妙地骗过了它啊。我带着影子走进了码头的阴影里。然后我就向着东面走去。

哈佛，我的哈佛男孩，哈佛，哈佛。①她在比赛场上遇见了一个身披彩带，但脸上长了青春痘的小男孩。②他偷偷摸摸地沿着篱笆凑近了，吹了吹口哨，像使唤小狗似的把她叫出去。因为他们无论怎么甜言蜜语地哄他，也没法把他哄进餐厅，于是他母亲相信他懂某种咒语，只要让他和凯蒂单独在一起，他就能蛊惑她。然而任何一个流氓他躺在窗户下的箱子旁边又号又叫③只要能在胸前纽扣眼里别一朵花，再开一辆豪华轿车来就行了。哈佛。④昆汀，这位是赫伯特。我的哈佛男孩。赫伯特会是你们称职的大哥，他已经对杰生承诺过了。

像个推销员似的那么殷勤热情，但一看就是拍电影似的虚情假意。龇牙咧嘴笑得都看见牙床了但其实满脸皮笑肉不笑。⑤我在那边的时候就久仰你的大名了。⑥笑得露齿了但其实皮笑肉不笑。你要来开车吗？⑦

昆汀，上车吧。

你来开车吧。

---

① 这是1910年4月23日，凯蒂结婚前两天，母亲给他介绍凯蒂的未婚夫认识的情景。

② 想起小时候凯蒂与一个男孩邂逅之后接吻的事情，大概在1906年或者1907年。

③ 回想起结婚那天班吉的行为。

④ 下文是康普生太太吹嘘自己的女婿多么大方慷慨。

⑤ 这里是些昆汀对赫伯特的印象。

⑥ 赫伯特在哈佛时因打牌作弊被赶出俱乐部，又因考试作弊被开除学籍，在哈佛声名狼藉，昆汀在讽刺他。

⑦ 赫伯特为了讨好凯蒂，把自己的车让给她开。

这是她的车呀，你难道不感到骄傲吗，你的小妹妹拥有全镇第一辆汽车呢，这是赫伯特送的礼物。难道你没有收到我的信吗，路易斯每天上午都来给她上驾驶课。[①]谨定于1910年4月25日在密西西比州杰弗逊镇为小女凯蒂斯与悉尼·赫伯特·海德先生举行婚礼，恭请光临。杰生·里奇曼·康普生先生与夫人敬启。[②]附：8月1日之后将在寒舍宴请宾客，地址为印第安纳州南湾市某某街某某号。[③]施里夫说，难道你甚至都不愿意拆开吗？三天。三次。杰生·里奇曼·康普生先生与夫人。年轻的洛钦瓦尔[④]从西部骑马奔出来也未免太性急了点，对不对？[⑤]

我来自南方。你可真有幽默感，是不是呀。

噢，是的，我知道那是在乡下的某个地方。

你真是幽默，真是的。你应该去马戏团呢。

我去了呀。我想给大象身上的虱子喂水喝呢，结果把自己眼睛给弄坏了。三次你根本没办法摸透那些乡下姑娘们的心思，对吧。不过，拜伦也从来没能得偿所愿呀，感谢上帝。但是别打人家的眼镜呀。你甚至连拆都不拆吗？那封请柬躺在桌上，四个角都分别点上了蜡烛，两朵假花捆在一只污浊的粉色吊袜带上。[⑥]别打人家的眼镜呀。

可怜的乡下人[⑦]他们大部分一辈子也没见过汽车凯蒂斯按喇叭呀她看都不看我一眼他们会让路的看都不看我一眼要是你们撞伤了他们中的谁你们的父亲会很不高兴的如果你们压伤了谁我想你们父亲也只能去买一辆了我觉得很抱歉你把车子送来了赫伯特当然我坐车兜风非常愉快我家也有一辆

---

① 这句是康普生太太讲的。路易斯是康普生家附近的黑人，心灵手巧，打猎能手。

② 康普生为女儿凯蒂结婚所发的请柬。但昆汀收到后三天没拆开，施里夫感到很奇怪，所以有了以下对话。

③ 赫伯特在请柬上的附言，表示蜜月之后将回印第安纳州的老家去。

④ 苏格兰作家华尔特·司各特著名叙事诗《马米恩》第五歌中一谣曲中的英雄。他的情人就要跟别人结婚，他带着情人骑马出走。

⑤ 回想起与施里夫的对话。施里夫不断提醒昆汀拆请柬。昆汀从施里夫说自己眼睛不好联想到打架时打掉别人眼镜的事情。

⑥ 昆汀把他妹妹的结婚请柬视为一具灵柩，点燃蜡烛，献上吊带袜做的花圈。

⑦ 以下是康普生太太坐赫伯特的汽车兜风时说的话。

马车但是每次我要坐这马车出去康普生先生总让黑人们折腾半天要是我敢多半句嘴那简直要小命不保了他坚持让罗斯科斯专门来伺候我要他随叫随到但是我也明白这意味着什么我知道人们许下了那么多承诺其实质是为了满足他们自己安抚自己的良心赫伯特你会不会也这样对我的宝贝小女儿啊我知道你肯定不会的对吧赫伯特简直把我们全都宠惯坏了呢昆汀我给你的信里不是说了嘛他打算让杰生读完高中之后就进他的银行工作呢杰生肯定会成为一个杰出的银行家我这么多孩子里面就数他最懂社会想法最实际这还得感谢我因为他继承了我这一脉的性格其他几个孩子就全都是典型的康普生家的德行杰生提供了面粉。他们在走廊上做风筝，卖每只五分钱，他和一个派特森家的男孩一起。杰生管账目。

这辆车上没有黑人，在车窗外，一顶又一顶的尚未退色的草帽奔涌而去。目标是哈佛。[①]我们已经卖掉了班吉的他躺在窗外的草地上，又吼又叫。我们卖掉了班吉的牧场好让昆汀去哈佛上学你的亲弟弟。你亲生的小弟弟啊。

你们应该弄辆车来汽车会给你们带来无穷无尽的好处昆汀你说是不是呀你看看我立刻就喊他昆汀了凯蒂斯告诉了我很多他的事。[②]

你干吗不能喊他昆汀啊我希望孩子们比朋友更亲密没错凯蒂斯和昆汀就比朋友更亲密父亲啊我犯了错好遗憾啊你没有兄弟姐妹没有姐妹啊没有姐妹压根也没有姐妹不要问昆汀了只要我身体好转了点下楼去吃饭他和康普生先生就觉得有点受到侮辱似的我这次真是鼓足勇气了这个婚事我要付出代价了你又把我的小女儿从我家里带走了我的小妹妹没有了。如果我能说的话母亲啊。母亲。

除非我一时冲动突然向您求婚而不是向凯蒂否则我觉得康普生先生肯定不会来追这辆车。[③]

啊赫伯特·凯蒂斯你听到没有她不肯用温柔的目光看我固执地拧过脖

---

① 昆汀过桥坐上了一辆车，联想到了家中卖掉了班吉很喜爱的牧场来送他上哈佛的事，接着又想到凯蒂结婚那天班吉大闹的情景。

② 又想到与赫伯特见面的情景。这段话是当时海德说的。

③ 赫伯特奉承康普生太太所讲的话。

子不肯往回看你没必要嫉妒啊他不过是在恭维我这个老太婆而已啦要是他面对的是我那个结了婚的成熟的大女儿后果就不可设想了。

您可千万别这么说啊您现在看起来依然像个少女似的您比凯蒂斯看起来嫩多了双颊红润饱满像个小姑娘一张脸挂着责备的泪水一股樟脑和眼泪的味道从沉浸在柔和微光中的门缝里若隐若现地传过来金银花的香味[①]也传来了。还有一阵又一阵悲伤的哭泣声把一个又一个的空箱子从阁楼的楼梯上往下搬发出的声音像是抬棺材去弗兰区·里克。盐碱地里没有发现死人

有人戴着还很崭新的草帽，有人没戴草帽。有整整三年时间我都没戴帽子。我无法忍受戴帽子。如果我不在世了，哈佛也消失了，这个世界上还会有帽子吗？父亲说，在哈佛，最好的想法都好比是紧紧地依附在破砖残瓦上的老树枯藤。那时候大概就没有哈佛了。无论如何对我来说是没有了。又来了。甚至更忧伤了。又来了。已经悲伤到无以复加的地步了。又来了。

司博德穿上了衬衣；那么现在肯定已经到晌午了。过一会儿等我再次看见自己的影子，要是一个不小心，我又会踩进当初被我要把戏骗进河水里去的水浸不透的影子上去。但是不行啊妹妹。我无论如何也不会这么做的。我绝对不允许别人窥探我的女儿[②]我绝对不允许。[③]

我如何才能管束好他们呢你又总是教他们不要尊重我不要尊重我的意愿我知道你是瞧不上我家的人但怎么能因为这样你就这样教唆我的孩子呢我自己饱受折磨生下来的亲骨肉难道不需要尊重我一点点吗[④]用坚硬的鞋跟践踏着我影子的骨骼直到踏进水泥地里去了然后我听到了钟表走动的嘀嗒声隔着外套我又摸了摸那两封信。

---

① 回忆一家人得知凯蒂失身后的反应。康普生太太拿着一条浸透樟脑水的手帕在哭泣。康普生决定让凯蒂前往弗兰区·里克（印第安纳州南部的疗养胜地）换个环境，以摆脱与达尔顿的关系。家人把空箱子从阁楼上搬下来准备行李。空箱子让昆汀联想到棺材。又从里克（lick）联想到盐碱地（salt lick）。

② 康普生太太派杰生去监视凯蒂，康普生先生非常生气。

③ 凯蒂失身那晚昆汀对凯蒂说的话。

④ 这是康普生太太与先生吵架所说的话。巴斯康是她娘家的姓。

不管你们认为她干了什么坏事我都不希望我的女儿受到你或是昆汀或是任何人的窥探和监视

至少你也同意其实她被这么监视这件事是有原因的

我不想这么做，我坚决不这么做。[①]我知道你不愿意我也不希望把话说得那么尖锐可是如果女人之间不互相尊重彼此其实就是不尊重她们自己啊[②]

但是为什么钟声敲响了，我正踩在自己的影子上，但这是报刻的钟声。[③]在视野范围内完全看不到执事的身影。以为我会，我会

她也不是故意这样的女人做事就这样啦这也是因为她爱凯蒂嘛

街灯顺着山坡一直延伸到山脚下然后又爬上山坡伸展到了镇上我踩在自己肚子的影子上。我把手探到影子外面去了。我感觉到父亲正坐在我后面在那夏季与八月的令人焦躁的黑暗之外那些街灯下父亲和我保护女人们不让他们伤害彼此不让她们伤害我们自己家的女人女人就是如此她们并没有学会和掌握那些我们渴望知道的人类知识她们与生俱来就有一种对于猜疑的旺盛繁殖力每过一段时间这种繁殖力就会丰收一次而且结果居然还都猜对了她们与邪恶天生就有亲和力邪恶缺什么她们就提供什么她们与生俱来地吸引了邪恶就如在你睡熟了之后往自己身上拉扯被子似的她们还给头脑输送肥料让脑子里的邪恶意识一直渐渐浓厚直到邪恶的力量达成了目的无论邪恶力量本身到底是否存在[④]执事走过来了，他走在两个一年级学生中间。他还没有从游行的气氛中剥离出来，他朝我敬礼，敬了一个十足的高级军官派头的礼。

"我想借你一点时间来谈谈。"我说，然后停了下来。

"与我谈吗？好的。伙计们，再见了，"他说，停下脚步，转过身来，"很乐意与您聊天。"他可真是全身都是执事的派头。聊一聊你身边的那些天生的心理学家吧。他们说，这四十年来，每个学期开学，执事从来没有漏接过任何一班火车，又说了，只要他随便瞄一眼，就能认出哪

---

① 昆汀对凯蒂所讲的话。

② 这一段与下面一些话是凯蒂失身那晚父亲与昆汀的对话。

③ 电车开到哈佛，昆汀下车寻找执事。

④ 这一段是康普生先生所说的议论。

个是南方人。只要你一说话，他就能判断出你来自哪个州，从来也不会搞错。他还有一套接车时穿的专用制服，全套《汤姆大叔的小屋》里描写的行头，全身都打满了补丁。

“好的，先生。少爷，请往这边走，咱们到啦。”一边说话一边接过你的行李和包裹。“嘿，孩子，来这里，把这些手提袋拿着。”紧随其后就是一座像小山那么高的行李慢慢向前挪着，后面就是一个十五岁左右的白人小孩露出了脑袋，不知怎么回事，执事又在他身上加了一个包裹，押着他朝前走。“好了，你当心点，别掉在地上了。少爷，对了，把您的房号告诉我这个黑老头吧，等您一到房间里，行李早就到了，这一切都尽在我掌握中呢。”

从那时候开始，直到他彻彻底底把你降服，他随时都在你的房间里进进出出，无所不在，唠叨个没完没了，但是随着他的服饰不断升级改善，他的气质也越来越像北方人了，等你明白过来的时候，他已经敲了你很多竹杠了，还肆无忌惮地直呼你的大名，管你叫昆汀或诸如此类的，等你再次看见他，他就会穿上一套别人淘汰掉的布鲁克斯公司生产的西服，头上还戴着一顶缠着普林斯顿大学俱乐部缎带的帽子，我已经忘了是个啥样的缎带了，那是别人送给他的，他一相情愿地坚信这条缎带是从亚伯·林肯的军用饰带上剪裁下来的。很多年以前，当时他还是刚从家乡来到大学里，有人传言他是从神学院毕业的。等他意识到这个传闻是什么含义时，他简直喜上眉梢了，于是开始自己到处跟人讲这事，说来说去，到后来连他自己都信以为真了。无论怎样，他到处跟人说了很多他在大学时代的又臭又长又无聊的琐事，还很亲热地用昵称来喊那些已经逝世的教授们，可那些称呼基本上都用错了。但是对于刚进大学的那些天真又孤单的一年级新生来说，他还算是一位良师益友，而且我觉得虽然他有很多小伎俩，还有些虚伪，但是看在上帝的份儿上，他其实也没有比别人更臭屁。

“这三四天都没看见您了，”他说，双眼望着我，神情依然沉溺在那种军队的光环中。“您这是生病了吗？”

“不是啊。我身体状况不错。还不就一直在忙东忙西的呗。我之前倒是偶尔看见了你呢。”

“是吗？”

“就在前几天的那次游行的队伍里。”

“噢，是的，我当时在做游戏呢。其实我对这种事没多大兴趣的，但您也知道，后辈们都很希望我也去参一脚，老兵嘛。女士们也都希望老兵们能多出来活动活动，您懂的。那我就只好恭敬不如从命了。”

“还有上次意大利人过节那回，”我说，“我估摸着你还得服从基督教妇女禁酒会的指令吧。”

“您说那次呀？那是我为了我女婿才去参加的啦。他的目标是要在市政府里谋个一官半职。当清道夫也行。我跟他说，费尽心思进了衙门里，谋到这个闲职，就好比抱着笤帚睡大觉了。您看到我了，对吧？”

“是啊。两回都让我见到你了。”

“我的意思是，我穿着制服的模样，帅不帅气？”

“你看起来好极了。你比他们任何人看起来都精神抖擞。执事，我觉得他们真该让你来当将军。”

他悄悄地碰了碰我的胳膊。他的手是那种残破不堪但又温和的黑人的手。“听着。这事情可不敢在外面张扬。不过这可以告诉您，不管怎么讲，咱们都是自己人嘛。”他朝我侧了侧身子，讲话语速飞快，双眼却又不看着我。“目前我正在放长线钓大鱼呢。明年，等着瞧吧。尽管等着瞧。以后您就知道我会在什么样的游行队伍里出现了。我不需要告诉您我是怎么搞定这件事的；我要说的是，敬请拭目以待吧，我的孩子。”这时候，他终于看了看我，轻轻地拍了拍我的肩膀，一边点着头，一边以他的脚跟为支点，把身体从我旁边弹回去了。“是的，先生。三年前我可不是无缘无故就改进民主党的。我女婿可是衙门里的人；我呀——是的啊，先生。要是我改进民主党能够让那个狗娘养的好好干活……至于我么：从前天算起，到明年的那一天，就在那个街角上，您就等着看好戏吧。”

“我很希望如此。执事，你值得拥有这一切。是了，我想起来了——”我从口袋里掏出信，“明天你去我宿舍，把这封信交给施里夫。他会给你点东西的。但是请记住，一定要等到明天再给他。”

他接过那封信，仔细地检查了一遍。“这已经封好了。”

“对的。这里面装着我写的纸条。到明天才能有效。”

“嗯。”他说，他看着信封，嘴巴撅了起来。“您是说，会给我点东西？”

“没错。那是我准备送给你的一个礼物。”

这时候他就正眼瞧我了，在阳光下面，那个信封在他黑黑的手掌里显得特别白。他棕褐色的双眼目光柔和，虹膜看起来模糊不清，忽然之间，在那套浮夸的白人制服后面、在那套官腔和哈佛派头后面，我看到了罗斯科斯，他正在看着我，羞怯的、神秘的、不善言辞而又悲伤的罗斯科斯。“你这不是在拿一个黑人老头开玩笑呢嘛，是不是啊？”

“你知道我没开玩笑。是不是有南方人曾经跟你开过这类玩笑呢？”

“您可说对了。南方人都是上等人呢。可是你跟他们在一起，就没法生活下去了。”

“你曾经试过吗？”我说。但是这时候，罗斯科斯消失了。执事又拿出了他那副惯常的腔调，正如他一直以来训练自己在大家面前摆出的姿态。

“我的孩子，我会让您达成所愿的。”

“千万记住，到了明天才能送去。”

“那肯定，”他说，“我明白了，我的孩子。呃——”

“我希望——”我说。他居高临下地望着我，目光既仁慈又宽厚。突然，我伸出了手，我们握了握手，他看起来很严肃，站在他那个梦想中的衙门和军队的华而不实的高度。“执事，你是个好人。我希望……你随时随地都在帮助那些年轻人。”

“我从来都是正确地对待所有人，”他说，“我没有阶级观念，我不会把人划为三六九等。对我来说，这个人就是这个人，我不会理会是在什么地方认识他的。”

“我希望你永远都能像现在这样拥有那么多朋友。”

“那些年轻人。我和他们相处很愉快啊。他们也不会忘记我的，”他说，挥了挥那个信封。他把信封装进口袋里，扣上了台套。“没错，先生，”他说，“我确实有很多好朋友。”

钟声又敲响了，这是报半点。我站在我肚子的影子上，侧耳倾听钟声顺着阳光，透过稀疏斑驳、宁静平和的树叶传过来，一声接着一声，静谧而且祥和，就算是在适合女人当新娘的好月份里，钟声也透着一股秋天的味道。躺在窗户下面的地上又吼又叫[1]他看了她一眼就明白了。[2]从婴儿们的口中。那些街灯[3]钟声不响了。我又走回到邮局，我的影子依然留在人行道上。下了山坡，接着又上了山坡，一直朝镇子延伸过去，就正如墙壁上挂着很多灯笼似的，一盏高过一盏。父亲说因为她爱凯蒂，那么这么说来，她是通过人家的缺点来爱人家的。莫里舅舅劈开双腿，稳稳地站在壁炉面前，他不得不把一只手从炉火前移开，来举杯祝圣诞快乐[4]。杰生正跑得起劲，突然摔跤了，他双手插袋，看起来就像是被捆着一对翅膀的家禽似的倒在地上，他就这么躺着，直到维尔施跑过来抱起他。你为什么不把两只手从口袋里拿出来呢这样你跑起来就不容易摔跤了还在摇篮里躺着的时候脑袋就滚来滚去的后脑勺都滚得扁平了。凯蒂告诉杰生这就是维尔施口中说到的莫里舅舅因为他很小的时候在摇篮里滚动太多了后脑勺都扁了所以他没法干活。

施里夫从人行道上朝这里走来，步履蹒跚的，肥肠满肚的，看起来还挺正儿八经的，树叶上折射的光不停闪动着，他的眼镜在树影下面反着光，看起来像两个小水池子。

“我写了一张纸条给执事，让他来拿点东西。今天下午我可能不回去了，所以请你一定要等到明天再把东西给他，好不好？”

“没问题啊。”他双眼紧盯着我。“哟呵，总之你今天到底在忙什么啊？全副武装地穿戴整齐，四处溜达，看起来就像是等着瞧寡妇自焚殉夫呀。今天上午你去上心理学课了吗？”

“我什么也没干。明天早上再给他，千万记住。”

“你手里拿着啥呀？”

---

① 凯蒂结婚那天班吉的表现。

② 凯蒂失身那晚的情景，“他”指的是班吉。

③ 凯蒂失身那晚父子谈话时所见。“那些街灯”这个回忆被“当前”钟声的停止而打断，接着昆汀继续回忆。

④ 昆汀又回忆起圣诞节的情景以及杰生小时候的事情。

"没什么。就是一双我打算拿去钉前掌的皮鞋。一定记得明天早上再给他，听见吗？"

"好的。我听到了。噢，顺便说一句，早上你拿了桌上那封信吗？"

"没有。"

"放在桌上呢。是塞米拉米斯寄来的。车夫在十点之前就送来了。"

"好的。我会去看的。真好奇她这次想干吗呢。"

"我猜是想再组织一次小型的军乐演奏会吧。三浦提塔塔吉拉德布拉。昆汀，鼓声再敲响一点。啊，上帝，我真庆幸自己不是什么官二代。"他朝前走着，怀里抱着一本书，身材已经走样了，肥嘟嘟的，专心致志地。那些街灯你会这么觉得就是因为我们的某位祖先当过州长还有另外三位祖先是将军而母亲的娘家却没有[1]

任何一个活着的人都比死去的人更强可是任何一个活着或死去的人都不比另一个活着或死去的人强多少可是母亲的脑袋里早就思维固定了。完蛋了。完蛋了。这么一说我们都中毒了你把罪孽和道德混淆在一起了女人们的想法可不同你母亲想的是道德问题她从来没想过这事情是否是罪恶。

杰生[2]我必须得走了其他孩子归你管了我把杰生带到谁也不认识我们的地方去了让他有机会可以一帆风顺地长大忘掉这一切其他孩子们都不爱我他们什么都不爱他们有与生俱来的康普生家族特有的自私和莫名其妙的傲慢只有杰生是我唯一信任的不需要担心害怕的孩子[3]。

真是胡说八道杰生是不错我在寻思呢等你身体好一点了你就能带凯蒂去弗兰区·里克那里了

那么就把杰生留在这里家里就只剩下你和那些黑人们了

她会忘掉他然后那些流言飞语就会自然地销声匿迹盐碱地里没有发现死人

也许我能帮她找到一个丈夫盐碱地里没有发现死人

---

① 这里又是康普生先生在说话。

② 这里的杰生是康普生先生，后面的杰生是他的儿子。

③ 这里是康普生得知凯蒂的事情之后，康普生太太所讲的话。以下是康普生先生与她的对话。

车子驶近了，停下了。半点报时的钟声还依然在空气中回荡着。我上车了，车继续往前开着，盖过了半点报时的钟声。啊，不对：是报三刻的钟声。也就是说，再过十分钟就十二点了。离开哈佛[①]你母亲梦想着你能进哈佛所以才卖掉班吉的牧场

我到底造了什么孽啊[②]上天竟然给了我这样一个孩子一个班吉明已经惩罚得我够苦的了现在她又出事儿了她对她的亲妈哪里还有一点点尊敬呀我真是为她吃尽了苦头为她操碎了心想破了头做出了所有一切牺牲简直是掉到了地狱的深渊里但是自从她一出生睁开眼睛开始就没有无私慷慨地为我着想哪怕一次也好有时候我看着她心里都很怀疑她到底是不是我生出来的杰生才是我的亲骨肉吧我第一次把他抱在怀里时他就从没有让我伤心难过从那时候起我就知道他是我的快乐我的希望我早就认命了班吉明就是对我所犯的罪孽的惩罚他就是来讨债的因为我放下所有自尊嫁给了一个自认高我一等的男人我并不是在抱怨什么毕竟我爱班吉明超过所有孩子的原因就在于此因为这是我的责任虽然杰生总是让我很揪心但我现在知道我还没受够罪现在我明白不但要为自己赎罪还要为你犯下的过错赎罪为了你们这些高高在上的趾高气扬的大人物留给我的罪孽但是你总是要为这些事情承担责任的你总能够为你的孩子犯下的错误找到借口错的那个总是杰生因为与其说他是康普生家的孩子还不如说是巴斯康家的孩子，但其实这是你自己的女儿呀，我的小女儿呀，我的宝贝女儿，唉她也不见得聪明我还是个姑娘家的时候我当然没有你这么有福气了我只不过是个巴斯康家的姑娘我一直以来受到的家教就是对于女人来说没什么折中的办法唯一能做的就是当个规矩守本分的女人但是凯蒂还是个婴儿的时候我把她抱在怀里我真是做梦也没想到她会自轻自贱到这种地步你知道吗我只用看着她的双眼我就能知道真相，也许你以为她会告诉你但是其实她什么也不会说的她一向守口如瓶得很你们不了解她的脾气但我知道她干过什么好事与其把这些事情告诉你我还不如干脆死了算了呢真实的情况就是这样了好吧你就怪杰生吧责

① 昆汀想到坎布里奇郊外的阿尔斯顿去，为此上了一辆车离开了哈佛。

② 以下的话是康普生太太与丈夫吵架时的自我辩解。

骂我派他去监视她好像这样做真有什么不应该似的但是你却任由自己的女儿放荡我知道你不喜欢杰生你只要听到人家说他的坏话，你也深信不疑，你没有像嘲笑莫里那样嘲笑他现在你再也没办法伤害我的女儿了反正我也快离开人世了最担心的就是没有人爱护杰生没人保护他我每天都在观察他生怕他身上出现康普生家族的特征最终还是会在他身上显现出来在那段时间里，他姐姐偷偷跑出去私会她那个叫什么来着的情人你有没有见过那个人你甚至都不让我去查清楚那个人到底是谁这不是为了我呀我才懒得看那个人是谁呢这是为了保护你可是你根本不让我试试那么谁来保护你那纯洁高贵的血统呢我们只是袖手旁观无动于衷地坐着可她呢不但玷污你的名誉而且还让你的孩子生活在腐化堕落的环境中杰生你必须让我走我真的受不了了让我带杰生走吧其他几个孩子就跟着你他们不是我的亲生骨肉可杰生是啊他们对我来说就是毫无关系的陌生人而且我还很害怕他们我可以带杰生到没有人认得我们的地方去我会双膝下跪来祈求宽恕我的罪过好让杰生逃脱这个诅咒并且也忘掉其他孩子犯过的错

如果刚才那个是报三刻钟的钟声，那么现在离十二点只有不到十分钟的时间了。一辆车刚刚开走，已经有人在等待下一辆了。我已经问过了，但他也不知道正午之前是否还会有车过来，你得知道，那是市区间的无轨电车，发车时间没那么频繁。我等来的第一辆是有轨电车。我上了车。你能感觉到正午就要到来了。我很想知道在地底下的矿工们是否也能感觉到正午的到来。这就是为什么要拉响汽笛了：因为人们汗流浃背，只要离开流汗的地方足够远，你就不会听到汽笛声了，八分钟之内，你就会到达远离汗水的波士顿。父亲曾经说过，人就是厄运的总和。你以为有朝一日，厄运也会感到厌倦，但其实到那个时候，时间又变成了你的厄运，这也是父亲曾说过的。在空中，一只被系在一根无形的线上的海鸥被拖了过去。而你拖着挫折和失意的象征进入永劫不复。羽翼渐渐丰满了点，父亲说只有这样的人才能弹竖琴。

随时随地，只要电车一停，我就能听见自己的表走动的嘀嗒声，可是停下来的次数很少，人们已经在吃饭了|谁在弹奏|吃饭，吃饭这事儿，你的肚子里也有空间，空间和时间混在一起了。肚子说到中午了，大脑说到了

吃饭的点儿了。好吧。我也不知道是什么时候了，但那又有什么关系呢。人们正在纷纷往外走。有轨电车停靠也不那么频繁了，人们都去吃饭了，车厢里都清空了。

现在肯定已经过了十二点了。我下了车，在自己的影子上站了一会儿。过了一会儿，来了一辆车，我上了车，回到了之前的市区车站。刚好有一辆车正要开动了，我在车窗旁边找了个座位，车子开动了，我看着车子疲惫不堪地驶过一排又一排退潮时露出来的沙洲，接着是小树林。我时不时地能看见那条小河，我总在寻思，如果天气和吉拉德的小艇都在金光闪耀的上午阳光中庄严神圣地前进，那么河流下游的新伦敦城里的人该有多开心啊，这时我又想知道那个老女人到底想干吗呢，居然在上午十点以前就送了张字条给我。吉拉德成了什么形象，我成了其中一个达尔顿·艾米斯，哦，石棉！昆汀开了一枪[①]他四周的一个人。反正是和女孩子们有关的事情。女人们确实有他的声音总是能压过那些急促而含糊不清的声音[②]罪孽总是有一种天生的诱惑力[③]，她们总觉得女人都是不可靠的，而有些男人又太过天真，没办法保护自己。是些相貌平凡的女孩子们。全是些远房亲戚和家族世交，随便应付她们一下就好了，别弄得好像身份比较尊贵点的人就欠了她们多少亲戚义务似的。布兰德太太端坐在她们面前，告诉我们，吉拉德的脸就具有他们家族的全部特征，这可真是让人相形见绌啊，男人不需要长得那么英俊，不英俊的才好呢，但是女孩子要是长得不漂亮，那可就完蛋了。她用一种自鸣得意的腔调昆汀朝着赫伯特开了一枪他的声音穿透了凯蒂房间地板告诉我们吉拉德的那些情妇的事情。“他十七岁那年，有一天我对他说，这张嘴长在你脸上太可惜了，应该长在一个姑娘的脸上才合适，你们能够想象在暮色迷蒙中窗帘随着苹果花的香气飘进来她的脑袋在朦胧光线中斜靠着穿着睡袍的两只手臂放在脑袋后面在伊甸园的上方回荡着那个声音从苹果树上看过去[④]床上正放着新娘的衣服就放

① 想起去年夏天自己在桥上和达尔顿打架的情景。

② 又想起结婚前自己与凯蒂的谈话。

③ 又回到当前，想到布兰德太太如何装腔作势，摆贵族气派。

④ 昆汀回忆起凯蒂结婚前夕自己和她在卧室的谈话。

在她鼻子边他说了什么？十七岁啊，记住这个。“妈妈，”他说，‘事情总是如此。’”那时候，吉拉德摆出一副盛气凌人的气势，眯缝着眼睛瞄着那几个姑娘。而她们的眼神也燕儿翩翩地朝他飞着媚眼。施里夫说他一直都想知道你会照顾班吉和父亲吗[①]

你越少提班吉和父亲越好你什么时候关心过凯蒂他们

答应我

你不用担心他们你这一次办事情很顺利

答应我吧我身体不太好你一定要答应我不知道是谁发明了这个笑话但是他从来都觉得布兰德夫人是个保养得很好的女人他说她正在培养吉拉德呢希望他有朝一日能勾引到一位女公爵。她喊施里夫为“加拿大小肥仔”，有两次，她压根儿也不问我的意见就要换掉我宿舍的两个室友，一次她要我搬出去，另外一次

他在暮色之中打开了门。他的脸看起来像个南瓜馅儿饼。

“来吧，让我们好好告别。残酷的命运也许会把我们分开，可是我再也不会爱上别人了。永远不会。”

“你到底在说些什么呀？”

“我说的是残酷的命运女神，她身上裹着足有八码长的杏黄色丝绸，身上戴着的数磅重的金银首饰比罗马楼船上划船的奴隶身上的枷锁还重，而且她还是以前的‘同盟派’的独一无二的大思想家，还是她的宝贝儿子的唯一拥有者和业主。”然后施里夫跟我说，她怎么找到舍监，要求舍监把他赶出我的房间，而那个舍监倒是出现了卑微的固执劲头，坚持非要跟施里夫本人商量，舍监也不乐意这么做，所以后来她对施里夫完全失去了敬意。“我的原则是从来不说女人的坏话，”施里夫说，“但是这位夫人真不愧为贵合众国和本自治领最为下贱的女人。”现在，她亲手写的信就放在桌上，散发出一股兰花般的色泽和幽香。如果她知道我几乎就在自己房间窗下经过，而且知道信就在里面，但是她也不知道。敬爱的伯母大人至今尚未能有荣幸读到

① 依然是昆汀与凯蒂的谈话。

您来的信[①]现在虽然晚了点但还是想先祈求您的原谅今天或是昨天或是任何一天。另一件事我也牢记着吉拉德是怎样把他的黑奴仆推下楼去的那个黑奴仆苦苦哀求想有机会在神学院注册一个名额这样就可以待在他敬爱的主人吉拉德少爷身边了。那个黑人泪流满面地跟在吉拉德少爷的马车边一路跑到火车站。我还要继续等待等到他们再讲锯木厂的丈夫的故事但却说起了那个戴绿头巾的人拿着猎枪冲进厨房吉拉德走下楼来一下子把这支枪用力掰折成两段还给那个戴绿帽子的丈夫然后掏出一条丝绸手绢来擦了擦手顺手把手绢丢进了火炉里。我只听过两遍这个故事。

*声音直通穿透他的*我看到你过来这里所以我想找个机会来这里我们能否认识一下要来支雪茄吗[②]

谢谢但我不抽烟

不抽吗我离开哈佛之后变化肯定很大吧不介意我点烟吧

别客气

谢谢我听说过很多关于你的事情我想如果我把这根火柴丢到屏风后你母亲可能也觉得无所谓吧你觉得呢凯蒂斯还在里克时每天都会聊到你的事我都吃醋了我心里还在想这个昆汀到底是什么人呢我必须要看看这个畜生到底长啥样子因为我第一次见到那个姑娘我简直就一见钟情了你懂吗我想让你知道这也没关系吧我无论如何都没想到她每天提到的男人原来就是她的哥哥，哪怕这世界上只剩下你这一个男人她提到你的次数也未必太多了做人家丈夫的更不应该这样了你真的不想来一根烟吗

我不抽烟的

既然这样我也就不坚持了不过这种烟草相当不错呢光是批发价一百支就要二十五块钱还得在哈瓦那儿有熟人才拿得到对啊我寻思着学校肯定变化很大还对自己承诺过一定要抽空去看看但是一直也没时间我在银行里努力奋斗了十年以前还在学校时有人因循守旧做出了一些学生们会觉得很丢

---

① 昆汀想起自己给布兰德太太写信的情景。

② 想起1910年4月23日与赫伯特见面那天。昆汀坐赫伯特的车子回家之后，赫伯特来书房找昆汀单独谈话。

脸的事你明白吗告诉我这里发生了什么

我不会告诉父亲和母亲的如果你想知道的就是这个

不说就不说吧这可是你自己说的啊是吧你知道吗我一点也不在乎你说还是不说，明白吗出了这种事已经够不幸了不过还好不是刑事罪我不是第一个也不是最后一个这么干的人我只不过运气不好而已大概是你比我幸运

你在胡说八道

别再火冒三丈了我又不指望你帮我说话你不想说就算了我不会怪你的当然啦你这样的年轻人肯定会把这件事看得太严重只要再过五年你就

对于欺骗行为我不知道还能有什么看法不过我觉得哈佛也教不了我们别的看法

我们两人这么一唱一和真是比唱戏还精彩你肯定参加过剧团吧你说得对的确没有必要告诉老人家过去的事情就让它过去吧我们俩没有必要为了这点小事情弄得不开心昆汀我喜欢你的模样你跟那些土头土脑的人不一样我很高兴咱们能够一见如故我答应过你母亲了会帮助杰生的我也很愿意拉你一把杰生在这里也会走的但是对于你这样的年青人来说待在这种落后的地方根本就没有前途啦

谢谢夸奖但你最好还是把关注和宠爱的目光集中在杰生一个人身上他比较合你的口味

那件事我处理得不太好我自己也很后悔但是那时我还是个小孩子我又不像你从小就有那么好的母亲来教你道理引导你什么是良好的行为如果让她知道了这事她会很伤心难过的没错你说得对这没必要当然这也包括凯蒂斯在内

刚才我说的是母亲和父亲

你好好看我一眼你想一想如果你跟我打一架你能坚持多久

我不会坚持太久的如果你曾经也在学校里打过拳的话你就知道我能坚持多久了

你这该死的玩意儿你知道你自己在干什么吗

有种就试试看

天哪如果你母亲发现她的壁炉架上被烫起了一个泡她会说还好发现得

早昆汀啊咱们眼看着就要做出以后两个人都会后悔的事了我挺喜欢你我第一眼看到你就喜欢你了我对自己说，不管他是谁，肯定是个很不错的年青人，否则凯蒂斯怎么会一直忘不了他呢你听着我已经在社会上混了十年了社会上的人不会把事情想得那么夸张了你自己以后也会发现的我们在这件事上还是步调一致吧都是老哈佛的子弟我想我现在也真的快不认识自己的母校了对于年青人来说哈佛真是世界上最棒的了我要让我的儿子以后也去哈佛读书给他们更好的机会等一下别走那么快我们先把这个说清楚年轻人能够有这么强的道德感这很好我非常赞同这对他也很好他读书期间这么做对于他的性格塑造很有利对保持学校的优良传统也很有好处但是等他毕业之后他就必须竭尽全力为自己拼搏他将会发现这是每一个人的必经之路让那些什么道德什么原则都见鬼去吧来吧我们握握手当个朋友吧忘掉过去吧不要再说了就算是为了你母亲吧她身体不太好来把手给我你看看这个就像刚从修道院出来的修女似的全身没有污渍连条皱纹都没有拿去吧

拿着你的钱见鬼去吧

别这样拿着吧现在我也是你家的一分子了你懂吗我理解年青人年青人嘛总有一大堆的秘密啦要老人家出点钱真是比割他的肉还艰难我肯定知道我也读过哈佛就是不久前的事但是我马上要结婚了要花一大笔钱而且还要打发楼上那些人你就拿着吧别傻乎乎的了等有机会我们再细谈吧我还想告诉你镇子上有个小寡妇呢

我早就听说过了把你的臭钱拿回去吧

就算是借给你的还不行嘛时光飞逝你眼一睁一闭转眼就是个五十岁的老头子了

把你的脏手拿开你赶快把壁炉上那支雪茄拿走吧

要是说出去了那真是我该死了，如果你不是十足的傻瓜你以后就会知道后果了你也会知道我对他们做得密不透风了那个幼稚的加拉赫式[1]的小舅子说什么坏话也不要紧你母亲告诉过我你们康普生家都是那种骄傲自大

---

① 英国亚瑟王传说中的骑士，心地正直而高贵。

的人进来吧进来呀亲爱的[1]我和昆汀才刚认识的我们正在聊哈佛的事儿呢你是来找我的吗你看看她眼光一直黏在她的好情人身上对不对

赫伯特你先出去一下吧我想和昆汀聊一件事

进来吧进来我们聊一聊彼此熟悉一下刚才我在跟昆汀说

赫伯特走吧出去一下吧

那好吧我寻思你是要和你这个好哥哥聊一聊对吧

你最好赶快拿走壁炉架上的雪茄

好的好的我的孩子那我可要累得东倒西歪了任由她们得意扬扬地摆弄了昆汀等过了后天那就要听在下的话了哟亲爱的给我们一个吻吧宝贝

唉你还是省省吧过了后天再说

到那时候可就要算利息了哦别让昆汀做他力所不能及的事情顺便说一句我还没有把那个男人养的鹦鹉的事情告诉昆汀呢它身上发生了一段很悲伤的故事这让我想起你你自己也好好思量思量吧回头见再见啦

好啦

好啦

你又在忙活什么呀

没什么啊

你又在干涉我的私事了，去年夏天你还没管够吗

凯蒂你在发高烧呀|你病了你怎么生病了呀[2]

我就是病了啊。我也不能找谁来帮我。

他的声音穿透了

凯蒂千万别嫁给这个人渣

那条河流时不时地流淌过万物种种，刺透正午和午后的空气，[3]光芒万丈，扑面而来。现在肯定已经过了晌午，尽管我们已经驶过了他依然划着船逆流而上的地方，他冠冕堂皇地面对着神。说得更恰如其分一点。诸

---

① 这时候凯蒂在门口出现了。

② 昆汀的思路又跳跃到了凯蒂结婚的前夕，也就是1910年4月24日。昆汀以为妹妹生病了，其实她是怀孕两个月了。

③ 又回到“现实”。

神。到了波士顿和马萨诸塞州，连神也变成一群一群的了。可能只是算不上个大丈夫吧。湿漉漉的船桨一路上总是一眨一眨的，金光闪闪的，像是一双温柔的女人的手掌在翻飞挥动。马屁精。马屁精如果不算是个丈夫，那他就简直连上帝也不放在眼里。凯蒂，那是个浑蛋啊。在一个急转弯之后，河流突然反射出了万丈光芒。

我生病了你一定要答应我

生病你怎么会生病了

我就是生病了但我又不能去找别人帮忙你千万要答应我你会照顾我

如果他们需要照顾谁那也只能是因为你你怎么得病了在窗户下，我们听到了汽车正要开往车站，接八点十分的火车。把远近亲戚都给接来。简直是人头攒动啊。一波接一波的亲戚都来了，可就没有理发师。也没有修指甲的妹子。[①]我们以前养了一匹纯种马。养在马厩里，没错，但是它一套上马鞍皮具，就变成了条野狗。昆汀的声音压过了所有别的声音穿透了凯蒂房间的地板

车子停下来了。我走下车，站在自己的影子上。一条马路横穿过电车轨道。路边有一个木头搭建的候车厅，有个老人正在吃着纸包里的东西，这时车子已经驶出很远，远到都听不见声音了。这条马路直通进树林里去，树林里很阴凉，不过在新英格兰六月比老家密西西比州四月的树荫还更加枝繁叶茂呢。我看见前方有个大烟囱。我转过身背对着它，把自己的影子踩进地里去了。我身子里有一种很可怕的东西[②]在漆黑的夜晚我有时会看到它龇牙咧嘴冲我狰狞地笑着我可以看到它透过他们透过他们的脸孔朝我狰狞地笑着现在它消失了我就生病了

凯蒂

你发誓别碰我

要是你病了你就更不应该

---

① 凯蒂结婚前夕，家中派汽车去火车站接亲友的情景。又写昆汀回想家族全盛时期，遇到好事连理发师和美容师都接来家里的情景。

② 想到凯蒂在结婚前夕在卧室里对他讲自己做的噩梦。

不会的我可以的结婚之后我就会好起来的这些都会变得无关紧要的你答应我千万别让人把他给送到杰克逊那里去[①]

凯蒂我答应你凯蒂

别碰我别碰我

凯蒂那个东西到底长什么样

什么东西

就那个啊那个透过他们冲你狰狞大笑的东西

我还是能看到那个大烟囱。那里一定是河流经过的地方，流向大海，流往宁静的洞穴。它们会安静地落入水里，当他[②]说，起来吧，只有那两个熨斗会浮起来。当我和维尔施一整天都在外打猎时，我们都没带午餐，到了中午十二点，我肚子饿了。我一直要挨饿到一点钟左右，然后忽然一下子我就忘了很饿的感觉，觉得自己再也不饿了。街灯一直延伸到山脚下，然后听到了车子驶下山的声音。[③]椅子的扶手贴在我的额头上凉凉的滑滑的形状像个椅子苹果树斜斜地罩在我头发上方在伊甸园的上空衣服就在鼻子旁边已经看见你发高烧了，摸上去就像个火炉那么滚烫。

别碰我。

凯蒂如果你生病了就千万别结婚。那个浑蛋。

我总是要嫁给某个人的。然后他们告诉我非得再把骨头弄断不可[④]

终于，大烟囱不在我的视野内了。现在这条路沿着一堵墙一直往前延伸。树木斜斜地倚着墙头，阳光洒满了树梢。石头摸上去很凉爽。哪怕你只是在附近走着，都能感到凉气逼人。但是我们那儿的乡下和这里不同。在乡间随处走走，你都会产生这种感觉。内心会涌动着一种安静但却剧烈的滋育能力，甚至能满足永恒的饥饿感。围绕你四周不停流淌，哺育和治愈每一块贫瘠的石头。好似凑合着给每一棵树都涂上了一抹翠绿，为远方画上了一笔湛蓝，但这却对富裕奢华的喷火女妖一点影响也没有。医生告

---

① 凯蒂很爱班吉，不希望在她结婚之后，他被送去疯人院里。

② 耶稣。

③ 又回到结婚前夕，汽车去接亲友。

④ 昆汀想起小时候有一次骑马摔断了腿的事情。

诉我非得再把骨头弄断不可可是我的体内已经在啊啊啊地喊疼了身上也开始流汗了。我不在乎腿断了是个啥滋味根本就没什么大不了的无非就是我在家要待得久一点仅此而已我的下颚肌肉开始酸麻得失去知觉了我嘴里不停说着等一下再等一等全身汗流浃背的咬着牙啊啊啊地叫唤着父亲嘟囔着该死的马那匹马太讨厌了。等一等，这是我的错呀。每天早晨他[①]提着篮子沿着篱笆朝厨房走来一路还用根棍子划着篱笆我每天起大早拖着打了石膏和绷带腿来到窗户前我特意给他添上块煤迪尔希说你是不是想毁掉你自己啊你完全没有脑子啊你摔断腿才不过四天啊。等一下我很快就会习惯你就等一分钟我会习惯的

在这样的空气中，甚至连声音都消失了，仿佛空气已经太过疲倦，无法再承载声音去那么远的地方了。狗的叫声比火车的声音传得更远，至少在黑暗中是如此。还有些人的声音可以传到很远。比如黑人的声音。虽然路易斯·郝彻尔带着号角和旧油灯，但他从来不肯用那只号角。我说："路易斯，你上一次擦这个灯是什么时候啊？"

"不久前我才刚擦拭过啊。你还记得上回发洪水，人们都被冲进河里去的那次吗？就是那天啊，我刚擦了的。那天晚上，我和老太婆坐在炉火边，她说：'路易斯，万一洪水冲到我们家门口，那你有什么办法呢？'我回答说：'这难倒我了。我最好还是先把灯擦拭干净吧。'所以那晚我就把灯擦干净了。"

"可是那次发大水不是在宾夕法尼亚州那么远的地方吗？"我说，"怎么会淹到我们这里来呢？"

"只是你的看法啦，"路易斯说，"我觉得啊，无论在宾夕法尼亚州还是在杰弗逊，发起洪灾来，水都一样深，一样能把所有东西都弄湿透啦。你看那些说洪水淹不到这么远的人们，结果还不是抱着根屋梁在水里漂嘛。"

"那天晚上，你和玛莎逃出来了吗？"

"我们刚跑出门，洪水就涌进房子里了。还好我擦亮了那盏灯，我们

---

① 就是下文将要提到的打负鼠高手路易斯，也是后来教凯蒂开车的那个人。

俩就在那个小山顶的坟场后蹲了一整夜。要是有更高的地方能去，我们才不会猫在坟场呢。”

“从那次之后，你就没有再擦过灯了吗？”

“我干吗要擦它？没那个必要啊。”

“你是说，要等到下一次发大水再擦？”

“上次不就是它帮我们逃过了那次大水吗？”

“好啦，路易斯大叔，别开玩笑啦。”我说。

“是啦，少爷。你走你的阳关道，我走我的独木桥。要是我擦擦灯就能躲开洪灾，我也懒得跟别人吵了。”

“孩子，让我告诉你吧，最早我在这附近捕猎负鼠的时候，你爹还要人帮他洗干净头上的虱子蛋，再帮他把虱子掐死呢。”路易斯说。

“这确实是真的，”维尔施说，“我觉得吧，路易斯大叔可是本地的逮负鼠之王呀。”

“对呀，少爷，”路易斯说，“我真是用灯猛照负鼠，它们谁也没抱怨过光线不足呀。嘘，别说话。它就在那里呢。呜——哟。哎呀这条死狗，怎么不哼了。”然后我们坐在枯叶堆上，枯叶在耳边轻轻细语，听着自己在等待时鼻孔发出的节奏缓慢的呼吸声，还有土地和一丝风都没有的十月天气所发出的缓慢的呼吸声，那盏煤油灯散发的恶臭把清冷的空气也弄臭了，耳边听到狗叫声，还有渐渐消失的路易斯的骂声的回声。他的嗓门虽然不大，但在那么安静的夜晚，只要站在门廊上就能听到他的声音。他喊他的狗回家时的声音，就像是用他挂在肩上但从来不用的小号吹出来似的，而且感觉更加清晰和柔和，仿佛他的声音就是黑暗与寂静的一部分，不断地舒展开来又收缩回去。呜——哟，呜——哟。呜——哟——哟。我迟早还是要嫁给某个人呀[1]

凯蒂是不是曾经有过很多情人呀

我也不知道呀太多了你能照顾班吉和父亲吗

你都不知道是谁的他能知道吗

---

① 又回想到凯蒂结婚前的那次谈话。

别碰我你愿意照顾班吉和父亲吗

我还没走到桥边，就已经感觉到了河水在流淌。这座桥是用灰色岩石堆砌而成的，上面长满了苔藓，渐渐潮湿之处，斑驳着一块又一块的菌类植物。桥下的河水清澈见底，在阴影中静静地流淌着，河里的旋涡打着越来越慢的转儿，倒映出了旋转中的天空，在桥墩四周围轻轻细语，汩汩流淌着。凯蒂那个

我迟早还是要嫁给某个人的呀维尔施曾经告诉过我有个男人是怎么自残的。他走进林子里，坐在小沟边，作案工具就是一把剃刀。他扬起手，剃刀一挥，那两团东西就从他肩膀上飞过，掉在他身后，同样的动作他又做了一遍，一股鲜血往后喷射出来，一点旋儿都不打。但这还不是问题的关键。割掉了它们，问题还是没有解决。要是从一出生就没有这些东西，我就能说，啊哦，那个呀，那是中国人处理问题的方式，但我不认识中国人呀。那么父亲就会说，因为你还是个童子身，难道你不懂吗？女人从来就不是童贞的。纯洁是消极的否定状态，这是违背自然的。诚然，伤害你的不是凯蒂，于是我说的这些都是泛泛而谈罢了，他又说，那么贞操什么的其实也是夸夸其谈吧，于是我说，你还是不明白。你不可能明白这些的，他又说是的。当我们理解这些时，悲剧也就无法刺痛我们了。

桥的影子所落之处，我的目光可以触及水深之处，然而还是看不清河底。当你把一片树叶放在河水里，浸泡了很久之后，叶肉会慢慢腐烂掉，露出细嫩的纤维，在水中缓缓漂动着，就仿佛在睡梦中。纤维之间触碰不到彼此，无论它们曾经如何纠缠在一起，如何与叶脉血肉相连。也许当他说，醒过来吧，那一双眼睛会从深邃的沉睡与宁静中睁开，浮上水面，仰望荣耀的万物之主。过了一会儿，那两只熨斗也会浮上水面。我把它们藏在一边的桥底下，[①]随后回到桥上，靠着栏杆。

我看不到河底，但我的目光能触及水深之处，感觉河水在缓缓流动着，我一直往下看，一直到双眼视线变得模糊，这时有一个影子出现了，形状像一根又粗又短的箭，在水中随波逐流。蜉蝣在水面上掠过，一下飞

① 昆汀已经选定此处作为自杀地点。

进桥的影子里，一下又飞出去。如果这个世界之外真的有地狱：圣洁之火会带领我们[①]超度死亡。彼时你只有我，只有我，到那时候，我们俩将永浴在圣洁之火的火舌与恐惧之中那支箭一动也不动，静静地长大变粗了，突然一条鳟鱼猛地跃出水面，舐走了一只蜉蝣，虽然看起来是个大动作，但却轻盈准确得像一头大象从地上卷走一粒花生米。越来越缓慢的小漩涡朝下游漂去，我又看到那支正随着水流轻轻摆动的箭了，鼻子伸进水里，水面上的蜉蝣一下停住，一下跳跃，四处翻飞着。彼时只有你和我沐浴在圣火与恐惧之中，四周都是圣洁之火

鳟鱼安安静静地悬在摇晃动荡的阴影中，姿势优雅美丽。三个男孩子带着钓鱼竿来到桥上，他们和我全都靠在栏杆上，俯视着水里的那条鳟鱼。他们肯定认识这条鳟鱼。它是这附近一带人尽皆知的明星。

“已经二十五年了，无论谁都想捉住它。波士顿还有个商店悬赏这条鱼呢，谁逮住了就送一根价值二十五元的钓竿。”

“那么你们为什么不逮住它呢？你们不想要这根二十五元的钓竿吗？”

“当然想啦！”他们说。全都靠在桥栏上，望着水里的那条鳟鱼。“我肯定想要啊。”其中一个说。

“我是不想要钓竿，”另一个孩子说，“我宁愿要二十五块钱。”

“没准他们不想给钱呢，”第一个孩子说，“我敢说，他们肯定只肯给钓竿。”

“那我就卖了它。”

“你不可能卖到二十五块啦。”

“我能卖多少钱就卖多少。我就用自己的鱼竿钓鱼，钓上的鱼肯定不比二十五块的那根少。”然后他们就吵起来了，万一赚了二十五块要怎么花出去呢。他们同时开口说话，大家都很固执己见，谁也不服气谁，越说越来火，本来毫无踪影的事情说得好像真有眉目似的，接着又说成了有根有据的事，最后居然说成了铁板钉钉的事实，似乎人家在诉说自己愿望的时候，总是会这样。

---

① 指他自己与凯蒂。

“我想买一匹马和一辆四轮马车，”第二个男孩说。

“是啊，你去买啊。”另外两个孩子说。

“我会买到的。我知道在哪里可以用二十五块买到那一套马车装备。我认识那个人。”

“那个人是谁啊？”

“不管他是谁都好。我肯定能用二十五块买回来那一套。”

“是嘛，”另外两个说，“他其实啥也不懂。他就只会瞎说一通。”

“你才自以为是呢。”那个男孩说。他们还是不停地讥笑他，但他不再反驳什么。他倚靠在桥栏上，低头望着那条在想象中已经被他拿去换了马车装备的鳟鱼。那种互相讥讽和抵触的情绪忽然从那两个孩子的说话声中消失了，他们仿佛也真的觉得那个男孩已经钓上了鳟鱼，买到了马匹和马车，他们也沾染了大人们的脾性，当你想证明什么事情，只需要摆出一副夏虫不可语冰的超然姿态，就能强有力地说服别人。我寻思着，那些基本上靠着嘴皮子来糊弄自己和欺骗别人的人，至少在这一点上是想法一致的，那就是：沉默是金才是最高境界。过了一会儿，我感觉那两个孩子正在苦思冥想要找到更厉害的办法来对付那个孩子，誓要把他的马匹和马车抢走。

“那根钓竿你绝对卖不到二十五块钱，”第一个孩子说。“我敢跟你赌任何东西，就赌你卖不到那个价钱。”

“他压根儿还没钓上那条鳟鱼来呀。”第三个孩子突然冒出一句，接着这俩孩子异口同声嚷了起来：

“是啊，我跟你说什么来着？那个人叫啥名字啊？我就问你有没有胆量说出他的名字。还是那里根本就没有这个人呀。”

“啊，闭嘴啦，”第二个孩子说，“瞧瞧。那条鱼又浮上来了。”他们又同时靠在桥栏上，一动也不动的，连姿势都一模一样，在阳光中，三个人的钓竿也一模一样地微微倾斜着。那条鳟鱼优哉游哉地浮了上来，原本微弱且摇摆不定的鱼影子也慢慢变大了；又一个小旋涡打着卷儿往河流下游漂去。“哇呀。”第一个孩子喃喃自语道。

“我们再也不去费神捉它了，”他说，“我们就等着看那些跃跃欲试的波士顿人怎么捉它了。”

“难道它是这个池塘里唯一的鱼了吗？”

“没错。它把别的鱼全都赶跑了。这附近一带最好的捕鱼地点是在下游的那个大涡流里。”

“不对，那里才不是呢，”第二个男孩说，“皮继罗磨坊那一带比你说的什么涡流要好一倍。”然后他们又争论起了哪里钓鱼最好这个问题，接着突然就不争了，停下来仔细观赏那条鳟鱼如何再次游上水面，还有那个被搅碎的漩涡如何把一小块天空卷了进去。我问这儿离最近的镇子有多远。他们告诉了我。

“但是最近的那条电车路线是走那条路，”第二个孩子说，指了指我之前来的方向。“你打算去哪里呢？”

“哪儿也不去。就随便逛逛。”

“你是大学里的吧？”

“没错。那个镇子里有工厂吗？”

“工厂？”他们打量了我一下。

“没有，”第二个孩子说，“那里没有工厂。”他们扫了一眼我的穿着打扮。“你是想找份工作吗？”

“皮继罗磨坊怎么样？”第三个孩子说，“那不就是一家工厂嘛。”

“别胡说八道了，那算哪门子工厂。他的意思是要找一家正正经经、像模像样的工厂。”

“我想找一个有汽笛的工厂。”我说，“我怎么还没听到那里响起了报下午一点的汽笛声呢。”

“噢，”第二个孩子说，“唯一神教的教堂尖塔上有一只钟。你想知道时间，就看看那只钟吧。你那条表链上没有挂着表吗？”

“今天早上被我摔坏了。”我掏出表来给他们看。他们认真地端详了很久。

“这表还在走着呀，”第二个说，“这么一只表价值多少钱呢？”

“这是个礼物，”我说，“我高中毕业时，父亲送给我的。”

“你是加拿大人吗？”第三个说。他长着一头红发。

“加拿大人？”

“他说话不像是加拿大人，”第二个孩子说，“我听过加拿大人说话。他的口音像是黑人剧团里的人那样。”

“你真是啥都敢说，”第三个孩子说，“你也不怕他揍你？”

“干吗揍我？”

“你说他口音像黑人呗。”

“啊呀，都住口吧，”第二个说。“你翻过那座山岗，就能看到钟楼了。”

我谢过了他们。“愿你们好运常在。只是别再打那条老家伙的主意啦。就让它这么待着吧，它应得的。”

“反正谁也捉不住它呀，不是嘛，”第一个孩子说。他们靠在桥栏上，低头朝河水望去，在阳光中，那三根钓竿被营造成了三条金色火焰似的斜线。我踩在自己的影子上，又一次把影子踩进了婆娑摇曳的树影里。那条路曲曲折折的，从河边慢慢升高。它翻越那座山坡，接着蜿蜒盘旋而下，把目光和思想都牵引到了一个静谧的绿色隧道里，带领到站立在树顶之上的方形的钟楼和圆形的钟盘那里去，但那儿实在太远了。我在路边坐了下来。小草刚到脚踝那儿，绿油油的一大片。光线斜斜地落在地面上，投射出的影子安安静静地一动也不动，仿佛是用模板刻上去的。但是那只是一列火车而已，片刻之后，它就拖着长长的影子和声音消失在树林后面了，然后我又能听到手表走动的嘀嗒声，还有正在远去的火车声，火车在那泰然自若的海鸥下飞驰而去，在所有一切之下飞驰而去，仿佛它刚在某地度过了一个月，或是有一个夏天。但没有路过吉拉德。吉拉德也算是比较骄傲自负的人了[①]，他在孤独的意境中划船，划到中午，又划过中午，划进长空，在明媚阳光里简直快乐似神仙，他进入了一种昏昏欲睡到无穷尽的登峰造极的境界，除了他和海鸥，一切别的都不复存在了，而那只海鸥泰然自若，一动不动，散发着令人畏惧的气息，他就用双手匀速地划着船桨，抵抗惯性的阻力，在太阳下的影子里面，这个世界变得软弱无力。凯

① 思绪从“当前”回到在河中划船的吉拉德身上。

蒂，那个流氓，那个流氓啊，凯蒂[1]

他们的声音从山坡那边传了过来，那三根纤细的竹竿仿佛是流淌着火苗的平衡杆。他们一边打量着我，一边从我身旁经过，脚步没有慢下来。

“呀，”我说，“怎么没看到那条鳟鱼？”

“我们压根儿也没去捉它啊，”第一个孩子说，“根本没人能捉住它。”

“那只钟就在那里，”第二个孩子说，手指着前方。“你再走近一点儿，就能看到几点了。”

“是啊，”我说，“好了。”我站起来。“你们这是去镇上吗？”

“我们正赶去大涡流那里钓白鲑鱼呢，”第一个孩子说。

“在大涡流那里肯定啥也钓不着。”第二个孩子说。

“我估摸你是想去磨坊那儿吧，成天都有那么多人在玩水，泼来溅去的，鱼儿们都给吓跑了。”

“在大涡流那里肯定啥也钓不着。”

“可要是我们不往前走，就什么也钓不着了。”第三个孩子说。

“我真是不明白你们为什么一直说什么大涡流，”第二个孩子说，“在那里什么也逮不着啊。”

“你不想去就别去呗，”第一个孩子说，“你又没拴在我裤腰带上。”

“走啦，咱们一起去磨坊游泳吧。”第三个孩子说。

“我反正要去大涡流钓鱼，”第一个孩子说，“你想去那里玩就随便你好了。”

“你说说，已经多久没听说有人在大涡流那里钓着鱼啦？”第二个孩子对第三个说。

“我们还是去磨坊那里游泳吧。”第三个孩子说。钟楼慢慢地降到树林里去了，孩子们指给我看的那个圆盘钟还是离得很远。在一片树荫婆娑中，我们往前走着。我们走到了一座果园，里面各种白嫩里透着红的缤纷色彩。果园里有好多蜜蜂；还在大老远就能听到嗡嗡声。

---

① 又从吉拉德转到与赫伯特见面那天的情景。

"我们还是去磨坊游泳吧。"第三个孩子说。果园旁边岔出去了一条小路。第三个孩子越走越慢，最后停下脚步。第一个孩子还是往前走着，斑驳的阳光顺着钓竿滑落到他肩膀上，一直从衬衣往后背滑下。"来呀。"第三个孩子说。第二个男孩也站住不走了。凯蒂，你为什么要嫁人呢[①]

你真的很希望我说出原因来吗，你是不是觉得只要我说出来就不会发生这事儿了对吗

"我们还是上磨坊去吧，"他说。"走啦。"

第一个男孩依然继续往前走着。他光着脚丫，踩在地上没有一丝声响，比轻飘飘的叶子落在薄薄的尘土上还要安静。在果园里面，蜜蜂们的嗡嗡声一阵阵地席卷过来，像是天上刮起的风，这种声音还被某个咒语给施定住了，刚好调在比渐强略轻一点的那种音量，经久不息。小路沿着院墙一直往前延伸，头顶上绿荫如织，脚底下落英缤纷，小路往远方延伸，融进了一片绿色之中。光线斜斜地射进来，稀疏寂寥，可又急不可待似的。金色蝴蝶在树荫里飞来飞去，好似斑驳灿烂的阳光。

"你为什么非要去大涡流呢？"第二个男孩说。"要是真想钓鱼，就在磨坊那儿钓呀。"

"哎，让他去吧，"第三个男孩说。他们目送着第一个男孩渐渐远去。阳光一片片地滑落在他前进中的肩膀上面，光线还在他的钓竿上爬来爬去闪烁不停，像是一只只的黄色蚂蚁。

"肯尼，"第二个男孩说。去找父亲说清楚好不好，[②]我会找父亲谈一谈的我是父亲的"生殖之神"我发明了他创造了他。告诉他不能这样的而他会说不是我然后因为爱子女所以是你和我

"哎呀，走啦，"第三个男孩说，"他们都已经玩开了呀。"他们的目光又追随着第一个男孩而去。"呀哈，"他们突然冒出一句，"要去就去吧，你这娇气仔。要是他下河游泳，肯定会弄湿头发，接着就要挨抽了。"他们扭头往小路走去，金色蝴蝶在他们身边的树荫里斜斜地翻飞着。

---

① 又回到凯蒂结婚前夕的对话。

② 依然是凯蒂结婚前夕的对话。

这是因为没有别的什么能让我相信了[1]，或许有可值得相信的但是也许根本没有所以我想你迟早会知道的说你面临不公平的境遇这句话还远远没有表达到足够的程度。他没注意到我，从侧面看过去，他的下腭紧紧地闭着，面孔缩在那顶破帽子下面。[2]

"为什么你不和他们一起去游泳啊？"我说。凯蒂那是个流氓啊[3]

你是想挑衅他好让他跟你打一架对不对

不但是个骗子还是个恶棍凯蒂他打牌出老千被赶出了俱乐部大家全都排斥他他期中考试还作弊结果被开除了学籍

是吗那又有什么关系反正我也不和他打牌

"是不是比起游泳来，你更喜欢钓鱼啊？"我说。蜜蜂们的嗡嗡声小了一点，可还是萦绕不断，好似不是我们陷入了寂静中，而是寂静像涨潮一样，在我们四周越来越高。那条路又拐了个弯，接进了一条街，街道两边全是那些白色房子，房前还有盖着绿荫的草坪。凯蒂那是个浑蛋呀你就当为班吉和父亲着想吧别当是为了我

我还能为谁着想呢我一直不都是牵挂他们吗那个男孩转身离开了大街。他翻过了一条钉着尖桩的栅栏，连头都没回，走过草坪来到一棵树前面，把钓竿放在地上，爬上了树枝，坐在上面，背对着马路，斑驳稀疏的光线最终落在了他的白衬衣上面，静静地，一动也不动。我一直以来不都是为了他们着想吗我甚至都哭不出来了去年我就跟死了一回似的我跟你说了我早就死了但是那时候我还不明白这究竟是什么意思我还不明白我都说了些什么呀八月末，在老家的有些日子也像这样，空气如此稀薄却热切，仿佛这之中充盈着一种悲伤，惹人思乡的熟悉的味道。人是其所有风土人情经验之总和，父亲如是说。人是其所拥有的一切的总和。歪门邪道而来的钱财，总是会到头来变成家破人亡一场空的结局：心如死灰和欲望焚烧，双方陷入僵局。但现在我明白了我真的死了我告诉你

---

① 这一段是凯蒂与达尔顿私通之后，昆汀与凯蒂的谈话。

② 又回到"当前"。这里的"他"是指的那"第一个孩子"。

③ 依然是凯蒂结婚前夕的谈话。

那么你为什么非要嫁人呢听着，我们可以远走高飞啊你和班吉还有我去一个谁也不认识我们的地方去在那里那辆轻便马车由一匹白马拉着，[①]马蹄在轻薄的尘土中敲在地面上嘚嘚作响，细细的轮子在地上震颤着，发出尖细、干瘪的声音，慢悠悠地爬着山坡，沐浴在一层又一层流动着的涟漪般的绿叶下面。是榆树。不对：是ellum。Ellum。[②]

用什么来生活呢难道用你的学费吗那笔钱是家里把牧场卖掉之后凑起来的就是为了供你上哈佛你不明白吗现在你一定要完成学业否则他将一无所有了

卖掉了牧场在光影浮动中，他的白衬衣在树枝上纹丝不动。马车的轮辐像蜘蛛网似的那么细。尽管马车很重，但是四只马蹄却非常迅速地奔驰着，不停叩击地面，脚步好似一位女士在绣花那般轻柔明快，看起来像静止不动，其实是慢慢地在缩小，就像一个正踩着踏车的演员突然被猛地拽下舞台似的。那条街又拐了个弯。我看见那个白色的钟楼了，还有那面迟钝乏味地声称能显示时间的圆钟面了。

他们说如果父亲不肯戒酒的话那他在一年之内就会死掉的可是他就是不肯戒酒也戒不掉自从我自从去年夏天[③]开始要是父亲死了他们就会把班吉送去杰克逊那里我哭不出来我死活就是哭不出来[④]有那么一瞬间她站在门口片刻之后班吉拉着她的衣服就开始又吼又叫起来他的喊声在几堵墙壁之间像波浪似的来回碰撞着她蜷缩在墙边上身体变得越来越小最后只剩下一张苍白的面孔她的眼珠子鼓得太厉害了就像是被人用大拇指抠出来了似的直到他把她推出了房间那声音还在四处撞击着仿佛是声音内在的动力不让它停下来似乎寂静里无法承载这个声音依然在嘶吼

---

① 又想到凯蒂结婚前夕派马车去接亲友。

② 昆汀先用南方口音在想，在南方，榆树（elm）的发音和标准英语一样，然而他想到在新英格兰乡下，人家把它念成ellum，就“纠正”了自己。

③ 这句话是凯蒂结婚前说的，她不好意思说自从自己失去了贞操，就改口说自从去年夏天。

④ 从这里开始场景又转到凯蒂失去贞操那晚，班吉大哭大闹。

当你打开门，那铃铛响了，[1]但只响了一次，那声音从门上某个干净灵巧的角落里响起，很尖细、清澈、微弱，仿佛在锻造这个铃铛时，就算好了每次都来这么一声清脆的细响，不多响，这样铃铛的损耗就小很多，使用期也长些，也不用劳烦花费太多的安静来恢复原状。一打开门，一股新鲜的食物烘焙香味就扑面而来，店面上只有一个脏乎乎的小姑娘，她长着一双玩具箱似的双眼，梳着两根像漆皮一般乌黑油亮的小辫儿。

“你好啊，小妹妹。”在香甜温暖又空空如也的店铺里，她的脸蛋就像是一杯掺了咖啡的牛奶。“店里还有人在吗？”

而她只是置若罔闻地望着我，直到里面的门打开了，老板娘出来了。在柜台上，整整齐齐摆着一排排爽脆可口的糕点，她长着一张整洁朴素的灰白色面孔，稀稀疏疏的头发紧贴在灰白色整洁干净的头皮上，鼻子上架着一副整洁朴素的灰白镜框的眼镜，两个镜片紧紧挨在一起，好像在电线杆子上放着的两个东西，又像是店铺里的现金箱子。她看起来像是一个图书管理员。她就像是某一件脱离了现实很久的文物，被存放在井然有序但无疑已经积满灰尘的架子上，在平静中变得越来越干巴巴，像是一缕尽览岁月冤屈的空气。

“大婶，劳驾您给我拿两个这种面包。”

她从柜台里拿出了一张报纸，裁成方形，放在柜台上，拿起两个圆面包放在上面。那个小姑娘安安静静地、全神贯注地盯着面包，她的那对眼珠子就仿佛是两粒静静地浮在一杯淡咖啡上的葡萄干。犹太人的国土，意大利人的家乡[2]。瞧一瞧那个面包，瞧一瞧那整洁干净的灰白色双手，一枚宽大的金戒指戴在左手食指上，都勒得手指关节变成青白色的了。

“大婶，面包都是您自己烤的吗？”

“先生？”她说。听起来就这个语气。先生？像是在演戏时用的口吻。先生？“一共五分钱。您还需要点别的什么吗？”

---

① 又回到“当前”，昆汀在小镇上推门走进了一家面包店。

② 美国国歌中一句：自由人的国土，勇士们的家乡。昆汀看到老板娘貌似犹太人的长相和小姑娘貌似意大利人的长相，就下意识改了一下歌词。

“不要了，大婶。我不需要什么了。但是这位小姐似乎想要点什么呢。”老板娘不够高，她没办法伸出脖子从柜台上方看外面，所以她就走到了柜台尾部扭头看了看那个小姑娘。

“是你刚才把她带进来的吗？”

“大婶，不是我呀。我进来的时候她已经在这里了。”

“你这个小坏蛋！”她说。她从柜台后面绕了出来，但没碰到那个小姑娘。“你是不是往口袋里放了什么东西啊？”

“她衣服上压根儿没有口袋呀，”我说，“她什么也没干。她就只是站在这里等你。”

“那为什么门铃没有响呢？”她狠狠地瞪着我。她就需要一块电路板，就该在她那个把2×2的结果算成5的脑袋后面装一块黑板。“她会神不知鬼不觉地把东西藏在衣服里面。喂，小孩。你是怎么溜进来的？”

那个小姑娘一言不发。她望着那个大婶，用黑漆漆的目光飞快瞥了我一眼，接着又继续望着那个老板娘。“这些个外国人，”老板娘说，“门铃也没响啊，她怎么进来的呢？”

“我推门进来的时候，她就跟着一起进来了，”我说，“我俩一起进来的，门铃就只响了一次。不管怎么说，她个头那么矮，什么也够不着啊。而且我觉得她不会乱拿东西的。小姑娘，你会吗？”这个小女孩出神地望着我，嘴巴紧闭，守口如瓶的样子。“你想要什么呢？是想要面包吗？”

她伸出小拳头。拳头打开了，放着一枚五分钱的镍币，脏兮兮又潮乎乎的，那潮湿的脏东西都快要镶进她手掌的肉里面去了。那枚潮乎乎的镍币还冒着热气呢。我几乎都能闻到它散发出来的气味了，是一股隐隐约约的金属味。

“大婶，你店里有五分钱一条的长面包吗？”

她又从柜台里拿出了一张报纸，裁成方形，放在柜台上，拿起一条面包放在上面。我把那枚镍币放在柜台上，自己又加了一枚。“大婶，请您再拿一个刚才那种圆面包。”

她又从柜子里拿出了一个圆面包。“把那一包递给我。”她说。我递给了她，她打开来，把长面包和第三只圆面包放在一块儿，包好了，她收了硬币，从自己的围裙里掏出两枚铜板递给我。我把它们递给了那个小姑娘。她的手指紧紧地握着那两个铜板，手指热得出汗了，像毛毛虫似的。

“你是想把那个圆面包送给她吗？”老板娘说。

“对啊，”我说，“我觉得她吃你烤出来的面包也香喷喷的，跟我一样。”

我拿起那两袋面包，递给小姑娘那袋装了长面包的，站在柜台后面的老板娘浑身散发着铁灰色的光芒，她冷冰冰地挺有主意似的打量着我们。“你们等一下。”她说着。她走进了后屋里。那扇门打开了又关上了。小姑娘瞅着我，把那袋子面包紧紧搂在脏兮兮的衣服上面。

“你叫什么名字呢？”我问。她扭头不看我了，依然一言不发，一动不动。她看起来甚至不需要呼吸。老板娘回来了。她手里拿着一个貌似很有趣的东西。她小心翼翼地捧着，好像那是一只她养了很久却死掉了的宠物老鼠的尸体。

“给你。”她说。小姑娘望着她。“拿着啊。”把东西塞进小姑娘的怀里。“虽然样子看起来有点古怪。不过你吃起来都一样的，没有区别啦。拿着吧。我可没空成天守在这里。”那个小姑娘接了过去，一边还是直愣愣地盯着她。老板娘在围裙上擦了擦手。“我要找人来修一下门铃了，”她说完。就走到门口，伸手猛地把门拉开。小铃铛轻轻但清脆地响了一下，依然是从我们看不见的地方发出来的。我们朝门外走去，老板娘回头盯着我们看。

“谢谢你送蛋糕给她。”我说。

“那些个外国人，”她说，抬头看着那个神秘莫测的发出铃声的隐蔽角落，“小伙子，听我的没错，离他们远点儿。”

“好的，大婶，”我说，“走吧，小姑娘。”我们走出去了。“大婶，谢谢您。”

她用力把门砰一声关上，随后又猛地用力拉开，小铃铛跟着发出了那一声微弱但清晰的响声，“外国人……”她说着，一边抬头望着那铃铛一眼。

我们往前走着。“好了，”我说，“你想吃冰淇淋吗？”她正在啃着那块被烤得疙疙瘩瘩的蛋糕。“你喜欢吃冰淇淋吗？”她静静地瞥了我一眼，神色阴郁，嘴里还在啃着蛋糕。“来吧。”

我们走进了一家杂货店，买了冰淇淋。她舍不得放下手里的长面包。“为什么你不肯放下来，好好吃东西呢？”我说，伸出手去接那个面包。但是她把面包搂得紧紧的，嘴里在嚼着冰淇淋，像嚼太妃糖似的。那块被咬过好几口的蛋糕放在桌上。她镇定地吃着冰淇淋，接着又吃蛋糕，一边还望着周围的那些玻璃柜台。我吃完了自己的这份，接着我们走到街上。

“你住在哪条路上？”我说。

一辆轻便马车，就是一匹白马拉着的那种马车。只是皮宝迪医生是个大胖子。足有三百磅重。我们双手扒在他的马车上，跟着马车一起上坡了。[①]孩子们。扒马车上坡比自己走上去还累呢。去看过医生了吗凯蒂你去看了没有?

我不用去看医生啊我不能求人啊以后就会好起来的没关系的。

父亲说，因为女人是那么脆弱，那么神秘。[②]在两次月圆之间，刚刚好有一个周期性的污秽排泄过程，这让女人体内保持着一种微妙的平衡。他说，月亮，圆滚滚又金灿灿的，她的大腿和臀部就好像是秋分前后的满月。往外涌，往外涌，一直都是这样。可是，金灿灿的。像是走路的时候露出的脚掌。然后认识了某个男人，她们就隐瞒了一切的难以理解的和飞扬跋扈。她们的内心就是那样，可外表上却看似温柔愉快地等待男人的抚摸。腐败化脓的液体像是被水泡过之后又浮上水面的东西，又像是苍白的橡皮管子里充气不够显得软弱无力的样子，把金银花的香味和其他东西混合起来了。

“你最好还是把面包带回家再吃吧，好吗？”

她瞅着我。她一言不发，嘴里飞快地嚼着面包；每过一会儿，就有一团鼓鼓的东西顺着她的喉咙往下咽。我打开我的袋子，又给了她一个圆面包。“再见。”我说。

我继续往前走。接着我回头望了一眼。她还跟在我后面。“你家是往

---

① 昆汀看见街上的马车，想起自己小时候的情景。然后又从医生想到了自己让凯蒂去看病（其实是怀孕）。

② 想起父亲有一次在他面前谈论女人的情景。

这边走吗？”她还是一言不发。她就挨着我往前走，几乎就贴着我胳膊肘下面，一边走着一边吃着。我们一起往前走着。街上静悄悄的，看不到几个行人把金银花的香味和其他气味混在一起她原本想告诉我不要坐在那里的台阶上在暮色中听到她砰地一声关上门听到班吉还在哭着闹着晚饭时间到了她应该要下楼来的把金银花和别的东西的气味混在一起我们走到了街角。

“好了，我要往这边走了，”我说，“再见。”她也停下了脚步。她咽下了最后一口蛋糕之后才开始吃圆面包，她的目光越过面包望着我。“再见。”我说。我拐弯朝另一条街往前走，我一直走到下一个街角才停下来。

“你家住在哪边呢？”我说，“这边吗？”我顺着街道往前指。她还是眼睁睁地看着我。“你是住在另外那一头吧？我确信你肯定住在车站附近，那里全都是火车。对不对？”她还是沉静地看着我，目光清澈、神秘，嘴里依然在大嚼着面包。街道两旁全都空空如也，除了我们刚经过的地方，这里一个人也没有，只有安静的草坪和整洁的房子错落在大树之间。我们转身往回走。在一家店铺门口，有两个男人坐在那里。

“你们都认识这个小姑娘吗？她不知怎么回事就黏上我了，我找不到她住在哪里。”

他们本来望着我的，现在全都看着她了。

“肯定是那些新搬来的意大利人的小孩。”一个男人说。他穿着一件退了色的工装外套。“我以前见过她。小姑娘，你叫什么名字？”她阴郁地盯着他们看了一会儿，下腭还在不停地嚼动着。她一边吞咽着，一边使劲地咀嚼着。

“可能她不会说英语。”另一个男人说。

“她家里人让她出来买面包，”我说，“她肯定能说几句英语。”

“你爸爸的名字叫什么呢？”第一个男人说。“皮特？乔伊？还是约翰什么的，哈？”她又啃了一口圆面包。

“我要拿她怎么办才好呢？”我说，“她就这么跟着我。我得赶快回波士顿去了。”

“你是哈佛大学的吗？”

“是的，先生。我现在得赶紧回去了。”

“你可以顺着街道往上走，把她交给安斯。他就在马车行里。他是警察局长。”

“我想那也只好这么办了，”我说，“我总得把她安排妥当啊。非常感激你们。小姑娘，走吧。”

我们沿着有树荫的那一边往前走着，旁边房屋的支离破碎的影子慢慢地移向街道中央。我们走到了马车行。警察局长没在那里。一个男人坐在椅子上，那把椅子一直斜靠在那扇又宽又矮的门边，马厩里吹来一股闻起来像氨水味道的冷风，他让我去邮局找警察局长。他也不认识这个小姑娘。

“这些个老外。在我看来，他们全都长得差不多。你还是把她带到铁路那边去吧，他们都住在那一带，可能有人会认领她。”

我们走到了邮局。邮局在往回走的那一头。一个穿礼服的男人正在翻阅报纸。

“安斯刚乘着马车出城去了，”他说，“我觉得你最好还是去火车站后面的河边，到他们的聚集地去看看。那边应该就有人认识她了。”

“看来我也别无选择了，”我说，“小姑娘，走吧。”她把最后一块面包塞进嘴里，咽了下去。“想再吃一个吗？”我说。她嘴里还在嚼着，黑溜溜的双眼一眨不眨地望着我，脸上是很友好的表情。我拿出另外两个圆面包来，给了她一个，自己吃一个。我找了个人打听去火车站该怎么走，他给我指了路。“小姑娘，走吧。”

我们走到了车站，穿过铁路，就到了河边。河上有一座桥，河边上是一条盖满了杂乱无章的木屋的街道，背朝着这条河。这是一条残破简陋的小街道，但却洋溢着一种混杂多样、生动鲜艳的气氛。一辆年代久远的东倒西歪的破马车，停在一块用残破不堪的篱笆围起来的空地上，旁边是一栋斑驳沧桑的旧房子，窗户上挂着一件鲜艳耀眼的粉红色衣服。

“那里看起来像是你家吗？”我问。她的视线越过面包，看着我。“是这里吗？”我指着那边问。她就只是嚼个不停，但是从她的态度中，尽管并不热切，但我似乎察觉到了某种肯定和默认的意味。“是这栋吗？”我说，“那走吧。”我走进了那扇破烂不堪的院子大门。我回头看着她。“是这里吗？”我说，“这里像你家吗？”

她急速地点了点头，望着我，又咬了一口那个湿乎乎的、只剩下半个的圆面包。我们往前走着。一条小路直接通到了快要垮掉的门廊上，小路铺着七零八落的碎石板，石板缝里冒出了新鲜粗野的杂草嫩芽。房子里面没有任何动静，没有一丝风，窗台上挂着的粉红衣服一动也不动。大门上有一个连着六英尺左右电线的瓷质门铃，我刚想拉门铃，又抽回了手，随后我敲了敲门。小姑娘嘴里嚼着面包，面包皮从嘴巴缝里挤了出来。

一个妇人打开了门。她看了看我，接着用意大利语和这个小姑娘叽里呱啦地飞速聊了起来，声调越来越高，突然停顿了一下，大概是在问什么。然后又继续跟小姑娘聊下去，小姑娘的视线跳过嘴边的面包皮，望着那个妇人，她一边用脏乎乎的手往嘴里推着面包皮。

“她说她就住在这里。”我说，“我是在城里遇到她的。这是你让她买的面包吗？”

“英语，不会说。”那个妇人说。她又再次跟那个小姑娘聊了起来。小姑娘只是这么望着她。

“她不是住在这里吗？”我说。我指了指这个小姑娘，又指了指她，再指了指大门。那个妇人摇了摇头。她的语速飞快。她走到门廊旁边，指了指街道前方，一边还在说着什么。

我很用力地点了点头。“你过来指给我看好吗？”我说。我拽着她的胳膊，另一只手朝外面路上挥舞着。她噼里啪啦地说着什么，用手指了指。“你过来指给我看吧。”我说，想把她从台阶上拉下来。

“Si，si[①]，”她说，身体一直往回缩着，伸手给我随便指了个方向。我又点了点头。

“谢了。谢了。谢了。”我走下了台阶，朝大门走去，没跑起来，但也走得很快了。我走到门口，停了下来，对着小姑娘望了一会儿。不见面包皮了，她瞪着一对大大的黑眼睛友好地望着我。那个妇人站在台阶上，注视着我们。

---

① 意大利语：好的，好的。

“那就走吧，”我说，“我们迟早会找到你家的。”

她往前走着，紧紧贴着我的胳膊肘。我们一起往前走。街边的房子看上去都是空荡荡的。视野范围内空无一人。透着一股空房子特有的窒息感。然而那么多房子不可能全都没住人。假设你突然之间把所有房子的墙壁都拆掉，就会出现各种各样的房间了。太太，您的女儿，请领回去吧。不，太太，看在上帝的面子上，请把您的女儿领回去吧。她紧紧贴着我的胳膊肘往前走着，她头上扎着两根发亮的紧紧的辫子，然后连最后一栋房子我也问遍了，顺着河流拐个弯，一面墙壁横在眼前，那条街道消失了。这时候，那个妇人走出了破旧的院门，她头上裹着一块头巾，在下巴处紧紧抓住了头巾角。那条路上一个人影也没有，曲曲折折地延伸着。“小姑娘，再见了。”我说。然后我撒腿就跑了。

我头也不回地飞奔着。只是在就快跑到拐弯处时，我回头望了一眼。她依然站在路中间，这个小小的人儿还是把那条长面包紧紧地搂在脏兮兮的小裙子里，她乌溜溜的双眼一眨也不眨，安静地望着我。我继续往前跑去。

路边岔出去了一条小巷子。我钻进小巷子里面，过了片刻，我放慢脚步，变成了快走。小巷两侧全都是建筑物的背面——没有刷漆的房子，绳子上晾着比之前更多艳丽夺目的衣服，有一座谷仓的后墙倒塌了，里面的东西在繁茂的果树之间静悄悄地腐烂，果树的枝丫自由伸展着，从未修剪过，树上开着粉色和白色的花朵，地上杂草丛生，蜜蜂在嗡嗡叫，阳光照耀着这一切。我回头看身后。巷子口一个人也没有。我的脚步更慢了，我的影子在我脚边亦步亦趋地跟着，杂草淹没了篱笆，影子的头部在杂草上移动着。

这是条死巷，延伸到一扇围着木栅栏的大门前，然后就从草丛里消失了，没路可走了，变成了一条隐藏在嫩草中的不起眼的小径。我翻过木栅栏门，进了一个有一片小树林的院子里，我穿过这个院子，看到了另一堵墙，顺着这堵墙往前走，我的影子跟在我身后。墙上挂着葡萄枝和爬山虎，而在老家的墙上，现在挂着的应该就是金银花藤了。尤其是在下着雨的黄昏，幽暗的光线中，金银花的香味一阵一阵地飘过来，不管什么东西都混合着这种气味，似乎缺了它，就还不够招人厌烦似的。

你为什么让他吻你吻你[①]

我没有让他亲我啊我只是让他看着我他就癫狂了。你到底是怎么想这事儿的？我给了她一个耳光在她脸上印上五个红印就好像是手掌下开亮了一盏灯点亮了她的双眼。

我掌掴你不是因为你跟别人接吻。你都已经十五岁了，姑娘家家的吃饭还把胳膊肘子撑在饭桌上父亲说你吞咽东西的时候就好像喉咙里鲠着一根鱼骨头你和凯蒂都怎么啦咱们就坐在餐桌对面呢你们为什么都不正眼瞧我。因为你让一个城里来的啥也不懂只会追女人的小混混给吻了我才动手扇你你肯不肯说你肯不肯说我猜你这下要说“牛绳”[②]了吧。我红彤彤的手掌离开了她的脸蛋。你到底是怎么想这事儿的我猛地把她的脑袋按进草地里。纵横交错的草梗深深地嵌进了她的肉里她疼得哭了出来我把她的脑袋按进草地里。说“牛绳”吧，你就赶快说“牛绳”吧

无论如何我都没有吻过娜塔莉[③]那样肮脏卑贱的女孩子那堵墙被阴影笼罩住了，接着我的影子也不见了，我又骗过了它。我忘记了河流和道路是一起蜿蜒曲折地延展的。我翻上那堵墙。结果却看见她正站在那儿，看着我跳了下来，依然还紧紧地把那条长面包搂在胸前。

我站在草丛中，我们两个就这么面对面互相对视了好一会儿。

“小姑娘，为什么你刚才不告诉我你就住在这里？”那张包着面包的报纸就快要烂掉了；早就需要换一张了。“好了，那就走吧，指给我看你家住在哪栋房子里。”没有吻像娜塔莉那样肮脏卑贱的女孩子。外面在下雨[④]，我们听见了屋顶上的声音，这声音像一声叹息，在高大香甜空旷的谷仓里回荡着。

是这儿吗？我抚摸着她。

不是这里

① 又想起凯蒂与少年接吻。

② 美国南方的习俗，男孩子们欺负女孩子们，喜欢揪住她们的辫子，要让她们求饶，承认自己的辫子是“牛绳”才肯松手。

③ 康普生家邻居的女孩子。

④ 又从凯蒂与他吵架想到另一次他与娜塔莉玩“坐下来跳舞”的事情。

那是这儿吗？外面的雨下得不大但是除了屋顶上的雨声我们什么也听不见仿佛这雨声是我的热血或是她的热血在沸腾

把我一把推下梯子她就跑走了她就离开了我凯蒂跑走了

凯蒂跑走的时候是不是让你伤心了啊是不是啊

啊她紧紧挨着我的胳膊肘往前走着，她那一头黑漆皮似的乌发，那张包着长面包就快要破掉的报纸。

“你要是还不赶快回家，你这包面包的纸全要破掉了。要是那样的话，你妈妈会怎么说你呀？”我敢保证我绝对能抱得起你来

你抱不起的我太重了

凯蒂是不是已经走了她去了我家房子那里吗从我家房子那里可是望不到谷仓的你有没有试过从我家看谷仓呢

那是她的错她一把推开我之后就跑走了

我能把你抱起来看见没我能

啊她的血还是我的血我们往前走着，脚下踩着一层薄薄的尘土，脚步像橡皮一样，非常轻，树丛的空隙里斜斜地漏下一束束光线照在脚下薄薄的尘土上，我又感觉到了被笼罩在神秘阴影里的河水在安静而飞速地流淌。

“你家住得真远啊，是不是。你实在很机灵啊，敢一个人去镇子上买面包。”这就好比坐着跳舞，你试过坐着跳舞吗？我们可以听着雨声，饲料槽里有一只小老鼠的动静，马厩里空空如也，一匹马也没有。你是怎么搂着跳舞的呢，你是像这样搂着的吗

啊

我过去一直这么搂着你你以为是我力气不够大对吗

啊啊啊啊

我搂着像这样搂着我是说你听见我刚才说的了吗听见了吗

啊啊啊啊

那条路一直往前延伸着，寂静而空旷，太阳光线越来越西斜。她头上那两条硬邦邦的辫子末梢扎了两块深红色的小布头。包着面包的报纸一角随着她的脚步轻轻地上下摆动着，面包的一端露了出来。我停下脚步。

“喂，你听我说。你真是住在这条路上吗？我们走了快一英里地了，

一栋房子也没见着啊。”

她只是那么望着我，黑漆漆的眼珠子透着神秘和友好。

“小妹妹，你到底住在哪里呢？你是住在镇上吗？”

在忽明忽暗、时隐时现的斜斜的光线之外，有一只鸟儿在树林里的某处不停地啼叫。

“你爸爸该担心你了。你买了面包又不直接回家，你会不会挨抽啊？”

那只鸟儿又在树林里隐匿的某处啼叫了，叫声听起来一直没有变化，毫无意义但却又深沉，这个声音戛然而止，像是被一刀两断了似的，过了一会儿，又啼叫起来了，被笼罩在神秘阴影里的河水在安静而飞速地流淌，这种感觉又出现了，我没有看到也没有听到，而是感觉到了。

“啊，真该死，小妹妹。”差不多半张包面包的报纸都疲沓地垂下来了。“这张纸现在没用了。”我扯下了它，丢在路边。“走吧。我们还得走回镇上去呢。我们就沿着河边往回走吧。”

我们离开了那条路。在青苔缝隙里冒出了一朵朵苍白黯淡的小花，还有对无声和看不见的河水的感觉。我一直这么搂着的我是说我一直是这么搂着的。她站在门边看着我们双手插在后臀的兜里。

你把我推开了这是你的错你也把我弄疼了

刚才我们是坐着跳舞我肯定凯蒂不知道怎么坐着跳舞

住手你快住手

我只是想帮你把沾在你衣服后面的脏东西擦掉

你赶紧把你那双肮脏恶心的老树皮一样的手拿开别碰我都是你的错你把我推倒在地你太让我生气了

我一点也不在乎她怒气冲天地看着我然后她走开了我们这时候开始听见了吵闹声和泼水声；我看见了一个棕色皮肤的人在阳光中一闪而过。

还是气得要发疯了。我的衬衣湿了，头发也湿了。大雨从屋顶上掠过，耳边听到屋顶上响起一片震耳欲聋的雨声，我看见娜塔莉在大雨中穿过花园，走了过去。全身都湿透了我真希望你得肺炎你回家去吧牛脸哄哄的臭丫头。我用尽全力跳进了猪打滚的水坑里黄泥水淹到了我的腰部臭气熏天的我在里面乱蹦乱跳我摔倒了在泥水里打滚“小姑娘，听见他们在河里游泳了吗？我自己也很想去游呢。”如果我还有时间。当我有时间了。我又听见我的表在走动的嘀嗒声了。黄泥水比雨水暖和一些，但是太臭了。她转过身去背对着我我又绕到她前面去。你知道刚才我在干吗吗？她转过身去我绕到她前面雨水渗进了泥土里打湿了她的衣裙她的小背心紧紧贴在身上弄得臭不可闻。我只是抱着她刚才我不过就是抱了抱她。她转过身去我绕到她前面。我只是抱了抱她，我都说了的。

我才不在乎刚才你干了些什么

你不在乎我会让你在乎的我非要让你在乎。她扫开我的双手我把烂泥糊在她身上她用湿漉漉的手给了我一个耳光我一点感觉也没有我从自己裤腿上刮下烂泥抹在她那湿漉漉而且硬邦邦的还一直转个不停的身体上我听到了她用手指划破我脸蛋的声音但是我感觉不到疼痛尽管雨水流到我嘴唇上舔起来甜甜的

他们在水里先看到我们，在水里露着脑袋和肩膀的人们。他们大喊大叫着，有一个蹲着的人起立挺身起跳，蹦进他们中间去了。他们就像一群海狸，河水在下巴边上拍打着，他们大喊：

“把那个姑娘带走！你带女孩子来这里是想干什么啊？赶快走开啦！”

“她又不会伤害你们。我们只想在这里观望一会儿啦。”

他们一起蹲在水中。脑袋凑成一堆望着我们，接着他们轰地散开了，朝我们冲了过来，手里舀了水使劲泼我们。我们赶快躲开了。

“小伙子们，悠着点啊；她又不会伤害你们。”

“哈佛小子，赶快滚开啦！”那是第二个男孩，就是刚才在桥上想换马和马车的那个。“伙伴们，使劲泼他们呀！”

“我们上去把他们俩丢进水里去吧，”另外一个男孩说。“我可不怕什么女孩子。”

“泼他们呀！赶快泼他们呀！”他们一边泼水，一边朝我们冲了过来。我们赶快往后退。“滚开啦！”他们大吼，“赶快滚开！”

我们只好走开了。他们在河堤上挤成一团，一排光秃秃的脑袋映照在明晃晃的河水上。我们继续往前走。“我们不往那边走的，对吧。”阳光斜斜地落在四处斑驳的青苔上，光线更加低矮了。“可怜的孩子，谁让

你是个姑娘呢。”青苔的四周开着些小花，我从来没见过那么小的花朵。“谁让你是个姑娘呢，可怜的孩子。”有一条小路沿着河边向前蜿蜒伸展。然后河水又平静下来了，漆黑的，安静的，水流湍急。“可怜的小妹妹，谁让你是个姑娘呢。”我们一起趴在湿漉漉的草地上大口喘着气雨点像冷冰冰的子弹一样射在我后背上。你现在还在乎吗还在乎吗还在乎吗

我的天呀我们现在这样真是一团糟了赶快起来吧。雨点打在我额头上开始越来越痛我的手上染上了鲜红的血液雨水一淋变成了一条条粉红色。你痛不痛

当然很痛了你以为呢

刚才我真恨不得抠出你的眼珠子来我的天啊我们现在肯定浑身恶臭了我们还是赶快去小河沟里把自己洗干净吧“小姑娘，我们又回到镇上了。现在你非回家不可了。我也得赶回学校去了。你看看天色渐渐暗了。你总归是要回家的，对吧？”但她还是用那双黑漆漆的神秘双眼友好地望着我，还把那条只包住了一半的长面包紧紧地搂在胸前。“面包都弄湿了。我还以为咱们动作快及时闪开了，没被泼湿呢。”我掏出手绢想帮她把面包擦干一点，可一擦面包皮就直往下掉，所以我还是没擦了。“我们只好让它自己风干了。你这么拿着它吧。”她按照我教的方法拿着面包。现在面包看起来像是被老鼠啃过一遍似的。水面沿着蹲在沟渠里的背部慢慢地往上升那层蜕下来的泥巴皮发出阵阵恶臭雨点吧嗒吧嗒地落在皮肤上砸出一个一个的小坑就像热炉子上熔化的一层油似的。我告诉过你的我会让你在乎的

这该死的我才不在乎你干了些什么呢

然后我们听到了跑步的声音，我们停下来回头看，看见这个人顺着小路朝我们跑来，高度一致的树影从他腿上轻轻拂过。

“他这急匆匆的。咱们还是——”这时候我看见了另外一个人，一个稍微上了年纪的男人，手里提着一根棍子，吃力地跑着，后面还跟着一个光着膀子的男孩，他一边跑一边不停地提裤子。

“那是胡里奥。”那个小姑娘开口说话了，接着一个人突然朝我扑了过来，我看见他长着一张典型的意大利人的脸和一双典型的意大利人的眼

睛。我俩一起滚倒在地。他的双手在我脸上猛捶，嘴里叽里呱啦不知道在说些什么，看起来是想咬我几口才肯罢休，接着有人把他拽开了，牢牢地钳住他，他大口喘气，胸部激烈地起伏着，拳打脚踢，又吼又叫，他们摁住了他的双手，他就想方设法用脚踢我，人们只好使劲把他往后拖去。那个小姑娘哭号了起来，双手依然紧紧抱着那条长面包。那个光膀子的男孩一边蹦着向前冲，一边还不停地提裤子。这时候，有人及时把我拉起来，我看到另外一个男人，全身赤裸，一丝不挂，绕过小路安静的拐弯处，冲我们跑过来，跑到半路上他忽然改变了方向，跃进了树林里，几件像木板那么僵硬的衣服也跟在他后面跃进了树林。胡里奥还在挣扎不已。那个扶我起来的人说："哇呀，行了。我们可算逮着你了。"他只穿了一件西服背心，没穿外衣。背心上别着一枚金属徽章[①]。他另一只手抓着一根多节的光溜溜的棍子。

"你就是安斯，对吧？"我说，"我正在到处找你呢。这是怎么回事？"

"我警告你，你现在所说的每一句话在法庭上都会用来反驳你，"他说，"你已经被逮捕了。"

"我要杀了他。"胡里奥说。他还在拼命挣扎着。两个男人摁住了他。那个小姑娘一直在号着哭着，双手还死死抱住那条长面包。"你拐走了我妹妹，"胡里奥说，"各位先生，我们走吧。"

"拐走了他妹妹？"我说，"哎呀，我一直在——"

"你给我闭嘴，"安斯说，"把话留着跟法官说吧。"

"拐走了他妹妹？"我说。胡里奥挣脱了那两个人的束缚，又朝我扑了过来，但是被警长挡住了，两人扭打在一起，直至之前那两个男人又扭住了他的双臂。安斯放开了他，气喘吁吁地。

"你这该死的外国佬，"他说，"我真是很想把你也逮起来，你犯了人身伤害罪。"他又转身对着我。"你是想自己规规矩矩地走呢，还是想我把你拷走？"

① 镇上警长的标志。

“你让我自己走吧，我跟你去就是了，”我说，“怎么都好，只要我能找到一个人——来搞清楚来龙去脉——竟然说什么我拐走他妹妹，”我说，“拐走他妹妹——”

“我已经警告过你了，”安斯说，“他要控告你意图强暴幼女罪。喂，说你呢，让那个小女孩别哭哭啼啼了行吗。”

“噢，原来是这样啊！”我说。这时候我忍不住狂笑起来了。又出现了两个圆眼睛的、头发湿漉漉的像墙泥似的糊在脑袋上的男孩从树林子里面钻了出来，穿的衬衣的肩膀和胳膊都湿透了，他俩还在一边扣着衬衣的纽扣。我很想不笑，可是我做不到。

“安斯，留神点看住他，我想他是疯了。”

“我一定不笑——笑了，”我说，“给我一分——一分钟时间就行。那次我也忍不住想说哈——哈——”我说着，依然大笑不止。“让我坐一会儿。”我坐了下来，他们全都望着我，那个脸上全是泪痕的小姑娘，紧紧搂着一条像是被啃过的面包，然而河水依然在小路的底下平静但飞速地流淌着。过了一会儿，我不想笑了。但是管不住自己的喉咙，还是在笑，就像是胃里已经空了之后的干呕。

“现在别闹了啊，”安斯说，“控制一下你自己的情绪。”

“好的。”我说，使劲憋住笑意。另一只金色蝴蝶在天空中飞舞着，仿佛是漏下来的一小片阳光。稍过片刻，我终于不想再憋着笑了。我站了起来。“我没事了。要往哪边走？”

我们沿着小径往前走着，那两个押着胡里奥的人，还有小姑娘和那几个男孩走在我们后面。这条河边的小径一直延伸到了桥头，我们穿过桥，越过铁轨，人们都从家里走到门口来围观我们了，不知道从哪儿冒出来了越来越多的男孩们，等到我们走到大街上时，后面已经形成了一条颇为壮观的队伍了。杂货店门口停着一辆汽车，一辆还挺大的轿车，我一开始没认出车子里坐着的人是谁，这时候我听到布兰德太太喊了起来：

“哇，昆汀！昆汀·康普生！”果然我看到了吉拉德，看到了坐在后排的脑袋靠在座椅靠背上的司博德。车里还有施里夫。还有两个我不认识的姑娘。

“昆汀·康普生！”布兰德太太高声叫嚷着。

“下午好啊，”我说，抬了抬帽子。“我被捕了。没能看到你留的字条，对此我深表遗憾。施里夫告诉你了吗？”

“被捕了？”施里夫说，“劳驾，借过。”他赶紧挺直身体，跨过车上众人的腿，从车上下来了。他穿着我的法兰绒裤子，太紧了，绷在大腿上，像手套箍着手指。我几乎都要忘掉这条是我的裤子了，我也不记得布兰德太太有几个下巴了。最好看的那个姑娘和吉拉德一起坐在前排。姑娘们在面纱后面窥视着我，脸上全都是一副娇滴滴的被吓坏了的表情。“谁被捕了啊？”施里夫说，“先生，这到底是怎么了呀？”

“吉拉德，”布兰德太太说，“赶快把这些人打发走吧。昆汀，上车吧。”

吉拉德下车了。但司博德却纹丝不动。

“长官，他犯了什么事儿？”他说，“是不是抢了鸡笼？”

“可别说我没警告过你啊，”安斯说，“你认识这名犯人吗？”

“认识当然是认识，”施里夫说。“我跟你说——”

“那你也跟着他一起去吧，有话就对法官说去。你这是在妨碍司法执行。走啦。”他推搡着我的肩膀。

“好了，各位午安吧，”我说，“很高兴能见到大家。很抱歉，要跟各位分道扬镳了。”

“吉拉德，你倒是赶紧想想办法呀！”布兰德太太说。

“长官，您听我说。”吉拉德说。

“我可警告你啊，你这是在干扰警官执法，”安斯说，“你要是想发言，尽管去法官面前说去呀，那时候你可以认领犯人了。”我们继续往前走着。这支队伍越来越浩荡了，安斯和我走在最前面。我听着后面的人们在告诉他们这是怎么一回事，司博德发问了，于是胡里奥亢奋地用意大利语叽里呱啦说了一大堆。我扭头往后看，看见那个小姑娘站在街边，她望着我，神秘莫测的眼神里透着友好的光芒。

“赶快回家吧，”胡里奥朝她嚷着，“小心我把你揍开花。”

我们沿着大街往前赶路，走了一段，拐进了一块离大街比较远的草坪，在那儿有一栋砖头上镶着白色装饰物的平房。我们沿着石块小径走到平房门口，安斯做手势示意大家先在外面等着，他只带了我们几个人进了房子。我们走进了一间空荡荡的房间里，弥漫着一股长年累月的挥之不散的烟味。木框架四周铺上了厚厚一层沙子，中间摆着一个铁皮火炉，墙上贴着一张退了色的地图，仔细一看，是张脏兮兮的镇子平面图。在一张伤痕累累、杂乱无章的桌子后面，坐着一个留着铁灰色乱糟糟头发的人，他正透过钢丝眼镜盯着我们。

“安斯，你逮着他了，是吗？”他说。

“是的，法官，逮着他了。”

法官摊开了一个积了厚厚灰尘的大本子，拉到自己面前，把一支恶臭难闻的钢笔伸进一瓶墨水里浸了浸，那瓶墨水简直像煤渣那么黑。

“先生，请听我说。”施里夫说。

“把犯人的名字报上来。”法官说。我告诉了他。他慢吞吞地在本子上写着，那支钢笔画在纸上，发出一种让人极度发狂的摩擦声。

“先生，您等一等，”施里夫说，“我们认识这个人。我们——”

“都给我遵守法庭的秩序。”安斯说。

“老兄，别说了，”司博德说，“就让他按规矩来吧。你反正也拦不住他。”

“年龄？”法官问。我告诉他。他在本子上记着，一边写着，嘴巴还在自言自语些什么。“职业呢。”我告诉了他。“哈佛的学生，嘿？”他说。他朝上看着我，脖子往下弯了弯，视线从眼镜上方注视我。他的眼神明朗、冷冰冰的，像是山羊的目光。“你上这一片来干什么，拐骗儿童吗？”

“法官，他们真是疯了，”施里夫说，“无论是谁都不会相信这个小伙子会拐骗——”

胡里奥激动得跳了起来。“谁疯了？”他说，“不是被我当场逮着了吗，啊？难道我不是亲眼目睹——”

“你满嘴谎话，”施里夫说，“你压根儿就没有——”

“秩序，注意秩序，”安斯提高了嗓门喊了一句。

“你们全都给我闭嘴，”法官说，“安斯，如果他们安静不下来，就把他们都给赶出去。”大家立刻安静了下来。法官先看了看施里夫，又看了看波特，再看了看吉拉德。“你认识这位年轻人吗？”他问司博德。

“是的，法官先生，”司博德说，“他是一个从乡下来哈佛读书的小伙子。他可没有一丁点儿的坏心眼。我想警长迟早会发现这是个误会。他父亲还是一位公理教会的牧师呢。”

“嗯，”法官说，“那么你到底是在干了些什么呢？”我告诉了他，他就用那双冷冰冰的灰色眼珠注视着我。“安斯，你觉得呢？”

“可能是那么回事，”安斯说，“外国佬说的话很靠不住的。”

“我美国人啊，”胡里奥说，“我有护照的。”

“那个小姑娘在哪里？”

“他让她回家去了。”安斯说。

“当时她有没有很害怕或是什么？”

“胡里奥扑倒了犯人之后，她才看起来很害怕惊恐。当时他们沿着河边的小路往镇子走去。是几个在游泳的男孩子告诉了我们他们走的是哪条路。”

“法官，这完全是个误会。”司博德说，“他特别招孩子们和小狗们的喜欢呢。他自己也不想这样啊。”

“嗯。”法官说。他望着窗外思考了一会儿。所有人都注视着他。我还听见了胡里奥到处挠痒的动静。法官收回了视线。

“那个小姑娘没受伤，这点你没什么不满吧？嘿，问你呢，说话！”

“目前是没受到什么伤害。”胡里奥绷着脸说。

“你丢下手里的工作跑去找她，对吧？”

“肯定啊。我撒腿就跑啊。我拼命跑啊。东找啊，西找啊，接着终于有人告诉我看见了这个人给我妹妹东西吃。她就跟他走了。”

“嗯。”法官说，“好了，小伙子，我估计你得赔偿胡里奥耽误的工作损失。”

“好的，先生，”我说，“要赔多少钱？”

“我估计一块钱就够了。”

我给了胡里奥一块钱。

“好了，”司博德说，“事情看来是解决了——我想可以释放他了吧，法官先生？”

法官看都没看他一眼。“安斯，你跑了多远的路程才找到他？”

“最少两英里。我们耗了两个小时左右才找着他。”

“嗯。”法官说。他谨慎地考虑了片刻。我们全部都注视着他，他笔直的颈椎，他的眼镜低低地架在鼻梁上。窗户框投在地上的黄色阴影慢慢地挪了过去，挪到了墙角，继续往上爬着。阳光斜斜地照着，微小的尘埃在光柱里旋转。“六块钱。”

“六块钱？”施里夫说，“为什么要六块钱？”

“六块钱。”法官说。他注视了一会儿施里夫，目光又落在了我身上。

“嘿，听我说。”施里夫说。

“闭嘴，别废话了，”司博德说，“老弟，把钱给他不就完了么，给完我们就走人。女士们还等着我们呢。你有六块钱吗？”

“有。”我说。我拿出六块钱给他。

“退庭。”他说。

“你应该问他要一张收据，”施里夫说，“你交了那笔钱，他们就应该给你一张收据。”

法官和颜悦色地注视着施里夫。“退庭。”他说，声调纹丝不变。

“这真是太不像话了——”施里夫说。

“走啦走啦。”司博德说，拽着他的胳膊。“法官，再见了。谢谢您了。”我们前脚刚迈出门，后脚就听见胡里奥又开始号了，狂风暴雨一般的，不一会儿就被压制下去了。司博德那双棕色眼睛戏谑嘲讽地注视着我。“我说，老弟，出了这种事，以后你想追姑娘，只能去波士顿碰碰运气了。”

“你这头蠢驴，”施里夫说，“你这到底是怎么一个意思呢，在这一片兜来转去，还跟这些该死的意大利人纠缠不清？”

“走啦，”司博德说，“她们肯定已经不耐烦了。”

布兰德太太在和那两位小姐聊天。她们俩一个是霍尔姆斯小姐，一个是丹吉菲尔小姐，她们一看见我，就不再听布兰德太太讲话了，又再用那种娇滴滴的害怕但是充满了好奇的目光注视着我，脸上的面纱翻起来，在白白的小小的鼻子上，隐秘的眼神在面纱下面快速地一闪而过。

“昆汀·康普生，”布兰德太太说，“你母亲会怎么说这件事呢？年轻人碰上什么棘手的麻烦事，这一点也不奇怪，但是好端端走在路上，居然让一个乡下巡警给逮起来了，这可真是个耻辱啊。吉拉德，他们说他干了什么事儿来着？”

“没什么。”吉拉德说。

“瞎说。司博德，你说说，到底是什么事？”

“他想拐骗走那个脏兮兮的小姑娘，但他们及时赶到逮捕了他。”司博德说。

“真是瞎胡闹，”布兰德太太说，然而她的语气不知不觉就温和了下来。她把我从头到脚打量了一会儿，那两个女士节奏一致地轻轻倒抽了一口气。“真是胡说八道，”布兰德太太伶俐地说，“那些个没文化的北方乡下人就会干这种破事儿。昆汀，上车吧。”

施里夫和我坐进了两张可折叠的座位上。吉拉德转动曲柄，发动了汽车引擎，然后钻进车子，我们就开车了。

“好了，昆汀，现在你把整件蠢事老老实实告诉我。”布兰德太太说。我把事情告诉他们。施里夫把脖子缩进衣服里，坐在他的小座位上，样子很愤怒，司博德的头往椅背上一仰，挤在丹吉菲尔小姐旁边。

“好笑的是，一直以来昆汀把我们都给糊弄了。”司博德说，“一向以来我们全都以为他是个典型的优秀青年，简直都可以放心地把女儿嫁给他，直到今天他犯下这么无法无天的罪，被警察逮住了，我们才回过神来。”

“司博德，别啰唆了。”布兰德太太说。我们沿着大街往前开去，穿过了桥，路过了那栋窗户上挂着那件粉红衣服的房子。“你不看我留的字条就落得了这样的下场。你为什么不去拿呢？麦肯锡先生[①]说他已经告诉过你了，字条就放在房间里。”

“是的，夫人。我本来打算去取的，但是我一直没机会回房间。”

---

① 即是指施里夫。

"多亏了麦肯锡先生，否则我还不知道要傻呆呆地坐在汽车里等多久呢。他说你没有回去，那汽车里就多出了一个座位，我们就邀请他一起了。无论如何我们都很欢迎你来呢，麦肯锡先生。"

施里夫一言不发。他的双臂叠抱在胸前，目光越过吉拉德的鸭舌帽直视前方。根据布兰德太太的说法，这种帽子在英国，是开车时候戴的。我们路过了那栋房子，再路过了三栋，来到一个院子跟前，院子门口正站着那个小姑娘。这时候，她手里没再抱着面包了，脸上是一道又一道的煤渣印子。我冲她挥了挥手，可她没有任何反应，只是脑袋缓缓地转动着，她那双一眨也不眨的眼睛一直追随着我们。然后我们沿着一堵墙行驶着，影子从墙壁上滑过，片刻之后，车子轧过了一张丢在路上的废报纸，我又开始疯狂大笑了起来。我感觉它就在我喉咙里，我望着车窗外的树林，午后的阳光斜斜地照在树枝上，我心里想着这个下午发生的事，想到了那只鸟和那几个游泳的男孩。但我还是忍不住想要大笑。这时候我明白了，如果我太竭力压抑自己，我会难受得哭出来，我想到我过去也曾想过，我没办法一直当童男子了，那么多姑娘们在树荫里漫步，用她们甜美柔和的嗓音轻声细语地聊着天，她们影影绰绰地待在暗处，声音传了过来，香气弥漫了过来，你看不清她们，可却能感觉到她们的目光投射过来，但是如果事情那么容易办到那就不算一回事了，如果那不算一回事的话我又算什么呢这时候布兰德太太开口了："昆汀？麦肯锡先生，他是不是生病了啊？"接着施里夫用他胖手碰了碰我的膝盖，司博德开始说话了，我再也憋不住大笑了起来。

"麦肯锡先生，要是那个篮子挡了他的路，请你把它挪到你脚底下去。我带了一篮子葡萄酒，因为我觉得年轻的绅士们就应该喝点儿酒，虽然我的父亲，吉拉德的父亲……"曾经做过这事吗你做过这样的事吗？[①]
在黯淡无光的黑暗里只有微弱的一线光她的双手扣着

"年轻人手边有酒，他们自然就喝了。"司博德说，"施里夫，对

① 联想到凯蒂失去贞操那晚他与凯蒂的对话，下面几段是当时汽车中几个人的对话和他脑海中的回忆交错。

吧？”她的脸蛋放在膝盖上抬头望着天空在她的脸蛋和脖子上都是金银花的香气

“还有啤酒。”施里夫说。他的手又碰了碰我的膝盖。我又挪动了自己的膝盖。像是一层薄薄的紫丁香色涂料谈起了他就会带来

“你才不是什么绅士。”司博德说。他就这么梗在我们中间直到能从黑暗中依稀辨认出她的轮廓

“没错。我是加拿大人。”施里夫说。聊起了他船桨随着他一路眨着眼前进那种帽子在英国是开车时候戴的一直不停地往下奔腾着这两个人合为一体无法区分了[①] 他曾经当过兵还杀过人

“我非常喜欢加拿大人。”丹吉菲尔小姐说。“我觉得那是个不可思议的绝妙地方。”

“你以前喝过香水吗？”司博德说。只需要用一只手，他就能把她扛在肩膀上带着她一起奔跑奔跑。奔跑

“没喝过。”施里夫说。那个禽兽一边跑着两个人的背部叠在一起她在不停眨眼的船桨影子里变得暧昧不清了奔跑着那只优波流斯[②] 的猪一边奔跑一边交配凯蒂在这个期间和多少个

“我也没喝过。”司博德说。我也不知道啊太多了我心里放着一件非常可怕的事非常可怕的事。父亲我犯罪了。[③] 你做过那件事吗。我们没有啊我们没有做过我们做过吗？

“而且吉拉德的外公总是在早晨之前自己去采薄荷叶，那时候露水还沾在叶子上。他甚至不乐意让老威尔基[④] 碰那株薄荷，吉拉德，你还记得吗？他总是自己采集薄荷来调制他的冰镇薄荷酒。他调酒的时候像个老处女似的反复无常，脾气暴躁，他脑子里存着一个配方，一定要按照这个配方来调酒。这个配方他只给过一个人，那就是”我们做过啊你怎么可能不知道呢如果你肯等一等我就告诉你那是怎么回事那是犯罪呀我们犯了一项

---

① 昆汀在这里已经把吉拉德和凯蒂的情人达尔顿混淆了。

② 古希腊神话中的神，冥府的管理者，常以牧猪人的形象出现。

③ 昆汀坚持要去向父亲承认“乱伦”。

④ 吉拉德外公家的黑人男佣。

非常可怕的罪行隐藏不了的罪行你以为可以但你要听我说 可怜的昆汀你从来也没做过那件事呀对不对 我要让你知道这是怎么一回事我要让父亲知道这样就成为事实了因为你爱父亲这样的话我们只能离家出走了[①] 被尖锐的恐惧的圣洁的火焰包围。我会逼迫你承认我们做过这件事我比你强壮多了我会逼迫你说是我们做的以前你以为是他们做的其实是我听着我一直都在愚弄你其实是那时候你以为我在弥漫着该死的金银花香味的屋子里竭力不去想那摇荡的秋千那雪松那神秘莫测的波涛起伏那缠绵悱恻的呼吸吮吸着狂乱的呼吸一句又一句的对 是的 对 是

“他自己其实从来也不喝酒，但是他总是提到什么一篮子酒[②]你上次不是看了一本放在吉拉德的赛艇服里的什么书上面写着每一位绅士野餐时必备的佳品”那时候你爱他们吗。凯蒂你那时候爱他们吗。他们抚摸我的时候我就死去了

她就站在那儿[③]不到一分钟班吉就又喊又嚷起来用力扯着她的裙子他们一起走到前厅踏上楼梯他一边又喊又嚷直把她往楼上推搡推搡到浴室门口她靠在浴室门上用手臂挡住了自己的脸蛋他叫着喊着想把她推进浴室里去接着她走去餐厅吃晚饭T.P.正在喂他吃饭他又开始闹腾了先是呜咽啜泣直哼哼等她摸了摸他于是他就开始折腾了又叫又嚷她就站在那里眼神就像是一只被猫逼进角落的老鼠似的然后我在黯淡无光的黑暗中奔跑空气中散发着一股大雨的气息还有温暖潮湿的空气让各种各样的花朵吐露芬芳那些蟋蟀在拉锯式的高一声低一声地叫唤着有一个安静的移动岛屿随着我的脚步一起前进在栅栏里的小欢欢望着我跑过去它黑不溜秋的就像一条晾在绳上的棉花被子我想到了那个该死的黑鬼又忘记给它喂食了我在蟋蟀叫声形成的真空里面像掠过镜面的一阵气流似的一路跑下小山她躺在水里她的脑袋枕在沙滩上水位已经到了她的腰腿之间不停地拍打着水里透着一丝微弱的光芒她的裤子已经被浸湿了一半随着水流不断拍打着她的两侧沉重地泛起涟

① 昆汀企图用这个办法把自己和凯蒂从这个世界“割裂”出去。他不能接受凯蒂与别的男人有私情。

② 昆汀耳朵里同时听到布兰德太太和车里另外一个人的话。

③ 又转到凯蒂失贞那晚。

漪这个水流无处可去只是在原地退下又涌上我站在岸边的岩石上我又闻到了金银花的香味浓郁得好似天空在下着金银花香味的绵绵细雨在蟋蟀声浪的合奏下似乎已经变成了刮擦着你的皮肤的材质

班吉还在哭个不停吗

我不知道是的我不知道

可怜的班吉

我坐在河边上草地有点湿漉漉的没过多久我就感觉到鞋子里进水了

赶快从水里出来啊你是不是疯了啊

但她一动不动的她的脸蛋上笼罩着一团白色的雾气还好她的头发把她和黯淡朦胧的沙滩区别开来

赶快上岸来吧

她坐起来了然后又站起来了她的裙子重重地贴在她身上一直在滴水她爬上河岸裙子直往下坠她坐了下来

为什么你不拧干衣服呢你是不是想感冒

对了

河水汩汩流淌过沙滩时被吸走了一些继续流到隐藏在柳树林中的黑暗之地流过浅滩时水波泛起涟漪像是一匹布似的它依然透出一丝光线水流都是这样的

他穿过了所有的海洋游览过了全世界各地[①]

接着她开始聊起他的事情来了双手抱着她湿漉漉的膝盖在灰白黯淡的光线里她仰着脸又散发着金银花的香味母亲的房间里亮着灯光班吉的房间里也亮着灯T.P.正在伺候他上床睡觉

你爱他吗

她把手伸了过来我一动不动她的手顺着我的胳膊往下摸索着她抓住了我的手掌覆盖在她的胸脯上她的心脏在重重地跳动着

不要这样不要这样

是他强迫你的对吧那么是他强迫你任他摆布的对不对他比你强壮多了

---

① 指达尔顿，前面说他当过兵杀过人，推测他曾经是一名海军。

所以明天我要杀了他我发誓明天一定杀了他没必要告诉父亲这件事过后再跟他说吧从此以后你和我不告诉任何人我们可以先用着我们的学费我们可以取消我的入学注册凯蒂你恨他对不对对不对

她把我的手掌覆盖在她的胸脯上她的心脏强烈地跳动着我转过身抓住了她的手臂

凯蒂你恨他对不对

她把我的手掌慢慢地往上移着直到碰到了她的喉咙她的心脏在这里怦怦直跳

可怜的昆汀

她仰起脸蛋望着天空低低地压下来那么低以至于夜色中全部的气味和声音都挤在了一起挥散不去仿佛在一个宽松的帐篷里尤其是那股金银花的香味已经融入了我的呼吸里像是在她脸上和喉咙上刷了一层涂料她的血液在我的手掌下猛烈流动着我全身重量都撑在另一只手上那只手不堪重负抽搐痉挛了我必须大口喘气才能呼吸到一点空气四周全都是浓郁得化不开的灰色的金银花的香味

是的我恨他我愿意为他而死我已经为每次发生这样的事为他死了一次又一次

我举起了手还是能感觉到刚才压在我手掌下的小树枝和草梗子刺进了我的肉里火辣辣的疼

可怜的昆汀

她往后一仰头靠在手臂上双手依然抱着膝盖

你从来也没做过那事对吗

做过什么事

就是我做过的事

做过啊做过很多次和很多个姑娘

然后我哭了她的手又再次抚摸着我我趴在她湿漉漉的胸前哭了起来然后她仰头往后躺下了视线越过我的头顶望着天空我看到了一条白边在她眼球里虹膜的下面我打开了我的小刀你还记得那天吗奶奶死去的那一天你穿着衬裤坐在水里

我记得

我把刀尖对准了她的喉管

这只要不到一秒钟只要一秒钟接着我就可以了结我自己了结我自己然后

那好吧你自行了断可以吗

是的刀身足够长了班吉现在就睡在床上

没错

一秒钟都不用我尽量不弄痛你

好的

你闭上眼睛好吗

不想闭眼睛这样挺好你要用力往里捅进去

你伸手来摸摸看

但她一动不动她的双眼睁得非常大越过我的头顶注视着天空

凯蒂你还记得吗迪尔希是怎么大惊小怪的就因为你的衬裤上全是泥巴吗

不要哭

我没哭啊凯蒂

你捅进来啊你是不是要捅进来啊

你想要我捅进来吗

对啊你捅啊

你伸手来摸一下

别哭了可怜的昆汀

但我还是忍不住哭了她把我的脑袋摁在她湿漉漉而坚挺的胸脯上我听到了她的心跳声这时候她的心跳变得稳定了慢了下来不再是一顿狂跳了水流在柳树林的黑暗之处汩汩流动着金银花的香味一波又一波袭来升腾到空气中我的手臂和肩膀被压在我身下扭成一团

这是什么你在干吗啊

她的肌肉收缩了我坐了起来

我在找我的刀掉在地上了

她也坐了起来

现在几点钟了

我不知道

她站起来了我还在地上笨手笨脚地乱摸着

我要走了不见了就算了吧

回家去

我能感觉到她站在那里我闻到了她湿哒哒的衣服散发的气味所以我能感觉到她就在那里

应该就在这附近不会很远

就算了吧明天可以继续找的走吧

等一下我肯定能找到的

你是不是害怕

找到了原来它一直都在这里

是吗那么我们走吧

我站起来了跟着她走我们走上小山坡还没等我们走到呢蟋蟀就不叫唤了

真是可笑啊你好端端地坐在那儿怎么能把东西弄丢呢还到处找了半天

全都是灰蒙蒙的那一片滴着露珠的灰霾斜斜地插进灰茫茫的天空又插向远方的树林里

这该死的金银花味道我真希望这种味道能消失

过去你不是很喜欢这味道吗

我们翻过小山顶往树林里走去她撞到了我她又闪开了一点在灰蒙蒙的草地上那条沟渠像是一道黑色的伤疤她又撞上了我她看了我一眼又闪开了一点我们走到了沟渠旁

我们就走这条路吧

为什么要从这里走

来瞧瞧你是否还能看到南希的骸骨我已经很久都没想到要来看看了你想到过吗

沟渠里全是纠缠在一起的藤萝和荆棘黑漆漆的

当时就是在这个地方但现在也说不定到底还能不能找到了对吧

快住手吧昆汀

来嘛

沟渠越走越窄了走不下去了她转身往树林里走去

快别这样了昆汀

凯蒂

我再次绕到她前面

凯蒂

快别这样了

我一把抱住了她

我比你强壮多了

她纹丝不动身体直挺挺的僵着不服从可是很安静

我不会跟你打架但你别这样你最好别这样

凯蒂别这样凯蒂

这一点好处也没有的难道你不懂吗不会的你放开我吧

金银花香味的绵绵细雨一直下着下着我听见了蟋蟀把我们包围了就这么注视着我们她后退了几步绕开了我往树林子里走去了

你直接走回家去好了你不用来了

我继续往前走

为什么你不直接走回家里去

这该死的金银花香味

我们走到了篱笆跟前她爬过去了我也爬过去了我刚直起身体时他[1]正从树林里走出来走进灰蒙蒙的光线中朝我们走来高大笔挺的身材上半身纹丝不动虽然他正在走过来但还是纹丝不动似的她朝他走过去了

这个是昆汀我全身都湿了全湿透了如果你不想来可以不来

他俩的身影合二为一了她的头抬高了在天空的衬托中看起来比他高两个人的头

如果你不想来就别来

然后这两个脑袋分开了在一片黑暗中只闻到一股雨的气息湿漉漉的草地和树叶的气息灰茫茫的光线像绵绵细雨一般落下来金银花的香味像是一

---

① 指达尔顿。

阵又一阵潮湿的热浪一波波地扑面而来我隐隐约约看到她那一团白雾的脸蛋依偎在他的肩头他伸出一条手臂搂着她好似她只比一个婴儿大那么一点点他伸出了另外一条胳膊

很高兴认识你

我们握了握手然后我们就站在那里她的身影比他高两人的身影合二为一

昆汀你打算干吗呢

四处走走吧我想要穿过树林走到大路上接着穿过镇子再回来

我转过脸去走开了

晚安，再见了

昆汀

我停住了脚步

你有什么要说的吗

树蛙在树林里叫唤个不停闻到了弥漫在空气中的大雨的气息树蛙的叫声听起来像是很难拧响的玩具音乐盒金银花的香气

过来这里

你想干吗

昆汀过来这里

我走回到她那里她拍了拍我的肩膀她的身影朝我弯过来她那张朦胧苍白的脸蛋从他的高大身影上弯下来我退到一边

你小心点

你直接回家去吧

我不困啊我想走一走

去小河谷那里等着我

我想自己走一走

我很快就过去那里你等我你等等我

不要我要穿过树林子走过去

我就走了连头也没回那些树蛙压根儿没注意到我灰蒙蒙的光线像是树上的苔藓蒸发出的水气弥漫在四周然而只是像绵绵细雨那样并不是像下大雨那种稍过片刻我转过身走到树林边上我刚走到那里就又闻到了金银花的

香味我能看见法院顶楼的那只大钟的灯光还有镇子的广场的灯光射到天边还能看到小河谷畔上那一排黑漆漆的柳树还有母亲屋子里的灯光班吉屋子里的灯光还在亮着我弯腰钻过篱笆跑过草地我在灰茫茫的草丛里跑着周遭充斥着蟋蟀金银花的香味越来越浓郁还有水流的气息这时候我看到水流的色彩也是灰扑扑的金银花色我趴在河堤上脸紧紧贴在土地上于是我就可以不再闻到金银花的香味了现在我果然闻不到了我趴在那里感觉到泥土渗进了我的衣服里我听着水流的汩汩声稍过片刻之后我呼吸没那么困难了我就躺着想假如我的脸不动弹那我就能呼吸得轻松一些那这样就可以不用闻到那股气味了于是我什么都不想了脑子里空白一片她沿着河堤走过来了停了下来我一动也不动

天色晚了你回家去吧

什么

你回家去吧天色很晚了

好吧

她的衣服发出沙沙的声响我纹丝不动她的衣服就不响了

你怎么不回去呢你不听我的话了吗

我啥也没听见

凯蒂

好吧我回去了如果你非要我这么做的话我也愿意

我坐起来了她坐在地上双手抱着膝盖

听我的话回家去吧

好的你要我做什么我就做什么什么都行对的没错

她甚至瞥都不瞥我一眼我抓住她的肩膀用力地晃动她的身体

你给我闭嘴

我拼命摇晃着她

好吧

她仰起脸蛋此时我看见她连瞥都不瞥我一眼我能看到那一圈眼白

站起来吧

我拉着她她全身都绵软无力我把她拉起来站着

你走吧现在

班吉还在哭吗你离开的时候

往前走吧

我们翻过小河谷家里的屋顶和楼上的窗户相继映入眼帘

现在他睡觉了

我不得不停下脚步把院子大门闩好在一片灰茫茫的光线中他继续往前走着空气中弥漫着雨的气息可是雨就是不肯下下来金银花的香味开始从花园的篱笆那里传过来了她走进阴影里我能听见她的脚步声然后

凯蒂

我在台阶处停下了脚步我听不到她的脚步声了

凯蒂

然后我又听见她的脚步声了我伸出手摸了摸她不温暖也不冰冷她的衣服还是有一点濡湿

现在你还爱他吗

她屏住呼吸即使憋不住了也只是极慢地呼吸着好像呼吸声从很远的地方传来似的

凯蒂现在你还爱他吗

我不知道

在灰茫茫的灯光之外所有一切的影子都像是一池死水里泡着的东西

我真希望你已经死了

你真这么想吗你现在进房子里来

现在你心里还惦记着他吗

我不知道

告诉我你此刻在想什么告诉我

别这样昆汀别这样

你闭嘴你知道我在说什么你闭嘴你到底闭不闭嘴

好吧我这就闭嘴我们动静太大了

我要杀了你你听见了吗

我们出去吧到秋千那里去在这里他们会听到你在这里说话的

我没哭喊啊你说我哭喊了吗

没有现在安静点不然会吵醒班吉

你进去房子里吧现在就进去吧

我这就进去了你别大喊大叫啊反正我也是个坏女人你也无能为力了

我们被诅咒了这不是我们的错这难道是我们的错吗

安静点赶快去睡觉吧

你不能就这么强迫我去睡觉我们被诅咒了啊

终于我看见他[①]了他刚走进理发店里他往门外瞧了瞧我走了过去稍候了片刻

我已经找了你两三天了

你是想见我吗

我想要找你谈一谈

他只用了两个动作就快速地把一支香烟卷好了他用大拇指一转就擦亮了火柴

我们不能在这个地方谈话我们是否应该找个地方碰头

我去你房间里吧你是不是住在旅馆里

不行吧那不太好的你知道小溪上的那座桥吗就在那里的后面

我知道好吧

定在一点钟好吗

好的

我转身就走了

多谢了

嘿

我停住脚步回头看

她好吗

他那看起来就像是青铜浇筑的身体他的卡其布衬衫

她现在有任何事需要找我吗

---

① 指达尔顿。刚才的事情发生之后没几天，昆汀在理发店见到了他。

我一点钟会准时到那里

她听见了我嘱咐T.P.要在一点钟给“小王子”备好马鞍她一直注视着我连饭都没吃多少她也跟过来了

你打算去干吗

没什么事啊要是我想的出去骑骑马的话难道我不能出去吗

你肯定是有事出去到底是什么事呢

关你什么事啊你这个娼妓

T.P.把“小王子”牵去边门

我不想骑它了我想走路

我从院子的车道走出院子大门拐进小巷子里此刻我撒腿就跑还没跑到桥头就看见他正倚靠在桥栏杆上那匹马拴在树林子里他扭头视线越过肩膀瞧了瞧接着就转身过来可是直到我跑到桥上停了下来他才抬起头来看着我他手里抓着一块树皮他把树皮掰成一小块一小块地越过桥栏杆丢进了水里

我是特意来告诉你你要离开这个镇子

他从容不迫地撕下一块树皮小心翼翼地丢进河里然后看着它从水面上漂走

我已经说过了你非得离开这个镇子不可

他注视着我

是她派你来说这些的吗

是我说的你必须离开不是我父亲说的不是任何人就是我说的

听着你还是先省省吧我想知道她过得好不好家里是不是有人故意让她心烦

这些事你就不必要操心了

然后我就听见自己说我给你时间在今天日落之前你必须离开这个镇子

他掰下一块树皮丢进水里接着就把那块剩下的树皮放在桥栏杆上用他那两下敏捷的动作卷了一支烟用火柴在树皮上一划它就打着旋儿飞出了桥栏杆

要是我不走你想怎么样呢

我要杀了你你千万别以为我跟你比起来就像个小孩子

他的鼻孔里喷出了两缕烟雾围绕在他周围

你几岁了

我全身战栗我的双手都握着桥栏杆我寻思着如果我把双手藏在背后他会知道这是为什么

我只能让你待到今天晚上

听着哥们儿你叫什么名字呢班吉是那个傻子的名字对吧那么你呢

昆汀

我的嘴巴就这么说了出来但我心里一点也不想说

昆汀

他在桥栏杆上仔细地弹了弹烟灰他的动作很慢很细致仿佛是在削一支铅笔我的双手不再战栗了

听着你何必这么费力呢一点好处也没有这并不是你的错啊孩子即使没有我也会有别的某个男人的

你有姐妹吗你有没有

没有但女人全都是淫妇

我动手打他我压制住了想把张开的五根手指握成拳头往他脸上揍去的冲动他手上的动作和我一样快速那个烟蒂从桥栏杆上飞了过去我挥动起另外一个巴掌他又一把抓住了它动作飞快烟蒂还没落到水里他已经用单手抓住了我的两个手腕他的另一只手忽然伸到外套里面腋窝下面去了太阳光线斜斜地照射在他身后一只鸟儿在阳光照不到的某个地方啼叫我们互相盯着对方那只鸟儿依然在啼叫不停他松开了我的两只手

喂，你看这里

他把树皮从桥栏杆上拿起来丢进了水里树皮马上从水里浮到水面上水流带着它漂走了他轻松随意地拿着手枪的那只手就搭在桥栏杆上我们就这么等着

现在你肯定打不中它了

打不中吗

树皮依然在水面上往远处漂去树林子里面一片寂静完事后我才又再次听到了小鸟的啼叫和河水流淌的潺潺声只见枪口举起来了他根本也没刻意

瞄准那块树皮就消失不见了紧接着一块又一块的碎片浮上了水面他又开枪打中了两块跟银元差不多大小的碎片

我想这就够了吧

他松开拇指掉转枪膛朝枪管吹了一口气一缕稀薄的青烟消散在空气里他给那三个空弹膛重新装上子弹把枪膛推上接着枪口对着自己把枪托递给了我

干吗递给我我又不想打树皮

你会需要它的你刚才不说要干什么来着我把这个递给你因为你刚才也看见了用这个东西能干什么事了

你带着你的枪一起见鬼去吧

我动手打他他一把抓住我的手腕了我还是竭尽全力想要打他僵持了一会儿然后我仿佛是通过一副彩色眼镜在看他我能听见自己的血液奔腾的声音然后我又能再次看到天空了又能看到天空下面的树枝了阳光正斜斜地穿过树枝他正抱着我试图让我站直起来

你刚才是不是揍我了

我听不见你在说什么

什么

是的你现在感觉如何

没什么放开我

他放开了我我靠在桥栏杆上

你现在感觉还好吧

别管我我没事

你自己一个人能回家吗

你走吧别管我

你最好还是别走路了骑我的马吧

不要你走吧

你骑马回家之后就把缰绳搭在前鞍上然后松开它它自己知道奔回马厩里去的

别管我行吗你走吧别管我了

我斜靠在桥栏杆上怔怔地望着河水我听见他松开了马缰绳骑上马背离开了片刻之后除了水流的汩汩声我别的什么也听不见了然后鸟的啼叫声又出现了我离开了那座桥背靠着一棵大树坐了下来我把脑袋靠在大树上闭上了双眼一小片太阳光线穿越树枝撞在我的眼帘上接着我沿着大树挪动了一下身体我又听见鸟的啼叫声了还有水流的汩汩声紧接着所有的一切仿佛都消散了我又失去了所有的感觉现在的我反倒是觉得终于感觉到轻松和解脱了在经历过了那些焦灼难熬的白天和黑夜之后那时候金银花的香味从黑暗之中冒出来钻进我的屋子里而我正在酝酿着睡意片刻之后我知道他根本没有打我他说打了其实是说谎也是因为她的缘故我却像一个小女孩似的晕了过去但即便如此也无所谓了我坐在树底下背靠着树干阳光洒下的碎片轻轻抚摸着我的脸就好像是一根嫩枝上发出的几片黄色树叶我听着汩汩的水声脑子里面一片空白即使我听到了马蹄疾驰而来的声音我坐在那里双目紧闭听见了马蹄在沙地上奔跑发出的嗞嗞声还有奔跑的脚步声还有她努力摸索中的双手

傻瓜笨蛋你受伤了吗

我睁开双眼她的双手抚摸着我的脸

我不知道要从哪条路去找你们直到我听见了枪声我不知道你们究竟在什么地方我完全没料到你和他会偷偷跑出去一决高下我没料到他居然

她用双手捧着我的脸突然猛地把我的脑袋往树上撞去

住手别这样

我捉住了她的手腕

快住手停下来

我就知道他不会动手的我就知道他不会的

她又想抓住我的脑袋往树上撞去

我告诉过他了别再跟我说话了我告诉过他的

她挣扎着想把手腕抽出来

放开我

你别费力了我比你力气大多了你就别挣扎了

你让我走我非要抓住他不可你让我走呀昆汀求求你了让我走让我走吧

突然之间她放弃挣扎了她的手腕松弛了下来

没错我可以告诉他每一次我都能让他信任我我能够让他相信我的话

凯蒂

她没有拴住“小王子”它随时都有擅自撒腿跑回家的倾向只要它一有想法

任何时候他都愿意相信我说的话

凯蒂你爱他吗

我什么他

她瞪着我然后她眼睛里所有的神采都消失了眼神变得空洞洞的她的双眼看起来像石化了的雕像视线没有焦点一切静了下来

你用手扼住我的喉咙

她抓住我的手把我的手掌紧紧贴在她的喉咙上

现在你说他的名字

达尔顿·艾米斯

我感觉到一股热血先涌上她的喉咙她的脉搏猛烈地加速跳动着

再说一次

她把视线移开朝树林深处望去在那里太阳光线斜斜地落在树上小鸟们在

再说一次

达尔顿·艾米斯

她的血液不停地往上奔涌着脉搏在我的手掌下一波又一波地跳动着

鲜血不停地涌出来，一直涌出来，[①]但我的脸上感觉冰冷刺骨简直就像是死了一般，还有我的双眼，还有我手指上被割破的伤口又开始疼痛难忍了。我能听见施里夫在压水泵的声音，然后他端着水盆回来了，有一团圆圆的难以名状的暮光在水盆里摇荡个不停，镶着一道金边，像一只慢慢泄气的气球，接着水里映照出了我的倒影。我试图从水盆里看清楚自己的脸。

“血止住了吗？”施里夫说，“把那块布递给我。”他想把它从我手里拿走。

---

① 回到“当前”，昆汀与吉拉德打了一架，刚从昏迷中苏醒。刚才的思想活动都是他昏迷时候的幻觉。

“当心点儿，”我说，“我自己能行。是的，现在血已经差不多止住了。”我再一次把那块布泡进水里，戳破了那个气球。布片上的血迹弄脏了整盆水。“我想要能换一块干净的布就好了。”

“你那只眼睛上需要贴一片牛排才行。”施里夫说，“该死的你明天非顶着一个被打伤的黑眼圈不可了。那个婊子养的！”

“我有没有也把他给揍伤了啊？”我拧干了手帕，想把自己背心上的血迹擦干净。

“你擦不干净这些血迹的，”施里夫说，“你非得把这件送去洗衣房才行。来吧，把这块手帕贴在你眼睛上吧，你干吗不贴呢。”

“我至少可以擦掉一些血迹。”我说。但是这好像效果不佳。“我的硬领现在扭成啥样了？”

“我哪知道呢。”施里夫说，“把这个按在眼睛上吧。就按在这里。”

“当心点儿，”我说，“我自己能应付得过来。我有没有打伤他啊？”

“你可能也打了他好几下。可我当时的视线正好挪开了不是在望着别处就是在眨巴眼睛。他可真是把你揍了个屁滚尿流啊。他把你揍得满地找牙啊。你干吗要跟他挥拳呢你到底是怎么寻思的？你这傻瓜真是要命啊。你现在感觉怎样了？”

“我觉得没事了啊。”我说，“我就想知道用什么才能把我的背心洗干净。”

“哎，快别操心你那些该死的衣服了。你的眼睛还疼不疼啊？”

“我感觉不错啊。”我说。周围所有一切都呈现出紫罗兰色、静静的，在尖顶屋两端的山墙上，天空的颜色从碧绿色慢慢地褪成了金色，四周没有一丝风，烟囱里冒出的烟笔直地升上了空中。我又听见了水泵抽水的声音。一个男人提着桶在装水，他还扭头朝我们这边张望着。一个女人路过门口，但她没有朝外面张望。我听见某处有一头牛在叫唤。

“好啦。”施里夫说，“别管你那些衣服了，把这块布按在你眼睛上吧。我明天做的第一件事就是把你的衣服拿出去找人洗。”

“那好吧。我就觉得很遗憾，我至少也该弄点血在他身上啊。”

“那个狗娘养的。”施里夫说。司博德从房子里出来了，我想他大概是在跟那个女人说话，然后一边穿过院子。他又用他那种冷冰冰的、戏谑的眼神望着我。

“哟，小伙子，”他说，注视着我，“真想不到啊，你为了寻乐子，竟然惹上这么多麻烦。先是拐骗小姑娘，接着是打架。你放假的时候都干了些什么啊？放火烧房子吗？”

“我没事啊，”我说。“布兰德太太有没有说点什么啊？”

“她正在迎头痛骂吉拉德呢，说他为啥要给你放血。等她见到你，她也会劈头盖脸把你痛骂一顿的，说你为啥要让他给揍得出血。她倒是对打架没什么意见，就是流血这件事让她很心烦。我想你这次没能控制好这个流血事件，那你在她心目中的社会地位要往下降一层了。你现在感觉如何啊？”

“这是肯定的啦，”施里夫说，“如果你没办法成为布兰德家的一分子，那只好退而求其次，要么是找布兰德家的人通奸，又或是喝醉酒找他们家的谁打一架，具体选哪样，视当时的情况而定。”

“相当正确。”司博德说，“但我不觉得昆汀喝醉了啊。”

“他确实没喝醉，”施里夫说，“难道你非要喝醉了才能鼓起勇气揍那个狗娘养的吗？”

“哟，看到昆汀被揍成这副样子出来，我想我要把自己灌得烂醉如泥才敢这么干啊。吉拉德是在什么地方学的拳击啊？”

“他每天都进城里去麦克的培训班学拳。”我说。

“真的吗？”司博德说，“你动手跟他打架的时候知道这些吗？”

“我不知道，”我说，“这是我自己猜的。对啊。”

“再把布打湿点吧，”施里夫说，“要再换一盆干净水吗？”

“这样就行了。”我说。我把这块布在水里又浸了浸，然后按在我的眼睛上。“真希望能找到什么东西来把我的背心洗干净啊。”司博德还在那样注视着我。

“嘿，”他说，“你之前为什么要打他呢？他说了些什么？”

“我不知道。我也不知道我为什么要打他。”

“我就只知道你突然蹦起来说：‘你自己有姐妹吗？你有姐妹吗？’然后他说没有，你就动手打他了。我留意到你一直在瞪着他，但是你根本就像是不关心周围的人在说什么，就突然一下子跳起来质问他有没有姐妹。”

“啊，他还不就是跟往常一样在吹牛乱侃呗，”施里夫说，“吹嘘他的情场风流事之类的。你懂的啦：他一向就这么浮夸，只要面前有姑娘，他就让她们堕入云里雾里。旁敲侧击啦、胡编乱造啦、信口开河啦简直不知所云。他还告诉我们有一次他在大西洋城跟某个少妇约好了在舞厅幽会，可他却失约了，让她站在那里傻等了半天，他自己就回到旅馆，躺在床上睡大觉，躺着躺着，他又开始心生怜悯之意，为对方感到伤心难过，因为自己让她望穿秋水，没能满足她的需求。然后又大肆宣扬肉体之美，而肉体正是一切烦恼之源，女人是如何的索需无度，只懂得仰卧在床上别的什么也干不了。勒达[①]偷偷藏在灌木丛中，低声啜泣着呻吟着等待着那只天鹅，你明白吗。那个狗娘养的。我自己都想狠狠揍他一顿。要是我动手，最好的办法就是举起他妈妈的那个该死的酒篮子，朝他头上狠狠砸下去。”

“哟，”司博德说，“那你可就成了妇女们心目中的英雄啊。小伙子，你不但激起了人们心中的敬佩，同样也激起了他们的恐惧呀。”他戏谑的目光冷冰冰地注视着我。“好家伙。”他说。

“很抱歉我揍了他，”我说，“我这个狼狈样走回去道歉会不会太惨了点儿？”

“还道什么歉，真是见鬼，”施里夫说，“让他们见鬼去吧。我们直接回城里去。”

“他应该回去道个歉，好让他们知道他即使打起架来也是个绅士。”司博德说，“我的意思是，即使被打败了也有绅士风度。”

“这副屄样？”施里夫说，“全身都血迹斑斑？”

“哎呀，那好吧，”司博德说，“你们自己心里打好了主意就行了。”

“他不能就这么穿着背心到处跑，”施里夫说，“他还不是个毕业生呢。来吧，咱们回城里去吧。”

“你不需要和我一起回城，”我说，“你回去继续野餐吧。”

“让野餐见鬼去吧，”施里夫说，“来，走吧。”

---

① 希腊神话中斯巴达王泰达路斯之妻，宙斯经常变成天鹅来与她幽会。

“那我应该怎么跟他们交代呢？”司博德说，“跟他们说你和昆汀也干了一架？”

“跟他们有什么可交代的，”施里夫说，“就告诉她当东道主也只能当到天黑之前了。昆汀，走吧。我要问一下那个女人最近的区间车站在——”

“不要，”我说，“我还没准备现在就回城里去。”

施里夫停了下来，他望着我。他扭头的时候，两片眼镜片看起来像是小小的黄色月亮。

“你想要干吗？”

“我现在还不打算回城里。你回去继续参加野餐吧。跟他们说我之所以没去是因为我身上的衣服全都破破烂烂了。”

“喂，你听着，”他说，“你到底在寻思什么？”

“什么也没有。我没事了。你和司博德赶紧回去吧。咱们明天再见。”我穿过了院子，朝着大路走过去了。

“你自己知道车站怎么去吗？”施里夫说。

“我找得到的。咱们明天再见。帮我跟布兰德太太说一声，很抱歉捣乱了她的派对。”他们站在原地不动，就这么注视着我。我绕过那栋房子。一条石块小径直通大路。小径两旁盛开着玫瑰。我穿出大院门，走到了大路上。这是一条通往树林子的下山路，我能认出那辆停在路边的汽车。我爬上了那座山，随着我越爬越高，光线也越来越亮，我还没攀到山顶，就听见了一辆汽车的声音。那个声音穿过黄昏的暮色，听起来离我相当远，我驻足仔细聆听。我再也看不清那辆汽车了，可是施里夫依旧站在房子前面的大路上，朝山上远远望去。屋顶上有一道黄色光线像是一抹油彩似的落在他身后。我挥了挥手臂，然后翻过那个山，耳朵里仔细分辨着汽车的声音。这时候也看不见房子了，我停在黄绿交替的光线中，汽车的动静越来越大了，这声音刚要开始减弱一点，就突然停下来了。我继续等着，等到它又开始响了起来。然后我接着往前走去。

在我下山的途中，天色慢慢地暗淡了下来，但是与此同时光线的质地却依然如故，似乎在不断变化和减弱中的是我而不是那天色，即使大路已经渐渐没入了树林里，可你仍然能看得清报纸上的字。很快我就来到了一个小巷子的路口。我转身进去了。这条巷子比大路更加挤迫，更加暗淡，可是当它通到有轨电车站的时候——出现了一个木制候车厅——光线依旧没有变化，还是那样子。走出了小巷子，车站上一下子豁然开朗了，仿佛我在小巷子里行走时还是黑夜，而现在已经天亮了。片刻之后，车子开过来了。我上了车，在车子左侧找了个座位坐了下来，他们纷纷扭头来注视我的眼睛。

车子里一直亮着灯，所以车子在树林里穿过的时候，除了我自己的脸和那个在过道对面坐着的女人，我看不见任何其他东西，她的头上稳稳地戴着一顶帽子，上面还插了一根断了的羽毛，但是等我们离开了树林，我又能看见那微弱的一线天光了，光线的质地还是那样，似乎时光真的停止了片刻，太阳也似乎一直悬挂在地平线以下。然后我们又路过了那个木亭，就是曾经有个老人在那里吃纸袋里的食物的地方，在苍茫的暮色中，大路一直往前伸展着，坠入了天光之中，那种感觉又来了，我又感觉到了在远处的水流正在安静但急速地流淌着。然后电车继续往前行驶，车门大开着，越来越大的风刮了进来，接着车厢里充斥着夏天与黑暗的气味，唯独闻不到金银花的香味。我觉得金银花的气味是所有香味中最悲伤的一种。我记得很多种花香。其中一种就是紫藤花。碰上下雨天，只要妈妈的身体状况还不错，她就远远地坐在窗台附近，我们总是在紫藤架下玩耍。要是妈妈还是卧病在床，迪尔希就会让我们每个人披上一件旧衫，让我们去雨里玩耍，因为她觉得小雨对小孩子没什么害处。要是妈妈没躺在床上，我们就在门廊上四处玩耍，直到她觉得我们太闹腾了，我们就只好出去在紫藤架下玩耍。

这里就是今天早上我最后一次看到河流的地方了，就是这附近一带。循着那股味道，我能够感觉出在暮色苍茫的深处的河水。在春暖花开的季节碰上下雨天四处都弥漫着这种香味，其他时候你不会注意到香气有这么浓郁。但是一到下雨天的黄昏香气就闯进屋子里来了，或者就是暮色之中本身就存在着某种东西反正就是那时候的香味最为浓郁。到最后我受不了我躺在床上一直想着这气味什么时候才能消失啊，什么时候才能消失啊。车子门口吹进来了一股带着水气的味道，一种稳定不变的潮湿的水气。有时候我反复再三地跟自己嘟囔着这句话才能使我自己安然入睡。到了直到后来金银花的香味和其他的所有气味混合在一起了，这所有一切形成了夜晚和骚动的象征我似乎躺着在半睡半醒之间，我俯瞰着一条灰茫茫的半明半灭的长廊，在这条长廊上所有的稳固不动摇的物体都变得朦朦胧胧的像影子一般，难以分辨我所做的一切也都变成了影子，我所感受到的一切为之受苦的所有一切也都具有了滑稽可笑而又堕落执拗，毫无关联地继续愚弄我它们本来应该肯定的对意义的否定我不停地想着我是我，不是谁不是不是谁。

远离苍茫的暮色之外我依然能闻到河湾的味道，我看到了最后的光束懒懒地消极地但宁静地依附在沙洲上，沙洲像是许多镜子碎片，再往远处看去，光线开始融化在苍白清澈的空气中，就像远处的蝴蝶翅膀在四处扑动一般微微地颤动着。班吉明那样的孩子。他是有多么喜欢坐在镜子前面啊。硬朗可靠的流亡者在他身上的矛盾被调和沉默下去平静和谐了。班吉明是我晚年所生的儿子被作为人质带去了埃及。[①]哦班吉明。迪尔希说这是因为母亲太骄傲了所以看不起他。他们就像是一股突然涌来的黑色细流闯入白人的生活里，一刹那，像是通过显微镜把白人的真实生活放大为无可争辩的事实；在剩下的时间里，到处都是一片喧嚣，你没看到什么可笑的可他们却笑个不停，没理由哭泣时他们却又哭哭啼啼。他们连参加葬礼的宾客是单数还是复数都要打赌。在孟菲斯的一家妓院里全都是这样的黑人，有一次像灵魂出窍似的，全身一丝不挂地裸奔跑到街上。光是一个这样的黑人就需要出动三名警察才能制服啊。是的耶稣啊好人啊耶稣啊那个好人。

车子停了下来。我下了车，大家都望着我的眼睛。这时来了一辆塞满了人的有轨电车。我停在了车厢后面的小平台上。

“前排有座位。”售票员说。我往车厢里扫了一眼。车厢左侧没有空位置。

---

① 《圣经·创世记》第四十二章第三十六节，原文是班吉明之父雅各说的。上一句的流亡者应该是指班吉明之兄约瑟。

“我要去的地方不远，”我说，“我就站在这里好了。”

我们穿过了河流。那座桥梁的坡度很缓，可却直耸入云霄，在寂静与虚无之中然而电火花——黄色、红色和绿色的——电火花在干净的空气里面不停地一遍又一遍地闪烁着。

“最好还是上前排找个位置坐下吧。”售票员说。

“我很快就要下车了，”我说，“过两个街区就到了。”

在到邮局之前我就下车了。他们现在应该是在某处围坐成一圈吧，而后我听到了自己的表在走动的声音，我开始仔细聆听报时的钟声，我透过外套摸了摸写给施里夫的那封信，榆树的那些被啃得乱七八糟的树叶的影子在我手上流淌而过。当我走进宿舍的方院子报时的钟声确实敲响了，我继续往前走着，音律像是池塘上激起的涟漪一般涌来，从我身边滑过又继续往前进，报时说现在是几点差一刻来着？算了。不管是几点差一刻了。

我们宿舍的窗户一片漆黑。宿舍大门口空空如也，一个人也没有。我紧贴着左边的墙壁进去了，但是那里也是一片空荡荡：只见一条回旋楼梯直通上阴影中去，其中回荡着一代又一代的悲伤遗憾的脚步声，仿佛是光尘落在影子上，我的脚步踏在上面像是灰尘一样，然后它们又轻轻地沉淀下来了。

我没有开灯就看到了那封信，为了让我一眼就能看见它，这封信放在桌上被一本书支撑了起来。称呼他[①]为我的丈夫。然后司博德说他们要去某个地方，一时半会儿肯定回不来，而布兰德太太就需要另外一位彬彬有礼的绅士。可是我就能见到他了，因为现在已经过了六点钟了，一小时之内他肯定是回不来了[②]。我掏出了我的表听着它嘀嗒嘀嗒地一分一秒流逝着，不知道它根本就不会撒谎。然后我把这个表面朝上放在桌上，拿起布兰德太太的信，撕得粉碎丢进了字纸篓里，接着我把外套、背心、硬领、领带和衬衫依次脱了下来。领带上也浸透了血渍，但另一方面来说反正可以送

① 施里夫。

② 昆汀担心施里夫回来就撞见他，但又一想六点以后郊区电车一小时只有一趟，他就放心了。

给黑人。说不定他还能说这染了血渍的领带是基督戴过的呢。在施里夫的房间里我找到了一罐汽油，我把背心平摊在桌面上，只有在这上面才能平摊开来。我打开了汽油罐。

全镇上第一个拥有汽车的姑娘杰生所不能容忍的是姑娘身上的汽油味这让他很难受接着就更加怒火冲天了因为一个姑娘也没有兄弟姐妹就只有班吉明[1] 班吉明真是让我悔恨交加啊要是我有母亲我就可以说妈妈啊妈妈啊[2] 这用了很多汽油，但是到了后来我也分不清楚这摊到底是血渍还是汽油了。我的伤口被汽油弄得刺痛不已，于是我去洗手的时候就把背心挂在椅背上，还顺手把电灯拉低了一些让电灯泡的热量可以烘干湿漉漉的污渍。我洗了把脸和手，但是即使这样我依旧能闻到肥皂味道里面夹杂着那种刺鼻的让鼻孔一缩的气味。接着我打开袋子，把衬衫、硬领和领带取了出来，把沾上血迹的衣物都塞了进去，再关好袋子，然后穿好衣服。当我正在梳头发时，敲响了半点钟的报时。但是无论如何还是能等到报三刻的钟声，除非假设在疾驰而过的黑暗中只看见了他自己的脸看不见那根断掉的羽毛除非他们两个人但是又不像是在同一个晚上去波士顿的那两个人然后在黑暗中那两扇亮着灯的窗户猛地交错而过的那一瞬间我的脸和他的脸照了个面我才刚刚看见就已经成为过去了我刚才是真的看见了吗没有说再见那个候车亭里也空荡荡的没有人在那里吃东西了在黑暗和寂静中的马路也是空空如也那座桥梁拱入寂静和黑暗之中入睡了河水平静而急速地流淌着没有说再见

我关掉灯走进了自己的卧室，离汽油罐子越来越远了但依然能闻到汽油味道。我站在窗户面前，在黑暗之中窗帘布缓缓地吹拂着并轻抚我的脸，就好似有人在睡梦中在呼吸，然后再缓慢地吐出一口气，窗帘又回到了黑暗里去，不再轻抚我的脸。他们上了楼之后，母亲背靠在她的椅子上，用带着一股子樟脑味的手帕捂着嘴。父亲没有换地方他依然坐在她的身旁握着她的手咆哮声一声又一声地接连传了过来好像在安静中无法容身而被驱赶了出来似的当我还是个小孩子的时候，家里有本书中有一张插

① 以上是昆汀与赫伯特见面时，康普生太太所说的话。

② 以上是康普生太太给班吉改名时说的话。

图，画的是一个漆黑一片的地方，仅有一道微弱的光束照射在从阴影中抬起来的两张脸庞上。如果我是国王你知道我会做什么吗？她从来也不是皇后也没当过仙女她总是当国王或巨人或是将军我会把那个地方砸开并把他们拖出来再把他们狠狠地抽一顿那幅画被撕了下来，支离破碎的。我感觉很愉快。我需要重新看到这幅图才明白那个地牢就是我母亲本人她和父亲手握着手在微弱的光束朝上走，而我们则迷失在下面的某个地方即使是他们也透不出哪怕一丝光线。然后金银花的香味涌了进来。只要我一关上灯准备睡觉这香味就好像波浪似的一波又一波地奔涌而来这气味不停地一直累积直到我简直无法喘气呼吸不到一丝空气我只好从床上起来摸索着往外走就好像我依然是个小男孩双手可以看见并且触摸到在头脑里形成的看不见的门这扇门现在变成了双手也看不见东西了我的鼻子可以看到汽油，还能看到桌上的背心，看到大门。走廊里依旧是一片空旷，一个人都没有，也没有一代又一代的抑郁寡欢的人们的脚步去搜寻水源。然而那看不见的双眼像是紧闭的牙关没有不信任或是怀疑甚至没有痛苦在胫骨脚踝膝盖顺着一长条看不见的楼梯栏杆在母亲父亲凯蒂杰生莫里全都熟睡的黑暗之中失足了大门我并不是害怕只是母亲父亲凯蒂杰生莫里在睡梦中走得太远了我会很快就进入梦乡大门 卫生间里也是空空如也，那些水管子，那个瓷做的盆子，那污渍斑斑的不起眼儿的墙壁，那在沉思中的宝座[①]。我忘记了带玻璃杯，但是我能够看到正在变冷的手指那无形的天鹅脖子比摩西的法杖更细那个玻璃杯试探着碰了碰但不是叩击在纤细的脖子上而是叩击在慢慢变冷的金属上玻璃杯子装满了溢出来了水让杯子变凉了手指也冻红了打瞌睡把湿漉漉的睡眠的味道留在了脖子的漫长的安静中我转身回到走廊上，吵醒了在寂静中窃窃私语的一代又一代的学生们的迷失的脚步，汽油味又来了，在黑暗中那只表躺在桌子上编织着弥天大谎。然后那窗帘布在黑暗中深吸一口气，再把那口气吐在我的脸上。再过一刻钟。我就不存在于这人世间了。最为让人心平气和的词句。最最让人心平气和的词句。

① 指的是无人在使用的抽水马桶。

Non fui. Sum. Fui. Non sum.[1]曾几何时我在某处听到了钟声。密西西比州或是马萨诸塞州。我过去存在过。我现在即将不复存在。马萨诸塞州或是密西西比州。在施里夫的箱子里还存着一瓶。你甚至都不想拆开这封信吗？杰生·里奇满·康普生先生携夫人宣布三次。许多日子。你甚至都不想拆开这封信吗小女凯蒂斯的婚礼这种酒会教坏你的会让你把手段和目的混为一谈。此刻我就在这里。开怀畅饮吧。过去的我并不存在。让我们卖掉班吉的牧场来送昆汀进哈佛大学吧，这样的话我这把老骨头也就安息了。我将会死在这里。凯蒂说的是一年对不对。在施里夫的箱子里还存着一瓶。先生我不需要施里夫的那瓶我已经卖掉了班吉的牧场，我可以安心地死在哈佛里了。凯蒂曾经说过要死在大海的岩洞和巢穴里随着动荡的潮汐平静地翻腾不息。因为哈佛大学的名声如此之好用四十英亩地换来这样一个好名声真是很划算。一个很高贵但已经消亡了的名声我们用班吉的牧场换了一个高贵的但已经消亡的名声。这能足够维持他很长一段时间的生活因为他听不见除非他能闻出来她一进门他就开始哭了起来我从来都觉得那只是父亲找来逗弄她的某个镇上的小混球直到后来。我从来也没有留意过他总觉得他不过是个寻常的陌生的四处跑动的旅行推销员或者是与别人无异同样穿军用衬衫但是我猛地恍然大悟了他完全不把我当作潜在的破坏源而是双眼盯着我心里却在想着她透过她再看到我就好似透过一片五彩斑斓的玻璃你为什么非得插手管我的事情呢难道你不知道这样做没有任何一点好处吗我还以为你已经撒手不理了让母亲和杰生来管这件事了呢是不是母亲派杰生来监视你啊我是无论如何也不会这么做的

女人们只是在借用他人的荣誉准则而已这是因为她爱凯蒂啊哪怕是生病了她也待在楼下省得父亲当着杰生的面取笑莫里舅舅父亲说莫里舅舅太不了解古典主义的旧学识了所以才会冒险把私密事托付给流芳百世的旧小说里必不可少的盲童[2]他当时就应该选杰生的因为杰生顶多像莫里舅舅那

---

① 拉丁语语法的时态练习，意思为：过去不存在。现在存在。过去存在过。现在即将不存在。

② 指的是班吉。莫里舅舅曾经让他去送情书给派特森太太。

样犯一点无心之过而不至于让他顶着个黑眼眶派特森家的男孩比杰生年纪小一点儿他们合伙粘风筝卖五分钱一个给别人直到他们经济上发生了分歧杰生新找了一个伙伴——这个男孩年纪更小不管怎么说都是年纪太小了因为T.P.说过杰生还是继续管账目但是父亲又说为什么莫里舅舅还得辛苦干活呢如果他父亲能养活五到六个黑人伙计他们不用干活只需要把双脚架在炉子架上烤火就行他当然可以给莫里舅舅提供食宿甚至还能借给他一点钱这样能维持他父亲的信念在如此热浪扑面的晴朗地方他的物种基因就侍天生更高贵此时母亲就会被气哭她说父亲自以为他的家族基因比她家族的更优良还说他戏弄莫里舅舅的行为是在给我们这些孩子做坏榜样其实是她不明白父亲这是在教导我们所有人都只不过是一个又一个的肚子里被塞满了碎木屑的玩偶而这些碎木屑是从垃圾堆里清扫出来的而在垃圾堆里全都是以前被丢弃的玩偶碎木屑就是从这些缺胳膊少腿的玩偶们的伤口里流淌出来的——不是使我致命的那个伤口。过去的我一直以为死神就是一个有些像祖父的人像是他的朋友——一个私交很深的很特别的朋友就好比过去我们总是觉得不能乱碰祖父的书桌甚至在祖父的书房里都不应该大声说话在我的思维里祖父和他的书桌总是相守在书房某处他们一同等待着老萨特里斯上校到来了之后一起坐在书桌面前他们在一片西洋杉树后面的高处等待着萨特里斯上校则是站在更高的地方眺望着远处的什么东西他们等待他眺望结束了之后走下来祖父穿上了他的制服我们能听到他们压低嗓子在说些什么声音从那片西洋杉树后面传过来他们总在聊着什么而且祖父总是正确的

敲响了报三刻的时钟。第一下钟声敲响了，缓慢有节奏而平静，安详而不容置疑，为第二下钟声驱赶了那不徐不疾的寂静就是这样如果人们也可以始终如此循环往复该多美好就好似一团火焰打着卷燃烧了片刻接着就干净利落地熄灭了在冷冰冰的永无止境的黑暗之中而不是就只躺在那里尽力不顾念那晃动的钟摆直至全部的西洋杉树都开始沾上了那种清晰明显的死亡气息而这是班吉最为憎恶的。仅仅是脑海中一闪而过想到了那丛树木便好似听到了低声呢喃的耳边蜜语如波涛一般席卷过来嗅到了狂热的血液在赤裸的皮肉底下跳跃流动的声音透过血红的眼睑我看到了松绑了的猪猡

们一对一对地冲进了大海里然后他说[1]我们必须保持清醒状态虽然眼看着邪恶暂时占了上风但这并不是常态——然后我说它甚至没必要总处于上风对于一个充满勇气的人来说——接着他说难道你觉得那就是勇气吗——我又说是的父亲难道您不这样认为吗——然后他说每个人都是自己的德行仲裁者无论你是否认为那是不是充满勇气的行为总之它比行动本身比任何什么行动都更为重要否则你不可能那么诚挚——接着我说你不相信我真的是很认真的吗——然后他说我觉得你就是认真得过了头才会这样让我惊恐不已否则的话你不到万不得已是不会在权宜之下告诉我你犯了乱伦罪——接着我说我没有撒谎我没有撒谎——然后他说你想把一个出于人性驱使而犯下的白痴的愚笨行为升华为一桩非常可怕的罪行紧接着再用真相来把它驱逐出去——接着我说这是要让她在喧嚣躁动的世界里变成绝缘体于是就能让我们从必需的负担中逃避出去而那种声音就好像从来没有响过似的——然后他说当时你是设法让她这么干的吧——接着我说当时我很恐惧这么做我生怕她会同意如此这般就没有任何好处了但是若我告诉你我们真的干了那件事那么事情就是真实的就是那样了然而别人身上就不可能发生这样的事那么整个世界将会咆哮着远离我们了——然后他说关于另一件事现在你也没有说谎但是你对你自己内心深处的想法对普遍真理的那个部分也就是自然事件的顺序排列更迭还有它们的成因依然懵懂不知这些成因让每个人的头上都笼罩着阴影甚至班吉也一样你没考虑到局限性你一直在深思熟虑的是美化和神化的境界在这种境界中一种短暂的精神状态将会转化成对称地凌驾于肉体之上它能同时察觉到自己和肉体的存在它不会完全丢弃你甚至都不会灭亡——接着我说这是暂时的而已——然后他说你会情不自禁地以为总有一天它不会再像现在这样伤害你这种想法在暗示你似乎纯粹把它当成一种体验一种会让你一夜白头的体验这可谓是对你的外貌丝毫没有改变在这些状况下你是不会做这件事的这将会成为一场赌局而且怪异的是被这

---

① 从“他说”这里开始，昆汀回想凯蒂失贞后他与父亲的谈话。因为昆汀处于自杀前高度亢奋的精神状态中，这段话毫无逻辑，混乱不堪，可视为神经病患者的呓语。为了方便阅读，用破折号把两人的对白分开，而原文是没有任何标点的。——译者注

些不幸事件孕育出的男人每一次的呼吸都是一次全新的赌博而其实他所投掷的骰子其实早已注定要让他走背运即使这样他还是不愿意面对最后的结局而其实他早已知道确定无疑依然要面对的没有必要竭力尝试各种权宜之计包括所有的暴力途径这种连小孩子都哄骗不了的小把戏直至某一天在极度厌恶之中他冒险地赌上了全副身家盲目地翻开一张纸牌然而没有人会这么做的即使是沉浸在绝望或是懊恼自责或是痛失亲人时侵袭而来的最初的暴怒之中只有等他自己意识到即使是绝望或是懊恼自责或是痛失亲人对于一个抑郁的赌徒来说并不算特别重要的时候他才会这么做——接着我说这一切都是暂时的——然后他说难以置信一种热爱或是一种悲痛会是事先没有计划便买下来的一种债券而无论你是自己愿意或是被迫长大成熟的并且是毫无预警地就回忆起来了而且还凑巧被当时值日的任何一位神替代了不可能你不会那样做的直到你开始相信即使是她可能也不大值得为之感到绝望——接着我说我永远不会做那种事情的没有人知晓我所知道的事情——然后他说我觉得你最好立刻动身去坎布里奇或者你先上缅因州去待上一个月如果你细心考虑周到那么这些钱还是足够你开销的这么紧守着精打细算花每一分钱可能还是件好事呢这个行为比基督还更能治愈人的创伤——接着我说假设我能了解你所坚信的事情下个礼拜或是下个月到了那里我就能理解了——然后他说那么你就应该牢记住让你进哈佛从你生下来的那一刻起就是你母亲的梦想而康普生家的人从来没有让任何一位女士失望过——接着我说暂时这么处理对我和对我们所有人来说都有好处——然后他说每个人都是自己的德行仲裁者但是没人能够为别人的健康和幸福开出处方——接着我说这一切都是暂时的——然后他说这是所有里面最悲伤的一个词了这世界上别的什么都没有了这不是绝望直到时间这甚至不是时间直到它过去

最后一下钟声敲响了。最终它停止了颤动，黑夜又恢复了一片寂静。我走进了起居室拧开了灯。我穿上了背心。现在汽油味越来越微弱，几乎都察觉不到了，而在镜子中已经看不到血迹了。至少没有我眼睛上的红肿那么明显。我穿上了外套。那封给施里夫的信透过衣服沙沙作响我把它掏了出来检查了地址是否正确，把它放在我的侧兜里。然后我把表拿到施里夫的屋子里去了，放在他的抽屉里接着走回我自己的屋子，拿了一块干净的手帕然后走到门边把手放在电灯开关上。然后我想起来了我还没刷牙，于是我又打开了袋子。我找到了牙刷挤了点施里夫的牙膏然后走了出去刷牙。我使尽力气挤干牙刷上的水然后把它放回袋子里去再把袋子关上，接着我又走到了门边。在我啪嗒一声把灯关上之前我环视四周看是否有什么遗漏，然后我看见自己忘记了戴帽子。我必须要经过邮局那就肯定会碰到他们中的某个，他们会觉得我是个住在哈佛四方院宿舍的一年级新生而却假装是四年级生。我也忘记了要刷一刷帽子，不过施里夫也有一把帽刷，那么我就没必要再打开袋子了。

一九二八年四月六日

我一直都说，一天是贱骨头就永远都是贱骨头。我还一直在说，如果您只需要担心她逃学的事，那您可还算是运气不错呢。我说她现在应该是下楼到哪个厨房里去了，而不是待在楼上她自己屋里，在脸上涂脂抹粉地就等着六个黑鬼来伺候她用早餐，要不是这些黑鬼们已经吃了满满一大锅满足膳食平衡的面包和肉类，他们甚至都懒得从椅子上挪动一下屁股呢。然后妈妈说话了：

“但是让学校权威们以为我管不住她了，以为我没办法——”

“行了，”我说，“您是管不住了呀，您真能管住？您从来也没想过任何办法来管教她呀，”我说，“时至今日，她都已经十七岁了，您不会是期望这么迟才开始来管教她吧？”

她寻思了一会儿我说的话。

“让他们那样想……我甚至都不知道她拿到了成绩报告单。去年秋天她告诉我，学校从今年开始就不再派发成绩单了。结果刚才江津教授给我打电话，跟我说如果她再旷课一次，她就只能退学了。她怎么会逃学呢？她逃学去了哪里呢？你成天都在镇子上转悠；要是她在大街上溜达的话，你应该能看得到吧。”

“是啊，”我说，“如果她是在大街上溜达来溜达去的话。我觉得她逃学可不仅仅是为了干一些在大庭广众下能见光的事情，”

“你这话是什么意思？”她说。

“我没别的意思，”我说，“我只是在回答您的问题。”接着她又开始哭了起来，不停说着连她的亲生骨肉长大后也开始咒骂她了。

“是您非要问我。”我说。

“我不是说你啦，”她说，“你是他们中唯一的一个没让我丢脸的孩子了。”

“可不就是嘛，”我说，“我根本也没空干那些让您丢脸的事情呀。我从来都没机会进哈佛，或是把自己灌醉直到身子被埋入黄土里。我可得干活呀。但是当然啦，如果您希望我去跟踪她，去监视她成天都干了些啥事的话，我可以辞掉店里的工作，找一份上夜班的差事。那么白天我就能看着她了，晚上可以您让班[①]来换班嘛。”

“我明白，我就是你们的麻烦和负担。”她一边说着，一边倒在枕头上哭了起来。

“我早就了然于胸啦，”我说，“就这几句您都念叨三十年了。事到如今就算是班也明白了。您希望我找她聊一聊这件事吗？”

“你觉得这么聊能有啥好处吗？”她说。

“要是我刚开始您就忙着赶过来插一手那就没啥好处，”我说。“如果想要我去约束她，那您就直说吧但是您得放手让我去管。每次我想努力管一管，您就跑来干涉我结果让她看咱俩的笑话了。”

“你可要记住她是你的亲人啊。”她说。

“当然了，”我说，“我心里就是这么觉得的——亲人哪。按我的说法来说，甚至还有一点点血缘关系呢。要是人们的行径像黑鬼那样，不管他们是谁，唯一的办法就是像对待黑鬼那样对付他们。”

“我很害怕你会冲她发脾气。”她说。

---

① 班、班吉均是班吉明的简称。

“好啦，”我说，“您之前那套家规制度似乎也不太成功啊。您这是希望我来管一管呢，还是不希望啊？要还是不要，就等您一句话了；我还得赶着去上班呢。”

“我知道你为我们做牛做马劳累了好多年，”她说，“你懂的，要是当年我的法子行得通，你早就有属于自己的事务所搬出去了，也能享受几天巴斯康家少爷的待遇了。因为甭管你叫什么名字，其实你早就是巴斯康家的一员了呀。我知道要是当初你父亲能预见——”

“好啦，”我说，“我觉得吧，他也跟所有人一样，也有看走眼失算的时候，即使是史密斯家或是琼斯家的人也一样啦。”她又开始抽抽搭搭的了。

“真是听不得你这样残酷地说你死去的父亲。”她说。

“行了，”我说，“行了。悉听尊便吧。但现在我也没自己的事务所，所以我还是该干吗就干吗去吧。您这到底想不想我去找她聊一聊啊？”

“我还是怕你会冲她大发脾气。”她说。

“好啦，”我说，“那我还是闭嘴啥都不说了。”

“但总归还是要想点办法呀，”她说，“街坊们会觉得我纵容她逃学，在大街上浪荡，或是我对她束手无策，管不住她……杰生，杰生，”她说，“你怎么能这样呢？你怎么能把这么些包袱都甩手丢给我呢？”

“行了，行了，”我说，“您这样又要把自己给折腾病了。您为什么就不能把她成天都关在家里，或者干脆把她交给我管呢？这样您就不用再为她操心烦恼了。”

“因为她是我自己的亲外孙女呀。”她哭哭啼啼地说着。

于是我说：“好啦。我会照顾她的。您现在就别哭啦。”

“你可别大发脾气啊，”她说，“她还只是个孩子呢，千万要记住啊。”

“我不会乱发脾气的，”我说，“我不会的。”我走了出去，随手关上了门。

“杰生！”她说。我没有回答她。我径直往前厅走去。“杰生！”她在门后喊着。我继续顺着楼梯往下走。餐厅里连个人影都没有，然后我听到了她[1]在厨房的动静。她正在吩咐迪尔希再给她做一杯咖啡。我走了进去。

“我猜这是你们学校的校服吧，是不是啊？”我说，“又或者是今天学校放假了？”

“迪尔希，再来半杯就好，”她说，“求你了。”

“不行呢，小姐，”迪尔希说，“我不能再给你了。十七岁的姑娘喝一杯咖啡就足够，喝太多会出事啦，更何况卡洛琳小姐也特意交代过的。你赶快吃吧，然后穿好校服上学去，你就可以搭杰生的车子一起进城了。你这又想存心迟到啊。”

“不是的，她不会的，”我说，“我们现在就来安排一下这个事情。”她手里拿着杯子，眼睛定定地望着我。她把披散在脸上的头发拨到耳朵后面去，她的晨褛从肩膀上往下滑。“你把咖啡杯放下，过来我这里。”我说。

“为什么啊？”她说。

“快一点儿，”我说，“把杯子放在水槽里，过来这里。”

“杰生，你这次又想干吗呀？”迪尔希说。

“你大概以为能像对付奶奶和其他所有人一样，把我也给压制住吧，”我说，“但是你很快就会知道这次不一样了。我给你十秒钟，听我的话去把杯子放好。”

她不再望着我。她扭头看着迪尔希。“迪尔希，现在什么时间啊？”她说，“要是到了十秒钟，你就吹个口哨吧。就再给我半杯咖啡吧。迪尔希，我求——”

我一把抓住了她的手臂。她松开了杯子。杯子掉在地板上摔得粉碎，她盯着我，猛地往后一拉想抽出胳膊，但我还是紧紧地拽着她的手臂。迪尔希从凳子上蹦了起来。

“杰生，你啊。”她说。

“你赶快松手放开我，”昆汀说，“不然我就扇你耳光了啊。”

“你要扇我耳光，是吗？”我说，“你要扇吗要扇吗？”她一巴掌朝我

---

① 指小昆汀。

扇了过来。我把那只手也抓住了，我就把她当成一只小野猫，死死地摁住了她。“你要扇吗，你是不是要扇呀？”我说，“你觉得你能扇着我吗？”

“杰生，你呀！”迪尔希说。我把她拖进了餐厅里。她的晨褛松开来了，挂在她身上轻轻摆动，简直都接近半裸了。迪尔希跌跌撞撞地赶了过来。我转身踹一脚门，这门就冲着她的脸关上了。

“你就待在外面别进来。”我说。

昆汀斜斜地靠在桌子上，正在系着衣带。我瞪着她。

“喂，”我说，“我就问你现在想怎的，不光逃学，还跟你奶奶撒谎，还在成绩报告单上伪造她的签名，她担心得都生病了。你到底在寻思什么呢？”

她一言不发。她把晨褛一直扣到下巴颏那儿，紧紧地裹着自己的身体，就这么望着我。她还没来得及涂脂抹粉，她的脸蛋看起来就像是刚被擦枪布擦过似的。我走过去一把捉住她的手腕。“你到底在寻思什么呢？”我说。

“关你屁事啊，”她说，“你赶紧松开我。”

迪尔希走进来了。“杰生，我喊你呢。”她说。

“你立刻给我出去，听见了没有。”我说。甚至没有回头看她一眼。

“我想知道你之前逃学是跑哪儿厮混去了，”我说，“你肯定没在街上溜达，不然我早看见你了。你到底跟什么人鬼混啊？你是不是偷偷摸摸跟那些油头粉面的小坏蛋们躲在树林子里？你是不是专门往那种地方跑？”

“你——你这个该死的老浑蛋！”她说。她用力挣扎，但还是被我捉得紧紧的。“你这挨千刀的老浑蛋！”她说。

“我要给你点颜色瞧瞧，”我说，“或许你能把老太太给唬住，但我要让你知道现在你落在谁手上了。”我单手抓住她，接着她不挣扎了，就那么望着我，她的双眼瞪得越来越大，眼珠子黑漆漆的。

“你到底想要干什么？”她说。

“你等着，等我把皮带抽出来，你就知道我想干吗了。”我说着，一边抽出自己的皮带。这时候迪尔希赶紧抓住了我的胳膊。

“杰生，”她说，“杰生，我说你呀！你不觉得害臊吗？”

“迪尔希，”昆汀叫道，“迪尔希。”

“我不会让他欺负你的，”迪尔希说，“宝贝儿，别害怕。”她抱住了我的胳膊。这时候皮带被我抽出来了，接着我猛地推了她一把，把她推开了。她跌撞在桌子上。她已经老得不行了，只能慢吞吞地四处转悠，其他什么事也干不了。不过这也没什么：我们总需要有人在厨房里把年轻人吃剩下的东西消灭掉嘛。她又蹒跚着走过来拦在我们两个中间，想再次摁住我。“打我啊，你动手啊，”她说，“如果只有揍我一顿才能让你解气。那你就动手吧。”

“你以为我下不去手吗？”我说。

“我早知道你就无恶不作了。”她说。这时候我听到了妈妈下楼的声音。我已经料到了她不可能撒手不管这事。我放开了昆汀。她跌跌撞撞地朝墙上倒去，拽着晨褛把自己裹严实。

“好吧，”我说，“我们先歇一把。但你千万别以为自己能骑到我头上来。我不是老女人，也不是半截身子入了黄土的黑鬼。你这该死的荡妇。”我说。

“迪尔希，”她说，“迪尔希，我要找我妈妈。”

迪尔希赶快走到她身边。“好了，好了，”她说，“只要我还在这里，就再不会让他碰你一根汗毛。”母亲沿着楼梯往下走着。

“杰生，”她说，“迪尔希。”

“行了，行了，”迪尔希说，“我再不会让他碰你一根汗毛。”她伸出手去想摸一摸昆汀。她却把她的手打开了。

“你这该死的黑鬼老太婆。”她说。她往门口跑去。

“迪尔希。”母亲站在楼梯上喊着。昆汀跑上楼梯，与她擦肩而过。“昆汀，”母亲喊着，“昆汀，我喊你呢。”昆汀继续跑着，丝毫没有停下来。我能听见她跑上楼道口，穿过走廊。然后房门砰一声关上的声音。

母亲停住了一会儿脚步。然后她继续下楼。“迪尔希。”她喊着。

“好了，”迪尔希说，“我来了。你赶快去把车子开出来等着吧，”她说，“你还得送她去上学呢。”

“这不用你操心了，”我说，“我会把她带去学校，我还要看着她上学。我一旦插手了这件事，我就打算管到底了。”

“杰生。”母亲在楼梯上嚷着。

“赶紧去吧。”迪尔希说，一边朝门口走过去。“你想惹得她又发病吗？卡洛琳小姐，我这就来了。”

我走了出去。我在门口台阶上还能听见他们说话的动静。“您赶紧给我躺床上去，”迪尔希说，“难道您不知道自己身体不好，现在不能随便起床吗？您赶快回屋去吧。我会看着她，让她按时回学校上课去。”

我走到后院，想把车倒出来，接着我兜了很大一个圈子绕到前院才找到他们[①]。

“我记得跟你说过的，要把备用轮胎放在后车厢里啊。”我说。

“我哪有时间啊，”拉斯特说，“要等外婆忙完了厨房的活儿来看住他，我才有空呀。”

“可不就是嘛，这一大厨房的黑鬼们都靠我养活呢，可你们吃饱喝足了就只知道跟在他屁股后面闲溜达，等到需要换个轮胎什么的，我还得自己动手。”

“我实在找不到人来替我的班呀！”他说。接着他就开始啰里啰唆地抱怨了起来。

“那就领着他绕到后院去，”我说，“成天把他放在这里丢人现眼，你这该死的到底在寻思些什么呀？”还没等他张嘴开始大吼大叫，我就赶快把他们打发走了。每到礼拜天可真是糟糕透顶啊，这片该死的草地上挤满了家里没有丑事可抖搂、还不用养活六个黑鬼的人们，他们把一个巨型樟脑丸打得四处乱飞。每次他们一进入他的视野，他就会大吼大叫地沿着篱笆跑上跑下，这样闹下去，人家马上会向我收高尔夫场地租金了，于是母亲和迪尔希就会赶忙找出一对瓷质球形的门把手和一根手杖来哄班吉开心，要么就催我晚上点个灯笼来陪他玩。再这么下去，他们大概要把我们全都送去杰克逊的疯人院。老天知道，如果真的变成那样的局面，他们大

① 指拉斯特与班吉。

概会举办“老邻居周[1]”来庆祝吧。

我走回到后院的车库里去。备用轮胎就靠在墙上，但是倘若我亲手把它装好，那我真是活该受这罪。我把车子倒了出来，掉了个头。她就站在车道旁边。

“我知道你身上一本书都没带：要是我能管点闲事的话，我真好奇你到底怎么处理了那些书。当然我没有任何权力过问，”我说，“只不过去年九月付了十一块六角五分书本费的那个人恰好是我。”

“是妈妈付钱给我买课本，”她说，“我从来也没花过你任何一分钱。要让我花你的钱，我宁愿饿死。”

“是吗？”我说，“你可以把这话跟你奶奶说一说，看她有啥反应。你看起来也没有全裸嘛，虽然你脸上涂抹的那厚厚一层东西盖住的面积比全身衣服遮住的还多一些。”

“你以为我涂的穿的花过你或是奶奶一分钱吗？”

“问你奶奶去吧，”我说，“去问问她怎么处理那些支票。我记得你还亲眼目睹她烧掉了一张呀。”她甚至根本没听我说话，她的脸上糊着那么厚的脂粉，整个表情都僵住了，她的双眼像杂种狗似的瞪得老大。

“要是我发现这些衣服花了你或是她一分钱，你知道我敢干什么吗？”她说着，一边把手放在裙子上。

“你想干吗？”我说，“脱光衣服，套个圆桶出门？”

“我要把衣服全都撕下来丢在大街上，”她说，“你信不信我说到做到？”

“当然你敢这么做了，”我说，“你每次不都这么勇猛嘛。”

“让你好好瞧瞧我敢不敢。”她说。她双手抓住裙子的领子，仿佛马上就要撕碎它。

“你要是敢撕了这条裙子，”我说，“我就会立刻暴抽你一顿让你终身难忘。”

---

① Old Home Week：美国的风俗，碰到喜事，就邀请原来住在一起的亲友来欢庆一个礼拜。

“尽管看着我敢不敢。”她说。这时候我看到她貌似真的要撕破裙子了，真像要把裙子从身上全都扒下来。等到我停住车子，捉住她的双手时，四周已经聚了一打人在围观了。这简直让我怒发冲冠，热血涌上脑门，那一瞬间我什么也看不见了。

“你再干这种蠢事，我会让你后悔投胎到人世间。”我说。

“我现在已经开始后悔了。”她说。她恢复了平静，接着她的眼神变得狡猾古怪，我心里想如果你在这辆车里大哭，或是跑街上大哭，我都会把你抽得找不着北。我要剥了你的皮。幸亏她识相没这么干，于是我松开了她的手腕，继续开车。幸好我们就在一条小巷子附近，为了避免从广场经过，我从巷子里拐进了后街。他们已经在比尔德家[①]的空地上架起了帐篷。戏班子想在我们的玻璃橱窗里贴海报，所以送了两张门票给店里，艾尔[②]把这两张都给我了。她坐在车里，扭头不看我，紧咬着嘴唇。“我现在已经后悔莫及了！”她说，“我真不明白自己究竟为什么要来到这个世界上。”

“但我知道，至少还有一个人也完全不懂你为什么要投胎到人世间来。”我说。我在学校大门口停好车。上课铃声已经响过了，最后到校的三五个学生正往里走着。“不管怎样，你总算也能有一次按时到学校了。”我说，“你是打算自己走进去坐好呢，还是我押着你进去逼着你坐好？”她下车后砰的一声关上车门。“记住我说的话，”我说，“我不是说说而已。要是再让我听说你偷溜出去到胡同巷子里跟那些油头粉面的小瘪三们鬼混……”

听到这里，她扭过头来。“我没有溜出去鬼混，”她说，“我敢告诉每一个人我做过的每一件事。”

“你干的好事早就人尽皆知了，”我说，“镇上的每一个人都知道你是个什么货色。但是我不允许你再这么堕落下去，听见了没有？其实我本人根本不在乎你干了些什么，但我在这个镇上也是有头有脸的人，我不允许家族里任何一个人像黑人荡妇那样乱搞。你听见我说的话了没？”

---

① 杰弗逊镇子上的一家人，戏班子的帐篷就搭建在他家门口的空地上。

② 杂货铺的老板，杰生的东家。

“我从不在乎，”她说，“我坏透了，我早就准备好了下地狱，所以我根本就不在乎了。我宁愿下地狱，也不要跟你待在同一个地方。”

“要是再让我听到一次你逃学了，你就会希望自己还不如真的在地狱里。”我说。她把头扭回去，跑着穿过了那片校门口的空地。“你只要敢再试一次，记住了。”我说。她没有回头。

我去邮局取了信件之后，然后开车来到店铺门口，停好了车。艾尔看着我走进店门。我给了他机会让他可以抱怨我迟到了，但他只是说：

“这批耕种机到货了。你最好去帮乔伯大叔把它们装好。”

我走到后院，老乔伯正在拆着板条箱，以一个小时拧下三颗螺栓的效率在工作。

“你真应该来我家给我干活。”我说，“镇子上每一个不中用的黑鬼都在我家厨房里白吃白喝呢。”

“俺就只认准了周六晚上给我发工作的老板。”他说，“我顾得了这头，哪还有多余时间讨其他老板欢心呢。”他拧开了一个螺帽。“在这个破地方，除了象鼻虫谁干活都跟个鬼样子似的，没得法。”

“你应该感到庆幸自己不是这些耕种机要对付的象鼻虫，”我说。“否则的话你还没被耕种机碾死呢，就吃棉花吃得累死了。”

“说得一点也没错，”他说，“象鼻虫也过得很艰辛啊。不管风吹日晒雨淋，一礼拜七天天天都得拼命工作呢。也不能悠哉地坐在前廊上观察西瓜的长势，礼拜六什么的对它们来说啥意思也没有啊。”

“要是换了我来给你开薪水，”我说，“礼拜六对你来说会更没有什么意思。你赶紧把这些机器从板条箱里搬出来，挪到店铺里去。”

我拆开她的信，取出了支票。女人办事就这种效率。又迟了六天。然后她们居然还总想要男人相信她们很有办事能力。要是有个男人把一个月的六号看成了一号，你说他的生意还能做多久？而且还不仅如此，等到他们把银行结算单寄过去，她又在纳闷儿为什么总要等到六号才把我的工资存进去。女人们就是这样糊里糊涂的。

我之前特意写信问起昆汀的复活节新衣裳，但并未收到回复。是否已经收到衣裳了呢？我写了两次信给她，均没收到回复，虽然第二封信中的支票和第一封信中的支票都已经兑现了。她是不是生病了呀？请即刻让我知晓，否则我会亲自过来探望她。你曾经许诺过若她有什么需要你会立刻通知我。我期盼在十号之前能收到你的来信。不过你还是立刻拍电报给我吧。你肯定正在拆这封我写给她的信。我清楚地知道这点，就好似我亲眼所见一般。你最好即刻按照下面这个地址拍电报把她的近况告诉我。

就在那个时候艾尔冲着乔伯大喊大叫，于是我把信收好之后，赶过去想给他打打气，别总是这么委靡。这个国家最需要的应该是白人劳动力。让这些该死的懒散的黑鬼们饿上几年，他们就会知道自己是一无是处的软蛋。

快到十点钟时，我走到前面的铺头里。店堂里有一个旅行推销员。还差几分钟就到十点整了，我请他上街去喝了罐可乐。我们闲聊到收成的问题上来了。

“种田一点意思也没有，”我说，“棉花都让投机倒把的商人给赚足了甜头。他们给农民们的全是口头承诺，画饼充饥，哄着农民们种了那么多棉花，好让他们在市场上独霸一方，挤垮外行人。农民们除了晒红了脖子，累驼了背，还能得到什么好处？结果得到的报酬仅够勉强糊口，多一分钱都拿不到。”我说，“棉花大丰收，于是价格就低贱，连摘都不值得摘；要是棉花产量太少了呢，就连轧棉机都喂不饱。这一切都是为了什么呢？就是为了那一帮可恶透顶的东部犹太人，当然我不是说那些信犹太教的人，”我说，“其实我也认识一些犹太人，全都是上等的公民。你本人大概就是这样的吧，”

“不是，”他说，“我是美国人。”

“无意冒犯，”我说，“在我眼中，人人平等，无论他信仰什么宗教或是与我有任何分歧。犹太人作为单独的个体，对此我毫无反对意见，这仅仅是个种族问题。你必须承认他们不生产任何东西。他们踏着拓荒者的脚印来到一个全新的国家，把衣服卖给他们，赚他们的血汗钱。”

“你指的是亚美尼亚人，”他说，“对吧。拓荒者们从来也没必要穿新衣服呀。”

“无意冒犯，”我说，“我可不会抓住任何人的宗教信仰来攻击他。”

“那当然了，”他说，“我是美国人。我的祖上有一部分法国血统，所以我的鼻子长成了这样。没错，我是个地地道道的美国人。”

“我也一样啊，是地道的美国人，”我说，“现在像我们这样的人可不多了。刚才我骂的是盘踞在纽约的玩大鱼吃小鱼的把戏，专门吸食民脂民膏的那些人。”

“说得很对。”他说，“穷人们没赌注就玩不了这些。应该专门立法来严禁这种把戏。”

“你觉得我说得对吗？”我说。

“是的，”他说，“我觉得你说得太对了。这把戏一来一回的，吃亏的总是农民。”

“我知道我说得没错。”我说，“这种把戏很容易让人上当，除非你能从知情人那里套出点内幕消息。这么凑巧，我认识几个这样的知情人，刚好就是做这一块生意的。他们在纽约找了最大的投机公司之一给他们当顾问。我做事的风格就是，我绝对不会把鸡蛋全都放在一个篮子里。他们伺机埋伏，等着一网打尽的就是那些兜里只装了三块钱但却妄想着赢满堂彩的人。他们那个行业就是要从这些人身上搜刮油水。”

这时钟声敲了十响。我起身往电报局走去。正如他们常说的那样，门口只开了一道缝。我走了进去，在角落站定，掏出了电报想再核查一边。我正认真读着电报呢，就听到了一个商情最新播报。市场价涨了两个点。他们全都忙着赶快吃进。光从他们的对话里我都能判断出这个意思。大家伙儿不要命地往船上挤。貌似他们还不知道这条船注定要走向灭亡。这状态就好像真的有法律条文或是什么规定，要求他们除了买进其他别的啥都不许做似的。算啦，我寻思着东部的犹太佬们也得讨生活呀。但是，随便哪个在自己老家混不下去的该死的外国佬都畅通无阻地跑来美国谋生，还从土生土长的美国人兜里掏钱出去，这可真是气死我了呀。这时候又涨了两个点。也就是说涨了四点。但是真是见鬼了啊，看来我的那些顾问们还是很懂这行。而且要是我不想采纳他们的意见，我干吗还要一个月付给他们十块钱呢。我抬腿就走出了电报局，然后想起来自己本来要干吗来了，又走回去拍电报。“一切安好。Q[①]今日即去信。”

“Q？”报务员说。

“是的，”我说，“Q。难道你不会写Q吗？”

“我只是想确认清楚。”他说。

“你就按我说的发吧，我保证你这没错的。”我说，“让收件人付款吧。”

“杰生啊，你在发什么电报啊？”赖特医生[②]说，眼神飘过我的肩膀。“是不是要‘吃进’的密码电报呀？”

“姑且就算是吧，”我说，“你们这些小伙子还是自己动脑筋判断吧。你们比那些纽约客还更神通广大呢。”

“嘿，那肯定啦。”医生说，“每磅棉花再涨上两分钱，我今年就能赚得盆满钵满啦。”

又来了一个行情最新播报。下跌了一个点。

“杰生正在抛出呢，”霍普金斯[③]说，“看他脸上的表情就知道了。”

“我在干吗有什么关系呢，”我说，“你们这些小伙子还是听从自己的判断吧。那些在纽约的犹太阔佬们还不是跟普通人一样，总得要过日子呀。”

我回到了店铺里。艾尔正在门面上忙来忙去。我径直走到柜台里面的写字台边上，读着罗琳[④]的来信。“亲爱的爹爹，见信如面，真希望你此刻就在我身边。好爹爹不在镇上，大家伙儿聚会都没什么意思了。我好想念我亲爱的可爱的爹爹呀。”我寻思她也该想一想我了。上次我给了她四十块钱呢。就这么给了她。我从来不会对一个女人承诺任何东西，也从不让她知道我打算送什么礼物给她。这是对付她们的唯一办法。就是要让她们摸不透你。万一你实在想不出要给她们什么惊喜，那就对着她们的下巴狠狠地来一拳吧。

---

① 这是发给凯蒂的电报，Q是指小昆汀。

② 一个当地做棉花投机生意的人。

③ 常待在电报局的闲人。

④ 杰生的情妇，住在孟菲斯。

我把信撕成两半，然后在痰盂上点火烧掉了。我本人有一个原则，绝对不保留女人们留给我的只言片语，我也从来不给她们写信。罗琳总是纠缠着要我给她写信，但是我说如果忘了什么没说，就等下次到孟菲斯再说也行。但我还是说，我不介意你时不时地写几句装在信封里寄给我，可要是你忍不住真打了电话给我，那孟菲斯这个大城市就没有你这个小女人的容身之处了。我说过了我上你这儿来不过是寻欢作乐的男人中的一个，我可受不了任何女人打电话来找我。拿着吧，我说，给了她四十块钱。如果你不留神喝醉了突发奇想要给我打电话，你千万要记住，在拨号之前先从一数到十，冷静一下。

“那么究竟是什么时候呢？”她说。

“什么什么时候？”我说。

“你什么时候再来呢？”她说。

“我会让你知道的。”我说，然后她想买一杯啤酒，但我没让她去。“这笔钱你还是留着吧，”我说，“拿去给自己买件衣服什么的。”我还给了女佣五块钱。归根结底，就正如我所说的，钱财本身其实没有价值；重点是看你怎么花钱。钱不属于任何一个人，所以干吗还挖空心思去攒钱呢。钱财就只属于那些命中注定有财运能赚钱会存钱的人。就在杰弗逊这个地方，有个人他靠着卖腐烂发臭的货物给黑鬼们，赚了一大笔钱，他就住在店铺的楼上，住处小得像猪圈，他还自己煮饭吃。大概四年还是五年前，他突然病倒了。他简直吓得半死，等他的病好了之后，他成了一个虔诚的教徒，还每年捐五千块钱资助一个传教士去中国传教。我常常在寻思，如果他死了之后才发现根本就没有天堂，又想起了每年捐出的这五千块钱，他得气疯成什么样啊。就像我说的，他最好还是一直吝啬下去，现在就死掉，那他的钱就能保住了。

我把信烧干净之后，刚要把其他的信都塞进外衣口袋里去，忽然冥冥之中有个声音告诉我应该在回家之前拆开给昆汀的信，但就在这时候，艾尔大声嚷嚷着喊我，我就只好先放下这些东西跑去店堂里招呼那个可恶的乡巴佬，这个土老帽足足琢磨了十五分钟，还是没法决定套马的颈绳到底是买两毛钱的呢还是三毛五的那根。

“你最好还是买好点的那种吧，”我说，“你们这些伙计们不肯花钱买好装备，又幻想着自己收成比别人好，这怎么可能呢？”

“要是这种便宜一点的质量不好，”他说，“为什么你们还要摆出来卖？”

“我可没说这种不好啊，”我说，“我只是说这种不如那种贵一点的质量好。”

“你咋又知道不如那个呢，”他说，“你未必每一个都试用过了？”

“因为买这个不用花三毛五，”我说，“就凭这点，我就知道这个没那么好。”

他手里抓牢了两毛的那种，从手指缝里抽了出来。“我琢磨我还是买这个吧。”他说。我拿了过来帮他包好了，而他把绳子绕好塞进工作裤的口袋里。然后他掏出一个烟袋子，哆哆嗦嗦半天可算解开了带子，抖落出了几枚硬币。他递给我一枚两毛五的硬币。“一毛五就够我吃一顿午饭了呢。”他说。

“行了，”我说，“你是行家里手。但是明年你又得跑来买一套颈绳时可别埋怨我。”

“明年的收成到底怎么样，我还摸不准呢。”他说。我可算把他打发走了，但是每次我掏出信来想仔细看看时，就总会发生点什么事。四面八方的人全都拥到镇上来看演出了，这些人浩浩荡荡地来花钱，钱花出去了，可对镇子一点好处也没有，也不会给镇子留下什么，得到实惠的就只有镇长办公室的那些贪官污吏们，他们很快就可以分赃了，艾尔奔前奔后地忙得直打转，像一只关在笼子里的母鸡，嘴里嘀咕着：“是的，太太，康普生先生即刻就来招呼您。杰生，给这位太太拿一个黄油搅拌桶，再拿五分钱纱窗钩子。”

嗯，杰生喜欢工作。但我一点也不喜欢，我没上过大学，没这方面的优势，因为在哈佛他们光教你怎么在夜里游泳，但其实连最基本的游泳都没学会吧，而在西沃恩[1]呢，他们甚至都不会教你水是什么。我说你们或

① 田纳西州著名的大学。

许该把我送去州立大学，我大概能学会怎么利用鼻子喷雾器来让自己的钟停止走动，依我看你们可以把班送去当海军，不管怎么样，进骑兵队总没错，因为骑兵队里用的是阉掉的马匹。然后她把小昆汀送回家要我来养活时，我说我觉得这也没什么不妥吧，这下我不用千里迢迢北上找工作了，他们就直接给我安排了活儿干。接着母亲开始哭了起来，于是我说，我一点也不反对把孩子放在这儿养啊；只要能让您满意，我辞掉工作亲自照顾孩子也没问题啊，就是要劳烦您和迪尔希来保持面粉桶常满了，还有班。干脆把他出租给哪个马戏班子做串场表演吧；总会有人肯花一毛钱来捧他的场吧，结果我说到这里母亲哭得更大声了，嘴里一直唠叨着我可怜的受苦受难的心肝宝贝呀。我接着说对呀，现在他只有我个子一半那么高大，等他再长高一些，发育好了，那他就能让您老怀大慰了，而此时她又说她很快就不在人世了，到那时候我们大家的日子就舒坦多了，于是我只好说，行啦，行啦，您爱怎么寻思就怎么寻思吧。她是您的外孙女，在她所有的祖辈中，您是唯一身份很明确的。只不过，我说，这只不过是时间的问题。要是您相信她所说的，不再来看孩子，那您可真是自欺欺人，因为第一次那……母亲一直念叨着感谢上帝你除了姓康普生之外，其他地方可是一点也不像康普生家的人，因为你是我现在仅有的一切了，你和莫里[①]两个人是我仅剩的一切，然后我说好了其实平心而论不用拉着莫里舅舅跟我一块遭罪，此刻人们都过来说准备好可以出发了。母亲停止不哭泣了。她拉下了面纱，我们一起走下楼梯。这时候，莫里舅舅从饭厅里走了出来，他用手帕捂住自己的嘴巴[②]。他们在两边列队形成了一个夹道，我们走出门口刚好看到迪尔希把班和T.P.从屋子的角落赶到后院去了。我们走下台阶，踏上马车。莫里舅舅不停嘟囔说可怜的小姐姐啊，可怜的小姐姐啊，从唇缝里漏出来的声音，他一边嘀咕着一边拍着母亲的手。他嘴里一直不停地念叨着什么。

---

① 杰生想到母亲提起莫里，思绪转到莫里舅舅，又转到1912年父亲出殡的场景，因为当时莫里舅舅也在。

② 莫里舅舅是个酒鬼，经常从酒柜拿酒喝。

“你戴上黑袖纱了吗？”母亲说，“他们为什么还不启程呢，待会儿等班吉明跑出来又要大闹一番了。可怜的小男孩。他什么也不知道啊。他根本也意识不到任何事情呀。”

“行了，行了。”莫里舅舅说，轻拍着她的手背，从唇缝里发出声音。“要不这样好吧。先别让他知道他父亲已经去世，等到迫不得已的时候再跟他说吧。”

“在这么艰难的时刻，别的女人都会有自己的孩子来支持自己。”母亲说。

“您不是有杰生和我嘛，”他说。

“这简直是一场灾难啊。”她说，“还不到两年时间，就相继失去了两个亲人。[①]”

“行了，行了，”他说。片刻之后他鬼鬼祟祟地用一只手遮住嘴巴，接着把手里的什么东西丢到窗外去了。于是我才知道刚才我闻到的是什么东西的气味。丁香梗[②]。我寻思着在父亲的葬礼上他至少能做事情吧，大概餐柜以为路过的还是我父亲，结果把舅舅给绊了一跤。正如我所说的，如果他[③]当初为了送昆汀去上哈佛，而无奈要变卖家产的时候，完全可以卖掉这个酒柜，然后用其中一部分钱买一件只有一个袖筒的紧身外套[④]，那我们就真的能看到一点光明的前景了。还没等我继承康普生家的产业就全都被败光了，我寻思这其中的原因就正如母亲说的，就是全都被他拿去买酒喝光了。至少我可是从来都没听说过他为了送我上哈佛大学而变卖过什么产业。

于是就这样，舅舅一直轻拍着她的手，嘴里说着：“可怜的小姐姐。”他用一只黑色的手套拍着她，而买那副手套的账单四天后寄到了我们手上，那天是二十六号，因为一个月的这一天，父亲上那儿去带了她回来，关于她在哪里，过得怎样，父亲守口如瓶，一句也没告诉我们，那时候母亲一边大哭一边说：“那你连见都没见到他吗？你甚至都

① 昆汀于1910年自杀，康普生先生死于1912年。

② 那时候的人们经常在酒后咀嚼丁香梗去除酒气。

③ 这里的他指的是康普生先生。

④ 给精神病病人穿的限制自由活动的衣服。

不想方设法让他出赡养费吗？”父亲说：“没有，她压根儿也不会碰他的钱，一个子儿都不要。”“法律就能制服他。他什么也证明不了，除非——杰生·康普生啊，”她说，“你竟然已经愚蠢到这个地步了，居然去告诉——”

“别嚷嚷了，卡洛琳，”父亲说，然后他指使我帮着迪尔希从阁楼上把那个旧摇篮搬了下来，此刻我开口了：

“哟，他们倒还真安排我在家工作呀。”因为一直以来我们都期望凯蒂和她丈夫能重归于好，他能够好好养活凯蒂。因为母亲常常都说凯蒂至少还是很恋着娘家的，她自己和小昆汀都寻好了出路，肯定不会挤对我，不让我有机会之类的。

“那到底要把小昆汀放在哪里呢？”迪尔希说，“除了我还有谁会来带大她？你们这一家子人不都是我一手带大的吗？”

“那你的工作做得可真是不错啊。”我说，“不管怎样，你又给她找了烦心事，让她能好好操心了。”于是我们把摇篮搬下了阁楼，迪尔希在她的旧房间里把这个摇篮给装好了。此时母亲又开始哭了起来。

“小声点呀，卡洛琳小姐，”迪尔希说，“您要把她给吵醒了呀。”

“就睡在那里吗？”母亲说，“天天受着脏空气的污染和毒害吗？她已经遭了那么大罪了，还不够她受的吗。”

“别唠叨了，”父亲说，“别老说傻话了。”

“她睡在这里有什么不妥吗？”迪尔希说，“当年她妈妈还很小，不能单独睡觉的时候，每天不都是我带着她在这个房间里睡的嘛。”

“你是有所不知呀，”母亲说，“我的亲生闺女竟然让她的男人给抛弃了。可怜的无辜的小宝贝呀。”她嘴里唠叨着，一边看着小昆汀。“你永远也不会知道你给别人制造了多大的苦痛呀。”

“卡洛琳，够了，别说了。”父亲说。

“为啥子你总是护着杰生呢？”迪尔希说。

“我想尽力保护他呀，”母亲说，“我一直都很尽力想要保护他不受伤害。至少我要尽全身心的力量来保护这个小宝宝。”

“我真是很想知道啊，让她睡在这间房里怎么就会伤害了她呢？”迪尔希说。

“我也无能为力啊，”母亲说，“我知道我只不过是一个麻烦的惹人厌烦的老太婆。但是我知道无视上帝律法的人们都不能免受惩罚。”

“一派胡言，”父亲说，“迪尔希，那你就把摇篮装在卡洛琳小姐的屋子里吧。”

“你可能觉得我是在胡编乱造，”母亲说，“但是千万不能让她知道了。甚至连她妈妈的名字也不能让她知道。迪尔希，我禁止你在她能听到的范围内提她妈妈的名字。如果她能够在不知道自己有母亲的情况下平安长大，那我就要拜谢上帝了。”

“别这么愚蠢好吗。”父亲说。

“你以前是怎么带大和教育孩子们的，我可从来也没干涉过呀，”母亲说，“但是这一次我再也不能袖手旁观了。这个问题我们现在，就今晚，必须要说得一清二楚。要么就是不允许在她面前提起她母亲的名字，要么就是把她送走，再不然的话，就是我走。你自己选择吧。”

“行了，”父亲说，“你太心烦意乱了。迪尔希，就把摇篮架在这里吧。”

“你也快病倒了，”迪尔希说，“你看起来都像个鬼魂似的了。你赶紧上床去吧，我给你烫一杯香甜热酒，让你能好好睡着。我敢打赌你离开家门之后就没睡过一个囫囵觉。”

“确实没有，”母亲说，“你不知道医生是怎么嘱咐的吗？你为什么还要支持他喝酒呀？现在喝酒对他来说不是件好事。你看看我，我也饱受病痛之苦，但我不会那么不中用，明知不能喝酒还打算用威士忌淹死自己。”

“真是一派胡言啊，”父亲说，“医生知道个什么呀？他们就专门让病人们干那些他们不乐意干的事情呗，然后就靠这个方法来骗钱讨生活。每个人都懂这种招数，连退化的猿猴[①]都知道这么做。接下来你就该请一位牧师来握住我的手了。”说到这里，母亲哭了起来，父亲走出去了。他走下楼梯，然后我听见餐柜开了又关了。我醒了过来，听到他下楼去了。母

① 康普生先生认为世界上的生物不停地在退化中。

亲可能是去睡觉了或是忙别的去了，因为房子里终于安静下来了。他也安安静静地竭力不发出声音，我什么也听不见，除了他睡衣下摆和裸着的大腿在餐柜边的那一点动静。

迪尔希装好了摇篮，帮小宝宝脱掉衣服，放进了摇篮里。自从父亲把她抱回家里来之后，她还没醒过一次呢。

“她个头还挺大的呢，眼看着摇篮就要容不下她了。”迪尔希说，“我有主意了。以后我就在楼道里打个地铺睡觉，那你晚上就不用起来照顾她了。”

“我也睡不着啊，”母亲说，“你回自己屋睡觉吧。我不会在乎的。我很乐意把自己的余生都贡献给她，只要我能拦着——”

“行了，快别说了，”迪尔希说，“我们会好好照料她的。你也该上床睡觉了呀，”她冲着我说：“明天你不是还得上课嘛。”

于是我正要走出去呢，母亲就喊住了我，她抱着我哭了一会儿。

“你是我唯一的希望了，”她说，“每个夜里我都为了你而感谢上帝。”[①] 当我们站在那里瞪着大家准备好了启程时，她说感谢上帝，如果他也不得不被带走的话，上帝留在我身边的是你而不是昆汀。感谢上帝你的性格一点也不像康普生家族的人，因为我现在仅有的一切就是你和莫里舅舅这两个人了，于是我说，唔，有没有莫里舅舅没什么区别啊，一点也不影响我啊。哟，他还是不停地用黑手套轻拍她的手，边说着话，边从她身边走开。轮到他挥铁锹铲土到墓穴里时，他脱下了黑手套。他走进第一批铲土的人们身边，那里有人打伞躲雨，时不时地跺一跺脚，想蹬掉鞋上的泥巴，泥巴把铁锹糊得结结实实的，所以他们只好敲掉泥巴，泥巴掉在棺材上，荡起一阵空旷的声音，当我后退了一段距离站在一辆出租马车旁边的时候，我看见他躲在一块墓碑后面，又拿起酒瓶喝了一口酒。我还以为他要喝个不停了呢，因为我也穿着一套新西服，凑巧的是，马车轮子上还没粘上多少泥巴，只有母亲注意到了这一个细节，她说我不知道你今后什么时候还能再做一套新西服，此刻莫里舅舅说：“行了，行了。你根本不需要操心啊。你不是还有我

---

① 这句话让杰生的思绪从接回小昆汀那天转移到康普生先生出殡那天。

可以依靠吗？任何时候我都是你的靠山啦。”

对啊，我们还有他可以依靠，任何时候他都是我们的靠山。[①]第四封信是他写来的。其实根本没必要拆开这封信。这种信我自己都能提笔就写，甚至可以从头到尾背一遍给母亲听，保险起见再加十块钱就行了。但是对于另外一封信我却有一种不祥的预感。我的直觉告诉我，她又在耍什么小把戏了。经历了第一次事件之后她变得相当聪明了。她迅速发现了我和我父亲的脾气性格完全不同。当人们就要把墓穴填满时，母亲失声痛哭了起来，于是莫里舅舅陪着她一起坐上了马车，起身离开了。[②]他说你可以找人一起坐车啊；他们会很乐意顺风载你一程的。我要先送你母亲回家去，我本来打算说，对啊，你怎么不多带两瓶酒出来呢，只带了一瓶哪够你喝的呀，但我一想到我们此刻站在什么地方，我就憋住没说，让他们先离开了。他们根本也不在乎我身上都已经湿透成什么样子了，如果我不小心染上了肺炎，母亲又要大动干戈，哭天抢地了。

行了，我还是琢磨这件事吧，瞧着大家往墓穴里铲泥巴，还把泥巴拍严实，就好像是在和着砂浆还是什么，又或是在修一个篱笆什么的，而我开始觉得这事情还挺有趣的，于是我就决定在附近溜达一会儿。我寻思要是我笔直地往镇子那方向走，他们肯定会赶上我的，而且一定会让我上他们的一辆车子，于是我就朝着后面走去，往黑人的墓区走去。我走到几棵雪松树下，这里的雨点没那么密集，偶尔滴下几点，在这个位置我能看见他们什么时候能完工离开。片刻之后，他们全都走光了，我等足了一分钟才走了出来。

我非得顺着小路走不可，要避开湿漉漉的草地，于是我一直走到离她很近的地方了，才看见她，她穿着一件黑色的斗篷站在那里，眼睛盯着一束花，她还没转过身来看到我，还没等她揭开面纱，我一瞬间就认出来了她是谁。

“嗨，杰生。”她说，伸出手来了。我们握了握手。

---

① 回到“当前”。

② 康普生先生出殡那天。

"你在这里干什么呢？"我说，"我记得你答应过母亲不再回这个地方了啊。我还以为你是个很理性很有头脑的人呢。"

"是吗？"她说。她又盯着那些花儿看了。这些花儿肯定不止五十块钱。有人把这束花放在了昆汀的坟头上。"你是那么寻思的吗？"她说。

"但是我也不觉得很意外，"我说，"我不会对你抱有太过分的希望。你根本不在乎别人的想法。你从来也不管别人的处境是怎样。"

"噢，"她说，"那个工作[①]——"她望着墓穴。"杰生，那件事我感到很抱歉。"

"当然你现在应该觉得很抱歉。"我说，"你现在口气也很温顺了啊。但其实你何必赶回来呢。根本也没有留下任何遗产啊。你要是信不过我的话，你就去问问莫里舅舅吧。"

"我什么也不要，"她说。她双眼一直盯着坟墓。"为什么他们之前不通知我？"她说。"我还是碰巧在报纸上才看到的。在最后一页，碰巧才看到的。"

我一言不发。我们站在那里，眼睁睁地望着坟墓，于是我就想起来了我们小时候的一桩又一桩的小事，我又觉得有点滑稽，感觉有点疯疯癫癫了，又想着莫里舅舅一直都在我们家里转悠着，掌握了家里的说话权，就好像刚才他让我一个人淋着雨回家那样。

"你想得可真周全，父亲一入土为安你就溜回家来了。可惜你捞不到任何好处了。千万不要以为你能利用这个局面偷偷溜回家里来。如果你驾驭不了自己的马匹，那你只好下来走路了。"我说，"在那栋房子里我们连你的名字都不知道了，不能再提起了，你明白我的意思吗？我们根本就不再提起你的名字了。如果你在那里和他和昆汀在一起的话，你最好赶快离开吧，你明白我说的话吗？"

"我明白，"她说，"杰生，"她着双眼依然盯着坟墓。"要是你能想方设法让我看她一分钟，我就给你五十块钱。"

"你根本就拿不出五十块钱吧。"我说。

---

① 指她丈夫原来答应过杰生给他在银行找个工作的事情。

“你肯不肯干？”她说，双眼一直没看我。

“你先让我看到钱，”我说，“我不信你能掏得出五十块钱。”

我看见了她的双手在斗篷里摸来摸去，片刻之后她伸出一只手。该死的手里竟然真的抓着钱。我能看见两张还是三张黄色的钞票。

“他现在还给你钱？”我说，“他给了你多少钱啊？”

“我可以给你一百块，”她说，“肯不肯？”

“只能看一分钟，”我说，“并且只能按我说的去做。就算你给我一千块，我也不乐意让她发现。”

“好，”她说，“就照你说的去办。只要能让我看她一分钟就行。我不会祈求你或是别的什么，我只要看完了就马上离开。”

“把钱给我吧。”我说。

“事成之后我再把钱给你。”她说。

“难道你还信不过我？”我说。

“信不过，”她说，“我很了解你。我是和你一起长大的。”

“你居然还有脸来谈什么是否信任别人。”我说，“行了。”我说。“我可不想再待这儿挨淋了。再见吧。”我假装要走人的样子。

“杰生。”她说。我停了下来。

“干吗？”我说，“赶紧说啦。我全身都湿透了。”

“好吧，”她说，“你拿去吧。”周围一个人也没有。我走了回去拿住了钱。她还紧捏着钱不肯放手。“你真的会帮我办的吧？”她说，透过黑纱盯着我看，“你发誓？”

“赶紧松手吧，”我说，“你是不是想让别人经过看到我们呀？”

她松开了手。我把钱塞进自己口袋里。“杰生，你真的会帮我办到吧？”她说，“但凡还有一点别的办法，我也不会来求你。”

“你这话一点没错，除了找我你再也没有别的办法了，”我说，“我当然会给你办到的。我说了我会办到的，对吧？现在你只需要按我说的去做就行了。”

“好，”她说，“我会的。”于是我就告诉她先去什么地方等我，接着我径直往马车行走去。我走得飞快，在他们正要把马匹从车上卸下来的时候赶到了那里。我问有没有结算车钱，老板说还没呢，于是我就说康普生太太把一样东西忘在墓地了，还得再用一下马车，他们让我坐上了车。车夫是明克。我买了一根雪茄请他抽。我们一直赶着马车兜着圈子，直到天色慢慢变暗，在后街上人们已经看不清他了。这个时候明克说，他得把马车赶回车行去了，于是我说，我一会儿再请他抽一根雪茄，接着我们把车子驶进了小巷子里，我穿过院子走进了房子里。我站在门厅听见了母亲和莫里舅舅在楼上说话，接着我从后门走进了厨房。小昆汀和班正在厨房里面，迪尔希也在那里。我说母亲想看一看昆汀，于是我抱起她走进了屋子里。我找到了莫里舅舅的雨衣，把她裹在里面，我抱着她走出去，回到小巷子里坐上了马车。我喊明克把马车赶到火车站。他不敢经过马车行门口，我们只好从后街绕着过去，接着我看到了她站在街角的路灯下，我就让明克把马车紧挨着人行道走，等我一声令下说“走啊”的时候，他就给牲口抽上一鞭子。这个时候我把婴儿身上的雨衣拿开，举着她放在马车窗户边，凯蒂一看见了她简直要扑了上来。

“赶快抽鞭子啊，明克！”我说，明克结结实实地给了马匹一棍子，我们就像一辆消防车似的从她身边狂奔而过。“你赶快上火车去吧，你答应过我的。”我说。我从马车的后窗上能看到她跟在我们身后跑着。“再抽它一鞭子，”我说，“我们回家吧。”直到我们在路口拐弯时，我仍看见她追着马车在跑。

那天晚上，我又把钱拿出来数了一遍，再放妥当，我感觉很良好。我心想这次你可算知道我的能耐了吧。我寻思你现在总明白了不能弄丢了我的工作你就一走了之吧。我根本也没预料到她会不守承诺，没有搭上那趟火车离开这里。但是那个时候我真的不太了解女人；她们说什么，我就相信什么，我从来也没多想。结果第二天早上，该死的她竟然径直走进了店铺里头，还好她还残留了一点理智戴上了面纱，也没跟任何人说话。这是礼拜六的早晨，我在店里，她急急忙忙地一路走到店铺的后面我的写字台面前。

“骗子，”她说，“你这个大骗子。”

“你疯掉了吗？”我说，“你这是什么意思？就这么走到这里来了吗？”她刚要开口说话，我立刻封住了她的嘴巴。我说：“你已经搞丢了我的一份工作；你是不是还想再让我丢掉这一份？如果你有什么话非找我说不可，那我们天黑之后找个地方碰面吧。你到底还有什么要跟我说呢？我答应了你的事情是不是都办成了？我说了让你看她一分钟，我让你看到了没啊？嗯？你看到了没啊？”她只是站在那里，双眼狠狠瞪着我，全身像在打摆子似的乱抖着，双手紧握拳头，不停地抽搐着。“我说过的事情我全办到了，”我说，“你才是个大骗子呢。你答应了我要搭上那趟火车离开这里。你搭上火车了吗？你不是答应过我吗？你要是寻思着把那笔钱要回去的话，你尽管试试看，就算你给了我一千块钱，你还欠我一个大人情呢。我冒了多大的风险才办成的呀。如果十七次列车开走了以后我还能看见或是听说你依然在镇子上没走，我就会告诉母亲和莫里舅舅。到时候等你咽气了你也甭想再见到小昆汀了。”她站在原地不动，双眼狠狠盯着我，一双手绞在一起。

“去死吧，”她说，“你去死吧。”

“行了，”我说，“随便你怎么说。现在，你留神听我说的话。赶快搭十七次列车走，否则我就告诉他们。”

她走了之后，我感觉舒畅多了。我心里想着，从今往后，你想随随便便砸掉眼看就到我手里的饭碗的时候，你可得好好再三思量了啊。那时候我年纪还太小，还是个小孩子。别人说什么，我就相信什么。从那次之后，我学精明了。另外的，正如我所说的，我并不需要别人的提携扶植，我自己也能站稳脚跟，我一路这么走过来了。忽然之间我想到了迪尔希和莫里舅舅。我想到她会竭力说服迪尔希，而至于莫里舅舅嘛，只要给他十块钱，他什么都肯干。然而我却困在这个地方，竟然都不能离开这家店铺回去保护自己的母亲。就正如她所说的那样，如果上帝想把你们之中的一个带走，那么我会感谢上帝让你成为留下来的那个，我可以全身心地依靠着你，于是我说，行了，我跑不了多远的，最多就跑到杂货铺那么远，您什么时候需要我，都能很快找到我。总得有人守着咱家那一点点微薄的遗产呀，我寻思着。

所以我一回到家就赶快锁定迪尔希。我告诉迪尔希“她”得了麻风病，我还翻出了《圣经》来念给她听，念的是一个人身上的肉腐烂之后一块接一块地往下掉的那一段，我还告诉她，只要“她”看她或是班或是小昆汀哪怕就一眼，他们都会染上麻风病。于是乎，我感觉这一系列事情都已经被自己给摆平了，直到有一天我回到家里，看到班在大嚷大叫着。他简直要掀翻屋顶了，谁也拿他没办法。母亲说，行了，那就把那只拖鞋给他吧。[1] 迪尔希假装没听见她说的话。母亲又重复说了一遍，于是我说我来拿吧，我可受不了这么闹腾的噪声啊。 我经常说，我可以忍耐很多事情，我要求很低，从来也不敢奢望从他们那里得到什么好处，但是我在一个该死的杂货铺里忙活了一整天，我是不是能得到片刻的安静，安安心心地吃一顿晚餐呢？于是我说，我来吧，我去拿拖鞋吧，但是迪尔希急促地喊了一句：“杰生！”

这一下，电光火石之间，我瞬时明白发生了什么事情，但是为了确定想法是否属实，我还是去把拖鞋拿了过来。果不其然，他看到拖鞋之后叫喊得更响了，听起来像是我们就要把他给杀了似的。所以我逼着迪尔希道出了真相，接着我就告诉了母亲整件事情。然后，我们又得把她扶上床去躺着了。事情过后稍微平息了一阵子，我跟迪尔希说，她应该心怀着对上帝的敬畏。你能要求一个黑人做到的也就只有这么多了。差使黑人佣人就这点最麻烦了，他们跟随你的时间越长，他们的尾巴就翘得越高，简直都差使不动了。他们还总觉得自己掌控了当家大权呢。

“我真心想知道，就让可怜的小姐看一眼她自己生的娃娃，这事儿到底有什么不妥呢？”迪尔希说，“如果杰生先生[2] 还在世的话，这事情可能就是另外一个样子了。”

“可是杰生先生已经告别人世了，”我说，“我知道你从来也没把我放在眼里，但是我母亲说的话你总得照办吧。你成天让她这么忧心忡忡的，过不了多久也得把她送进墓地了，到那个时候你们这些黑人贱民们可就开心了，整栋房子都让你们给霸占了。你给我解释解释，你为什么要让

① 班吉当天见到过凯蒂，所以大喊大叫。

② 指康普生先生。

个大傻子看见她呢？你到底想干什么呢？”

“杰生啊，你真是个冷酷无情的人啊——如果你还算个人的话。”她说，“我真要感谢上帝，比起你来我真是个有心人，虽然这颗心是黑人的心脏。”

“至少我够男子汉气概啊，家里的面粉桶一直都装得满满当当的。”我说。“你要是再干一次这样的事，你就滚出去，别再指望吃家里的面包了。”

所以我第二次看见她的时候，我告诉她，如果她再寻思着从迪尔希那里找到突破口，那母亲就要炒迪尔希的鱿鱼了，还要把班送去杰克逊精神病院里，母亲她自己就带着昆汀去别的地方。她双目圆睁瞪了我好一会儿。附近没有街灯，我看不太清楚她脸上的表情。但是我能感觉出她正在瞪着我。当我们还是小孩子的时候，每次她对什么事情很生气但又无可奈何的时候，她的上嘴唇就会一抖一抖的。上嘴唇一抖，就露出了更多牙齿，在这整个过程中，她一直站着，像一个邮筒似的纹丝不动，没有一条肌肉在动，就只看见她的上嘴唇越抖越高，牙齿露得越来越多，然而却一直一言不发。最终她只说了几个字：

“行了。要多少钱？”

“嗯，如果从马车窗户上看一眼是一百块钱的话。”我说。从那往后，她的表现相当良好，仅有一次她要求看一下银行账户的结账单。

“我知道每一张支票都有母亲的担保，”她说，“但是我想看一下银行的结账单。我想亲眼看一下那些支票都去了什么地方。”

“那可是母亲的私人账目，”我说，“如果你自认为有任何权力来窥探她的私人事务，那么我会告诉她，说你觉得那些支票都被人侵吞了，你想查账，因为你压根儿就不信任她。”

她没有说一句话，也没有挪动身体，可是我能听到她心底在说啊你这该死的啊你这天杀的啊你这该下地狱的。

“大声说出来吧，”我说，“你和我之间互相看不顺眼，这早就不是什么秘密了。大概是你还想把这笔钱要回去吧。”

“昆汀，你给我听着，”她说，“别再跟我扯谎了。我关心的是她。我不再要求看她了。要是钱还不够，我每个月可以多寄给你一些。你只需要答应我她能够——她可以——这都是你可以办到的。给她买一些小玩意儿。对她仁慈一些。我办不到这些小事，他们不让我办呀……但是你可以办到。你的血管里流淌着冷冰冰的血液。听着，如果你能让妈妈把她还给我，我就给你一千块钱。”

“你根本就拿不出一千块钱吧，”我说，“我知道你现在肯定在扯谎话了。”

“我有。我会有的。我能弄到。”

“我知道你会用什么方法去弄钱，”我说，“你就是用弄出小昆汀的方法来弄钱的。等她长大成人变成了大姑娘——”这个时候我以为她真的要动手揍我了，紧接着我又不知道她到底想干吗了。有那么一晃神的工夫，她看起来像是一个发条拧得太紧，眼看着就要炸得粉身碎骨的玩具。

“啊，我真是疯了，”她说。“我太愚蠢了。我根本就不可能带走她。你们好好抚养她吧。杰生，你说我还在妄想些什么呢？”她说，紧紧地抓住我的胳膊。她手上的体温烫得像在发高烧。“你要发誓会好好照顾她，要——她是你的亲人呀；你们是打断骨头还连着筋的亲人呀。杰生，你发誓。你继承了父亲的名字：如果此刻站在这里的是他，难道我还需要祈求两遍吗？大概连一遍都不用吧！”

“话确实是这样，”我说，“我确实继承了他的一些性格。你想要我怎么办啊，去买一条围裙和一个婴儿手推车吗？你这些苦衷也不是我造成的啊，可我却要冒着比你更大的风险，因为你反正也没什么东西可损失了。所以的话，如果你期望——”

“确实。”她说。接着她突然爆发一阵大笑，与此同时又想把这阵大笑收回去。“没错。我根本就没什么可再失去了。”她说，用手捂着嘴，发出那种憋着想笑的哼哧声音。“什——什——什么也没有了。

“行了，”我说，“别这样了。”

“我也不想——想这样啊，”她说，用双手捂住了自己的嘴巴。“噢，上帝，噢，上帝啊。”

“我要走人了，不能再待在这里了，”我说，“我不能让别人瞧见我在这里。现在你即刻离开镇子，你听见了没？”

“等一下。”她说，一把抓住了我的胳膊。“我已经止住了。我不会再大笑不止了。杰生，那你是不是已经答应我了？”接着我感觉到她的双眼几乎都要贴到我脸上了。“你答应我了吗？母亲——那笔钱——要是有时候昆汀需要什么——如果我把给她花的钱用支票汇给你，就算是固定的生活费之外的补贴，你会把这些钱用在她身上对吧？你不会告诉别人吧？你会让她像别家父母双亲的女孩子那样可以用到日常必需品吧？”

“那肯定了，”我说，“只要你守规矩，按我说的去做。”

接着艾尔到了店铺前头，他戴上了帽子，[①]并且说道：“我打算走路去罗杰斯店里随便凑合吃点快餐。我寻思着咱们是没有空回家吃饭了。”

“我们怎么就没空回家吃饭了呢，这是什么状况？”我说。

“镇子上有戏班子来演出了，全都闹腾起来了，”他说，“今天他们有一个下午场的表演，大家伙儿全都想早早地做完生意，好赶去看演出呀。所以咱俩就在罗杰斯店里凑合吃顿快餐吧。”

“随便你，”我说，“那是你自己的肚子。你乐意为你自己的业务受点委屈，我对此没啥想法。”

“我寻思着你这个人大概一辈子也不会为了做什么买卖而受委屈吧。”他说。

“那可不一定了，如果是为了杰生·康普生的买卖，那我就很乐意。”我说。

所以当我走回到店铺后面打开那封信的时候，唯一让我吃惊的是里面附着一张邮局的汇单，而不是她之前所说的支票。是的，先生，女人真的没有一个是可信任的。别忘了我冒了多少风险，冒着被母亲发现她每年回来一两次的风险，而且为了这个我还得跟母亲扯那么多谎话。这就是你对我的感激之情。看来我真是没猜错她的心思，她大概会知会邮局：除了昆汀之外，任何其他人都无权兑现这张汇款单。一下子就拿五十块钱给这么屁大点的丫头。为什么在我满二十一岁之前压根儿连见都没见过五十块钱长啥样子呢，别户人家的小男孩们下午都闲着没事，礼拜六还能玩上一整

① 回到“当前”。

天，而我却得待在店子里打零工。正如我之前所说的，她这样背着我们把钱汇给她女儿，又怎么能指望别人能管得住她呢。我早说透了，她和你都出身在一样的家庭，在同样的抚养方式下长大。我琢磨着，小昆汀平时需要些什么，母亲应该比你更清楚一些吧，你甚至连自己的家庭都没有呢。“如果你想给她钱，”我说，“你寄给母亲就行了，别直接汇给她。几个月前我为你冒了一次险，就当你还我这个人情，你得按照我说的去办，否则这事儿就拉倒。”

然而正当我要起身去办那件事时，如果艾尔以为我也会冲去街上狼吞虎咽地啃几口两毛五一客的让人消化不良的快餐，那他可就真是个大蠢蛋。也许我不是一个坐在桃花心木办公桌前面把双脚放在桌子上的大老板，可我收了工钱也只限于在这个地方干活，如果连我下班之后想过一过文明生活这都要插一手的话，那我就要另谋高就去了。我能够脚踏实地，自力更生；我不需要扶着任何人的桃花心木办公桌才能立足社会。所以正当我刚刚要开始着手办那件事的时候，我又必须丢下手头的事情，一路小跑着赶过去给某个乡巴佬取一毛钱的钉子，或是类似的不值钱的小玩意儿，接着我就会看到艾尔往嘴里塞了个三明治，在往回走着，而偏偏这个时候我发现空白支票都用完了。我想起来了，本来我想去多领一些，但现在已经太迟了，然而这时候我一抬头，正好看见小昆汀来了。她从后面进来了。我听见她正在问乔伯我在不在店铺里头。我刚刚来得及把东西插进抽屉里，关上抽屉门。

她绕到我桌子边。我看了看手表。

“你已经吃过饭了吗？”我说，“现在才刚十二点；我刚刚才听到钟敲了十二响。你肯定是飞奔回家，又扑了过来。”

“我不打算回家吃饭了，”她说，“今天是不是有寄给我的一封信啊？”

“你这是在等来信？”我说，“真没想到，你还有会写信的甜心男朋友？”

“是妈妈寄来的信，”她说，“是不是有一封妈妈寄给我的信？”她两眼盯着我看。

“有一封她写给她母亲的信，”我说，“我没拆开来看。你得等她拆了信才知道写了些啥。我寻思着她应该会让你看吧。”

“杰生，请告诉我，”她说，压根儿不理我说了什么，“到底有没有我的信？”

“你到底怎么啦？”我说，“我还没见过你为了谁而这么焦虑过呢。你肯定是想她寄钱给你吧。”

“她说了她——”她说。“杰生，请告诉我，”她说，“到底有没有我的信？”

“不管怎么说，你今天肯定是已经上过学了，”我说，“在那种地方，他们会教你说‘请’字。你稍等一下啊，我先去招待一下客人。”

我走过去招呼客人了。等我转过身回去就看不见她了，她躲在桌子后面。我跑了过去，我赶快跑了过去。我急匆匆地绕到桌子后面，一把捉住了她，此时她的手正从抽屉里缩出来。我握着她的手，使劲地把她的手指关节往桌上磕着，直到她松开了手，我把信从她手中抢走了。

“你想偷走它，是不是啊？”我说。

“把信给我，”她说，“你都已经把信拆开看了。杰生，请把信还给我。这就是写给我的信。我已经看到上面写着我的名字了。”

“我会找一条拴马的缰绳来抽你，”我说，“我就只能给你那么多了。你竟然敢乱翻我的信件。”

“里面有没有装钱啊？”她说，伸出手来想抓那封信。“她说了的，要寄钱给我的。她承诺了要寄钱给我的。把钱给我吧。”

“你要钱干什么用？”我说。

“她说了一定会寄钱给我的，”她说，“快把钱给我吧。杰生，我求求你了。我再也不会问你要任何东西了，只要你这次把这封信给我就行了。”

“你给我一点时间嘛，我会给你的。”我说。我把信和汇款单抽了出来，只把信递给了她。她伸出手来要抓汇款单，瞟都不瞟那张信纸一眼。“你得先在这里签个字。”我说。

“汇给我多少钱？”她说。

“你自己读信呗，”我说，“信里面应该提到了的。”

她飞速读完了整张信纸，大概两三眼就全部扫了一遍。

“信里没说啊，”她说，抬起头来盯着我，把信丢在地板上。“到底寄来了多少钱？”

“十块钱。”我说。

“才十块钱？”她说，双目圆睁不可置信地瞪着我。

“你能拿到十块钱就应该心花怒放了，”我说，“像你这样的小屁孩。忽然之间急急忙忙地想要那么多钱，你到底在寻思什么呢？”

“十块钱？”她说，就仿佛是在梦中喃喃自语。“只有区区十块钱？”她猛地扑过来想要把汇款单抢过去。“你这个大骗子，”她说，“小偷！你是个小偷！”

“你想抢走这个，是不是啊？”我说，一把推开了她。

“把汇款单给我！”她说，“这是给我的。她特意寄给我的。我要看。我要看。”

“你要看吗？”我说，抓住了她。“你打算怎么个看法呢？”

“杰生，就让我看一眼吧，”她说，“我求求你了。我以后再也不求你做任何事情了。”

“你不是觉得我在扯谎话吗，是不是啊？”我说，“就为了这一点，我都不想给你看了。”

“但是怎么可能只有十块钱呢，”她说，“她告诉过我她——她说过的——杰生，我求求你了，求求你了，求求你了。我急需用钱啊。我非拿到这笔钱不可啊。杰生，你就给我吧。你要我干什么我都肯干。”

“你得告诉我你为什么这么急需用钱。”我说。

“我实在很需要用钱。”她说。她的眼珠子本来一直盯着我看。但是忽然之间她就不盯着我了，而且她的眼珠子一动不动的。我就知道她又在扯谎话了。“我欠了别人一笔钱！”她说，“我得还债。我今天就得还清这笔债。”

“你要还钱给谁？”我说。她的双手绞着拧巴在一起。我看得出来她想把这个谎话编圆一点。“是不是你又在哪家店铺里赊账了？”我说，“你甚至不必费脑筋编这种谎话。我早就跟镇上全部的店铺都打过招呼了，要是这样你还能从哪家赊到账，我就把这张汇票生吞进肚子里去。”

“是个女孩子，”她说，“是个女孩子。我欠了她一笔钱。我真的要还钱给她了。把钱给我吧，杰生。我求求你了，你要我去干什么我都乐意。我真的非要拿到这笔钱不可。妈妈会付钱给你的。我会写信给她让她付钱给你的，以后我再也不跟她要任何东西了。你要看信就看吧。杰生，求求你了。我非得拿到这笔钱不可。”

“你先告诉我你为什么急需这笔钱，我再考虑看看要怎么做决定。”我说，“告诉我吧。”她就杵在那里，一双手不停地拉扯着裙子。“那这样吧，”我说，“要是你觉得十块钱对你来说数目太小，那我就带回家交给你奶奶好了，然后你知道接下来会发生什么。当然了，如果你已经富裕得根本就不在乎这十块钱的话——”

她杵在那里，眼眸低垂着，一直望着地板，嘴里像是在自言自语。“她跟我说过的要寄钱给我啊。她说了的要把钱寄到这里来的，但你又说她根本没寄钱过来。她说她已经寄了好多钱到这里来了。她说了那些钱都是给我的。我可以用那些钱里的一部分。但是你却说我们从来也没收到过钱。”

“你知道的和我知道的一样多啊，”我说，“你已经看到了那些支票都用到了什么地方啊。”

“是的，”她说，眼睛直愣愣地盯着地板。“十块钱，”她说，“十块钱。”

“其实你应该感谢你的守护星们，你至少还能拿到十块钱，”我说。“在这里，”我说。我把汇款单面额朝下按在桌子上，用手压住它。“签个字吧。”

“你能让我看一眼吗？”她说，“我真的只想看一眼而已。无论上面写着多少钱，我就只要十块钱。余下的钱都归你了。我只是想看一眼。”

“刚才你那么急躁，我真不能让你看，”我说，“你要学会这一件事，也就是我让你干什么，你就得干什么。你把名字签在那条线上吧。”

她拿起了钢笔，但是她只是站在那里，脑袋垂了下来，握着钢笔的手在颤抖个不停，根本就没签上字。这可真像她亲妈。“啊，上帝啊，”她说，“啊，上帝啊。”

“没错，”我说，“如果你任何事情都学不会，那你就必须学好这一件事。赶快在这里签字，然后赶紧给我离开这里。”

她签字了。“钱在哪里？”她说。我拿起那张汇款单，吸干了上面的墨汁，好好地放进了我的口袋了。然后我给了她十块钱。

“现在你赶快回学校去上下午的课，听见了没？”我说。她没有回应我。她把那张钞票放在手里捏成了皱巴巴的一团，就好像这只是一块破布或什么东西。她从店铺里走了出去，这个时候刚好碰上艾尔走了进来。他和一个客人一同走了进来，他们在店铺门口站住了。我整理好东西，戴上了帽子，走到店铺门口。

“事情多得忙不过来吗？”艾尔说。

“也没太多啦。”我说。他朝着店铺外头看去。

“在那里停着的那辆是你的车吗？”他说，“你最好别赶回家去吃饭了。在演出开始之前我们肯定还有好一阵子要忙活的。你就去罗杰斯的店铺里吃个快餐呗，回来把票据放抽屉里就行了。”

“实在太感激了，”我说，“但我琢磨着我养活我自己还是没什么问题的。”

他总是喜欢把守在这个地方，就像一只老鹰似的看守着这扇大门，直到我吃完饭又回来了。好吧，这一次他可得在门口多守一阵子了；我已经尽我所能表现得最好了。至少在我说“这是最后一次给你干活”之前；你现在要记住赶快弄一些空头支票过来。但是在这欢呼雀跃的节日[1]气氛中还能指望谁记住什么事情呢。而这个该死的马戏团凑巧今天又来镇上演出，我今天除了要赚钱保证一家人的吃喝之外，我还得去镇子里搜罗出一张空白支票来，而艾尔又像一头老鹰似的看守着这扇门。

我走进印刷店，说是我想跟个朋友开个小玩笑，但是老板说他那里没有这样的东西。然后他让我去那家残破的歌剧院找找看，他说之前那家老的商农银行破产的时候，有人把一大堆废纸和破旧物品都堆在那个地方了，于是我为了避免让艾尔看见我，我迂回曲折地绕了好几条小巷

① 这一天是4月6日，复活节的前两天。

子，最终找到了老头西蒙斯，从他手上拿到了钥匙，进了那个地方翻找了半天。终于让我找到了一本圣路易斯银行的空白支票。当然这次她还是会拿起来仔细瞧个半天的。但也不得不就这么办了。我再也不能浪费任何一点时间了。

我回到了店铺里头。“刚才忘记了拿几张单据，母亲想去银行办点事。”我说。我走到办公桌前面，填妥当了支票。我想赶快把这一切都弄好，我心里想着，她的眼神越来越不济了这其实还是件好事，否则家里养着那么一个小骚货，像母亲这样一个虔诚的基督徒妇女，可真是有得闹腾了。我对她说，您和我一样，心里跟明镜似的，都清楚她长大以后会变成怎样的人，如果您只是看在父亲的分儿上非要把她留在家里养育成人，这也是您的事。结果说到这一步她又要开始哭个不停了，说不管怎样这也是她的亲生骨肉啊，所以我就赶紧说，行了行了。您爱怎么着就怎么着吧。只要您做了决定，无论是怎么样的我都能接受。

我把信套进信封里，粘好信封背面，然后走了出去。

“你千万别一不留神就跑出去太久了。”艾尔说。

“好的。”我说。我走进了电报局。那群聪明人都聚集在那里。

“你们中谁已经发财赚到一百万了啊？”我说。

“就这么个熊市，谁能搞出什么大动作？”医生说。

“现在什么行情啊？”我问。我挤进去瞧了一眼。比开盘价又低了三个点。“你们这群小伙子不会因为棉花行情下跌这点屁事儿就受打击了，对吧？”我说，“你们都是聪明绝顶的人才啊，不至于成这样吧？”

“聪明个屁，见鬼去吧，”医生说，“十二点那一会儿就下跌了十二个点。让我输得一干二净了。”

“十二点？”我说，“该死的为什么没人跟我通风报信啊？为什么你们都不让我知道啊？”我冲着那个报务员只嚷嚷。

“行情怎么来的，我就怎么播报了呗，”他说，“我们这里又不是地下交易所。”

“你不是很机灵的吗，是不是啊？”我说，“我在你身上花了那么多钱，你竟然都抽不出一点时间来给我打个电话。要不然就是你这遭天谴的电报公司是和东部的投机大鲨鱼们在密谋什么见不得人的勾当。”

他一声不吭。他装出一副他很忙碌的样子。

“你现在翅膀长硬了，胃口也变大了，小裤子容不下你这个大屁股了，”我说，“你要明白首要事情就是你以后就要去卖苦力谋生了。”

“你这是怎么了？”医生说，“你不是还赚了三个点嘛。”

“是啊，”我说，“要是我早上及时抛出的话。我还没来得及告诉你们这件事吧。你们这一群小伙都赔钱了吗？”

“有两次我都差点儿赔了进去，”医生说，“还好我转向很快速。”

“哎呀，”艾·欧·斯奈普斯[①]说，“我这次运气不错；我寻思着好运气过一阵子总得来照顾我一次吧，这挺公平合理吧。”

于是我离开了，让他们那群人互相之间按五分钱一个点的价钱倒来倒去。我找到了一个黑鬼，我站在街角等他，让他去把我的车子开过来。我从这里看不到店铺的大门，所以我没办法看见艾尔一边瞅着钟，一边在大街上扫来扫去地找我。过了差不多一个礼拜那么长的时间，那个黑鬼才把车子开了过来。

“你这该死的到底把车子开去什么地方了？”我说，“四处兜风想在那些黑人娘儿们面前出风头，对吧？”

“我已经尽可能笔直地开过来了。”他说，“因为广场上到处都是马车，我非得绕着广场兜一个大圈子才能过来呀。”

我发现真是每一个黑鬼都能为他自己的所作所为找到无懈可击的辩解。但是其实只要一有机会开上汽车，他绝对百分之百要开出去炫耀卖弄一番。我坐进了车里，绕着广场兜了个圈子。我瞥见了艾尔在广场的那一边，正守在大门口。

我径直走进了厨房，让迪尔希赶快抓紧时间开饭。

“昆汀还没回家呢，”她说。

“她没回家又怎么了？”我说，“你下次是不是还打算告诉我说拉斯特还不太想吃饭呢。昆汀知道这个家里几点钟开饭。你现在赶紧做饭吧。”

---

① 另一个做投机买卖的人。

母亲待在她自己屋里。我把那封信递给她。她打开了信，把那张支票拿了出来，她坐了下来，手里捏着那张支票。我走过去在屋角拿起一把煤铲，递给了她一根火柴。“赶快吧，”我说，“把它烧了吧。您马上又要哭起来了。”

她接过了火柴，但没有点燃它。她呆呆地坐着，眼睛盯着那张支票。正如我一早预料到的样子。

“我真不想那么做，”她说，“多了昆汀这张嘴吃饭，增加了你的负担……”

“我觉得咱们会撑过去的，”我说，“来吧。点燃它吧。”

但她就只是坐在那里，手里捏着支票。

“这张是另外一家银行的，”她说。“之前的支票都是印第安纳波利斯的一家什么银行的。”

“没错，”我说，“女人们天生办事就这德行。”

“办什么事？”她说。

“在两家不同的银行里存钱呗。”我说。

“哦。”她说。她盯着支票看了好一会儿。“知道她日子过得这样，我还是挺高兴的……她有这么多……上帝会懂得我这么做是对的。”

“快点儿啦，”我说，“赶紧了结这件事吧。让这个大玩笑告一个段落吧。”

“大玩笑？”她说，“我心想的是——”

“我从来都觉得您每个月烧掉两百块钱这绝对是个大玩笑，”我说，“行了，赶紧吧。您这是想让我再划一根火柴吧？”

“我其实可以尽量说服自己接受这些支票的，”她说，“为了我的子孙着想。我这个人其实没什么傲气的。”

“您这人可真是永不满足啊，”我说，“如果那样做了，您知道没法原谅自己吧。您早就那么做了，那就好好地继续这么做下去吧。咱们的日子还撑得下去。”

“我每件事都听你的话，”她说，“但是有时候我会害怕，这样做是不是剥夺了本来正正当当应属于你的钱呢。大概我会因为这件事受到惩罚。如果你希望我收下支票，我也能压下自尊接受它们。”

“您都坚持烧支票烧了十五年了，现在又开始想接受了，这又有什么好处呢？”我说，“如果您继续这么烧下去，您一点损失也没有，但是如果您从现在开始接受支票，那您不就损失了五万块钱吗。我们不就是勉强维持生计直到今天吗？我也没看见您住进贫民窟里啊。”

“说得没错，”她说，“我们巴斯康家族的人不需要任何人的施舍。当然更不用说是来自一个堕落荒淫的女人的施舍了。”

她划着了火柴，点燃了支票，把它放在煤铲上，接着又点燃了信封，然后一直望着它们燃烧殆尽。

“你不知道这是一种什么滋味，”她说，“感谢上帝你永远也不会知道一个妈妈的心底感受。”

“在这个世界上还有许多女人过得还不如她呢。”我说。

“但她是我的女儿呀，”她说，“这不是为了我自己着想，我其实很乐意接她回娘家来住的，不管罪孽深重什么的，因为她是我的亲生骨肉呀。我这么做不全都是为了小昆汀好吗？”

哼，本来我想说，对于小昆汀那样的贱货，谁也没可能伤害到她呀，但是正如我之前所说的，我实在不敢祈求太多，我只不过想在家安安稳稳地吃饭和睡觉，不想听到这几个妇女们在家里唧唧喳喳地争吵拌嘴。

“这也是为了你好，”她说，“我明白你心底对她的看法是怎么样。”

“您不用考虑我的感受，”我说，“您就让她回来吧。”

“不行，”她说，“我一想到你父亲，我就无法这么做。”

“当赫伯特抛弃她的时候，父亲一直都极力说服您同意让她回家？”我说。

“你不会明白的，”她说，“我知道你不想让我的处境变得更艰难。但是为我的孩子们受苦遭罪，这就是我的生活方式，我能承受得来。”

“看起来您为了特意遭那份罪，倒是惹上了很多不必要的麻烦事啊，”我说。那张纸已经燃烧殆尽了。我把纸灰端到壁炉边，倒进了炉格子里。“对我来说，把好端端的钱都烧成了灰烬，这真是羞愧啊。”

“千万别让我活到那一天，看到我的孩子们迫不得已非接受那笔钱不可，那可是罪孽的报应啊，”她说，“要是非有那么一天不可，我倒宁愿你先死了躺在棺材里。”

“您爱怎么想就怎么想吧，咱们是不是得开饭呢？”我说，“要是还吃不上饭，那我就得回店里去了。今天店铺里面忙得要命。”她站了起来。“我已经问过她一次了，好像她还在等着小昆汀或是拉斯特之类的什么人。好啦，我去找她说去。等一下。”但是她还是走到楼梯头扯了一嗓子。

“昆汀还没回家呢。”迪尔希说。

“行了，那我还是回店里去吧，”我说，“我可以在街边买个三明治。我可不想妨碍迪尔希的用餐安排。”这下好了，她又开始发作起来了，迪尔希拖着两条行动不方便的腿蹒跚着走上走下，嘴里还一个劲地嘟囔着：“行了，行了，我尽快开饭就是了。”

“我这是尽量让你们每一个人都过得开心啊，”母亲说，“我想尽我所能让你们的生活过得舒适一点。”

“我没抱怨什么吧，对不对？”我说，“我就说了句我要赶回店里去，我还说了别的什么没有？”

“我知道，”她说，“我知道你不像别人那样能碰到那么多好机会，你只能在一家乡村杂货铺里埋没自己的才能。我一直都期望你能出类拔萃。我知道你的父亲根本就没有意识到你是整个家族里唯一一个有经商头脑的人，到后来家族越来越没落了，我还愚蠢地相信凯蒂结了婚之后，那个赫伯特就会……他都已经答应了……”

“行了，说不定他一直都在扯谎吹牛，”我说，“他可能从来也没开过什么银行。就算他开了银行，也根本没必要千山万水地到密西西比州来招聘一个小职员。”

我们吃了一会儿饭。我听到了班在厨房里，拉斯特正在喂他吃饭。正如我所说的，如果我们非得多养活一口人，而她又不肯接受那笔钱，为什么就不能把他送去杰克逊那儿去呢。他和同类人在一起生活，肯定会快活很多。我说，上帝他老人家很清楚，像我们这样的家族可再也没什么自豪可言了，但总是看见一个三十多岁的老小子整天和一个黑人小孩混在院子里玩，还顺着篱笆跑上跑下的，无论何时只要那一边开始打高尔夫球了，这一边就像牛似的哞哞叫唤着——这个场景还是太伤自尊了。要我说呀，早就该把他送去杰克逊那儿去了，要那样的话咱们早早地就过上好日子了。我说啊，您也算是对他尽职尽责了；您已经做到了人们期望您做的一切事情，甚至都做得太多了，所以啊，为什么不把他送去那里去呢，咱们纳了那么多税难道还不能享受一点福利吗。接着她说话了："我很快就要告别人世了。我明白我只是你们的负担。"我接着说："您这话已经说了太多太多遍了，搞得我都竟然开始有点相信了。"但我说啊，您也别老是嘴上说说而已啊，最好能确定下来，并且千万别告诉我，因为我绝对会让班吉连夜乘十七次火车去杰克逊那里。我又说道，我还知道有个能接收她的地方[①]，那个地方的名字既不叫牛奶巷也不叫蜂蜜街[②]。刚说到这里她又开始哭哭啼啼了，于是我说，行了，行了，我也和普通人一样很以自己的亲戚为荣耀的，虽然我并不一定能搞清楚他们的来路。

我们又吃了一会儿饭。母亲又差使迪尔希去大门瞧一瞧昆汀回来了没。

"我一直跟您翻来覆去地说了多少遍了，她中午不会回家吃饭了。"我说。

"她不会那么不懂事的。"母亲说，"她知道我不允许她在大街上到处游荡，也不允许她不回家吃饭。迪尔希，你刚才瞧清楚了没有啊？"

"既然她瞧不清楚，就别让她去瞧呀。"我说。

"我还能有别的法子吗，"她说，"你们每个人都不把我放在眼里了。天天都忤逆我。"

"如果您别赶过来插一手，我很快就能制伏她的，"我说，"根本花不了一天时间，我就能把她训得服服帖帖的。"

"你肯定对她非常蛮横不讲理，"她说，"你的脾气就像你莫里舅舅。"

这句话让我想起了那封信。我把信拿出来递给她。"您都没必要拆这

---

① 指的是可以把小昆汀送进妓院。

② 典故出自《圣经·出埃及记》第三章，上帝要摩西把以色列人带到一块"流着奶与蜜之地"去。

封信，”我说，“反正银行迟早会让您知道这次又要掏多少钱。”

“这信上写着的是寄给你。”她说。

“您就直接拆开了吧。”我说。她打开信封，读了之后，又把信递回给我。

信上是这么写的：

我亲爱的小外甥：

你肯定很乐于知晓，最近我有幸得到机会从事某个事业，至于这个事业的具体明细，在信中无法长篇累述，我会在更适当的场合告诉你。至于我需要暂时保密的原因不妨先告诉你。我多年的从商经验告诉我，只要碰到机密事项，千万要谨慎为先，小心驶得万年船，绝对不能在尚未面谈之前就用其他方式交代出去了。我此次的防御措施做得如此谨慎，我想你肯定能揣测出有关这项事业价值的蛛丝马迹。我能毫不犹豫地告诉你，这次是千载难逢的好机会，我正清晰地看见自己穷尽一生孜孜不倦追寻的目标终于出现在我眼前了，不仅使我自己的经济状况大为好转，同时家族产业的复兴亦是指日可待。说来也是很遗憾的，我竟是巴斯康这一户名门望族中硕果仅存的一个男丁了；同时，我也把你出身高贵的母亲以及她的子孙都视为至亲。

然而事情未能处处如我所愿，目前我还没能达到将此良机发挥得淋漓尽致的程度，还需努力争取，为了不让肥水流入外人的田地，我今天打算从你母亲的存款中提取一小笔我现在急需使用的款项，来补上我第一笔投资的缺口。为了保证手续完整，随信附上了我亲笔所写的年利息八厘钱的借据一份。无须多说，这只是一种形式而已，仅是为了让你母亲在这个道德沦丧阴晴不定的社会环境里有一点保障。自然而然，我将会把这笔借款当做我自己的投资，如此这般，你母亲就可以在我已经查明的这次千真万确的意外横财——请允许我用词粗俗——的绝世好机会中分一杯羹了。

我很相信你一定能够理解，这是一个生意人与另一个生意人之间的信任；我们携手同行，日后这一片甜美的葡萄园定能大获丰收，你觉得如何呢？而鉴于你母亲纤弱的体质以及南部的大家闺秀们视赚钱事业为洪水猛兽，同时鉴于妇人之间很容易在闲聊之中不经意地泄露机密，我建议此事先不在她面前提起为妙。我思量再三，建议你也应在她面前对此事守口如瓶。此后择一良日，我会将这笔款子和我之前陆陆续续向她所借的款项一起存进银行，而半个字也不会透露出去让她知道的，我想这样的处理方式会更加妥当一些。保护你母亲这样的大家闺秀不受到来自俗世钱物的纷扰是我们的职责所在。

挚爱你的舅舅

莫里·巴斯康

“您打算怎么处理这件事？”我说，一挥手把信朝桌子对面飞丢了过去。

“我知道你很不满我给他钱这件事。”她说。

“那些都是您的钱，”我说，“即使您想拿那些钱来打鸟，那这也是您自个儿的事。”

“他是我的亲生兄弟啊，”母亲说，“他是巴斯康家最后一脉香火了。等我们也死了，那巴斯康这一个家族就算消失了。”

“我寻思着这事对有些人来说确实很难受，”我说，“行啦，行啦，那都是您的钱。您怎么高兴就怎么花吧。您需要我去通知银行付这笔钱吗？”

“你一直都对他很不满，这我心知肚明，”她说，“我知道你肩膀上扛着很重的负担。等我离开人世了，你就轻松了。”

“我原本现在就可以让日子过得轻松很多。”我说，“行了，行了，我再也不提那件事了。只要您高兴，把整个精神病院放在咱们家也没问题。”

“他可是你的亲生兄弟啊，”她说，“虽然他是饱受病痛困扰。”

“我要把您的银行存折带上，”我说，“今天我要兑现一张支票。”

“他[1]怎么总是拖延六天才给你发薪水呢？”她说，“你觉得他的生意做得合理吗？我总是觉得很奇怪啊，一家没有负债的店铺为什么就不能按时派发薪水呢。”

“他没问题的，”我说，“跟银行一样靠得住。我跟他说了先别顾及我，把每个月底的账目结清了再说。所以有时候就拖延了几天才发薪水。”

“我真是不忍心看到你损失了我为你投资的那一小笔钱，”她说，“我经常都在琢磨着艾尔其实不算一个很好的生意人。我知道你在他店里投资了一笔，但他却从来都不把你当自己人看待，从来不给你一点权力。我打算去找他好好谈一谈。”

“别啊，您就别去搅和了，”我说。“那毕竟是他的生意。”

“你投资了一千块的股份进去呢。”

“您就随他去吧，”我说，“我自己心里有数。我有您的委托代理权。没事的。”

“你不知道你对我来说是我极大的安慰，”她说，“我一直以你为豪，你带给我那么多的喜悦，当你自发自愿过来对我说，要把你自己每个月的薪水都存在我的银行户头里时，我虔诚地感谢上帝，因为他把他们都带去天堂了，留下的那个是你。”

“他们都是好人啊，”我说，“我寻思着他们也都尽力而为了。”

“每当你用这种方式讲话，我都知道你又在心里责备你那去世的父亲了。”她说，“其实你也有权埋怨他几句的。但是听到你这么说话，我的心都碎了。”

我站了起来。“如果您接下来要号啕大哭一场才过瘾，”我说，“那就要恕我无法奉陪了，您只能独自哭泣了，因为我得赶回店铺里去了。我现在去拿那个存折。”

“我给你拿去。”她说。

“您别乱动了，”我说，“我自己去拿就行了。”我上楼从她的写字

---

① 指的是杂货铺的老板艾尔。杰生要用母亲的存折去兑现每月六号所收到的凯蒂汇来的支票，所以就扯谎说艾尔拖欠六天才给他开薪水支票。

桌里拿出了存折，走回到镇上。我进去银行，把支票、汇款单和那十块钱全都存进去了，然后在电报局耽误了一会儿工夫。现在比开盘价上涨了一个点。我已经赔进去十三个点了，那全都是因为在十二点的时候她跑来瞎捣乱，胡闹一气，用那封信来搅得我心神不宁。

“那份行情报告是什么时候出来的？”我说。

“大概一小时之前吧。”那个人说。

“一小时之前？”我说，“我们付钱给你是干什么用的？”我说，“就是为了每周一次的行情总结报告吗？这叫人还怎么干得成事情呢？屋顶都被大风刮走了我们还一无所知呢。”

“我觉得你也干不成什么事情了，”他说，“他们已经修改了法律，不能再在棉花市场上买空卖空了。”

“已经修改法律了吗？”我说，“我根本也没听说啊。他们肯定是从西联公司[①]发布的消息。”

我走回到店铺里。十三点。我压根儿也不相信能有人琢磨清楚这其中的微妙之处，除了那些坐在纽约办公室里的大老板们，他们就等着乡巴佬们捧着钱来祈求他们收下自己的血汗钱。哼，刚才一个打电话的就显得对他自己已经信心全无了，就正如我说的那样，要是你不想听别人的意见，那你何必还为这个事情付钱呢。再说了，这些都是消息灵通的局内人士，他们什么都知道。我的口袋里正装着一封电报。我仅需要证明他们在利用电报局进行诈骗行为，那么就能证明他们是一家骗人的非法投机公司。而且我从来也不会犹豫不决这么长时间。可是他妈的，这家公司跟“西联”一样，是一家规模巨大、资金雄厚的公司，要不然怎么可能做到准时发布行情报告呢。他们快速发了一个电报给你，说什么“您的账户今日款项已结清”。但其实他妈的，他们也不在乎客人的死活呢。他们就是跟纽约那一伙人在一个锅里头吃饭。这谁都看得出来。

当我走进店铺的时候，艾尔看了一眼他的表。但他一声不吭。等客人都走了，他才说：

---

① 美国一家电报公司。

“你中午回家吃饭去了吗？”

“我牙齿疼得要命，必须得去看牙医啊。”我说。我这么说是因为我去哪里吃饭他根本管不着，可我还必须要和他一起在店里待整个下午。我已经遭老罪了，他要是再喋喋不休，可真要命了。我早说过了，一家乡巴佬小卖铺的老板说的话你也句句当真的话，那以后只有五百块钱身家的人也要担心别人值五千块钱的烦恼了。

“你本应该先知会我一句的，”他说，“我以为你很快就会回来呢。”

“任何时候我都非常乐意把我这颗蛀牙送给你，另外还倒贴你十块钱，”我说，“之前咱们的协定是说明了中午有一个钟头的用餐时间啊，如果你不满意我的所作所为，想要怎么办你自己很清楚。”

“我知道这情况已经有一阵子了，”他说，“如果不是看在你母亲的面子上，我早就公事公办了。杰生，她是一位我很同情的夫人。可惜我认识的其他人等就不值得同情了。”

“那你就好好留着你泛滥的同情心吧，”我说，“要是我们什么时候需要同情了，我会提前很长时间通知你的。”

“杰生，你干那种事情，我已经帮你遮掩了很长一段时间了。”他说。

“是吗？”我说。我让他继续说。先要认真听他怎么说，然后我再让他闭嘴。

“你那辆汽车是从哪里弄来的，这件事我想我比她知道得更清楚。”

“你觉得你知道，对吧？”我说，“你计划什么时候出去大肆宣传，说我从我母亲那里偷了一辆车呢？”

“我什么也没说，”他说，“我知道你有她委托的代理权。我也知道她依旧坚信我这盘生意里面有她一千块的股份。”

“行啊，”我说，“既然你都已经知道这么多了，我不妨再多透露一点：你去银行问一问，这十二年来，我每个月头存进一百六十块是存在谁的户头上的。”

“我什么也没说，”他说，“我只是希望你以后最好当心一点儿。”

我也没什么好说的了。说了也没屁用。我老早就琢磨透了，如果一个人的思想已经形成了思维定式了，那你能为他做的最好的事就是随他去，让他死死抱住自己的成见去。当有人说为了你好，要奉劝你几句所谓的逆耳忠言时，你就直接跟他说“晚安，再见”。我非常庆幸自己没有那种什么良心，否则的话，我就得像照顾病恹恹的小狗似的哄着这什么良心了。如果我必须要像他似的，随时随地都谨小慎微，千方百计不让自己的小本生意赢利超过百分之八，那我真是生不如死。我寻思着他是不是以为只要赢利超过了百分之八，政府就会以重利剥削法来治理他。一个大活人就这么被拴在一个小镇子上，拴在这样一桩毫无起色的生意里，这辈子还有什么盼头。哼，如果让我接手他的生意，保证在一年之内，我就能让他下半辈子衣食无忧，不用再干活了；但话又说回来，那时候他又肯定会把赚来的钱全都捐献给教会或者什么地方。要是你问我最不能容忍的是什么，那就是伪善者。凡是碰到了自己还没能全部弄明白的事情，他都觉得事出蹊跷，只要一逮住机会，他就会在所谓的道德感的驱使下把这件根本就与他八竿子打不着的事情告诉第三者。而在我看来，要是我觉得有人干了一件我不太理解的事情，我就会认定他是个骗子，而且，至少我还能毫不费力地从店铺后面的那些账本里面找出一大堆问题来，那些账本在寻常百姓看来根本不值一提，也不值得我去告诉那些应该知道内幕的人，而实际上那些人知道的情况还不如我多呢，然而即使他们啥都不知道，那也不关我屁事啊。就在这时艾尔说：“我的账目对任何人都是公开的。任何有关人士或是坚信自己仍在本店铺里拥有股份的女士都可以到店铺后面来查账，随时热烈欢迎。”

“可不怎的，你肯定不会说啦，”我说，“你的良心才不允许你这么做呢。你肯定就只是把她带到后面去查账，然后让她自己发现真相。你肯定不会通过自己的嘴巴说出来的。”

“我根本不想干涉你的事情，”他说，“我明白你在很多方面也过得不好，就跟昆汀一样。但是你母亲也真是很命苦，如果她跑到我这里来询问你为什么辞职了，我也只好如实禀告了。这不是一千块钱的问题。这点我想你也很清楚。问题是，要是一个人的经营状况和账目情况不吻合，那这个人肯定啥也干不了。无论是为了我自己还是为了别人的事情，我都不乐意对任何一个人说谎话。”

“行了，那么，”我说，“这么看来，你的良心是一个比我还更得力的助手啊；它甚至中午都不用回家吃饭。但是，你可别让你的良心来倒我的胃口。”因为上帝啊，我怎么可能把事情办好呢，与那么一个该死的家庭，有那样一个母亲，她完全不约束凯蒂，也不约束任何人的行为，就好像有一次她凑巧撞见了一个小伙子在吻凯蒂，结果第二天她一整天都穿着黑漆漆的丧服戴上了黑面纱在家里走来走去，连父亲也没办法让她开口说话，她就那么一边哭着一边嘟囔着她的小女儿死了，死了，然而当时凯蒂才刚满十五岁，如果按照那个趋势发展下去，不出三年，我母亲就得穿上苦行僧的粗毛编织而成的衣服了，要不就是用沙皮纸糊起来的。我说，眼睁睁这么看着她[1]跟每一个新到镇子上的旅行推销员就这么亲亲热热地在大街上游来荡去，我心里就好受吗？他们走了之后，还要告诉路上碰见的别的推销员说，到了杰弗逊小镇，在什么地方能钓到一个热情的辣妹。我并不是一个过分死要面子的人，我不能白白养活一整个厨房的黑鬼佣人，我也一点都不想把州立精神病院的一年级明星学员强留在家里。血统也算高贵了，我说，家族的前辈里出了好几位州长和将军呢。还好我们祖辈上没出过国或是当过总统，否则我们全家人都该去杰克逊那个地方抓蝴蝶玩了。我说，假如班是我的孩子，那情况确实很糟糕；但是我至少可以一开始就确定了他根本就是个野种啊，但是折腾到了今天这样，就算让上帝他老人家来判断，他也没办法很确定了吧。

过了好一会儿，我听见了乐队开始敲敲打打，店铺里的客人们慢慢走光了。每一个人都冲着演出的场地走过去。他们在两毛钱的马鞍绳上锱铢必较，把省下来的一毛五孝敬给那一群北方佬。这伙骗子到镇上来为了争取演出的机会，也许只付了十块钱。我从后门走到了后院里。

“喂，”我说，“要是你不当心点，那颗螺栓就会长进你手掌心的肉里去。到那时候我可要扛一把斧头砍掉你的手了。你赶快把这些耕种机全都装配好，让农民们种好庄嫁，不然的话，象鼻虫要吃什么呀？吃鼠尾草吗？”

“那些人吹出来的小喇叭还真是挺好听啊。”乔伯说，“都说戏班子

---

① 指小昆汀。

里有个人能用锯子演奏曲子呢。就好像他手里拿的是一把班卓琴。”

“你给我听着，”我说，“你知道这场演出会给咱们镇子带来多少财富吗？差不多就十块钱，就是此刻装在巴克·特平[①]口袋里的那十块钱。”

“他们为什么要给巴克先生十块钱呢？”他说。

“为了争取在本镇演出的权利呀，”我说，“你现在能算出他们让你大开眼界所花费的本钱了吧。”

“您的意思是，为了能在咱们这儿演出，他们还得交十块钱啊？”他说。

“就是这样，”我说，“你觉得他们应该交……”

“天啊，”他说，“您是想告诉我，政府问戏班子要了钱之后才答应他们来这儿演出吗？要按我的说法，只要能看到那个人表演拉锯子，拿十块钱我也乐意呀。按这么个算法，到了明天早上，咱们不是还欠人家九块七毛五分钱啊。”

北方佬还一个劲儿地灌输那种想法给我们说什么要提高黑鬼们的地位呀。哼，那就让他们提高去吧，我从来都这么说。让他们走得越远越好，让咱们在路易斯维尔[②]以南的地区就算牵着一条警犬也搜罗不出一个黑鬼来。我刚说什么来着？我才告诉乔伯，到了礼拜六晚上，那个戏班子就会打包行李，然后带走至少一千块钱离开这个镇子，而他却说：

“我也不会嫉妒他们的。这两毛五的门票钱我们还是能负担得起的。”

“两毛五个屁啊，”我说，“才不是什么两毛五。他们把两分钱一盒的什么糖卖给你，收你一毛甚至一毛五，这就赚了你一笔。还有你白痴似的站在那里听着乐队敲锣打鼓，浪费了那么多时间，这难道不值钱吗？”

“这也确实，”他说，“唔，如果今晚咱们好端端地度过了，而他们临走的时候又要多带走两毛五分钱的话，那这就挺明显了。”

“这事情说明了你就是个大蠢蛋。”我说。

“唔，”他说，“我就不跟您争执这个了。如果太蠢也是罪过，那么

① 也许是当地某个长官的名字。

② 肯塔基州北部的一个大城市。

苦囚犯们就不会都是黑色皮肤的了。”

嗯，就在那个时刻，我偶然抬头朝小巷子里张望了一眼，这一下就看到了她。我往后退了几步，看了看自己的表，我没有注意到她身边的那个男人是谁，我正在看着表。此时才刚刚两点半，比旁人预料中的——当然不包括我——她应该走出校门的时间足足早了四十五分钟。我扫了一眼门外，第一眼看到的就是他脖子上系着的那条红色领带，我就寻思着，会打红领带的人到底是个什么来头呢。但是就在这个时候，她一边瞄着店铺大门，一边顺着小巷子的墙根鬼鬼祟祟地溜过去，于是我就没来得及思考这男人到底什么来头。我寻思着，她果真一点也不把我放在眼里了呀，我让她去上学，她就偏要逃学出来，而且她竟然还敢从我店铺门口经过，也不避讳，也不怕我看见她。只是她看不清店铺里的状况，因为太阳正好直射进了店里，炫目得很，就像汽车的头灯似的那么扎眼，所以她以为我看不见她，于是我就躲在门里面望着她扬长而去，她那张脸涂抹得像个滑稽的小丑似的，头发还抹上了什么黏糊糊的油，发型也怪异得很。在我年轻的时候，如果哪个女人敢穿那么短得简直都包不住屁股，更遮不住大腿的裙子在外面游荡，哪怕是在臭名昭著的盖约苏街或是比尔街[①]上，也会被立刻给抓起来的。坦白讲吧，女人们穿着这种衣服招摇过市，心里的想法就是要让街上来来去去的男人们看见了都忍不住想伸手摸一把。我还在苦苦地思索着，在寻思到底是什么来历的人才会系红领带呢，突然之间我翻然醒悟，这不就是戏班子里的一个唱戏的吗。想到这里我简直有了十足的把握，就好像是她亲口告诉我似的。嗯，我能忍一时之气；要不是我能强忍住这一口气，那我这个人还能存活到今天嘛；所以等他们在街角一拐弯，我立刻从店铺里闪出来，跟上了他们。我连帽子都没拿，这青天白日的我竟然鬼鬼祟祟地在大街小巷里跟踪别人，这全是为了维护我母亲的良好名誉呀。我不是早就说了嘛，如果一个女人在娘胎里就开始学坏了，这就是坏在根上，一点办法也没有的。如果在她的血管里流淌着淫荡的血液，那无论你怎么样也帮不了她了。唯一能做的就是撇开她，跟她划清界线，由

① 孟菲斯的两条街道，曾经是情色场所聚集地。

得她去跟同类的人厮混在一起。

我走到大街上的时候，已经寻不见他们的踪影了。我就直愣愣地站在那里，帽子也没戴，看起来像是个疯子。路人这么想也挺自然的：这户人家，一个是大傻子，还有一个投河自尽了，嫁出去的姑娘又被她丈夫给抛弃了，这么一寻思，不就顺理成章地想到了，这家的其他人也肯定都全是疯子嘛。我呆呆地站在大街上，四周的人们像是秃鹫那样死死地盯着我看，就在等着说：哟，果不其然呀，我早就料到了这全家人都是疯子哟。把地都给卖了，就为了供他去哈佛读书，这么些年来纳税资助了一家州立大学而这个大学除了在举行棒球联赛的时候我进去看过两次之外就跟它再也没什么联系了还不允许在家说起她女儿的名字到后来父亲都不愿意去镇上了他成天就搂着一个酒瓶子坐在那里我眼前仿佛又看见了他的睡袍下摆和他那双赤脚我好像又听见了酒瓶子倒酒的时候发出的声音到最后他连给自己倒酒都倒不动了只能让T.P.给他倒酒她还一个劲儿地说我在心底对自己死去的父亲没有丝毫敬意可我说不清道不明为什么不是如她所说的那样呢我对父亲的回忆从来都深深地埋在我的脑子里除非哪一天连我也跟着一起疯掉了那就只有上帝才知道我该怎么办了我看见了水都会犯恶心我想喝威士忌我宁愿一口喝下一大杯子汽油罗琳告诉别人他的酒量也许很差但要是你们不相信他是个顶天立地的男子汉的话那我可以告诉你们如何才能知道他真的是她还说了如果让我哪一天抓住了你和小荡妇之类的厮混在一起我就会让你瞧瞧我的厉害她说我要抽死她掐死她只要她没来得及跑脱掉我就要不停地往她身上抽皮鞭他这么一说我就赶快说我不喝酒这是我自己的事情不过要是你哪一次觉得我不中用了只要你愿意我就给你买一大桶啤酒让你在里面泡澡因为我对一个心地善良为人踏实的婊子是怀着很大的敬意的因为我一方面要维持母亲的身体健康另一方面又要做好自己的本职工作但是这个小浪蹄子虽然我已经帮她做了那么多事情她竟然一点都不知好歹还让她自己还有我母亲还有我在镇上沦为大家的笑柄。

她一下子就闪出了我的视野之外。她肯定已经发现我在盯梢了，所以就拐进了另外一条胡同里，跟着一个系着红领带的唱戏的男人在小巷子里跑上跑下。每一个行人看到了他都不免要多看上几眼，心里想着：这男人穿成这样，到底是什么来头呢。嗯，电报局的那个跑腿的一直在跟我说着什么，直到我收下了电报，我还不知道自己手里拿着的是什么东西，我签了字之后才回过神来。我拆开了电报可是依然不太关心里面写着什么。但其实我都能估计得到。这也是唯一可能会发生的事情了，并且还拖延了那么久，非要等到我都把支票存进银行存折里了才发电报来。

我实在搞不懂，比纽约那样的超级大都市小得多的地方怎么可能容纳得下那么多专门搜刮乡巴佬血汗钱的人呢。我们每一天都辛勤劳作，把血汗钱汇过去，就换来这么一张小小的纸片：贵账号以收盘价二十点六二元结算。就这么哄骗着你，让你在纸面上看起来似乎赚了一点，结果呢，到头来您的账户收盘价是二十点六二元。这还不算啥，你每个月还得按时交十块钱给某位管事的，这个管事的跟电报局是一伙儿的，而此人的特点就是一定要对这个业务一窍不通，唯一的特长就是教你如何快速地把钱给赔个一干二净。够了，他们的这一套戏法我可是受够了。反正这也是最后一次让他们榨取血汗钱了。除了听信犹太人扯鬼话的大傻瓜，随便谁都知道行情就要一直看涨了，因为密西西比河三角洲那一带又要涨大水了，棉花田又会像去年一样被冲刷得一干二净了。我们这里的庄稼地年复一年地被大水淹掉，可是华盛顿的那些官老爷们却可以每天花费高达五万元的军资出兵干涉人家尼加拉瓜或是什么国家的内政。密西西比河肯定还得接着发洪水，那么棉花的价格就会涨到一磅三毛钱。嘿，我真是想把他们一击即中，把我的钱全捞回来。我其实也不想把他们赶尽杀绝，只有小地方的赌徒才干这种事情，那帮挨千刀的犹太人用什么保证很可靠的内部情报骗走了我的钱，我就只想把那些钱弄回来。然后我就脱手不干了。哪怕他们跪在地上亲吻我的脚，也别再想能从我这儿骗走一分钱了。

我走回到了店铺里。这个时候马上就到三点半了。有点晚了，也干不了什么事情了，但我已经习惯这种状态了。我从来没进过哈佛大学，也能学会这些。乐队的敲敲打打已经停了下来。这个时候观众都已经被骗进了马戏场里，他们就不用再费劲吹得半死了。艾尔说：

“他找到你了对吧？就那个送电报的小伙子。刚才他来店铺里找过你了。我还以为你就在后院呢。”

“没错，”我说，“电报我收到了。他们也不能够一个下午都扣住电报不给我吧。这个镇子太小了。我得赶回家去一趟，要是你觉得心里不舒服，那你就扣我的薪水吧。”

“你赶快去吧，”他说，“我现在能应付得过来。真希望你收到的不是什么坏消息。”

“那你得去电报局打听答案了，他们有时间告诉你。我可没有那么多时间。”

“我只是问一问而已，”他说，“你母亲心里明白，她可以信赖我。”

“她会感激你的，”我说，“我会尽快早点儿赶回来。”

“你还是慢慢来吧，”他说，“我这里能应付得过来。你赶快去吧。”

我上车，开车直往家里奔去。早上开溜一次，中午走开两次，现在又跑了，全都是她的缘故，搞得我没办法非得满镇子找她，不得不祈求家里人让我吃一口本来就是我赚钱买来的食物。有时候我在思考，这一切又有何作用呢。我自己首开先例，然后要接着这么做可真是让我抓狂啊。我一路上匆匆忙忙地往家里赶去，路上有许多车开了很远的一段路去拉一篮子番茄之类的东西，接着还得开回镇子上来；我全身都冒着一股樟脑[①]的气味，就好像刚从樟脑工厂里出来似的，只有这样我肩膀上扛着的那颗脑袋才不至于爆炸。我一直都在告诫她[②]，阿司匹林里面除了面粉和水之外啥也没加，这种药物就是安慰一下那些老觉得自己生病了的人。我说您难道还不知道头疼是怎么回事吗。我说要是按我的想法，我才懒得伺候这辆破车呢。我说了，没有汽车我也一样能好好活着，我早就习惯了生活里面缺东少西了，但是如果您不怕死，非要跟那个毛都还没长齐的黑小鬼一起坐那辆眼看就要散架的破旧马车，那也行啊，我早就说过了的，上帝总是垂怜班这样的人群。上帝也知道该为他做点什么了，但是如果您觉得我会乐意把一辆价值一千块钱的娇贵的机器交给一个黄毛小子或是成年黑人之类的，那您最好还是自己掏钱给他买一辆吧。因为我早就说过了，您还是喜

① 杰生患有头疼病，经常用樟脑油。

② 指康普生太太。

欢坐汽车的，这点您自己也很清楚的。

迪尔希说母亲在家里。我径直走到门厅里面，仔细听了一会儿，但是什么动静也没听到。我走上楼，而就在我刚经过她房门的时候，她喊住了我。

“我只是想知道谁在外面，”她说，“我在房间里独自待了那么长时间，只要有一点动静我就能听见。”

“您没必要天天待在家里的，”我说，“要是您乐意的话，您也可以像别的女士一样，四处串串门，走走亲戚之类的。”她走到门边来了。

“刚才我还在寻思你是不是生病了呢，”她说，“吃饭总是那么急匆匆的。”

“下次的运气应该会好很多吧，”我说，“您需要什么东西吗？”

“有什么事不对劲吗？”她说。

“能有啥不对劲呢？”我说，“我就不能下午抽空回家来瞧一瞧吗，这会打扰到家里吗？”

“你看到昆汀了吗？”她说。

“现在已经过了三点钟了，”她说，“至少半个钟头之前我就听到钟声敲响了。她现在也应该到家了吧。”

“她应该到家？”我说，“您什么时候见到过她在天黑之前回家？”

“她现在也应该回来了啊，”她说，“当我还是个小姑娘的时候——”

“那时候有人管教您啊，”我说，“可没人管教她。”

“我拿她真是无能为力啊，”她说，“我已经竭尽全力了啊，什么方法都试过了。”

“但是不知道出于什么原因，您就是不肯放手让我一试，”我说，“所以现在这种状态您还是知足吧。”我往自己的房间走去。我慢吞吞地把门锁上了，就站在门边上直到有人在外面旋动门球。此刻她说话了，

“杰生。”

“什么事啊？”我说。

“会不会出了什么事啊。”

“我这里风平浪静的，”我说，“您找错地方了吧。”

“我也不是存心要打扰你。”她说。

“真高兴能听到您这么说，”我说，“刚才我还不敢确定呢。我还以为自己耳朵听错了呢。您到底有什么事呢？”

过了好一会儿，她说：“没事。啥事也没有。”于是她就走开了。我搬下了箱子，把要的钱点清点好取了出来，再把箱子放回原处，用钥匙打开了门，走出房间。我想抹一点樟脑油，但是现在已经没时间了。我只需要再坚持一下，再跑一趟就行了。她站在自己房门口等着我。

“您需要我从镇子上给您捎点什么回家吗？”我说。

“不用了，”她说，“我也不想干扰你的事务啊。但是杰生啊，我真不知道万一你有个三长两短我该如何是好。”

“我挺好的啊，”我说，“就是有点头疼。”

“你还是赶快吞几片阿司匹林吧，”她说，“我知道你没法不开车出门。”

“开车和头疼有啥关系啊？”我说，“小汽车会让一个男人头疼吗？”

“你也知道汽油味儿总是让你恶心作呕，”她说，“你打小就这样的。我还是希望你能吃几片阿司匹林。”

“那您就一直希望着吧，”我说，“这反正对您来说也没什么不妥的。”

我钻进汽车，开车回到了镇子上。我刚拐上大街就看见一辆福特飞速冲我开了过来。但是突然之间它又刹车了。我听见了车轮在地面上滑动摩擦的声音，然后这车子掉了头，倒车，匆匆忙忙地朝前面开过去了。我正在寻思这辆车到底是怎么回事的时候，我瞥见了那条红色的领带。然后我又看到了她的脸，那张扭过来透过后车窗四处张望的脸。汽车急速地钻进了一条小巷子里。我看见它又拐了个弯，我追了上去，等我开进小巷子的时候，它又离开了那里，它在拼命地逃跑。

我看到了那条红领带。我那么苦口婆心地教育了她之后她根本就没听进去，还接着这么做，我认出了那条红领带之后，我气得忘记了一切。我赶到了第一个岔路口时，不得不停了下来，这时我才想到自己的头疼。他妈的，我们一次又一次地掏钱出来修理这条破马路，可是每次我们开车经过这里的时候，这条路根本就像是一张皱巴巴的铁皮盖子。我真是很想知道怎么才能追上前面那辆车，哪怕只是一辆独轮手推车呢。我还是太为我的汽车着想了，我还是不想把它当作一辆福特那么猛折腾，颠簸得都快要散架了。那辆福特有很大的可能性是他们偷来的，所以才这么不心疼。我总是在说，血液解释了一切。如果一个人的血管里就流淌着那种血液，那可真是什么事情都敢做呀。我还说了，如果您本来坚信着自己要对她承担起什么责任和义务的话，那么现在这种责任和义务已经不复存在了。从此刻开始，如果再出了什么事儿您只能怪自己了，因为您心知肚明，任何一个有理智的人遇到这种情况会怎么处理。要我说啊，要是我非得把一半时间来当一个蹩脚侦探的话，那至少也要给我找一个能发给我薪水的地方啊。

于是，我不得不在三岔路口停车。这个时候我的头痛又袭来了，就仿佛有人拿着铁锤子在我脑袋里恶狠狠地敲打着似的。我说了我一直都非常努力让您不用再为她担心了；我也说了，要是让我来考虑这事，我简直恨不得立刻给她一脚，把她踹进地狱里去，越快越好。我还说了，您到底还有什么可指望的呢，现在每一个来镇上的旅行推销员和下三烂的戏子都成了她的心肝宝贝了，因为镇上那些流里流气的小瘪三们都懒得答理她了。我说，您真是不知道外面那些人都在怎么议论她了，我可真是听得一清二楚啊。您也完全不用怀疑，我不会去堵他们的嘴巴的。我说，当你们祖上还在开着三家村里的小卖部，耕种着那些连黑鬼们都不会正眼瞧一眼的破落土地的时候，我们家已经养活了不计其数的黑奴呢。

要是他们真的开垦了那些土地倒也罢了。上帝赐予我们这块福地，这原本是件幸事；然而居住在这个地方的人们却根本没做过一件好事。现在是礼拜五下午，在我的目光所及之处方圆三英里之内的土地全部都荒芜着，从来没有开垦过。县城里每一个壮劳力全部都去镇子里看马戏团演出了。假设我是一个就快要饿死的陌生人，在街上甚至都找不到一个人来问问去镇上该走哪条路。然而她还在想着逼我吃阿司匹林呢。我说了，我要是想吃面包，我就要坐在餐桌上光明正大地吃。您总是在唠叨着说自己为我们做出了多大的牺牲，但是您每年乱吃那些专利药品所花的钱也够做十套新衣服了。我也不是非要找到能一下子治好我的病痛的灵丹妙药，可也别总让我吃那些阿司匹林了。只要我还得一天工作十个小时来养活厨房里那一帮吃闲饭的黑人懒鬼们，还得纵容他们像县里来的黑鬼们那样去看什么马戏表演，那我吃啥药都一样要头疼死了。不过前面的那个黑鬼就太迟了，等他到了马戏场子，都已经结束了。

片刻之后，他走到汽车旁边，我可算想方设法让他那个蠢脑子搞明白了我想知道的是有没有两个人刚才开了一辆福特汽车经过他附近，他回答说有啊。于是我接着往前开去，等到我开到了大车路拐弯的口子时，我看见了汽车轮胎的痕迹。阿波·罗素[1]正在他地里干着活儿，但是我没有特意停车问他，因为我刚离开他的谷仓就看见了那辆福特。他们正企图把它藏起来。她做这种事真的很差劲，就像她做的任何一件事一样。我经常都说，其实并不是我对她有成见，特别针对她；说不定她就是情不自禁地做了这些事，但是她真的不应该一点都不顾及自己的家庭，不应该这么毫无顾虑。我一直都很害怕会在大街正中央看见他们，又或者是在广场上的大车子下面见到他们俩像野狗一样纠缠在一起。

我停住车走了下来。现在我还得绕过一个大弯穿过一片耕犁过的田，话说这竟然是我出了镇子之后看到的唯一一块耕犁过的田地呢。每迈出一步，我都感觉后面有人在跟着我，要一棍子敲我的脑袋。我一直在寻思着，等我穿过这片田地，就能走在踏实的土地上了，总不能一直像现在这样走一步晃三晃吧。然而当我走进了树林子里时，我发现遍地都是灌木丛，我非得把身体扭来扭去地才能穿过去。然后我走到了一条布满荆棘的小沟渠旁边。我顺着沟渠往前走了一段路，但是荆棘越来越密布了。这个时刻，说不定艾尔正在不停地往我家打电话，打听我的下落，把母亲搅得心烦意乱呢。

最后我终于穿出了小沟渠，可是我绕了个太大的弯子，只能先停下脚步，认真地辨认那辆汽车到底在哪里。我知道的，他们不可能离汽车太远，应该就在附近的灌木丛里，所以我又转回头来，朝着大路的方向一步一步走去。然而此时我又搞不清楚到底离大路还有多远了，所以只能停下脚步来听马路上传来的声音，就在这个时候，血液从我的腿部直接往上

① 当地一个农民。

涌，一股脑全都涌进了我的脑袋里，好像立刻就要爆炸了似的。太阳正在下山，光线平平地射过来，直射进我的双眼里，我的双耳正轰鸣不已，听不见任何别的声音。我一直往前走着，尽量不发出一点声音，这时候我听见了一条狗或是别的什么动物在哼唧的声音，我知道待会儿等它闻到了我的气味之后肯定会拼命地狂吠不已，那么我就全都暴露了。

我全身都粘满了“叫花蚤[①]”、树丫子和什么乱七八糟的污秽东西，衣服和鞋子里都粘到了，这时候我回头瞧了一眼，结果不留神一只手碰到了一棵毒葛。我唯一没弄懂的事情是为什么现在手上捏着的仅仅是毒葛，而不是毒蛇或其他更刺激的玩意儿。于是我干脆就懒得理它了。我只是站在原地，一直等到那条狗离开了。然后我接着往前走去。

关于那辆福特到底停在什么地方，我现在真是一点头绪也没有了。我就只感觉到一阵阵排山倒海的头痛，无法思考任何事情，我只好站在一个地方，就静静地站着，心里很疑惑自己是否真的看到过一辆福特，甚至我连到底看没看到这件事都已经不在意了。我已经说了，就算她每天每夜都出去找镇子上的任何一个男人睡觉，这又跟我有什么关系呢。人家从来也没考虑过我的感受呀，当然了我也不欠任何人的任何情分了，再则说了，我这么做也确实不太妥当啊；把那辆福特随便丢在那里，让我花了整整一个下午的时间到处搜寻，而艾尔却可以名正言顺地带她进到后面的账房里面，把繁杂多样的账本都拿给她看，因为对于这个世界来说，他的道德感太高尚了。我说，你进了天堂之后可没什么舒心日子过了哟，因为那个地方没有闲事来给你管呀。你可千万别让我逮个现形，我完全是看在你奶奶的面子上才对你姑息忍让，但是只要让我在自己家里也就是我母亲居住的地方发现你在干那种龌龊事，哪怕只有一次，我都会让你好看。那帮油头粉面的小瘪三，自以为有多大本事呢，我倒要让他们瞧一瞧我有多大能耐，也让你好好开开眼界。我要让那个臭唱戏的知道，如果他以为能有本事带着我外甥女在树林里钻来钻去，那条红领带就是把他拖进地狱的催命绳！

① 某种植物的种子，带倒刺，极易挂在人和动物的身上。

阳光和四处射来的反光照耀在我的眼睛上面，我的血液直往上涌，我一次又一次地寻思着：我的脑袋越来越痛，好像真的就要爆炸了似的，这下子可就一了百了了，就别说那些一直企图往我身上攀附的荆棘草和树丫子了。这个时候我走到了他们刚才路过的沙沟边上，我认出了刚才汽车就停在那棵树旁边。然而我爬出了沙沟开始撒腿就跑的时候，我听见了汽车引擎的声音。那车子摁着喇叭快速开走了。喇叭就这么一直响着，好像在说着：好呀，好呀，好——呀。而此时车子的轮廓越来越小了。我赶到了大路上，正好看见了汽车完全消失在我的视野里。

等我赶到自己车子边上时，已经连他们的车尾烟都看不见了，而那个大喇叭的声音倒还在响彻云霄。哼，我根本还没料到自己的车子会出问题，我一门心思想着赶快走。赶快回到镇子上去。赶快回到家尽全力让母亲相信，我根本从来都没见过你坐在那辆汽车里头。尽力让她相信我根本不知道那个男人是谁。尽力让她相信我并没有差一点儿就在沙沟那里逮住了你，当时我们的距离只有十英尺。尽力让她相信你一直都是站得好好的，从来也没躺下去。

那辆汽车还一直在叫着：好呀——好呀——好——呀。只是声音越来越小，渐渐就听不到了，这个时候我听见了罗斯的牛棚里有一头牛在哞哞叫唤的声音。我依然没预料到自己的汽车会怎么样。我走到车门边，打开车门，抬起来自己的腿。我感觉车身有点倾斜，虽然路面是斜斜的，但也不至于斜成这个角度啊，但是我还是没有回过神来，直到我坐进了汽车里，发动车子的时候才知道事情不对劲了。

于是，我只能呆坐在原地。太阳就要落山了，这里离镇子大概五英里的路程。他们没胆量把车轮扎破捅一个大洞。他们只是放掉了车胎的气。我所能做的就只有站在车子边上苦苦思索着：我辛苦养活了那么一大厨房的黑鬼，但却没有人抽得出时间来帮我把备用轮胎安到车后的铁架上，顺便拧紧几颗螺丝。说来奇怪啊，她虽说心思诡秘，但也不可能想得那么周密啊，还能想到故意把打气筒也给拿走了，说不定是那个戏子在给我轮胎放气的间隙，她刚好想到了这一招。但是也有可能这个打气筒早就被谁卸了下来拿给班当气枪打了，只要班想玩什么，他们就把什么拆了，哪怕是汽车也全拆下来给他玩，还亏了迪尔希说什么没人会碰你的汽车啦。我们没事干吗玩你的汽车呀？我早就说了，你是黑鬼。你太幸运了，你明白吗？我说我随便哪一天都乐意跟你换身份，因为只有白人才这么傻乎乎地去操一个骚货的行为是否规矩的心。

我朝着罗素的农村走去。他那里有打气筒。我寻思着，他们倒是疏忽了这一点啊。然而我依然无法相信她会这么胆大包天，竟然能干出这样的事情来。我一直在寻思这件事情。我说不上来原因，但我从来也不信一个女人能干出什么像样的事情来。我不停地思考着，我们先不谈个人恩怨，无论如何我都无法对你做出这样的事情来。不管你过去是怎么对我的。因为就像我所说的，血浓于水啊，你没法回避这层关系。这可不是八岁小孩淘气的时候想出来的小笑话啊，这是让一个竟然会戴红领带的男人来耻笑你的亲舅舅啊。这群戏班子到了咱镇上，统一喊咱们为“乡巴佬儿”，还嫌弃镇子地方太小了，摆不下他们那么大的艺术家呢。哼，其实他这句话可算是说对了，昆汀也一样的。如果她的想法也是这样的话，那就让她趁早滚蛋吧，她一走，咱们可真是谢天谢地了。

我给车胎打好了气，把气筒还给罗素，就驱车前往镇子。我开车到杂货店门口买了一罐可乐，接着又来到了电报局。收盘价是十二点二一元，足足跌了四十个点。这是四十五块钱呢；你想买什么就拿这笔钱买去吧。她要说了，我非要拿到这笔钱不可啊，我真的非要不可。我说那可就真是太糟糕了，你想要钱就问别人要去吧，我一分钱也没有；我忙得四脚朝天啊，哪有空去赚钱呢。

我呆呆地望着他[①]。

“我有个消息要告诉你，”我说，“我对棉花市场行情很有兴趣，听到这个你一定很惊讶吧，你肯定是从来也没想到过吧，对不对啊？”

“我已经竭尽全力了想要把它送到你手上啊，”他说，“我给店里打了两次电话，还打了电话到你府上，但是大家全都不知道你去了哪里。”他说着，还一边在抽屉里翻着什么。

① 电报局的报务员。

“送什么给我？”我说。他递给我一份电报。“这是什么时候到的？”我说。

“大概三点半左右，”他说。

“但是现在已经是五点过十分钟了，”我说。

“我寻遍了各种方法，”他说，“可就是找不到你啊。”

“这不能怪我，对吧？”我说。我拆开了电报，就想瞧一瞧他们这次又扯了什么新的谎话了。他们竟然绞尽脑汁不远千里特意上密西西比州来每个月骗我十块钱，这也真是够狼狈了。迅速脱手为上策，电报里是这么说的。行情即将波动，总体趋势看跌。按照官方说法就是没必要恐慌。

“传一份这样的电报要多少钱？”我说。他把价钱告诉了我。

“电报费已经由对方付清了。”他说。

“那这么看来我就只欠他们这些钱了。”我说，“这个行情我早就知道了啊。发一份电报给我，费用对方付清，”我抽出了一张空白单据。吃进，我写上，行情即将大涨无疑。有时候制造一点混乱可以让有些还没来电报局的乡巴佬们上钩。无须恐慌。“帮我把这个电报发出去，对方付费。”我说。

他看了一眼电报，又抬头看了一下钟。“一个钟头之前就已经收盘了。”他说。

“嗯，”我说，“但这也不能怪我呀。这样的交易又不是我发明的；我只是买进了一部分，我还以为电报公司会及时更新通知我行情涨落呢。”

“每次我们收到行情播报，总会第一时间公布的。”他说。

“是吧，”我说，“但是在人家孟菲斯，每十秒就在黑板上播报一次，就今天下午的事儿，我去了离那里还不到六十七英里的地方。”

他再三看了看那张电报。“你确定要发出去吗？”他说。

“我说了要改变主意吗？”我说。我拟好了另一封电报，而且点了点钱的数目。“这一封也发出去吧，如果你真的会写‘吃进’这两个字的话。”

我回到铺里。我可以听到从街道那一头传来的乐队锣鼓喧天。禁酒[①]

① 指1920～1923年，美国联邦法律的禁酒令。

可真是好事一桩啊。从前每到礼拜六，那些乡巴佬们就穿着全家共用的仅有的一双皮鞋进城来，他们总是去“快捷货运公司”的办公室里取托运而来的包裹；现在好了，他们全都光着脚进城来看演出了，那些生意人就站在店门口盯着他们走了过去，就好像是关在一排笼子里面的老虎或其他猛兽。艾尔说了：“我真希望这次不是多严重的事情。”

“什么呢？”我说。他看了一眼自己的表，走到店铺门口，朝着法院门楼上的那面钟望了望。“你应该配上一块那种一元钱一个的老爷表，”我说，“不用花什么钱，也能让你相信自己的表从来都走不准。”

“你说什么？”他说。

“没什么，”我说，“希望我刚才没给你添什么麻烦。”

“刚才不算太忙，”他说，“大家都跑去看马戏了。所以没什么大碍。”

“如果有什么问题，”我说，“你肯定知道可以采取什么措施。”

“我不是才说了吗，没什么关系。”他说。

“我听得一清二楚，”我说，“如果有什么问题，你肯定知道可以采取什么措施的。”

“你是不是想辞职不干了？”他问。

“这也不是我的生意，”我说，“我的想法如何都无关紧要。但是你千万别觉得你雇用了我就是在帮衬我。”

“杰生，如果你肯好好做的话，你会成为一个很好的生意人。”他说。

“至少我懂得只管自己的生意，不去招惹别人家的闲事。”我说。

“我真不懂你为什么要逼迫我炒你鱿鱼，”他说，“你明明就知道你什么时候不想干就可以随时走人呀，这一点不会对我们的交情有什么阻碍的。”

“大概这就是我为什么没有辞职的原因吧，”我说，“只要我还在给你打工，你就给我派发薪水。”我到店铺后面去喝了一杯水，接着从后面走了出去。乔伯可算把全部的耕种机都安装完毕了。这个时刻的后院静悄悄的，片刻之后，我的脑袋就不那么疼痛难忍了。现在我能听见戏班子在唱歌，接着乐队在演奏。算了吧，就让他们把这个破地方的每一毛每一分都搜刮干净吧；反正这也不是割我的肉。该努力的我都努力干了；一个活到我这把岁数了还不懂什么叫做适可而止的人，那可真是蠢得无药可救了。再则说来，这件事其实跟我压根儿没有一点关系。如果她是我的亲生女儿，那事情就不可能变成这样了，因为她绝对不会有空闲时间跑出去游荡；她得干活啊，她得努力干活来养活那好几个病人、傻子和黑鬼啊。我是不可能有女儿的，我实在是拉不下脸面来娶一个正正经经体体面面的好女人到这样一个家庭里来的。我对任何人都怀有至高无上的敬意，是万万做不出这样的事情来的。我是一个老爷们儿，我扛得住，那是我的亲生骨肉，如果谁胆敢对我熟识的任何一位女士说出什么不敬的话语来，我肯定会好好地瞪他一眼。在背后嚼舌根的都是些正儿八经的良家妇女，我真是想看一看这些高贵典雅的、做礼拜从来不缺席的女士们都是些什么样的货色，她们说不定还没罗琳一半那么正经呢，且不说罗琳是不是个婊子。正如我所说的，如果我想要结婚，您准会像一只气球似的一蹦三尺高吧，您自己很明白这一点，但是她说的是我希望你过上幸福的日子，拥有自己的家庭，而不必要一辈子为我们奔波劳碌。我马上就要离开人世间了，等我走了之后，你也该娶个妻子了，但是你一生也找不到能跟你般配的女子的。然而我说，不可能，我一定会找到的。您一听说我要娶媳妇这事，您就会从坟墓里爬出来吧，您肯定能行的。我说，好了，感激不尽了，就现在，需要我照料的女士可就够多的了。等哪天我一结婚，说不定还发现新娘是个吸毒的或类似货色呢。我说，我们家可不就只缺这一个角色了嘛。

此刻，夕阳已经西下，落在卫理公会教堂的后面了，鸽子群也正绕着教堂的塔尖来来回回地飞翔着，演奏只要一停，我就能听见鸽子们咕咕咕的叫声了。圣诞节才仅仅过去不足四个月，但是鸽子们又像之前似的那么浓密了。我寻思着沃索尔牧师[1]绝对是胃里塞了太多鸽子肉了。他发表了那种演说，以至于只要看见有人瞄准鸽子，就有人冲过去一把抓住枪管，你是不是认定我们想开枪射击的是大活人呀。他口若悬河夸夸其谈，胡吹什么让和平降落在这一片土地上啊，还有什么善待世上的万事万物啊，甚至

① 当地监理公会教堂的牧师。

连一只小麻雀都不让我们打。但是他却对一群群那么浓密的鸽子全都熟视无睹，他反正天天都百无聊赖，也没必要知道几点钟了。他根本就不用纳税，当然也不用费心思每年交钱上去，好清洗干净法院门楼上挂着的钟里面的油沫泥巴，它才能走得更准确一点。擦一次钟，就得付四十五块钱给师父呢。我随便数了数，这一块地上刚出生的小鸽子至少有一百只。你还想着它们要是够聪明的话就会赶紧离开这鬼地方吧。我说，还好我不是一只鸽子，没有被那么多乱七八糟的三姑六婆给缠得无法脱身。

乐队又开始演奏了，很响亮很快速，听起来仿佛立刻就要爆炸了。我琢磨着这次就可以令看客们皆大欢喜了。如此这般，他们慌慌张张赶了十四英里还是十五英里的路程回到家里，连夜给牲口喂食挤牛奶的时候，乐队演奏的曲子就正如余音绕梁一般在他们脑袋里驱散不去。他们用口哨吹出那个曲调子，再把听到的笑话乐滋滋地讲给牛棚里的畜生们听一听就很心满意足了。他们心里还在掐算呢，还好没把牲口也赶去看戏，这一下就节省了不少钱呢。或者这样算一算，假设一个人家里有五个小孩、七头骡子，那就意味着他仅仅花了两毛五分钱就让全家都看了演出呀。就是诸如此类这般。这时候艾尔从后院拿了几包东西过来。

“又要发货了啊，”他说，“乔伯大叔人呢？”

“他大概是去看演出了吧，我猜啊，”我说，“你一眼没看住他，他就找机会开溜。”

“他不会开溜的，”他说，“他那个人还是很可靠的。”

“那你这意思是我这人靠不住了？”我说。

他踱步到店铺门口，朝外面望了几眼，仔细听着外面的动静。

“那个乐队还真棒，”他说，“我想他们也快散场了吧。”

“应该是吧，除非他们偷偷躲在里面什么地方等着看夜场。”我说。燕子们已经开始在空中飞翔了，我还听到了麻雀们成群结队地飞到法院广场的树枝上，阵阵唧唧喳喳声不绝于耳。才片刻之后，大群的麻雀就会在屋顶上方飞来飞去，一下子闪现在面前，一下子又闪不见了。在我眼中，这根本就是和鸽子一样惹人厌烦的东西。只要有麻雀在，你就绝对不可能在广场上安安稳稳地坐着。还没等你回过神来呢，噗的一声，一泡屎就不偏不倚落在你帽子上。而倘若想打掉它们，光是一发子弹就得花五分钱呢，百万富翁才负担得起这种费用啊。其实只需要在广场上四处撒一撒毒药，保证只消一天，它们全都消失了。要是有哪个生意人管不住自己的禽类，不能阻止它们在广场上四处撒野，那么他最好还是不要再贩卖禽类了，干脆去做另一门生意吧，举个例子，比方说可以去贩卖那些不用喂食的死物，像是犁头啊，洋葱啊之类的。要是一个人没法看管住自家的小狗，那也就是说要么是他不想养这条狗了，要么就是他根本没资格养狗。我早说了的，要是镇子上的所有生意都做得像乡下的农贸市场，那么这个镇子很快就会变成乡下的废墟场了。

“就算演出散场了，你也没什么可高兴的，”我说，“他们还要套马车，把车往回赶，等到家都已经三更半夜了。”

“嗯，”他说，“他们很享受那些表演。就让他们时不时地花点钱看一看表演吧。山里的农民们干活很劳累的，收成又少得可怜。”

“有哪条法律规定了农民们非要在大山里或什么地方干活啊。”我说。

“如果没有他们，咱们在哪里还说不定呢。”他说。

“我反正这个时候肯定已经在家了，”我说，“在床上躺着呢，脑门上顶着一袋子冰块镇一下我这头疼欲裂的脑袋。”

“你这头痛的次数也太频繁了吧，”他说，“为啥你不好好检查一下牙齿呢？今天上午他没给你看吗？”

“谁没给我看啊？”我说。

“你不是说你上午看牙医去了吗？”

“你这态度，是不是不允许我在你规定的时间范围内头痛啊？”我说，“是不是就这个意思啊？”现在他们散场了，正要走过我们这条小巷子。

“他们来了，”他说，“我还是赶快到店面上去吧，”他走开了。这真是很奇妙的事情，无论你身体怎么不适，总会有男人蹦出来说你该去做个牙齿的全面检查了，也总有女人跑出来跟你说该结婚啦。热衷教育你应该如何做生意的往往还是个一事无成的人。那些大学教授们，穷得叮当响，连一双好点的袜子都拿不出来，居然在教别人如何在十年之内赚足一百万，而有些女人呢，她们自己都还没寻觅到好夫婿，可是一开口说如何操持家务啊这之类的话题真是理论一套一套的。

乔伯赶着一辆大马车停在店铺门口。他花了好几分钟才把缰绳插在马鞭的插座上绕妥当了。

“嘿，”我说，“演出精彩吗？”

“我还没去看呢，”他说，“不过如果你想逮住我的话，就尽管今晚到大帐篷来。”

“你没去，谁信哪，”我说，“三点之后你就开溜了。艾尔先生刚才还在这里找你呢。”

“我去处理了一点私人事务，”他说，“艾尔先生他知道我去了什么地方的。”

“当然你可以糊弄他，”我说，“反正我也不会揭发你的。”

“要真是那样的话，他就成了我在这里唯一打算糊弄的人了，”他说。“我压根儿也不在乎礼拜六晚上是否能见到他啊，我何必大费苦心去糊弄他呢？我也不会糊弄你的，对我而言，你实在太过精明。是的，先生。”他一边说着话，一边手忙脚乱地把五六个小包裹塞进大车里。“对我而言，你实在太精明了。整个镇子就数你的脑袋转得最快。你把一个人耍得连他自己是谁都不知道了。”他一边说着，一边爬上了大车，解开了缰绳。

“就是杰生·康普生先生呗，”他说，“驾！阿丹，跑起来呀！”

大车的一个轮子眼看着就要飞出去了。我就等着瞧热闹，看他驾着马车跑出巷子之前，那个轮子是不是会飞出去。但凡你把车子交给一个黑鬼去打理，他就保证会把车子折腾成残废。要我说，咱家的那辆每一处都叮当乱响的老爷车真是闻者伤心、见者落泪啊，但是没办法啊，还得把它摆在车库里放上一百年，就是为了每个礼拜让那个小黑鬼能赶着它去墓地一趟。我说呀，活在这个世界上，无论谁都必须要干自己不乐意干的事情，他也不能例外。我就是想叫他要么就像个文明人似的开着汽车出门，要么就待在家里。事实上他怎么知道要去什么地方呢，或者要坐什么车去呢，可我们还是留着一辆马车，养着一匹马，就为了让他礼拜天下午能出去溜达一圈。

但凡路程不远，能步行走回来，乔伯就懒得理会轮子会不会中途飞了出去。我一早就说了，唯一适合黑人待的地方就是农田了，他们在那里日出而作日落而息。只要他们一有点闲钱，或是一有点空闲，他们就会浑身痒痒了。而要使一个黑鬼丧失工作能力也很简单，你只需要让他在白人身边多待一会儿。他们就会变得比谁都诡秘，就能在你眼前公然耍奸诈弄滑，把你的心理揣摩得一清二楚，罗斯科斯就是个典型的案例，只不过他唯一犯错的地方就是竟然在某一天一不留神让自己死掉了。偷懒、偷鸡摸狗、强词夺理、越来越刁蛮，到最后你只能用木头棒子或是别的武器把他们给镇压下去。哼，这说来说去都是艾尔的分内事。但是要换了是我，我坚决不会允许一个黑人老奴赶着一辆让人胆战心惊，随时拐个弯都会散架的破马车在城里四处招摇过市来毁掉我店铺的声誉。

太阳还未完全落下山去，可是房子里的光线慢慢黯淡了下来。我走到店铺门口。广场上空空如也。艾尔在里头锁保险箱，就在这时候，钟声敲响了。

“你把后门锁上吧。”他说。我走到店铺后面，把门锁好了，折回到店面上。“我猜你今晚打算去看表演吧，”他说，“昨天我不是给了你几张票吗？”

“确实给了，”我说，“你是不是想要回去啊？”

“不是，不是啊，”他说，“我就是有点记不得是不是给过你了。没必要浪费掉嘛。”

他锁好了大门，道了一句再见，就往前走了。整个广场上已经空无一人了，只剩下几辆汽车，还有在树枝里唧唧喳喳叫唤个不停的麻雀们。小卖部门口正停着一辆福特，我连瞟都懒得瞟它一下，我知道我已经受够了这一切。我不介意尽我所能帮她一把，可是我知道我已经受够了这一切。我琢磨着我还不如教会拉斯特怎么开车，如此这般，要是他们不反对，就派他成天开车去跟踪她，至于我嘛，就有空待在家里陪班玩了。

我走进小卖部买了几根雪茄。我脑子里一瞬间闪过一丝灵感，我想再试一把头痛欲裂时候的运气，于是我停下脚步，和他们攀谈了起来。

“嗨，”麦克[①]说，“我猜你今年把钱都押在了洋基队吧。”

“怎么了？”我说。

“锦标赛呀，”他说，“联赛里没有一个队能打败他们。”

“那肯定呀，”我说，“那些队伍都糟糕透顶啊，你觉得一个队会永远都好运连连吗？”

“我觉得这不是运气好。”麦克说。

“只要鲁斯[②]待在哪个队，我就坚决不押这个队赢，”我说，“就算我明知道这个队肯定会赢。”

“为啥呢？”麦克说。

“我能给你列举出十多个在两大联赛里每个队比他厉害的球员。”我说。

“你为什么瞧鲁斯这么不顺眼呢？”麦克说。

“也没有啦，”我说，“我没有看他不顺眼啊。我只是一看见他的照片我心里就直冒火。”我走了出去。万家灯火慢慢点亮了，行人们在街上往家里赶。有些时候麻雀们要等天色全都暗了下来，才肯闭嘴。某天晚上，在法院广场周围一圈新装的路灯全都点亮了，麻雀们激动得一宿没睡，整夜都在扑来扑去，拼命往路灯上撞去。它们一直闹腾了好几个晚上。接着有一天清晨，它们全都不见了。但是两个月之后它们又飞回来了。

我开车回到了家里。房子里还没有点灯，但我能猜到他们肯定都在朝着窗外张望着，迪尔希在厨房里热着非要等我回家才能上桌的饭菜，她还嘟嘟囔囔发着牢骚，好像那些饭菜是她自己花钱买的。你要是听到了她说的话，还真会觉得这世界上没有别的晚饭了，就只有因为我回家而推迟了开饭时间的那一顿。哟呵，总算有一次我回到家里的时候不用看见班和那个小黑鬼挂在大铁门上，看起来就像是大熊和猴子被关在一起似的了。等到太阳一下山，他就往大门走去，像到了一定的时辰，一头牛就会自己回牛棚里去，接着他就挂在大门上，脑袋晃来晃去的，唉声叹气的。像是一

① 一个闲人。

② 指当时著名棒球明星鲁斯，纽约洋基队的主力。

头被阉掉的公猪，这就是对你的惩罚。如果因为闯出敞开的大门而被砍了一刀这种事情发生在我身上，就算白送一个女学生给我，我也不想看了。我时常都想不通，他挂在大门上，眼巴巴望着那些女学生们放学回家，想要满足自己不知道也不需要更是没有能力满足的欲望，这些时刻他脑子里都在想着什么呢？不止这些，如果他们把他的衣服都脱光了，刚好他又看了自己的裸体一眼，又像平常一样大喊大叫了起来，在这样的时刻，他脑子里又在琢磨什么呢？就像我一直说的那样，这件事情他们做得不够干净利落。我说，我知道你最需要什么，你最需要的就是像班那样，找人给你彻底做一次手术，手术做完之后你就守规矩了。要是你还是不懂我在说什么，那就让迪尔希告诉你吧。

母亲的屋里还亮着灯。我停好了车，走进厨房里。拉斯特和班在里头。

“迪尔希在哪里？”我说，“正在布置晚饭吗？”

“她上楼去了，在卡洛琳小姐屋里，”拉斯特说，“就快要打起来了。昆汀小姐刚回来就生气了。奶奶上楼去劝她们。杰生先生，戏班子来了吗？”

“来了啊。”我说。

“我仿佛听到了乐队吹奏乐曲的动静了，”他说，“我好想去看一场呀，要是我有两毛五分钱，我早就去看了。”

迪尔希走进来了。“嗯，你回家啦？”她说，“今天下午你干什么去了哟？你不知道我手上有多少活儿要干；你为啥就不能准时回家呢？”

“没准我是去看演出了呢，”我说，“可以吃晚饭了吗？”

“我好想去看呀，”拉斯特说，“要是我有两毛五分钱就好了。”

“看演出跟你一毛钱关系也没有，”迪尔希说，“你赶快进去坐下来吃饭，你千万不敢上楼去惹得她们又闹起来。”

“到底怎么回事？”我说。

“昆汀刚回来不一会儿，她说你整个下午都在跟踪她，接着卡洛琳小姐就很尖锐又很激动地批评了她。你为什么就不能随便她干吗呢？你怎么就不能和你的亲外甥女在同一个屋檐下一团和气地过着安稳生活呢？”

“我想跟她吵也根本就吵不上啊，”我说，“因为我从早上开始到现在就一直没看见她了。她这次又投诉我什么啊？强迫她去学校吗？这可真是太过分了。”

“好啦，你忙你的去吧，别理她了，”迪尔希说，“只要你和卡洛琳小姐批准我来管教她，我肯定会把她照料得很妥当的。行了，你进去吧，规规矩矩的，等我喊你吃饭。”

“只要我有两毛五分钱，”拉斯特说，“我就能去看演出了。”

“给你插上一对翅膀，你就能飞到天堂里去了，”迪尔希说，“别让我再听到任何一个有关演出之类的字眼了。”

“这提醒我了，”我说，“有人送了两张票给我。”我从外套口袋里掏出了票。

“你自己要去看吗？”拉斯特说。

“我才不想去呢，”我说，“再加十块钱送给我，我都不乐意去。”

“杰生先生，那您送一张给我吧，”他说。

“我可以卖一张给你，”我说。“你觉得怎么样？”

“可我身无分文啊。”他说。

“那就太遗憾了。”我说，抬腿假装自己马上要走的样子。

“杰生先生，就送我一张吧，”他说，“反正您也不需要两张啊。”

“你可别天真了，”迪尔希说，“他这个人你还不了解吗，他从来不会白送东西给别人的你不知道吗？”

“您打算卖多少钱呢？”他说。

“五分钱。”我说。

“我没有那么多钱啊。”他说。

“那你有多少？”我说。

“我身无分文啊。”他说。

“那就算了。”我说完拔腿就走。

“杰生先生。”他说。

“你怎么还不闭嘴呢？”迪尔希说，“他只不过是在逗弄你玩呢。他已经想好了要自己去看。杰生，你走吧，别招惹他了。”

“我才懒得看。”我说。我走回到炉子前面。“我特意来这里把它们烧掉。不过，也许你乐意花五分钱买一张？”我说着，双眼盯着他，一边打开了炉盖。

“我真没那么多钱啊。”他说。

“那好吧，”我说。我一挥手，把一张戏票丢进了炉子里。

“喂，杰生！”迪尔希说，“你不觉得羞愧吗？”

“杰生先生，”他说，“我求求您了，先生。我每天给您装轮胎，足足装一个月。”

“我要现金，”我说，“给我五分钱，这张票就是你的了。”

“拉斯特，别再说了，”迪尔希说。她猛地把他拉了过去。“丢呀，”她说，“就把它丢进炉火里呀。继续丢啊。干吗不全部丢进去呢？”

“只需五分钱，这就归你了。”我说。

“赶紧丢进去吧，”迪尔希说，“他没有五分钱。丢呀，把它丢进炉子里去。”

“那就没办法了，”我说。我一抬手把票丢进了炉子里，迪尔希迅速关上了炉盖。

“这么大个的人了，还干这种事情，赶紧从厨房里出去。别闹了。”她对拉斯特说：“你可别又惹得班吉发病了。今天晚上我让方罗妮给你两毛五分钱，你明天晚上就能去看表演了。现在给我安静一点儿。”

我走进了起居室。我听不见楼上有任何声响。我打开了报纸。片刻之后，班和拉斯特走进来了。班挪到黑漆漆的墙角里，那个地方曾经挂过一面镜子。他伸出两只手在墙上摸来摸去，嘴角挂着口水，嘴里不知在呻吟什么。拉斯特开始生起炉火来。

“你在干吗呢？”我说，“今天晚上不用生火了。”

“我想让班吉安静下来，”他说，“复活节总是很寒冷。”。

“可今天又不是复活节，”我说，“别动它了。”

他把拨火的铁棒放好了，从母亲的椅子上拿了那个垫子给班，然后班就在壁炉前面蹲了下来，变得很安静。

我在看着报纸。楼上一点动静也没有，这时候迪尔希走进来了，喊班和拉斯特去厨房吃晚饭。

“好吧，”我说。她走出去了。我依然坐着看报纸。片刻之后，我听见迪尔希走到门口探进头来。

“你怎么还不来吃饭呢？”她说。

“我正在等着吃晚餐呢。”我说。

“晚餐已经准备好了，摆在餐桌上了，”她说，“我已经跟你说了呀。”

“是吗？”我说，“不好意思。可我没听见有谁下楼啊。”

“他们不准备下楼吃饭了，”她说，“你赶快去吃吧，等我过一会儿端上去给他们。”

“他们是不是生病了？”我问，“医生说了什么病没有？我真心希望不是出天花啊。”

“杰生，去厨房吃饭吧，”她说，“让我能早点儿做完事情。”

“那好吧。”我说，我又举起了报纸放在面前。“我就好好等你开饭了。”

我能感觉到她站在门口瞪着我。我依然看着报纸。

“你演这一出戏是什么意思呢？”她说，“你都知道我已经忙得喘不过气来了。”

“要是母亲身体不适，没办法下楼吃饭，那当然无所谓了，”我说，“但是现在我出钱出力养活那些人，他们就必须下楼到餐桌上来吃饭。你什么时候准备好了晚饭，就什么时候喊我！”我说，继续低下头看报纸。我听见迪尔希上楼去了，她的步伐非常沉重，边走边喘，就好像这个楼梯是垂直上下的，而且每一个台阶之间距离三英尺那么远。我听见了她走到了母亲屋子门口，然后又听见她在喊昆汀，但貌似昆汀的屋门锁上了。然后她又走回母亲屋子里，接着母亲从屋子里出来了，跟昆汀讲了几句话。片刻之后，她们一起走下了楼梯。我依然在看报纸。

迪尔希走到起居室门口。“赶紧去吃饭吧，”她说，“否则你说不定又想出什么鬼点子来了。你今天晚上纯粹是在自找麻烦。”

我走进饭厅。昆汀坐在饭桌边，勾着脑袋。她又在脸上浓妆艳抹了。她的鼻子刷得太白了，像一个瓷器做的绝缘体。

“您能下楼来吃饭，看来身体状况不错，我真是很高兴。”我对母亲说。

“无论我身体行不行，我下楼坐到餐桌边吃饭，算是对你的一点回报吧。”她说，“我知道男人们在外面辛苦工作了一整天，就希望全家能聚在一起吃顿和和美美的晚餐。我想让你开心一点。我真心祈求你和昆汀能和平相处。那样我就没什么可担心的了。”

“我们相处没什么问题啊，”我说，“只要她肯的话，成天把自己关在家里我也没啥意见啊。但是一到用餐时间不是大吵大闹就是闷头生气，这可不行啊。也许这个要求对她太有难度了，可这是我家定的规矩呀。我的意思是，这是您家定的规矩呀。”

“是你的家，”母亲说，“现在当家的人是你。”

昆汀连头都没抬过一下。我帮忙分好菜。她就大嚼起来了。

“你分到的那块肉好吃吗？”我说，“要是不好吃，我再给你切一块更好的。”

她一言不发。

“我说，你那块肉好吃吗？”我说。

“什么？”她说，“哦，还行吧。”

“你还要再添一点米饭吗？”我说。

“不用了。”她说。

“最好还是让我帮你再添一点吧。”我说。

“我吃饱了。”她说。

“别客气，”我说，“那你请便吧。”

“你的头不痛了吧？”母亲说。

“头痛？”我说。

“我好担心你的头会痛得不停，”她说，“就你今天下午回家的时候。”

“哦，”我说，“没事，不算太痛。我们整个下午都忙个不停，我把这事儿给忘了。”

“你工作太忙了，才这么晚回家对吧？”母亲说。我能看出昆汀在侧耳仔细听。我双眼盯着她。她的刀叉还在动个不停，但是我看到她瞥了我一眼，然后又飞速低头看自己的碟子了。我说：

“也不是啦。三点钟左右的时候我把汽车借给一个人了，要等他把车子还给我了，我才能回家嘛。”我吃了一会儿饭。

“借给谁了呢？”母亲说。

“就是那个戏班子里的一个人，”我说，“貌似是他的妹夫带着镇上一个什么女人开车出城了，他就去追了他们。”

昆汀坐在椅子上纹丝不动，但嘴里还在嚼着食物。

“你真不应该把车子借给那样的人，”母亲说，“你这个人就是太大方了。所以不是逼不得已我是绝对不会求你让我用汽车的。”

“我也开始寻思自己是不是太慷慨了点儿，”我说，“还好他安全返回了。他说已经找到他们了。”

“那个女人是谁呢？”母亲说。

“我迟点再告诉你吧，”我说，“我不想当着昆汀的面聊这种事情。”

昆汀已经不再吃东西了。她过一下就喝一口水，然后坐在椅子上捏着一块饼干，低头望着碟子。

“真是啊，”母亲说，“我这样大门不出二门不迈的妇道人家还真是很难想象镇上发生的事情啊。”

“没错，”我说，“根本想象不到的。”

“我过的日子可跟这种生活八竿子也打不着，”母亲说，“感谢上帝，我可不想知道这些邪恶的事情。我听都懒得听呢。我可不像大多数人那样。”

我没有再开口。昆汀坐在椅子上，手里掰着饼干，直到我吃完了饭，这个时候她说话了：“我可以走了吗？”她没抬起头来看任何一个人。

“你说什么？”我说，“当然，你可以走了。你这是在等我们用餐完毕吗？”

她盯着我看。她已经把饼干全都捏得粉碎，但她的手还在用力捏着，她的眼神像是被逼在一个角落的什么动物，然后她撕扯着自己的嘴唇皮，好像这两片涂着血红唇膏的嘴巴会毒死她似的。

“奶奶，”她说，“奶奶——”

“你还想吃点什么吗？”我说。

“奶奶，他为什么要处处针对我呢？”她说，“我从来都没有伤害过他啊。”

“我希望你们几个和平共处！”母亲说，“一大家子人就剩下这么几个了，我实在很希望全家人能融洽地相处在一起啊。”

“这全都是他的错，”她说，“他就是不肯放过我，我真是受够了。要是他看不惯我住在这里，为什么就不能让我回去——”

“你够了啊，”我说，“你别再说了。”

“那为什么他就是不肯放过我呢？”她说，“他——他只是——”

“他相当于你的父亲，”母亲说，“他赚钱养活了我们。他希望你能听他的话，这也很合理。”

“这全都是他的错，”她说，一蹦三尺高。“是他逼迫我这么做的。只要他——”她瞪着我们，眼神呆滞，身上挂着的两条手臂在瑟瑟发抖。

“只要我怎么样呢？”我说。

“总之无论我干了什么事情，全都是你的错，”她说，“要是我很恶劣，那也是你逼我变得这么恶劣的。我真是情愿一死了之呢。我真是希望全家人都死干净了才好呢。”然后她跑出了厨房。我们听见她奔上楼梯。然后砰的一声巨响，关上了门。

“这还是她第一次发表这么合情合理的言论呢。”我说。

“她今天没去学校。”母亲说。

“您怎么知道呢？”我说，“莫非您去过镇上了？”

“总之我就是知道了，”她说，“我还是希望你能对她宽容一点儿。”

“要我宽容一点儿，那每天都得多见她几面才行啊，”我说，“您得让她每顿饭都到餐桌上来吃。那我就可以每顿饭都多给她分一块好肉了。”

“你可以从一些小事情做起啊。”她说。

“就比如您嘱咐我多看管着她，别让她逃学的时候，我就当做没听见，对吧？”我说。

“今天她没去学校，”她说，“我知道她今天没去。她说她今天下午和一个小伙子开车出去兜风了，你跟踪了她。”

“我怎么可能干这种事情呢，”我说，“这个下午别人把我的车子都借走了，我还怎么跟踪呢？不管她今天有没有逃学，这事儿都已经过去了，您要是非要这么忧心忡忡的，那就继续担心到下礼拜一吧。”

“我真心希望你们两个人能够愉快相处。”她说，“她倒是继承了那种任性执拗的性格。这其实这就像她的舅舅昆汀。那时候我就是想到她很有可能遗传到了这种脾气，我才给她取名叫昆汀。总有些时候，我感觉她是凯蒂和昆汀给我的惩罚。”

“我的神哪，”我说，“您可真是太擅长联想了啊。难怪总是把自己折磨得病恹恹的啊。”

“什么啊？”她说，“我不懂你的意思。”

“我也没指望您能懂，”我说，“女子无才便是德，您这样的大家闺秀当然是懂得越少越好了。”

“他们两个人[①]的脾气和路数都是一样的，”她说，“我想管一管他们吧，结果他们就和父亲一起联手来对抗我。他一直都说什么不用约束小孩子，说他们俩早已经懂得纯洁和真诚，然而任何人只要具备了这两种高贵的品质，那么就再也不会学坏了。那现在我想他肯定很满意这个结果吧。”

“您不是还有班嘛，”我说，“振作一点吧。”

“他们处心积虑地把我排除出去，”她说，“她和昆汀是一伙儿的。他们总是在背地里搞阴谋结合成统一战线来反抗我，同时也反抗你，不过你那时候年纪还太小。他们一直都把你和我当成外人，他们对你莫里舅舅也很生分。我总是跟你父亲说，太纵容他们了，他们成天厮混在一起的时间太久了。昆汀进学校读书，到了第二年，我们只好也把凯蒂送过去，她就是要和他混在一起才开心啊。你们男孩子们玩什么，她就要玩什么，要是不让她玩，她就发脾气呢。她就是那么浮华，有虚荣心，还有那种没必要的自尊心。到后来她惹的麻烦越来越大，我知道昆汀的反应也会很大，同样也会惹上大麻烦。但是我怎么可能料想得到他竟然如此自私，竟然——我做梦也不可能想得到——”

---

① 儿子昆汀与女儿凯蒂。

“大概他早就想到了会生一个女孩，”我说，“再生出一个这样的女孩，他断然是无法接受的。”

“他本来可以管得住她的，”她说，“似乎只有他的话凯蒂还能勉强听进去一点。但是我想这可能就是对我的惩罚吧。”

“没错，”我说，“死掉的那个偏偏是他而不是我，这太惨无人道了。如果对换一下，那您就会好受得多。”

“你总是拿这样的话来伤害我，”她说，“我真是活该遭这样的罪啊。之前家里想卖掉地来供昆汀上哈佛读书，我就跟你爸爸说了，一定要给你做同等准备。到后来赫伯特说要把你弄进银行里上班，我就跟你爸爸说，这下子杰生也算是有着落了。从那之后，这家的开销日渐增大，我没有其他办法，就卖掉了家当和留下的那块牧草地，我马上写信给她，在信里我说她应该懂得她和昆汀都分到了属于自己的那份财产，甚至还侵吞了原本属于杰生的那一部分。那现在家里一切都得靠她了。我说，出于对父亲的尊敬她本就应该这么做。当时我还坚信不疑呢。但可惜我只是个可怜的老太婆啊；从小到大受到的教导就是认定人们会为了他们的亲兄弟而牺牲自己。都是我的错呀。你骂我骂得对呀。”

“您是不是觉得没有别人的帮衬我就成不了气候呢？”我说，“更别说我竟然还要一个连自己小孩的爸爸是谁都不知道的女人来帮衬自己吗？”

“杰生！”她说。

“行了，”我说，“我不是故意那么说的。当然我不是特意要惹您生气的。”

“你也很难惹我生气了，我已经受遍了世上所有的酸甜苦辣了。”

“我肯定不是故意的啦，”我说，“不是故意的。”

“我就希望至少你不对我耍这个把戏。”她说。

“当然不会啊，”我说，“她的性格简直和他们俩如出一辙，这毫无意外。”

“我实在忍受不了了。”她说。

“您就别老想着这个了。”我说，“她还在为了晚上出去玩这事跟您闹腾吗？”

“不是的。我要她懂得，现在不让她出去玩全是为了她自己好呀，她总有一天会感激我的。她的课本都带着呢，我把她锁在屋子里，她就在里面读书。好几个夜里，到了十一点钟我看见灯还没熄灭呢。”

“您怎么就知道她是在刻苦读书呢？”我说。

“就她一个人锁在屋子里，除了认真看书我还真不知道能干什么了，”她说，“她又不看杂书。”

“没错，她不看，”我说，“她到底在里面干吗您可就不得而知了。只能祈求上苍保佑了。”但是这些大实话说出口又是何必呢。只能惹得她又扑在我身上号啕大哭而已。

我听见她上楼了。然后她喊昆汀，昆汀在门里面答应了一句“什么事啊”，母亲说：“晚安。”然后我听见钥匙在锁眼里转动的声音。接着母亲就回到了她自己屋里。

我抽完了雪茄上楼，昆汀屋里的灯还没熄灭。我看见那个没插钥匙的锁眼，我听不见任何一丝动静。她学习的时候还真是安静啊。或者她在学校里也是这么用功的吧。我向母亲道了一声晚安就进了自己屋里，我取出了箱子，又清点了一遍数目。我听见那位“美国第一号大太监”鼾声雷动，就像是通宵开工的锯木厂。我曾经在书上读到过，有些男人为了说话能细声细气得像个女人，就让人给自己做一个手术。不过大概班从头到尾也没意识到他已经被动过手术了吧。我寻思着他当时也不知道自己在干吗吧，当然也不懂为什么伯吉斯先生要用篱笆桩子把自己敲晕了。并且如果等他麻药劲儿还没过去就把他送到杰克逊家去，我敢打赌他压根儿就察觉不到自己被挪了个地方。但是康普生家族的人是不会用这种简单粗暴的方式来解决问题的。哪怕是比这个还复杂很多的办法他们也瞧不上眼。非要等到他破门而出，在大街上紧追着一个小姑娘不放，还要她爸爸亲眼目睹这个场面，那他们才肯想办法解决问题。哼，我一早就预言了，他们舍不得动刀子，动手太晚，而收手又太早。就我的观点来看，起码还有两个大傻子应该做这个手术，其中一个就在方圆一里地之内。但是就算动了手术，问题也还是存在。我一早就预言过了，婊子就永远都是婊子。只要给我二十四个钟头大权在握，我就能让那些该死的指手画脚的犹太佬们从此永远闭嘴。我并不是想大开杀戒，这种下三烂的手段只能用来对付那些古灵精怪的赌棍们。我只需要一个公平的机会，我就能把属于我的钱全都赚回来。等我赚得盆满钵满了，就把整条比尔大街和精神病院全都搬到我家，那两位就直接睡我的床，另一位就直接坐在我餐桌的椅子上大饱口福好了。

一九二八年四月八日

在刺骨的寒气和冷清中，这一天开始了。昏黄黯淡的光线合成了一堵移动的墙壁从东北方向慢慢靠近了，这堵墙并没有消逝成潮湿的气息，而是变幻成了一粒粒灰尘般的极其微小的有毒的颗粒状，迪尔希打开小屋子的门走了出来，这些颗粒状的物体从四面八方刺进她的皮肤里，接着沉了进去，这不似潮湿的气流，反而像是某种稀释了的，无法融合在一起的油花。迪尔希头缠毛巾，戴着一顶硬邦邦的黑色草帽，身穿一条褐红色的丝绒长裙，肩披着一条同样色系的丝绒披肩，这条披肩还镶上了一道说不清道不明的脏兮兮的毛皮滚边。迪尔希在门口驻足了片刻，她那张大大的布满了横七竖八皱纹的瘪塌下去的脸，上面的皮肤被皱纹割裂成无数的小块，她昂起了头看了看阴霾遍布的天空，伸出一只形容枯槁但是掌心如鱼肚皮一般温柔的手掌，然后她撩起披肩，仔仔细细地扫视着她长裙的前摆。

那条长裙子憔悴地从她双肩上挂了下来，滑过了她那对松弛下垂的胸脯，在她凸起的小肚子那里突然绷紧了，接着又松懈了下来。线条再往下走又似乎隆起了一点点，原来是她穿了一层又一层内裤。春天过后，天气变得暖洋洋的，到处都是繁荣昌盛，喜获丰收的浓墨重彩，她才会把内裤一层又一层脱掉。她原本是一个高大丰满的胖女人，现在上了年纪之后，骨头架子开始撑出来了，上面还松松垮垮地罩着一层无所依附的皮脂，就只能在凸起膨胀的小腹那里突然撑紧了，仿佛肌肉与身体组织都会被时间冲刷得消失殆尽，就像传说中的勇敢和坚毅一样。那副身经百战的骨头架子还在，就这么站在死气沉沉毫无生机的心脏外面，像一栋废墟或者是一个里程碑似的；脑袋上糊着的那张面孔看起来好似骨头都戳出皮肤以外了，这个面孔正在看着天空上的飘忽不定的云朵，表情一下子是顺其自然、听天由命，一下子又透露出了一点孩子气的有点吃惊的失望神情。终于她扭头转身走进了屋子里，关上了门。

门口的泥巴地上光秃秃的。上面闪着绿锈的光泽，就像是好几代的人的光脚丫在上面蹭出来的，正如古董银器和墨西哥人的房子上手工抹上的灰泥墙壁。小房子旁边种着三棵桑树，夏天的时候树下很凉快，还有在长大的嫩叶子，而这些嫩叶以后会长得像手掌那么宽大又厚重，在空气中舒展开来，随着流动的风儿高低起伏。不知从何地飞来了一对小鸟，在呼啸而过的风中上下翻飞，就像是五颜六色的布头，又像是一堆碎纸片。它们最终落在了桑树枝上面，这一对鸟儿的尾巴翘得高高的，嘴里唧唧喳喳闹个不停，在树枝上跳来跳去。它们在大风里面聒噪地叫嚣着，大风卷走了这些刺耳的叫声，就像卷走了布头和碎纸片那样，一瞬间就消失了。又来了三只小鸟，尾巴翘得高高的，发出尖利的声音，在弯曲的枝头到处翻飞了一阵子。小房子的门打开了，迪尔希又走了出来，她头上戴了一顶男式的平顶呢子帽，裹了一件军大衣，蓝格子布裙子在军大衣褴褛的下面像气球一样鼓了出来，布裙子破破烂烂的边角就在她走过院子走上厨房的台阶时在她身后飘来荡去。

片刻之后她又出来了，手里举着一把伞。她撑着伞顶着风穿过了院子走到柴火堆那里，伞就那么撑开了放在地上。她回过神来就立刻一把抓住了伞，紧握在手，还小心地四处张望了几眼。她把伞收好了放在地上，弯着手臂把木柴一根根地堆在臂弯的胸前，接着又拿起了伞，费半天劲才打开了伞，她走回台阶上，小心翼翼地保持平衡生怕木材掉到地上，又折腾了半天才把伞合上。她把伞撑开放在了角落里。她把木材堆在炉子后面的柴火箱里，然后脱掉了外套和帽子，她从墙上扯下一条脏兮兮的围裙系在腰间，到这一刻才点起了火苗。炉火箱子被她拉得呼呼直响，炉子盖也扇动得噼里啪啦乱响着，她正忙得不可开交，康普生太太站在楼梯头上喊着她的名字。

她身上披着一件黑缎子的睡袍，一只手紧捏着下巴的衣服领子，另一只手抱着一个红色的橡胶热水袋。她就站在后面楼梯的最上面，嘴里发出一声又一声的“迪尔希”，声音和声调毫无任何变化，非常有规律。这个声音传到了像一口干枯的古井的楼道里，顺着楼道堕入了一片彻底黑暗中，然后遇到了从一面灰蒙蒙的窗户里投进来的一丝微弱光线。“迪尔希。”她喊着，声音没有任何变化，没有重音，听不出一丝着急，就仿佛她根本就不在意能否听到答复一般。“迪尔希。”

迪尔希答应了一句，停了一会儿，没再生炉子。但她还没来得及走出厨房，康普生太太又喊了起来，她还没来得及穿过餐厅走到那一片从窗口投进来的黯淡光线那里的时候，那个嗓音又开始喊了。

“行啦，”迪尔希说，“行啦，我这不就来了嘛。热水一烧开我就给您灌上。”她拎起裙角走上楼梯，硕大的身体挡住了那一线灰蒙蒙的黯淡光线。“就把热水袋放在那里嘛，赶快回去睡觉吧。”

“我真不懂到底发生什么事了，”康普生太太说，“我睡醒之后躺在床上足足一个钟头了，但竟然听不到厨房里发出一点动静。”

“放下这个东西您就回屋睡觉去吧。”迪尔希说。她艰难而又缓慢地爬上楼梯，累得东倒西歪的，气喘如牛。“我一分钟就能把炉火生好，两分钟就能烧开热水。”

“我躺在床上少说也有一个钟头了，”康普生太太说，“我还以为你可能要等我下楼之后才开始生火呢。”

迪尔希走到了楼梯头上，接过了热水袋。“一分钟就给您灌好，”她说，“拉斯特今天早上睡过头了，他昨晚看演出一直看到三更半夜。我只好自己动手生火了。您赶快回屋去吧，否则等我准备齐备了房子里的人都要被闹醒了。”

“你既然允许拉斯特出去玩，那你只能自己多辛苦点了。”康普生太太说，“万一杰生知道了，他会生气的。你知道他不喜欢这事的。”

“他去看演出也没花杰生的钞票呀，”迪尔希说，“这根本就不是一回事。”她接着下楼去了。康普生太太回到自己屋里。她已经又在床上躺好了，依然能听见迪尔希还在楼梯上往下走着。她的行动缓慢费力得令人发指，差点儿就把人给折磨得要疯掉了，还好被食物储存间大门的吧嗒吧嗒的动静给掩盖过去了。

她走到厨房里生好了炉火，开始做早操。干了一会儿，她放下手里的活儿，走到窗户前面张望着自己的小屋，然后她走到门口打开了门，冲着猛烈涌进门来的寒冷空气喊了起来：

“拉斯特！”她大喊一句，驻足静听，侧着面孔以免被冷风吹到，“拉斯特，你听见了吗？”她又侧耳听了一会儿，刚要张嘴再来一嗓子，就看到了拉斯特从厨房拐角闪了出来。

“外婆？”他说，看起来很单纯无辜，但这也装得太无辜了点，迪尔希站着纹丝不动盯着他足足看了好几分钟，吃惊已经不足以形容她的心情了。

“刚才跑哪里去了？”她说。

“哪儿也没去啊，”他说，“还不就待在地窖里。”

“待酒窖里干吗啊？”她说，“傻小子，快别站在里面了，”

“什么也没干啊。”他说。他走上了台阶。

“你竟然胆敢不抱着一堆柴火就走进这个门！”她说，“我已经搬好了柴火，生起了火，都替你把活儿干完了。你忘了昨晚我怎么嘱咐你的吗，没用柴火把箱子填满就不许出去吗？”

“我装满了啊，”拉斯特说，“我真的装满了啊。”

“那柴火跑哪里去了？长翅膀飞走了吗？”

“我咋知道啊。反正我没拿。”

“哼，赶紧给我把箱子填满，”她说，“然后就上楼去照顾班吉。”

她关上了门。拉斯特朝着柴火堆走过去。树上的那五只唧唧喳喳的小鸟在房子上空飞来飞去，扯着嗓子叫唤着，然后在桑树枝丫上停了下来。他望了望它们。他从地上捡起一块石头往上一丢。“吼，”他说，“滚回你们的地狱老家去吧。还没到礼拜一呢。”

他怀里抱着像一座山那么高的柴火。他也看不清前面的路，蹒跚摇摆着走到台阶前面，跨上了台阶，毛毛躁躁地撞在了门上，怀里的柴禾一根接一根地往下掉着。这时候迪尔希刚好走过来给他开门，他蹒跚摇摆着走过厨房。“拉斯特，你呀！”她嚷了一嗓子。他已经轰隆一声把柴火全都倒进了箱子里，像雷鸣一般。“嘿！”他叫了一声。

“你是不是琢磨着要把家里每一个人都吵醒啊？”迪尔希说。她猛拍了他后脑勺一巴掌。“赶快上楼去给班吉穿衣服。”

“好的，遵命。”他说。他往通向院子的那扇门走了过去。

“你这是往哪儿走？”迪尔希说。

“我寻思着还是从房子前面绕过去走大门吧，别把卡洛琳小姐他们都吵醒了。”

“你马上给我从后楼梯上去给班吉穿好衣服，”迪尔希说，“行了，去吧。”

“是的，遵命。”拉斯特说。他扭头又往通向餐厅的门洞走过去。片刻之后，门也不轻晃了。迪尔希开始动手做饼干。她在揉面团的案板上不停地来来回回地抖动着筛子，嘴里唱起了歌，一开始是小声地哼一哼，也不成调子，也没有歌词，听起来感觉到循环往复、幽怨哀伤、悲伤抑郁、真诚朴素的一首曲子，这时候，绵密细碎的面粉纷纷扬扬地洒落在案板上，就像天空飘下来的飞舞着的雪花。屋子里已经在炉火的温度下变得暖和很多了，厨房的空气里弥漫着火苗的细细的声响。片刻之后，她提高了嗓门，歌声响亮了许多，仿佛她的嗓子也被厨房里温暖的空气给冻结了，这时候，康普生太太又开始在房子里呼唤她了。迪尔希扬起了脸庞，她的眼神好像可以甚至是肯定可以穿透四周墙壁与头顶上的天花板的隔膜，径直看见那个穿着睡袍的老太婆就站在楼梯口子上，嘴里在单调重复地一句又一句地叫唤着她。

“啊，我的上帝哟。”迪尔希说。她放下了面粉筛子，在围裙的下摆上把手擦了一下，从椅子上拿起了她刚放在这儿的热水袋，用围裙包住水壶的把柄，热水壶已经在轻轻地喷出水蒸汽了。“再等一分钟就行了，”她大喊着，“这水还得再烧一会儿才能开啊。”

但是这次康普生太太要的又不是热水袋了。迪尔希抓着热水袋的脖子处，看起来很像在拎着一只死鸡，她走到楼梯口朝上面张望着。

“拉斯特没上楼上他自己屋里吗？”她说。

“拉斯特根本就没在这栋房子里。我躺在床上等了半天也没听到他的脚步声。我料定了他会迟到很久的，但是我希望他也别太离谱了，不然班吉明就会把杰生给闹起来了，你也知道的，杰生一礼拜只能睡一个懒觉呢。”

“您一大清早就站在楼梯口子上吆喝了好一会儿，我真是看不出您希望家里的谁能睡个懒觉。”迪尔希说。她又开始颤颤巍巍地攀登这座楼梯了。“起码半个钟头以前我就喊那个家伙上楼了。”

康普生太太望着她，手里紧紧捂着下巴那个地方的睡袍领口。“你现在是要去干吗呢？”她说。

“给班吉穿好衣服，把他带下厨房里去，他在厨房里就闹不到杰生和昆汀了，”迪尔希说。

“你还没开始做早餐吗？”

“我待会儿马上就做，”迪尔希说，“您还是回床上去等着拉斯特来给您生炉子。今天早晨可太冻人了。”

“我感觉到了呢，”康普生太太说，“我两只脚都冻成冰棍了。脚上太冷了直接把我冻醒了。”她的目光随着迪尔希上楼，这个过程花了不少时间。“早晨要是太晚了，杰生会生气的，你也知道。”康普生太太说。

“但我也没办法同时兼顾两件事呀，”迪尔希说，“您就快回床上躺着吧，您这不是在给我添乱嘛。”

“你特意上楼来给班吉明穿衣服，那别的事情可就耽误了啊，我下楼去弄早餐吧。你也知道的，早饭要是太晚了，杰生要发火的。”

“谁会吃您弄出来的东西呢？”迪尔希说，“您给说说看。回房间去吧。”她边说着边辛苦而又缓慢地往上爬着。康普生太太站在原地，就这么望着迪尔希一只手扶着墙壁，另一只手拎着裙角往上攀登着。

“你把他喊起来只是为了给他穿衣服吗？”她说。

迪尔希停下脚步。她的手扶着墙壁，把一只脚放在一个台阶上，她那硕大隐约的身影纹丝不动，把窗户投进来的那一片雾茫茫的光线全给挡住了。

“他还没醒过来吗？”她说。

“刚才我在门口看了一眼，他还没醒来，”康普生太太说，“但是他明显是睡过头了。通常他的生物钟都是七点半就起床。他从来也不会睡过头，这你也知道的。”

迪尔希没有接话。她停在了原地不动，康普生太太看不真切，在若隐若现之中她只能感觉到前面摆着很大一团又圆又扁扁物体，而她也能感觉到迪尔希轻轻地垂低了脑袋，她就那么杵着，像是在暴雨中站着的一头母牛，她手里还抓着空热水袋的脖子。

“不是要你来承受这一切的，”康普生太太说，“这根本就不是你的责任。你随时可以离开这里。你不用日复一日地扛着这个沉重的负担。你不欠他们任何情分，你也不欠死去的康普生先生任何人情。我明白你从来也没有喜欢过杰生，并且你也不打算隐瞒这件事。”

迪尔希一言不发。她缓缓地转过身体，慢慢地往楼下走去，一阶一阶地往下挪着，一只手仍然扶着墙壁，像是很小的孩子那样。“您回房间去吧，先不管他了，”她说，“您就别去他房间了。我一找到拉斯特就喊他上来。您暂时就不用管他了。”

她回到了厨房里，望了一眼炉火，然后把围裙脱了下来，穿上了外套，打开了通往院子的那个门，探头在院子里四处扫视了一圈。张牙舞爪的、无孔不入的潮湿气息攻击着她的皮肤，院子里空空如也，什么人也没有。她轻手轻脚地走下了台阶，然后绕过厨房，生怕发出任何声响。她走着走着，突然拉斯特又一脸无辜迷茫的表情急急忙忙地从地窖门里出来。

迪尔希停了下来。“你去干什么了呢？”她说。

“我没干吗呀，”拉斯特说，“杰生先生之前吩咐了我要注意地窖哪里在漏水。”

“他什么时候嘱咐过你了？”迪尔希说，“还是去年过年那天吧，我没说错吧？”

“趁他们都还在睡着，我就去探一探了。”拉斯特说。迪尔希走到地窖门口。拉斯特侧身让她过去，她伸出脑袋进去打量了一下，在一片漆黑之中，她感到混合着湿气、土腥味、霉菌还有橡皮的气味扑面而来。

“哼。”迪尔希说。她回头瞅了拉斯特几眼。他态度很恭顺，样子看起来又清白无辜又坦坦荡荡。“我不知道你在里面搞什么幺蛾子，但是这里完全不关你的事。今天这一大早上的，别人让我受气，你也凑个热闹，是不是啊？你现在就给我上楼去伺候班吉，你听见了没？”

“是的，遵命。”拉斯特说。他脚步匆忙地朝着厨房走去了。

“先回来，”迪尔希说，“你再给我抱一堆柴火去，趁你现在还没溜走。”

“是的，遵命。”他说。他从她身边掠过，朝着柴火堆冲了过去。过了一会儿，他又颠簸摇摆地撞了一下门，那一堆码得像金字塔似的柴火堆又把他的视线给挡住了，迪尔希伸手给他开了门，一只手拉着他，给他当向导穿过了厨房。

“你再往箱子里丢一次试试看，”她说，“你再丢一次！”

“那我只能丢了，”拉斯特说，喘着粗气，“我想不到别的能把柴火放进去的办法了。”

“你忍耐一下，再坚持一会儿。”迪尔希说。她从他的金字塔上一根一根地往下拿着柴火。“你今天早上怎么回事呢？我让你去抱柴火，你可倒好，每次抱回来都不超过六根。你可真是爱惜自己啊。你是不是又要求我办什么事呢？那个马戏团不是已经离开镇子了吗？”

“是的，奶奶。他们已经离开了。”

她把最后一根柴火放进箱子里。“行了，就按照我吩咐你的，上楼去伺候班吉。”她说，“在我摇铃喊你们吃饭之前，我可再也不想听见有人站在楼梯口上嚎我的名字了。你听见了没有。”

“好的，遵命。”拉斯特说。他一闪身就消失在了摇摆门后面。迪尔希再往炉子里丢了几块劈好的柴火，她走到案板边。片刻之后，她又开始唱歌了。

屋子里的空气越来越温暖了。迪尔希在厨房里踱来踱去，拿一下这个，再取一下那个，用来调配早餐。不一会儿，她的皮肤上弥漫着一层鲜亮润泽的光芒，而这之前她和拉斯特两个人的皮肤上只有一层干枯蜡黄的灰蒙蒙的气息。一座挂钟在碗橱上面的墙壁上待着，正嘀嗒嘀嗒地走动着。只有到了晚上，才能借着灯光看清这只挂钟显示几点，而因为它只有一根指针，所以在夜晚时分，这面钟更显出神秘莫测的深奥感觉。此刻，她咳嗽了几声之后，它敲响了五下。

“八点钟了。”迪尔希说。她放下了手里的活儿，抬起头仔细倾听着。然而所有一切都那么寂静无声，只能听见壁钟和炉火的声音。她把烤炉的门打开了，瞧了一眼里面铁盘上的面包。然后她弯下身子，不动了，听见有人正在下楼。她听见脚步声传了过来，然后摇摆门开了，拉斯特走了进来，后面跟着一个大块头。这个大块头全身上下的分子似乎不乐意或者是没办法凝聚在一起，更是不乐意或是没办法与支撑全身重量的骨架子黏合在一起似的。他光秃秃的没有长胡须，死气沉沉的灰色皮肤；他全身水肿，脚步蹒跚，像是一头训练好了的大熊。他的浅色头发软绵绵的。他梳着古老的银版照片里的那种孩子气的童花头，头发从额头上服帖地垂了下来。他有一双亮晶晶的如矢车菊一般迷人的浅蓝色眼睛。他的双唇微微张开，正在流口水。

“他冷不冷啊？”迪尔希说。她在围裙上擦了一下手，又摸了摸他的手。

“他又感觉不到冷，我倒是冻得半死呢，”拉斯特说，“每年到复活节都冻死人了，年年都这样。卡洛琳小姐说，如果你实在没空给她灌热水袋，那就算了吧。”

“哎呀，我的天哪。”迪尔希说。她一把拉过椅子，放在柴火箱子和炉火之间的角落里。那个大块头很听话地走了过去，坐在了椅子上。“去餐厅看一下，我到底把热水袋顺手放在哪里了。”迪尔希说。拉斯特去餐厅拿来了热水袋，迪尔希灌满了热水，交给了他。“赶紧送上去，”她说，“再瞅一眼杰生醒来了没。跟他说早饭已经准备好了。”

拉斯特出去了。班坐在炉火旁边。他松散地跨在椅子上，全身纹丝不动，就除了那颗脑袋。他那愉快而又暧昧的眼神一直跟着迪尔希走来走去，他那颗脑袋也随着转来转去的。拉斯特回来了。

“他起床了。”他说，“卡洛琳小姐说把热水袋放在桌上就好。”他走到炉子面前，伸出双手，巴掌对着柴火箱子。“他也起床了，”他说，

“他今天肯定是两只脚一起下地的[①]。”

“又发生什么事情了啊？”迪尔希说，“你赶紧给我躲开。你拦在这炉子面前叫我怎么做事？”

“我很冷呀。”拉斯特说。

“刚才你在地窖里怎么就不觉得冷呢，”迪尔希说，“杰生怎么了？”

“他说我和班吉砸破了他屋里的窗户玻璃。”

“是砸破了吗？”迪尔希说。

“他反正就这么说，”拉斯特说，“非要说是我砸破的。”

“不管白天还是晚上，他屋里都紧锁房门啊，你怎么可能砸碎他的玻璃呢？”

“他说我往上丢大石头砸碎了的。”拉斯特说。

“那你到底丢了没呢？”

“绝对没有啊。”拉斯特说。

“小鬼，你可别骗我啊。”迪尔希说。

“我确实没丢过啊，”拉斯特说，“不信你就问班吉啊。我连看都没看过那个窗户。”

“那还能是谁干的？”迪尔希说，“他又在给自己找不痛快了，还顺带吵醒了昆汀。”她说着从烤炉里端出了一盘子饼干。

“可不就是吗，”拉斯特说，“真是稀奇古怪的人。还好我跟他们不是一路的。”

“跟谁不是一路的？”迪尔希说，“让我来好好教育你，给我洗干净耳朵仔细听清楚了，你这臭小子，你和他们根本就没有两样，你也是那种康普生家族的如魔鬼一般的疯狂性格。你说实话，到底是不是你打碎的？”

“我打碎他的玻璃到底图什么呀？”

“你要是疯了起来干了什么出格的事情难道还有什么原因吗？”迪尔希说，“给我认真看着他，在我摆饭菜的时候，别让他烫伤了手指。”

她去了餐厅，他们听见了她来来回回走动的声音，片刻之后她回来

---

① 迷信说法，认为双脚着地可能会出什么大事。

了，在厨房桌子上摆了一个碟子，盛了一些食物，班吉双眼炯炯有神地盯着她每一个动作，嘴里流着口水，发出那种急不可待的哼唧声。

“行了，宝贝，”她说，“你的早饭做好了。拉斯特，把他的椅子搬过来吧。”拉斯特搬来了椅子，班吉赶快坐下来，淌着口水哼哼唧唧的。迪尔希在他脖子上系了一块布，给他擦了擦嘴巴。“我们来瞧瞧能不能做到吃饭不弄脏衣服，哪怕只有一回呢。”她说着递给了拉斯特一把汤匙。

班不再哼哼唧唧了。他瞪着慢慢地挪到他嘴边的汤匙。对他而言，急吼吼的感觉是来自肌肉的，而饥饿是一种说不清楚的感觉，他自己弄不懂。拉斯特很熟练但又很心不在焉地喂他吃饭。他走一阵子神，偶尔也会短暂地注意一下手头的工作进度，这时候，他会喂给班一个空汤匙，班咬了一口空气，然后很纳闷地合上嘴。这再明白不过了，拉斯特的心思完全不在这里。他空闲的那只手放在椅子背上，在那块毫无知觉的木头上试探着很轻柔地摁来摁去，仿佛是在寂静之中寻找听不见的曲子，有一回他的手指在那个锯开了的木板子上竟然拨弄出了一组悄无声息的极其复杂的琶音，他一瞬间就忘记了要给班喂饭，直到班又开始叫唤起来，他才从幻觉中回过神来。

迪尔希在餐厅里来回踱着步子。片刻之后，她摇响了一个小铃铛，于是，在厨房里的拉斯特听见了康普生太太和杰生一起下楼的动静，杰生正在说什么，他赶快滴溜溜地转动着眼睛仔细听着。

“没错啊，我知道不是他们打的，”杰生说，“当然了，我心知肚明啊。有可能是天气变冷了玻璃就碎掉了。”

“我真不懂它怎么突然就破掉了，”康普生太太说，“你的房间成天都是上锁的，你从家里出去进城的时候都是锁着的。从来没有别人进去，除了礼拜天的清洁工作。我希望你明白，不欢迎我的地方我是从来都不去的，当然我也不可能派别人去。”

“我从来也没说是您打破的呀，对吧？”杰生说。

“我从来都不想进你的房间，”康普生太太说，“我尊重每一个人的私人空间。就算我有钥匙，我也不想踏进你房间任何一步。”

“是的，”杰生说，“我早就把锁给换了，所以我知道您的钥匙打不开我的房门。我就是想知道，窗户怎么会破掉呢。”

“拉斯特说不是他打的。”迪尔希说。

“不消说，我早就知道不是他干的，”杰生说，“昆汀呢，她在哪里？”他说。

“以往礼拜天早上她在什么地方，那她现在就在什么地方了。”迪尔希说。“您这段时间到底遇到了什么烦心事儿呢？”

“那好吧，让咱们把那些旧规矩全部都改掉吧，”杰生说，“去上楼喊她下来吃早餐吧。”

“杰生，你就让她去吧，”迪尔希说，“她一直都准时起床吃早点的，卡洛琳答应过让她每个礼拜天都能睡个懒觉的。这个你也知道啊。”

“我养了这么一屋子黑人可不是为了专门伺候这位大小姐的，”杰生说，“赶快去喊她下楼吃早点。”

“从来也没人专门伺候她啊，”迪尔希说，“她那份早餐我已经放在保温灶上了，等她——”

“你没有听见我说的话吗？”杰生说。

“我听见了，”迪尔希说，“但凡你在家，无时无刻不听到你在骂骂咧咧。要么是冲着昆汀和你母亲，要么就是拉斯特和班吉要遭殃。卡洛琳小姐，你为什么这么纵容他呢？”

“你就听从他的吩咐去做吧，”康普生太太说，“他现在是一家之主。他有权利要求我们尊重他的意愿。我尽力而为，要是我能做到的，你也同样可以做到。”

“他的脾气那么暴躁，非要喊昆汀起床，这真是蛮不讲理。”迪尔希说，“没准你也以为是她打碎了玻璃呢。”

“她要是想干的话你以为她干不出来吗？”杰生说，“你赶紧去按我吩咐的去做。”

“真要是她砸的我可一点也不想怪她。”迪尔希说着，朝楼梯走去。“谁让你一回家就骂骂咧咧没完没了的。”

“迪尔希，别说了，”康普生太太说，“让你或是让我来告诉杰生应该怎么管家这都是超越了界限的。我有时候也觉得他做错了，可是为了全家人的大局出发，我还是强迫自己要听从他的意见。既然我都能硬撑着病弱之躯下楼来吃饭，昆汀大概也能办到吧。”

迪尔希走出了房间。他们听见了她爬楼梯的声音。他们听见她在楼梯上一直爬啊爬啊，爬了好长时间。

“您雇的佣人都是活宝。”杰生说。他给母亲和自己的碟子里盛食物。“您用过稍微像样一点的佣人没有？在我记事之前您总还是用过几个吧。”

“我也是逼不得已才迁就他们啊，”康普生太太说，“我自己什么事情都得依靠他们呀。如果我身体好一点儿，那情况当然就不同了。我真期望自己能硬朗一点儿，那就能包揽全部家务事了。不管怎么说吧，总能给你减轻一点儿负担。”

“瞧瞧我们住在一个多么美好的猪圈里啊，”杰生说，“迪尔希，走快点儿。”他大声喊着。

“我知道你又要怪我了，”康普生太太说，“我答应了让他们今天上教堂去。”

“去哪儿？”杰生说，“莫非那个该死的马戏班子还没走？”

“是上教堂啊，”康普生太太说，“黑人们今天要举行一次特别的复活节礼拜。我在两个礼拜之前就同意迪尔希他们去了。”

“换句话说就是咱们中午要吃残羹冷炙了，”杰生说，“甚至可能根本就没吃的？”

“我知道这都是我的错，”康普生太太说，“我知道你肯定会责备我。”

“我为什么要责备您呢？”杰生说，“耶稣也不是被您给弄复活的呀，对不对？”

他们听见了迪尔希终于踏上了最后一个台阶，接着听见她在楼道里缓慢地挪动步子的动静。

“昆汀。”她刚喊了第一句，杰生放下了刀叉，他和母亲隔着餐桌以一模一样的姿势面对面坐着，仿佛都在等待着对方先开口；冷冰冰的、精明强势的棕色头发扁扁地在前额的两侧各自弯曲形成了一个桀骜不驯的头发卷儿，就像是漫画里的酒吧的模样，榛子色的瞳孔配上镶着黑边的虹膜，简直就是两颗弹子；另外一个冷冰冰的、啰啰唆唆的、满头银发，眼睛底下的泪腺已经松弛下垂，眼神惶恐迷茫，眼眶四周黑黑的，好像那一片全是瞳孔，都是虹膜。

“昆汀，”迪尔希说，“宝贝，快起床呀。大家都在等你吃早餐呢。”

“我实在搞不懂那个窗户怎么就会破掉了呢，”康普生太太说，“你非常确定就是昨天打破的吗？说不定是早就破掉了呢，之前的天气很暖和，那又是上面的半边窗户，被窗帘遮住了没发现也是很有可能的呀。”

“我都跟您说了无数遍了，就是昨天打碎的，”杰生说，“难道您以为我连自己屋里的事情都搞不清楚吗？您以为我在里面睡了一个礼拜了，连窗户上有一个大得连手都能伸进来的大洞——”说到这里，他的声音戛然而止，余音慢慢消失了，他直愣愣地瞪着他的母亲，在一刹那，他的双眼里没有任何表情，就仿佛连他的眼睛都屏住了呼吸似的。而在同一个时刻，他的母亲也在盯着他，她那张脸上写着松弛憔悴、爱发牢骚、唠叨不停、狡猾但同时又无比的愚钝。他们就这样面对面坐着，楼上的迪尔希又说话了：

“昆汀啊。别闹了好吗，小宝贝。赶快去吃早点吧，宝贝。大家都在等着你呢。”

“我还是不明白，”康普生太太说，“看起来就像是有人想要硬闯入这栋房子里——”杰生蹦了起来。他把椅子哗啦一声朝后面推开。“怎么了——”康普生太太说，目瞪口呆地望着他，他正狂奔着朝楼梯上跑去，在那里看到了迪尔希。迪尔希看不清他隐藏在黑暗中的脸，就开口说：“她在闹情绪呢。你妈妈还没打开她房门的锁头——”杰生也不理会她了，从她身边冲到走廊的一扇门前面。他没有敲门。他一把抓住门把，试了一试，然后他就站在那里，身体微微前倾，抓着门把，好像在仔细分辨着门里面那个小房间之外的什么动静，而且他真的听到了。杰生的姿态像是真的在聆听什么声音，他自己哄骗自己，让自己相信他听见的声音是千真万确的。康普生太太跟在杰生后面走上了楼梯，嘴里喊着他的名字。然后她看见了迪尔希，就只喊迪尔希的名字了。

“我不是跟你说了吗，她还没打开那个门呢。”迪尔希说。

她说话的当儿，杰生转身冲她跑过来，但他的声音竟是很平静不夹杂一丝情感。“她身上现在就带着钥匙吗？”他说，“此刻她身上有钥匙吗，我的意思是，她是不是——”

“迪尔希。”康普生太太站在楼梯上嚷着。

“你说的是什么钥匙啊？”迪尔希说，“你为什么不让——”

“钥匙，”杰生说，“打开那扇房门的钥匙。她身上是不是总带着钥匙，母亲？”此时他看见康普生太太，他走到她面前。“把钥匙给我。”他说。他直接动手去掏她的绣黑色睡袍的几个口袋。她很抵触地晃动身体。

“杰生，”她说，“杰生！你和迪尔希是不是想再把我气病呀？”她说，拼命想推开他，“这大好的礼拜天你也不能让我舒心一点过完吗？”

“钥匙呢？”杰生说，他依然在她身上找来找去。“立刻给我。”他扭头望了一眼那扇门，就仿佛是生怕在他拿到钥匙之前，那扇门会砰的一声炸开似的。

“迪尔希，你赶快过来啊。”康普生太太说，紧紧地把睡袍裹在自己身上。

“赶快把钥匙给我，你这蠢老太婆！”杰生忽然之间怒吼了起来。他从她的口袋里硬生生地拽出了一大串生锈的钥匙。串钥匙的大铁环就像是中世纪监狱里用的。然后他穿过楼厅朝走廊跑去，后面跟着两个老太婆。

“杰生，你太过分了！”康普生太太说，“他绝对找不到是哪一把钥匙的。”她说：“迪尔希，你知道吗我还从来没有被别人把钥匙拿走过。”她呜呜地哭了起来。

“别哭，”迪尔希说，“他不能把她怎么样的。我不允许他这么干。”

“但这是礼拜天的早晨，而且还是在我自个儿家里，”康普生太太说，“我含辛茹苦地遵守着基督教义把他们拉扯大。杰生，我帮你找出来吧。”她把手放在他手臂上，然后想把钥匙串给抢回去。可是他一甩胳膊肘，她就被甩在了旁边，他扭头瞪了她一眼，眼神冷冰冰的充满了怒意，然后他又转身朝着那个门，摆弄着那一大串很笨重的钥匙。

“别哭了啊，”迪尔希说，“嘿，杰生！”

“大事不妙了呀！”康普生太太说着又号啕大哭了。“我知道出大事了啊。杰生啊，你呀，”她说，又抱住了杰生，“就在这个地方，我自己的家里，他甚至都不允许我找个房间的钥匙啊！”

“算了，算了，”迪尔希说，“能出什么大事呢？这不还有我在嘛。我绝对不会让他碰昆汀一根汗毛。昆汀，”她提高了嗓门嚷着，“别怕啊小宝贝，有我在呢。”

门被打开了，朝里面开了。他在门口站了一会儿，堵住了门洞，然后他扭了扭身体，让到一边。“进去吧。”他轻轻地说，听起来口齿像是有点不清晰。她们走了进去。这不像是一个姑娘家的闺房。也说不出到底像什么人住的地方。空气里飘着淡淡的廉价化妆品的香味，到处丢着几件女性用品，还有好多个想把房间布置得多一些女人味的痕迹，但效果并不好，适得其反，整个房间变得滑稽可笑，飘荡着一种临时出租给情侣们幽会的钟点房的那种千篇一律的、毫无特色的气氛。床铺上并没有被人弄乱的痕迹。地板上躺着一件穿过了的贴身内衣，是件丝织的便宜货色，太过粉红的颜色；衣柜的抽屉拉开了一半，上面挂着一条长筒丝袜。窗户敞开着。外面有一棵和窗户离得非常近的梨树。梨花正在繁密地盛开着，枝丫扫过房子的外墙，沙沙作响。空气挟持着一阵又一阵的凄凉绝望的花香涌进了屋子里。

“看看嘛，”迪尔希说，“我是不是早就说了她没事的吗？”

“没事吗？”康普生太太说。迪尔希跟在她后面走进了房间，轻轻地碰了碰她。

“您还是赶快回屋躺下吧，”她说，“我十分钟之内就能把她给找回来。”

康普生太太一把甩开了她的手。“找字条，”她说，“昆汀上次就留了张字条[①]。”

“好啦，”迪尔希说，“我来找字条。您就先回屋吧，走啦。”

“从他们把她的名字叫做昆汀的那一瞬间开始，我就能预感到肯定会出这样的事情。”康普生太太说。她走到衣柜跟前，翻动着里面塞得乱

① 指她大儿子昆汀自杀时留下了信。

七八糟的玩意儿——一个又一个香水瓶、一盒粉、一支被啃得破破烂烂的铅笔、一把断了刀片的剪刀，这把剪刀放在一块打过补丁的头巾上，上面粘着香粉，还印着口红。“赶紧找纸条啊。”她说。

“我这不正在找着嘛，”迪尔希说，“您赶快回屋去吧。我和杰生能找到字条的。您还是先回去休息吧。”

“杰生，”康普生太太嚷了起来，“他人呢？”她走到房间门口。迪尔希也跟着她走过楼厅，走到另外一扇门前面。这门是关着的。“杰生。”她在门外喊着。没有回应。她扭动了一下门把，又喊了他几句。还是没有回音，原来他正在壁橱里忙着把东西清理出来往身后丢去呢：外套、皮鞋、一个箱子。然后他还拉出了一段加厚木板，把它放下之后，他又进了壁橱里，捧出了一只小铁皮箱子。他轻轻地把箱子放在床上，站着打量了一会儿那个已经扭坏了的锁头，从兜里摸出一串钥匙，找出了其中一把。他握着那把钥匙，愣愣地呆站了好一会儿，盯着那把破锁头看了半天，又把那串钥匙放回了口袋里，他小心谨慎地把箱子里的东西全部倒在床上。他用更加细致的态度把里面的一张又一张纸片分类摆放好，一次拿一张，轻轻地抖落上面的灰尘。然后他把整个箱子直立起来抖了好几下，接着缓慢稳妥地把纸片一张张放了回去。他又呆呆地杵了好一会儿，手里抱着箱子，脑袋垂了下来直瞪着那把坏锁头。他听见了窗外有几只唧唧喳喳的小鸟呼啸着掠过窗户飞走了，小鸟的叫声在风中撕扯得粉碎，四处飘落，不知道外面什么地方驶过了一辆汽车，慢慢开远了，声音越来越小。他的母亲又在门外喊他了，但是他纹丝不动。他听见了迪尔希把母亲带回楼厅，然后关门的声音。接着他把箱子放回到壁橱里，把一件接一件的衣服丢了进去，他下楼走到电话旁边。他把听筒放在耳朵边等待的时候，迪尔希下楼了。她看了看他，没有停下脚步，接着往前走。

电话打通了。“我是杰生·康普生。”他说，他的声音刺耳又沉重，他重复了一遍。“是杰生·康普生。”他说，竭力控制着自己的声音。“准备好一辆汽车，一位副警长，要是你没空的话；我十分钟之内就到——什么案件？——抢劫。就在我家里。我知道是谁干的——抢劫，千真万确。赶快准备车子吧——什么？难道你不是吃政府津贴的执法人员吗——行了，我五分钟之内就到。准备好车子我们就马上出发。如果你拒绝，我就会向州长投诉这件事。”

他猛地把听筒摔回电话上去，走过餐厅的时候，桌上那顿几乎没有人碰过的早餐已经凉透了，他走进了厨房。迪尔希正在给热水袋灌水。班静悄悄地迷茫地坐在那里。他身边的拉斯特看起来像只杂种狗似的警惕性很高，还透着一股机灵劲儿。拉斯特嘴里在吃着东西。杰生穿过厨房往前走着。

“你一点早餐也不吃了吗？”迪尔希说。他根本没理她。“杰生，还是吃一点吧。”他继续往前走着。通往院子的大门在他身后砰的一声巨响关上了。拉斯特站了起来走到窗户前面张望着外面。

“哟呵，”他说，“楼上在闹什么呢？是不是他把昆汀小姐给揍了一顿啊？”

“你赶快给我闭嘴，”迪尔希说，“你要是敢现在把班吉弄哭，我就把你给整趴下，脑袋都给你揍飞。你赶快哄着他，我马上就回来，听见了没有。”她拧紧了热水袋的瓶塞子，走出去了。他们听见了她上楼的声音，然后又听见杰生发动汽车之后经过房子的动静。从这之后，厨房里静悄悄的，只能听见开水沸腾时的咕嘟声和挂钟发出的嘀嗒声。

“我敢打赌这件事绝对是这样，你知道不？”拉斯特说，“我打赌肯定是他狠揍了她一顿。我敢肯定她的脑袋已经被他打得直冒血了，他现在去找医生了。就这么回事儿，一清二楚。”挂钟嘀嗒嘀嗒地走着，庄严肃穆而又厚重深远。说不定这也许就是这栋衰败中的大宅子的干瘪无力的脉搏声。片刻之后，挂钟唧唧丫丫清了几口嗓子做好准备，接着敲响了六下。班抬头望了一眼，然后又看了看正趴在窗户前面的拉斯特那颗子弹形状脑袋的轮廓，他接着又开始流着口水，把脑袋左颠右颠着。他又扯着嗓子开始哀号了。

“闭嘴，你这个大蠢货！”拉斯特嚷了一句，他连头都懒得回。“貌似咱们今天是去不成教堂了。”然而班还在哼哼唧唧的，他坐在椅上，两膝之间耷拉着他那双巨大的软绵绵的手。忽然之间他哭了，发出一种下意识的连绵不断的低吼声。“别闹了。”拉斯特说，他一扭头抬起了手掌。“你这是不是在找抽啊？”但是班只懂得呆呆地望着他，喘一口气就悠悠地哭一声。拉斯特无奈走过去，猛烈地摇晃着他。“你立刻给我闭嘴！”他喊着，“滚过来。”他猛地把班从椅子上拽了起来，拖着椅子到炉火面前，打开了炉子门，接着把班推到椅子上。他们之间的情形就好比一只小拖船试图把一艘笨重的巨型油轮拖进狭小的码头里。班面对着玫瑰色的炉火坐了下来。他不闹腾了。于是他们又能听见挂钟走动的嘀嗒嘀嗒声了，还能听见迪尔希正在慢悠悠地下楼。她一进厨房，班就开始哼哼唧唧。然后他的声音还越来越大。

“你又把他怎么了啊？”迪尔希说，“你为什么非要在今天早上把他弄得烦躁不安呢？你换个时候行不行啊？”

“我根本连碰都没碰到他啊，”拉斯特说，“杰生先生把他给吓坏了，他就哭个不停。他没有把昆汀小姐给杀掉吧，有没有啊？”

“班吉，别哭了。”迪尔希说。班就真的不吭声了。她走到窗前眺望了一会儿。“没再下雨了吧？”她说。

“是的，奶奶，”拉斯特说，“雨早就停了。”

“那么你们两个就出去玩吧，”她说。“我费了半天劲儿才安抚妥当卡洛琳小姐。”

“那我们今天还去教堂吗？”拉斯特说。

“到时候就会告诉你的。我不喊你的话，你可别带他回来。”

“我们能去牧草地那边吗？”拉斯特说。

“可以啊。总之想方设法别让他回家。我可真是受够了。”

“好的，遵命，”拉斯特说，“外婆，杰生先生跑去哪儿了啊？”

“这又关你什么事呢？”迪尔希说。她开始动手收拾桌子了。“班吉，别哭了。拉斯特马上就带你出去玩了。”

“奶奶，他到底把昆汀小姐怎么着了啊？”拉斯特问。

“根本就没碰到她啊。你们俩赶快给我出门去。”

“我敢打包票，她肯定不在家里。”拉斯特说。

迪尔希盯着他看了一会儿。“你怎么知道她不在家里呢？”

“我和班吉昨晚就看见了她从窗子里爬出去了啊。是不是啊，班吉？”

“你真的看见了吗？”迪尔希说，双眼瞪着他。

“我们每天晚上都看见她爬下来啊，”拉斯特说，“她就顺着那棵梨树溜了下去。”

“你这个小黑鬼，你可别扯谎啊！”迪尔希说。

“我一点也没说假话啊。你问一下班吉就知道了，我说的千真万确。”

“那你以前为什么从来不说呢？”

“这关我屁事啊，”拉斯特说，“我可不乐意搅进白人们的纠纷里去。班吉，走啦，我们出去玩。”

他们走了出去。迪尔希戳在桌边站了片刻，接着也走出厨房，收拾干净了餐厅的早饭，然后自己吃饱了早餐，再把厨房给收拾干净了。然后她解开围裙挂在墙上，走到楼梯口子那里，屏息静听了一会儿。楼上没有动静。她套上外衣，戴上帽子，走过院子回到了自己的小屋子里。

已经不下雨了。从东南方向吹来的一股清爽干净的大风，把天空吹露了一块又一块的蓝天。眼光飘过小镇的树枝顶端，还有屋顶和塔尖，就能瞧见太阳光线斜斜地依偎在小山坡上，像一小块正在慢慢消失掉的灰白色的布料。风声里裹着一下钟声吹了过来，仿佛是带给了别的钟什么暗号，它们也跟风起来，此起彼伏地敲响了。

小屋子的门打开了，迪尔希站在门口，她又换上了紫色长裙和褐红色披肩，手上是一双长到胳膊肘的脏脏旧旧的白手套，她这次可算没戴头巾了。她走到院子里喊拉斯特。片刻之后，她走到大房子前面，绕过屋角走到地窖门口，她贴着墙皮走着，伸长了脖子往门里瞧。班坐在台阶上。拉斯特蹲在他面前，地面冒出潮湿的水气。他左手握着一把锯子，用手压弯了锯片，右手举着一把旧木锤敲着锯片，这把锤子是迪尔希做饼干用的，起码已经用了三十多年了。他每敲一下，锯片就发出一声半死不活的颤音，然后戛然而止，毫无回味。锯片在拉斯特的手掌和地面之间弯曲成了一道简洁的微弱的弧度。这把锯片静悄悄而又高深莫测地挺着个大肚子。

“那个人就是这么操作的，”拉斯特说，“我就是找不到合适的东西来敲打而已。”

“原来你躲在这里干这种好事，真有你的！”迪尔希说，“赶快把木锤子还给我，”

“又没弄坏你的锤子。”拉斯特说。

“赶紧还给我，”迪尔希说，“然后把锯子放回原处去。”

他放下锯子，把小木锤递给了她。就在这个时候班又开始哀号了，声音里充满了绝望，拖着长长的尾音。什么也不是，仅仅是发出的一种声音而已。这悲伤绝望的鸣叫声也许从古至今都存在宇宙之中，这大概是行星在交会之时，发出的万籁俱静之声。

“你听听，”拉斯特说，“从你喊我们出来之后他就一直这德行。我真是不懂他今天早上是不是着魔了还是怎么着了。”

“把他带上来。”迪尔希说。

“班吉，来吧。”拉斯特说。他往回走了几步抓住了班的手臂。他顺从地走上台阶，嘴里依然在哀号，夹带着那种船上汽笛时常发出的缓慢嘶哑的声音，这声音在哀号之前就已经存在，而在哀号结束之前就已经消失不见。

“你回去把他的帽子拿过来，”迪尔希说，“动静小一点儿，别让卡洛琳小姐听见了。赶快去吧。我们已经耽误了不少时间。”

“可是你要不想办法让他闭嘴，迟早会吵醒卡洛琳小姐的，”拉斯特说。

“只要我们一走出宅子的大门，他就不会闹了，”迪尔希说，“他能闻出来。就是这样。”

“能闻出什么来啊，外婆？”拉斯特说。

“你赶快去拿帽子。”迪尔希说。拉斯特走开了。余下的两个人戳在地窖口子上，班站在她下面一级台阶上。天空已经被四分五裂成了一朵朵飞速飘走的灰色云彩，云团的影子在脏兮兮的花园子、破烂不堪的篱笆和院子上空轻快地划过。迪尔希的手不紧不慢地、匀速地抚摸着班的脑袋，一下接着一下，抹平了他前额的刘海儿。他的号啕渐渐变得平和了，不慌张了。“别哭啦，”迪尔希说，“我们不哭了好不好。我们这就去啦。好了，我们不哭了。”他平和而又稳定地哼哼着。

拉斯特回来了，他脑袋上顶着个有一圈饰带的笔挺的新草帽，手里还抓着一个布帽子。那顶草帽模样突兀，左弯右直的像个惹眼的聚光灯，走到大街上肯定能让行人们都望着拉斯特。这个草帽还有最特别的地方就是，乍一看还以为是在紧贴着拉斯特身后的某个人头上戴着呢。迪尔希望着那个草帽。

“你为什么不戴自己的旧帽子？”她说。

“找不着了。”拉斯特说。

“当然你会找不着了。你绝对是昨晚就计划好了要让自己今天找不到它。你存心是要糟蹋这顶新帽子。”

“哎呀，外婆啊，”拉斯特说，“不会再下雨的。”

“你怎么知道呢？我看你还是戴旧帽子吧，把这顶新的放回去。”

“哎呀，外婆哟。”

“那要不然你去拿把伞来。”

“哎呀，外婆哟。”

“随便你了，”迪尔希说，“要么戴旧帽子，要么就打伞。随便你挑一样。”

拉斯特只好朝小屋走去。班小声地哼哼着。

“我们走吧，”迪尔希说，“他们会赶上来的。我们还赶着听唱诗呢。”他们绕过屋子朝大门口走去。他们走在车道上，“别哭了。”迪尔希时不时说一句。他们走到了大门口。迪尔希打开了大门。拉斯特手里拿着伞追上来了，他身边还有一个女人。“他们来了。”迪尔希说。一群人走出了大门。“行了，可别再哭了。”她说。班就住嘴了。拉斯特和他妈妈追了上来。方罗妮穿着一件浅蓝的绸缎衣服，帽子上有朵小花。她个子瘦小，脸蛋儿扁平，神情和蔼可亲。

“你把整整六个礼拜的工资都穿在身上啦，”迪尔希说，“这要是下雨了看你怎么办！”

“淋湿了就淋湿了呗，那还能怎么办？”方罗妮说，“天要下雨娘要嫁人，我还能拦得住吗？”

“外婆总是担心天会下雨，”拉斯特说。

“也就是我替大家操碎了心，不然除了我还能有谁呢。”迪尔希说，“赶紧的吧，我们已经迟到很久了。”

“今天是希谷克牧师给我们布道。”方罗妮说。

“是吗？”迪尔希说，“他是谁呀？”

“据说是从圣路易斯来的，”方罗妮说，“大牧师。”

“唔，”迪尔希说，“现在真是急需有本事的人来拯救这一群没出息的小黑鬼们，让他们对上帝心存敬畏。”

“今天是希谷克牧师来布道，”方罗妮说，“大家都是这么传的。”

他们沿着街道往前走去。在这条幽静的长路上，成群结队的白人们身穿鲜艳夺目的衣服迎着悠扬的钟声往教堂方向走去，他们时不时地走进太阳光线偶尔露出的一小段路中。之前的日子太温暖了，于是这几天东南方吹来的风儿涌了过来，吹得人们冰冷僵硬了。

“妈妈，我真不希望您总是带他去教堂里。”方罗妮说，“您听听人家都在说什么呢。”

“什么人这么多嘴？”迪尔希说。

“我都听见了。”方罗妮说。

“我知道那些都是什么人，”迪尔希说，“全都是没用的穷鬼白人。可不就是这种人吗。他们觉得他不够资格去白人的教堂，而黑人的教堂又太低贱了，配不上他。”

“无论怎么说，反正人家都在议论纷纷呢。”方罗妮说。

“你让他们想说就当面来跟我说，”迪尔希说，“慈悲的上帝并不在乎信徒们是聪明还是愚钝。除了穷鬼白人，根本没有其他人在乎这个了。”

一条小路和大路垂直相交了，顺着往前走，地势慢慢走低，到最后走到了一条泥巴路上。泥巴路两边的地势很陡峭；接着一块宽阔的平地映入眼帘，上面零零散散地点缀着一些木头房子，常年遭受风雨侵袭的屋顶高度和路面一致。小木屋大多是在一个个光秃秃的院子里，地上堆着破铜烂铁，砖块啊模板啊瓦罐啊这些曾经有用的家具之类的。那么贫瘠的土地只能生长出一些生命力顽强的杂草和桑叶啊刺槐啊梧桐啊之类的好打发的树木——院子里散发着的那股臭烘烘的干燥气味里也夹杂着它们的味道；这些树木即使在抽嫩芽的时候也感觉像是在九月份凄凉萧索的秋天里，仿佛春天与它们擦肩而过了，抛弃了它们，把它们留在了命运类似的黑人贫民窟里，随它们在这种肥沃刺鼻的气味中成长着。

他们经过某处时，站在门口的黑人都跟他们打个招呼，通常是跟迪尔希说：

“吉布森大姐，您今天好吗？”

“挺好的呀。您呢？”

“我也不错呢，谢谢呀。”

黑人们从木头房子里走出来，挣扎着爬上了有树荫的路堤上，再来到大路上——男人们穿着样式呆板沉闷的黑色或褐色外套，戴着金表链子，其中有几个人带着手杖；年轻人穿着呛俗惹眼的蓝色或是条纹衣服，戴着款式奇突的时髦帽子；女人们将衣服洗得太笔挺了，硬邦邦地嘶嘶作响；小孩子们穿的是从白人那里买来的二手货，他们用那种昼伏夜出的动物们的表情偷偷摸摸地窥视着班：

“我打赌你绝对不敢上去碰他。”

“你怎么知道我不敢呢？”

“你肯定不敢啦。我早看透了你就是个孬种。”

“他其实不可怕。他就是个大傻子。”

“大傻子就不可怕啦？”

“这个傻子不会伤害别人的。我以前碰过他的。”

“现在你肯定不敢了。”

“因为迪尔希小姐在看着他。”

“就算她不在，你也不敢吧？”

“他真的不会伤害别人。他就是个大傻子。”

总有长者走过来跟迪尔希说话，但除非是相当上年纪的长者，普通一点的迪尔希都让方罗妮来应酬了。

“我妈妈今天早上身体不舒服呢。”

“可太糟了。不过希谷克牧师会医治好她的烦恼。他会宽慰她，为她解除精神压力。”

泥巴路的地势慢慢升高了，升到了一个地方，此处的风景如画。泥巴路通往一个从红土山包里挖出来的口子，山顶上种满了橡树，泥巴路到了这里好像被剪断的丝带，就这么被活生生掐断了。泥巴路旁边有一个饱受岁月风霜洗礼的教堂，它的尖顶仿佛画里的那样样貌怪异，朝着天空刺去，就好像是在悬崖峭壁面前铺上一块平坦的硬纸板，画上了平铺直叙的没有的风景画。但是这个风景画的周围竟然是四月份开朗辽阔的晴天，或是刮着大风的天气，又或是回响着钟声的正午时分。人们前进得很缓慢，迈着安息日的正儿八经的脚步往教堂走去。女人和小孩子都笔直进了教堂，而男人们在门口三五成群地低声交谈着，直到钟声停了下来。他们也进去教堂里了。

教堂里刚刚装修过，零零散散地摆了一些鲜花，这些花大概是从厨房后面的菜地和篱笆边采来的，一道道的彩色饰带垂落下来。讲坛上还吊着一只干瘪塌陷的圣诞节时候的手风琴纸钟。讲坛上空空如也，唱诗班已经站好位置了。天气不算太热，但唱诗班的人都在扇扇子。

大部分的女人都拥挤在教堂的某一边，在叽里呱啦地扯闲天。这时候钟敲了一下，女人们四散而去回到自己的座位上。大家坐着，静候开场。钟声再次敲响，唱诗班们集体起立开始唱歌。大家整齐划一地扭过头去，像是一个人发出的动作，因为此刻有六个小孩子走进来了——其中四个是小女孩，她们在小马尾辫上系着蝴蝶结，另外两个是小男孩，满头都是短短的自然卷——这一行人穿过中间走道往讲坛走去，白绸和鲜花把六个孩子连在一起，后面跟着两个男子。第二个男子棕色皮肤，神态威严而庄重，身材高大魁梧，身穿礼服，白色领带。他的脑袋一看就很有学问很权威，一层又一层的下巴叠在衣服领子上。众人对他很熟悉，于是等他走过去之后，大家的脖子还是扭着，直到唱诗班停住了，人们才醒悟原来客座牧师已经走进来了。人们仔细地瞧着走在他们自己原本牧师之前的走上了讲坛的人，一阵无法言喻的声浪涌了起来，深深的叹息，大吃一惊和失望透顶的叹息。

客座牧师的个子非常矮小，身穿破旧褴褛的羊驼呢子外套。他长着一张像猴子的皱巴巴的黑色脸盘。唱诗班又开始了，六个孩子站起来用细嫩的怯生生的跑调的声音加入了合唱，大家一直在打量着这个干瘪瘦小的老头，坐在高大魁梧的本地牧师身边，这个老头更像个侏儒了，显得更加土气了。而当本地牧师起立用深沉、有共鸣的腔调介绍他的时候，大家依然用诧异和不可置信的目光注视着他，本地牧师的介绍越是热情洋溢，客座牧师的样子就显得越发猥琐干瘪。

“还费了很大的劲儿把他从圣路易斯请过来呢。”方罗妮轻声说。

“我还见过上帝动用比这个更加怪异的工具呢，”迪尔希说，“行了，别吵了，”她扭头对班说：“他们又要唱歌了。”

那个客座牧师站起来开始发言了，口音像个白人。他的声音平稳干冷。口气很大，好像不是他能说出的话。一开始大家抱着看猴子发言的好奇心在听着。他们的心情就好像看别人走钢丝，看他在冷冰冰的，丝毫不变的语调做成的钢丝上面费劲跑步，变化各种姿势，偶尔翻个筋斗，拼出浑身解数。他那个猥琐干瘪的行星已经从大家眼里消失了。讲到最终了，他颓然倒在了讲台上，瘦猴似的身体像木乃伊或是空船那样纹丝不动，一只手臂放在到他胸部的讲台上，大家可算长舒一口气，在座位上挪一挪屁股，像是刚从集体催眠中醒过来。唱诗班在讲坛后面扇扇子。迪尔希轻声说：“别闹腾了。肯定马上就要唱歌了。”

就在此刻，一个声音突然响了起来：“兄弟姐妹们。”

牧师纹丝不动。他的手臂依然放在讲台上，这个气势宏伟的回声弹在四周慢慢消逝了，他还是保持这个姿势。这声音比之前他的声音简直是千差万别，这是一个中音喇叭，悲怆而沉郁地冲进他们内心深处，回音已经逐渐消散开了，但余音绕梁而三日不绝。

“兄弟们，姐妹们！”声音再度响起。牧师抽回了胳膊，在讲台前踱步，双手背在后面，个子越发瘦小，他佝偻着身子，像是个斗士，因与这残酷土地搏斗而被紧紧压迫在地上。“我谨把这羔羊[①]鲜血之事迹铭刻在心！”他在麻花状的彩纸和圣诞节纸钟下面迈着沉重的步伐，佝偻着身躯，双手倒扣。他像是一块被自己连绵不绝的声浪洗刷得没有棱角的小石块。他用肉体喂养自己的声音，这声音是个魔鬼在撕扯吞噬他的心脏。大

---

① 《圣经·新约》中把耶稣称为“上帝的羔羊”，并认为可用“羔羊的血”来洗涤世人的罪恶。

家简直就要看见他被自己的声音吞没了，消失了，他们也消失了，最后连声音也幻化无影了，余下一个个心灵在交谈着，浅唱低吟，无须任何语言。所以他终又靠在讲台上喘大气，那张猴子似的脸蛋儿痛苦地仰视着上苍，看起来就像是十字架上的那个圣洁的为普罗大众受苦受难的人，他猥琐干瘪的气质突然消失了，仿佛肉体已经无关紧要。此刻，大家长叹一口气，一个女人用尖细凄厉的嗓门喊了一句："是的，我主耶稣！"

时光飞逝而去，昏黄黯淡的窗户亮了一下又恢复了阴森森的光景。外面路上跑过一辆汽车，在泥巴地里挣扎前进，越走越远。迪尔希挺直脊梁骨，一只手放在班的膝盖上。两粒眼泪顺着凹陷的脸颊流了下来，在无数条忍让牺牲、克己复礼和消失的时光刻下的皱纹里往下流淌着。

"兄弟们！"嘶哑深沉的声音再度响起，他一动也不动。

"是的，我主耶稣！"那个女人压低了嗓门再次喊道。

"兄弟们，姐妹们！"又响彻云霄了。中音喇叭的音量。他把手臂从讲台上举起，站得笔直。"我将羔羊鲜血的事迹铭刻于心！"大家甚至没留神他的口音和腔调是何时变成黑人的，但被他的声音震慑住了，不由自主地轻轻摇晃着。

"这漫长寒冷的岁月——啊，亲爱的兄弟我告诉你们，这漫长寒冷的岁月啊——我见到光芒，我见到神谕，那可悲的罪人啊！那一辆辆摇摇晃晃的马车走过了埃及；世世代代的人们都从那时候起过去了。从前的富人啊，你如今安在？兄弟们啊，过去的穷人们，如今又何在呢？姐妹们啊，噢，我要告诉你们，如果你们没有保命的牛乳和甘露，将要怎样度过这漫长寒冷的岁月啊！"

"是的，我主耶稣！"

"兄弟们，让我告诉你们吧，姐妹们，我也要告诉你们啊，迟早会迎来这么一天。可悲的罪人说：就让我躺在主的身边吧，让我卸下沉重的负担吧。耶稣会如何说呢？兄弟们啊，姐妹们啊，你们是否已经把羔羊和鲜血的事迹铭刻于心了呢？我实在不愿意让天堂承受过重的负担啊！"

他在外套里摸出一块手帕擦了擦脸。大家异口同声地发出了一片低沉的叹声："嚓——"那个女人又喊了起来："是的，我主耶稣！

耶稣啊！”

“兄弟们！请抬眼看看那些小孩子们，他们就坐在那里。耶稣也一度如此啊。他的母亲饱受荣耀与痛苦。曾几何时在天色渐暗时分，耶稣在她怀中，在天使们的歌声中入眠；可能他往外张望发现了罗马的巡警经过门前。”他擦着脸，踱着沉重的步伐。“兄弟们，听我道来！我看见了那一天。玛利亚抱着小时候的耶稣坐在门口。就像那个坐在那里的小孩一样。我听见了天使们在歌颂和平，为荣耀献上歌曲；我看见了紧闭的双眼；我还看见了玛利亚跳了起来，看着那个士兵，他在说：我们要杀人！我们要杀人！我们要杀死你的小耶稣！我听到了这位可怜的母亲在哭泣与哀求，因为她无法得到主的救赎和神谕！”

“噻——！耶稣啊！小耶稣啊！”此刻另一个尖细的声音凄厉响起：

“我看见了，我主耶稣啊！啊，我看见了！”还有一个声音也响了起来，没有词句的声音，像是从水底冒出的气泡。

“我看见了，兄弟们！我看见这个景象了！看见这震惊无比，令人双眼变盲的景象了！我看到了种着圣树的骷髅地[①]，看见了小偷、强盗和最为卑鄙无耻的人；我听见了那些谎话和狂言：如果你是耶稣，为什么你不背着十字架走路啊！我听见了妇人们在哭泣和夜晚的哀悼声；我听见了号啕大哭和低声饮泣，听见了上帝别转脸说：他们真的杀死了耶稣；他们真的杀死了我的儿子！”

“噻——耶稣啊！我看见了，耶稣啊！”

“盲目的罪人们啊！兄弟们，我告诉你们；姐妹们，让我告诉你们，当上帝把他无所不能的脸掉过去的时候，他说：我不想让天堂承受太重的负担！我能够看见鳏居的上帝关上了门；我看见洪水在天地肆虐；我看见世世代代的黑暗与死亡。然后呢，看呀！兄弟们！是的！兄弟们！我此刻看见了什么呢？我看见了什么？罪人们啊，我看见了复活与光明；我看见了温和的耶稣说：正是因为他们杀死了我，你们才得以复活；我死去，是为了使看见了并坚信奇迹的人们永生不死。兄弟们啊，兄弟们！我看见了

---

① 耶稣被钉死在十字架上的地方。

末日晴天霹雳，我也听到了金色号角吹响了天国福音，那些铭记着羔羊鲜血事迹的死者全都复活了！”

在教堂的声浪和此起彼伏举起的手臂之中，班坐着，陶醉地瞪着那双温和的蓝色眼睛。在他身边的迪尔希脊背挺直，默默地安静地哭泣着，心里依然很难过，为着人们记忆中的羔羊的苦难与鲜血。

直到他们走进中午明晃晃的阳光里，走在铺满沙砾的土地上，人们三五成群地聊着天，迪尔希还沉浸在悲伤中，无法参与别人轻松的聊天。

“这个牧师可太棒了，我的上帝啊！他一开始看起来挺不打眼的，但是到了后面就哇呀！”

“他看见了权力与荣耀。”

“是的，肯定的。他真的看见了。面对着面亲眼所见啊。”

迪尔希一言不发，她的眼泪顺着纵横交错的沟壑往下流淌着，脸上的肌肉不曾颤抖过任何一下。她抬头挺胸往前走着，任由眼泪直流。

“妈妈啊，您这是怎么啦？”方罗妮说，“四周好多人在看着您呢。我们就要走到白人的地盘了。”

“我看见了初，也看见了终[①]，”迪尔希说，“你别管我。”

“什么初什么终啊？”方罗妮说。

“你别管了，”迪尔希说，“我之前看到了初始，现在我看到了终了。”

但是在走到大街之前，她还是停下来撩起裙摆用最外面的裙边擦干了眼泪。接着他们继续往前走。班跌跌撞撞地走在迪尔希旁边，看着前面的拉斯特摆出各种搞怪模样，憨憨的表情就像是一只大笨狗在瞅着一只机灵的小狗。在太阳光线下，拉斯特撑着伞，那顶怪异的新草帽原形毕露。他们走到家门口，进去了。班立刻就开始不乐意了，呜咽了起来，他们朝着车道尽头的大宅子望去，这栋建筑工整的大房子已经年久失修了，廊柱上的大门摇摇欲坠。

---

① 参见《圣经·启示录》第二十二章第十三节：我是阿拉法，我是俄梅嘎，我是首先的，我是末后的，我是初，我是终。

“今天在大房子里出什么大事了？”方罗妮说，“肯定出大事儿了。”

“没什么事情，”迪尔希说，“你就只管自己的事情，白人的事情自然由他们自己操心。”

“肯定是出大事了，”方罗妮说，“今天一早我就听见他在号叫。当然，这不关我事。”

“我知道是什么事情。”拉斯特说。

“你知道得太多了，”迪尔希说，“方罗妮不是才说了不关你事吗，你听见了没有？赶快把班吉带去后院里，安抚好他，我去准备午饭，弄好了就喊你们。”

“我知道昆汀小姐在哪里。”拉斯特说。

“给我闭嘴，”迪尔希说，“等到昆汀需要你的忠告的时候我会通知你的。现在你们立刻离开，去后院玩儿去。”

“难道你还不知道他们一起去牧草地上打球，情况会怎么样吗？”

“现在他们还没这么快开始。等到开始了，T.P.自然会来带他去坐马车了。来吧，把那个新帽子递给我。”

拉斯特把帽子递给她，接着和班穿过后院。班还在小声地哼哼唧唧。迪尔希和方罗妮走进小木屋里，片刻之后迪尔希出来了，穿上退色的印花裙，走进厨房里。炉火熄灭了。大房子里安安静静的。她系上围裙，走上了楼梯。四周万籁俱静。她走进昆汀的房间，还和之前一个样，她捡起内衣，把长筒袜塞回抽屉里关好。康普生太太的房间门关着。迪尔希站在门口，侧耳倾听。然后她推开房门走进去，里面弥漫着浓烈的樟脑味。屋子里忽明忽暗的，百叶窗没有打开，那张床隐藏在黑暗之中，她以为康普生太太睡着了。她预备关门离开，突然一个声音说：

“嗯？是谁啊？”

“是我啊，”迪尔希说，“您需要什么吗？”

没有回答。她的脑袋纹丝不动的，好一会儿了，她才说：“杰生呢，他在哪里？”

“他还没回家呢。”迪尔希说，“您需要什么吗？”

康普生太太一言不发。正如很多冷漠而又弱小的人们一样，面临一场无法逆转的灾难时，她居然总能从某处挖掘出某种精神支柱，一种神秘的力量。如今她的精神力量就来自那个尚未真相大白于天下的事件的一个坚不可摧的信念。“唔，”她可算说话了，“你找到那个东西了吗？”

“找什么？您说的是什么东西？”

“字条啊。她应该考虑周全的，留张字条吧。就连昆汀也是这么做的。”

“您在胡思乱想什么呀？”迪尔希说，“您难道不知道她好端端的吗？我敢保证，还没天黑她就会回家来。”

“一派胡言，”康普生太太说，“这是会遗传的。有怎样的舅舅就有怎样的外甥女。有其母必有其女啊。也不知道她像谁会更糟糕一点。但我也无所谓了。”

“您为什么老是胡思乱想呀？”迪尔希说，“她为什么要想不开呢？她毫无理由啊。”

“我怎么知道呢。昆汀当初那么做又是为了什么呢？他何至于走到那一步吗？总不是专门为了嘲讽我，伤透我的心吧。无论谁当上帝都不容许这种事啊。我是个良好家庭出来的大家闺秀。别人简直不敢相信我的后代会落得如此地步，而事实却是如此残酷。”

“您就等着看吧，”迪尔希说，“天黑了她就回家了，啥事也没有，就回去房间里躺床上了。”康普生太太不说话了。她的额头上敷着一块浸透了樟脑油的布料。迪尔希站在门边准备出去。

“算了，”康普生太太说，“你还有别的事情吗？你打算给杰生和班吉明做午餐吗？”

“杰生还没回家，”迪尔希说，“我要做午餐的。您真的不需要什么了？热水袋还热吗？”

“就把我的《圣经》拿给我吧。”

“今天早上出去之前就给您了啊。”

“你放在床沿上。它能不掉下去吗？”

迪尔希走到床边，在床底下的阴影里摸了摸，找到了那本封面扑在地上的《圣经》。她抹平了折角的书页，放回到床上。康普生太太的双眼紧闭。头发和枕头一个颜色，她的脑袋裹着泡了药水的布条，看上去像是一个虔诚的老尼姑。“别总放在床沿上了。”她说，眼睛依然闭着。“你早上就放在那个地方。你莫非是要我爬起来捡书吗？”

迪尔希伸手越过她，把书放在更宽阔的那边。“您这样看得清吗，没法看呀，”她说，“要不我把百叶窗拉开一点？”

“不用了。就让它那样吧，你去给杰生做点吃的。”

迪尔希走出去了。她关好门，走回厨房里。炉子冷冰冰的。她站在那里时，碗柜上的挂钟敲了十下。“这就一点钟了，”她喃喃自语，“杰生还没回家。我看见了起初，也看见了终了，”她望着那冷冰冰的炉灶。“我看见了起初，也看见了终了。”她在桌上放了些冷盘。她踱来踱去，哼唱着一首赞美诗。翻来覆去唱着头两句歌词。她摆好了饭菜，走到门口喊拉斯特，片刻之后，拉斯特和班回来了。班在轻哼着什么给他自己听。

“他一分钟也不消停。”拉斯特说。

“你们先吃吧，”迪尔希说，“杰生不会回来吃午饭了。”他们围坐在桌子边。在班面前摆着的都是干冷的东西，他可以不需要喂食，自己吃，迪尔希还是在他脖子上系了一块餐巾。拉斯特和他一起吃饭。迪尔希在厨房里走来走去，翻来覆去地唱着她记得的那两句。“你们就尽情吃吧，”她说，“杰生不会回来了。”

此时杰生正在二十英里之外的地方。早上他一出家门就飞速往镇上开去，把去做礼拜的缓慢前进的人群甩在后面，飞越了风中包裹着的蛮横的教堂钟声。穿过空空如也的广场，车子拐弯进了一条狭窄的小街道，汽车飞驰的声音显得这条街道更加宁谧。他在一栋木头框架的房子前停车，下车之后沿着花径走到门廊。

在纱窗门里有说话声。他举手想敲门，脚步声出现了，他缩回了手。然后一个穿着黑色呢子裤和无硬领贴胸白衬衣的大块头打开了门。此人一头粗硬的乱蓬蓬的铁灰色头发，灰色眼眸像小男孩一般圆亮透彻。他握住杰生的手，拉着他进屋子，一直没松手。

“快请进，”他说，“赶快进来。”

“准备好动身了吗？”杰生说。

“赶快进去。”那个人说，推着杰生的手臂走进一个房间，里面坐着一个男人和一个女人。“你认识莫特尔[1]的丈夫吧，对不对？这位是杰生·康普生，这位是弗农。”

“我认识的。”杰生说。他甚至没有瞟那个人一眼。警长从房里另一头拖过一把椅子，那个人说：

“我们先走了，你们慢慢聊。莫特尔，走吧。”

“没事，没事啦，”警长说，“你们接着坐这儿呗。事情还没那么严重吧，杰生你说呢？你坐下啊。”

“我们边走边说，”杰生说，“带上你的帽子和外套。”

“我们也要走了。”那个男人说，站了起来。

“你们坐你们的，”警长说，“我和杰生去外面门廊谈事情去。”

“你带上帽子和外套吧，”杰生说，“对方已经先跑了十二个钟头了。”警长和他走到门廊。一对男女经过门口，便和警长聊了一会儿。警长热情似火，样子夸张做作地回应着他们。从所谓的“黑人山谷”传来的钟声还在回荡着。“警长，你赶快戴上帽子啊。”杰生说。警长这时候拖过来两把椅子。

“你先坐下来，慢慢告诉我到底发生什么事了。”

“我在电话里不是已经交代了吗？”杰生说，他不肯坐下。“现在时间很宝贵。你是不是非要我用法院来强迫你执行宣誓过的义务呢？”

“先坐下嘛，说一说情况，”警长说，“我当然会保护你的权益了。”

“保护，还是拉倒吧，”杰生说，“这就是你所谓的保护权益？”

“现在不配合工作的人是你啊，”警长说，“坐下来把情况详细说一下嘛。”

杰生只好一五一十说了一遍，肚子里很窝火，嗓门越扯越大。过了一会儿，他肝火上升急着为自己辩护，已经忘了他来警察局的目的了。警长用冷静闪亮的眼睛紧紧地盯着他。

“但是其实你并不确定是他们干的，”他说，“你只是怀疑有可能是他们干的。”

---

① 警长的女儿。

“不确定？”杰生说。“我足足跟了她两天，在大街小巷里钻来钻去，想拆开他们，我还告诫过她，如果再让我碰到一次我会怎么做。而在这一系列事情之后你竟然还说我不确定那个小骚——”

“够了，行了，”警长说，“说清楚了。这些就足够了。”他扭开脑袋双手插进口袋里，眼光落在街对面。

“我特意赶到这里，站在你这位政府任命的执法官员面前，而你竟然……”杰生说。

“马戏团这个礼拜应该在莫特森[①]演出。”警长说。

“没错，”杰生说，“如果站在我面前的执法官员对于他的选民的利益还有一点责任心，那我此刻就应该在莫特森了。”他又复述了一遍故事梗概，似乎能从怒火与无奈中获得一种真实的快感。警长貌似根本没听他说话。

“杰生，”他说，“你为什么会把三千块钱藏在家里呢？”

“这是什么问题？”杰生说，“我喜欢把钱藏在哪里这是我的私事。你的任务是帮我把钱找回来。”

“你母亲知道你放了这么一大笔钱在家里吗？”

“咦，我说啊，”杰生说，“我家被洗劫了。我知道是谁干的，也知道他们在哪里。我特意来这里是想寻求政府任命的执法官员的帮助，我再问你一次，你到底肯不肯努力帮我把钱找回来？”

“要是找到了他们，你打算怎么处置那个姑娘？”

“什么也不做，”杰生说，“我不会把她怎么样，碰都不会碰她。这个小婊子搞砸了我的工作，断送了我的前途，害死了我的父亲，每时每刻都在缩短我母亲的寿命，还让我沦为全镇人的笑柄。我当然不会把她怎么样，”他说，“我连她的汗毛都不会动一根。”

“杰生，是你逼迫这个姑娘离家出走的。”警长说。

“我怎么当家这是我的私事，”杰生说，“你到底肯不肯帮我？”

“是你逼迫她离家出走，”警长说，“而且我有个疑问，这笔钱到底

① 莫特森是杰弗逊西南二十五英里的一个小镇。

是属于谁呢，这个谜团我估计一辈子也弄不清楚了。”

杰生站在原地，双手在缓慢用力地绞扭着他手上那顶帽子的帽檐。他的声音很轻：“这么说来，你完全不准备帮我逮捕他们了？”

“杰生，这事与我确实没关系啊。如果你铁证如山，那我自然会行动。可现在毫无证据，那我只能认定这不是我职权范围的事情了。”

“你的答复就是这个，对吧？”杰生说，“你还有一次机会，仔细思考再回答。”

“杰生，这没什么可思考的。”

“那行。”杰生说。他戴上帽子。“你一定会追悔莫及的。我也不是没有帮手。这儿可不是在只要戴上一个铁皮徽章就能无法无天的俄国。”他走下台阶钻进汽车发动引擎。警长看着他开车拐弯离开了这栋房子朝镇子驶去。

钟声又敲响了，飘荡在高亢的天空中，被飞奔而过的光线撕扯成一条条纷繁明亮的声浪。杰生停在一个加油站，检查轮胎，加油。

“是要开远途吧？”加油站的黑人问他。他根本不理睬。“看起来天要晴了。”那黑人说。

“天晴？见鬼去吧，”杰生说，“到了十二点保证下倾盆大雨。”他望了望天空，一想到雨后泥泞的泥巴路，还想到自己在离镇上几英里之外的鬼地方进退两难。他竟然还喜从悲来地想着，今天很确定要错过午饭了，他刚才慌慌张张地动身，到了中午肯定是落在两个镇子中间，前不着村后不着店。他甚至还觉得现在是上帝给他喘口气的机会，所以他对黑人说：

“你这该死的到底怎么回事？是不是之前有人塞了钱给你，让你尽量拖延这辆车往前走？”

“这个轮胎里真是一丝气都没有了。”黑人说。

“滚开，把气筒给我。”杰生说。

“现在打好气了。”黑人说，一边站起来了。“您可以出发了。”

杰生钻进汽车发动引擎驶出去了。他挂二挡，引擎噼里啪啦响着，猛喘着粗气。然后他把引擎推到最大限度，把油门死死地踩住，非常粗暴地把气门拉出来推进去。“立刻就要下雨了，”他说，“开到半路肯定会迎上一场瓢泼大雨。”他开车离开钟声覆盖的地方，离开小镇，脑子里全都是车子深陷泥潭需要找两匹马来拖车的场景。“但是那些马匹全在教堂门口。”他脑子里立刻又浮现自己终于找到一个教堂，正要把两匹马拉走，马的主人走了出来，对他连吼带骂，接着他如何挥拳把对方打倒在地。“我是杰生·康普生。挡我者死。你们精挑细选的当官的谁敢拦着我？”他说，好似看到自己领着一队士兵去法院把那个警长押出来。“这个家伙竟然对我丢掉饭碗的事情如此无动于衷，我要让他开开眼界，看看我能捞到怎样的肥差。”他压根儿也没想到外甥女，也没想到那笔钱。这十年以来，这两者在他的视野中已经不是实物或者个体了。这两者合二为一，成为了他应该得到之前已经失去的那份银行里的工作的一个抽象的象征。

天色转晴，头顶上的云朵飞快地掠过天空。在他眼中，天气转晴这件事肯定是敌人对他的又一次恶毒报复，是一场他拖着累累伤痕去应对的血肉之战。片刻之后他经过一个教堂，那些清水木头搭起来的建筑，有铁皮尖顶，四周很多马匹，门口全是些破破烂烂的汽车。在他眼中，每一个教堂就是一个岗亭，驻扎着名为“命运”的守卫，他们全都回头偷偷瞄了他一眼。“你们也全都是大浑蛋，”他说，“你们焉能阻止我！”他幻想着自己带一队士兵拖着戴手铐的警长往前走，他更臆想着要把无所不能的上帝从宝座上脱下来，若有必要，他还希望天兵天将和各路鬼神全都对他严阵以待，严防死守，而他又是如何从中杀出一条血路，最后终于逮住了逃窜在外的外甥女。

东南风吹拂在他的脸上。他似乎感觉到汹涌不断的风在往他脑袋深处灌进去，忽然之间，内心冒出的古老预感让他急踩刹车，停下来纹丝不动地坐着。然后他摸着脖子开始大骂起来，用沙哑的气声恶狠狠地骂着。过去每次他要开车出远门时，总要带一块浸透了樟脑水的手帕来防止头疼，出镇之后就把手帕系在脖子上，药味才更好吸收。现在他在汽车里翻箱倒柜，希望能幸运地找到一块遗忘在某处的手帕。前后座位都翻了个底朝天，一无所获，他骂骂咧咧地站了起来，本以为就要到手的胜利，但却是命运的作弄。他紧闭双眼靠在车门上。回去取樟脑水和接着往前开简直是殊途同归，他一样会头疼欲死。今天是礼拜天，现在回家的话，他肯定能找到樟脑，往前开的话，那就不一定了。可是要浪费时间回家一趟，就要晚一个半小时到莫特森。“或者速度开慢点儿，”他说，“再开慢一点儿，分散注意力想点别的，也许就可以——”

他钻进汽车开动了。“就想点其他事情吧。”他说，马上就想到了罗琳。想象着自己和她睡在一起，但他只是躺在她身旁，求她帮自己，但是紧接着思绪又跳到了那笔钱，他无法容忍自己竟然被一个小丫头片子给耍了。他真希望抢走自己那笔钱的是个男人。那笔钱是他用来弥补和安慰自己那个没到手就失去的肥差的，是他费尽心机，铤而走险才弄到的，最无法释怀的是，正是那个小贱货让他失去了这么多。他继续赶路，翻起衣角来抵挡寒风。

他仿佛预见到所有想要打倒他并摧毁他的意志的数条力量正在飞速赶往会合地点，如果这个关键地点被攻陷，那就再无翻身的可能；他脑子转得飞快。万万不可犯任何错误，他对自己说。只能选择唯一正确的办法，而且不存在任何的变通。他知道那对狗男女第一眼就能认出他，现在他只能希望自己先看到她，除非那个戏子依然系着红领带。他只能依靠一根红领带来辨认对方，这成了即将到来的那场灾难的导火索；他简直能在剧烈的头痛中闻到那场灾难的气息。

他爬上了最后一个小山头。四处烟雾弥漫，山谷和屋顶，树丛里隐藏着塔尖。他开车下山，进镇之后速度变慢，自我提醒要格外小心，第一点是找到大帐篷所在之处。他的双眼模糊不清，直觉那场大灾祸在驱使他径直往前冲，他想给自己的脑袋敷上点什么药。加油站的员工说戏班子还没支起大帐篷，但有几辆专车停在车站旁边的轨道上。于是他开车过去。

两节普尔曼卧车停在铁轨上，车厢上涂得乱七八糟花里胡哨的。他在车里仔细观察着它们。他拼命压制住呼吸，否则涌上脑袋的血液简直要喷发出来。他走出车子，顺着围墙走过去，仔细打量着它们。车厢外挂着若干件刚洗完的皱巴巴、软绵绵的外套。一节车厢的脚踏板边上有三把帆布折叠椅子。四周围没看见人，片刻之后，一个身系脏围裙的大汉在车厢门口毫无顾忌地把一大锅子污水倒了出去，锅子里面折射出太阳光，然后那汉子就回车厢里了。

他寻思着，必须要在他们发现之前打个漂亮的闪电战，迅速制伏他。他从来没想到也许他们不在这车厢里。在他的构思中，他们绝对不可能不在这里，而且事情的结局就只能取决于谁先看到谁，除此之外的可能性都是违背自然规律的。当然他觉得最关键的点在于：必须是他先看见他们，然后顺利地把钱要回来。从此以后，山高水长，彼此相忘于江湖，他们爱怎么样就怎么样，他丝毫不关心，否则的话，全世界每一个角落都会知道，他，杰生·康普生竟然被抢劫了，而且是被他的外甥女昆汀，那个小婊子给抢了！

他再勘察了一遍周围。然后他走到车厢边轻盈迅速地踏了上去，站在车子门口。车里的厨房光线很暗，发出一股霉烂馊味。刚才那大汉身影朦胧，正在沙哑发颤地尖声唱歌。原来是个老头子，他心想，而且个子比我矮。他走进车厢，刚好遇上那个人的目光。

“你好？”老头说。

“他们在哪里？”杰生说，“赶快说。是不是在卧车里？”

“谁在哪里？”老头说。

“别骗我了。”杰生说。他推开四周的杂物踉踉跄跄地往前走。

“怎么个情况？”老头说，“你说谁骗你了？”杰生一把抓住他的肩膀，老头喊了起来：“小伙子，当心点儿！”

“别骗我了，”杰生说，“他们人在哪里？”

“你这狗杂种，搞什么啊！”老头说。他细瘦的胳膊被杰生勒住。他想使劲挣脱，转身在后面堆满东西的桌子上胡乱摸着。

“赶快说，”杰生说，“他们在哪里？”

“等我摸到杀猪刀，”老头扯着嗓子说，“我就告诉你。”

“行了，”杰生说，想抓住对方，“我只是想跟你打听一件事。”

“你这狗娘养的！”老头扯着嗓子尖叫，手还在桌上到处摸着。杰生想摁住他，遏制他那微不足道的怒火，不让他发作出来。老头的身体非常苍老和虚弱，可却如此拼命地豁了出去，杰生终于揭开了这一场大灾祸的面纱，看清楚了这一切。

“别发怒了！”他说，“行了，行了，我马上就走。你别发火，我马上就走。”

“竟然说我骗人，”老头号哭，“放开我，就放开我一下，我就能让你明白我的厉害。”

杰生抱着老头，同时火速地观察四周。车厢外面一派祥和之气，阳光明媚，天气晴朗，他想到人们马上就要回家团聚享用礼拜天中午的大餐了，可真是一顿体面的节日盛宴，但他竟然在这个地方竭力地抱着这个拼命挣扎、冲动火爆的老头，他也没办法逃跑，因为他不敢松开手。

“你安静一下，让我下车，如何？”他说，“行不行？”但这老头依然拼命乱蹬，杰生只好腾出手给了他脑袋一拳。这一拳不重，手法笨拙且匆忙，但老头一下子就瘫软在地，砸倒了一大堆锅碗瓢盆，发出各种声响。杰生喘着粗气，仔细听老头的呼吸和脉搏。然后他急忙转过身跑到车门口，然后放慢脚步爬下了楼梯，又站着歇息了几秒钟。他的呼吸变得像气喘似的那种呼哧呼哧的声音，停下了脚步想顺一口气，双眼一直打量四周。就在这个时候一阵匆忙的脚步声从身后传来，他一扭头就看见那老头踉踉跄跄、怒发冲冠地举着一把生锈的斧头从车厢口直接跳了下来。

他慌忙之中抓住那把斧头，没感觉到被打中，脚步却往后跌去，他想自己竟然就这么死了，事情原来就以如此荒谬的方式结束了。这时不知何物沉重地敲中了他后脑勺，他心里想着，老头怎么能打到我这个地方呢？或许刚才就已经打到了我吧，只是我现在才感觉到，他只想快点儿了结这件事，可是紧接着他内心又冒起了一股强烈的求生欲，他拼命挣扎，耳边是老头沙哑破锣般的嗓音在怒骂着。

此时有什么人把他从地上拉起来了，他奋力反抗着，但被对方摁住，他就老实了。

“我是不是流了很多血？”他说，“就我的后脑勺啊。流血了吗？”他喋喋不休地说着，全身却被人匆匆忙忙地推着走，慢慢听不到老头那怒火冲天的尖嗓子了。“赶紧看一下我的后脑勺，”他说，“等一下，我——”

“还等个鬼呀，”推着他往前走的那个人说，“那只暴躁的小黄蜂会活活蛰死你。你赶快走吧。你没受伤呢。”

“他给了我一家伙的，”杰生说，“我在流血吗？”

“你赶快走吧。”那人说。他带着杰生绕过车站的拐角处，走到空无一人的月台上，上面停着一辆捷运货车，月台旁边的一块空地上面长满了呆板无趣的青草，周围是一圈呆板无趣的小花，正中间立着一块里面装了灯泡的广告牌。上面写着：“用你的眼睛仔细欣赏莫特森。”在本该画上眼珠子之处装了一个灯泡。那个人松开了他。

“现在听着，”他说，“你赶紧离开这个是非之地，别再回来。你想干什么？是想要自杀吗？”

“刚才我是想找两个人，”杰生说，“我只是想跟他打听一下他们在哪里而已。”

“我在找一个女孩子，”杰生说，“还有一个男人。昨天在杰弗逊，他系着一根红色领带。他是马戏团的人。他们两个把我的钱全都抢走了。”

“噢，”那个人说，“原来就是你啊，是吧。好了，他们其实不在这里。”

“我早就估算到了他们不可能在这里。”杰生说。他靠着墙，摸了后脑勺一把，然后看了看自己的手掌心。“我还以为我血流不止呢，”他说，“我真以为他用斧头劈中了我。”

“你的后脑勺撞在铁轨上了，”那人说，“你赶快离开这里吧。他们不在这里。”

“好吧。他也说了他们不在此地。我还以为他在骗我呢。”

“你觉得我也在扯谎骗你吗？”那人说。

“不是啊，”杰生说，“我已经知道了他们不在这里。”

“我已经让他们滚蛋了，两个人都给我滚得远远的了，”那人说，“我可不能容忍在我的戏班子里闹出这样的丑闻。我的戏班子可是体体面面的，演员走出去也是受人尊敬的。”

“是的，”杰生说，“你不知道他们去了哪里吗？”

“真不知道。我也真不想知道。在我的戏班子里，谁也不许要这种花招。话说你是她的——哥哥？”

“不是的，”杰生说，“但这不重要。”他走到汽车旁钻进车里。我现在要干点什么呢？他想一会儿。于是他想起来了。他发动车子沿着街道缓慢开着，终于找到了一个药房。药房大门紧锁。他按着门把手，耷拉着脑袋歇了一会儿。他只能转身离开，他逮着一个街上的行人问附近哪里有正在营业的药房，行人回答说哪里都没有。他又问北上的火车什么时候发车呢，行人回答是两点三十分。他离开人行道，钻进汽车里，呆坐了好一会儿。旁边路过两个黑人小伙。他喊住了他们。

"你们俩中间有人会开车吗？"

"会啊，先生。"

"那么现在开车送我去杰弗逊要多少钱？"

他们两个对望了一眼，叽里咕噜地商量了一会儿。

"我出一块钱怎么样？"杰生说。

他们又叽里咕噜讨论了一会儿。"一块钱不够，"其中一个小伙说。

"那你要多少呢？"

"你能去吗？"一个小伙说。

"我走不开啊，"另外一个说，"你送他过去不可以吗？反正你也闲着没事。"

"不是啊，我有事情的。"

"你能有什么事情啊？"

他们俩又开始叽里咕噜了，还嘻嘻哈哈的。

"我出两块钱，"杰生说，"随便谁来开车都行。"

"我也走不开呢。"第一个小伙子说。

"那好吧，"杰生说，"你们走吧。"

他在车里坐了一段时间。他听到了大钟敲了一下，也不知道现在是几点钟了，然后身穿礼拜天和复活节服装的人们三三两两经过附近。其中好几个人路过车子的时候还特意看了他几眼，看了看这样一个默默无语地坐在汽车方向盘前面的人，他那看不见摸不着的人生就好比一只破袜子，而正在慢慢地一点点地变得更加破烂不堪。片刻之后有个身穿工作服的黑人走过来了。

"是你要去杰弗逊吗？"他说。

"是的，"杰生说，"你要收多少钱？"

“四块。”

“给你两块。”

“四块，少一分都不去。”车子里的男人静静地坐了几分钟。他甚至都没瞟那个黑人一眼。黑人又说。“你到底要不要去？”

“行吧，”杰生说，“上车吧。”

他挪到副驾驶座上，让黑人掌控方向盘。杰生闭上了双眼。他自言自语，回到杰弗逊之后我真要去医治一下了， 他尽力适应车子的颠簸起伏。我回家后可真是不吃药不行了。车子往前驶去，路过了一条又一条街道，面容祥和的行人们往家里赶去，去与家人分享礼拜天的豪华午餐。然后他们开出了镇子。他正在寻思自己的头痛病该怎么办。他没有在想家，而此刻在家里，班和拉斯特正好坐在厨房的餐桌边吃着冷冰冰的食物。某样事物——在任何一种永恒不变的罪恶中，都太过缺少灾难与威胁的警醒——允许他忘记杰弗逊，就好似它仅是他从前见过的某一个小镇子，而不是他必须重新开始生活的地方。

班和拉斯特吃完残羹冷炙之后，迪尔希打发他们出去了。“你想方设法把他安抚到四点钟。那时候T.P.也就该到家了。”

“好的，遵命。”拉斯特说。他们走出去了。迪尔希随便吃了几口饭，收拾干净了厨房。接着她走到楼梯口，屏息静听了片刻，没有听到异常的声音。她又走回厨房，穿过通完院子的那扇门，站在了台阶上。到处都看不到班和拉斯特，她站了一会儿就听到了从地窖方向传来的无精打采的拨弦声。她走到地窖门口，伸长脖子望了过去，果然早上那个画面又重新上演了。

“那个人就是这么做的啊。”拉斯特说。他盯着那把纹丝不动的锯子，神情沮丧中带着一点期望。“我就是找不到合适的物体来敲击它。”

“你老躲在地窖里面怎么可能找得到呢，”迪尔希说，“你赶快带他出来，站到太阳下面晒一晒。老待在那么潮湿的地下室，你俩都要染上肺炎的。”

她站在原地，望着他们穿过院子，走到篱笆旁边的雪松树下。接着她就往自己的小屋子走去了。

“行了，别再叽叽歪歪了，”拉斯特说，“你嫌今天给我惹的麻烦还不够多吗？”旁边摆着一张吊床，其实就是把绳子编成的网子挂在几根桶板上。拉斯特躺在吊床上，而班却痴痴呆呆朝前面游走而去。他嘴里又发出嘟嘟囔囔的声音了。“得啦，别叫唤啦，”拉斯特说，“否则我真要抽你了。”他舒舒服服地躺回到吊床上。班停住了脚步，而他的哼唧声还是传到了拉斯特耳里。“立刻闭嘴，你听到了没有？”拉斯特说。他从吊床上蹦了下来，尾随着声音找过去看见了班正蹲在一个小土包面前。两个蓝玻璃瓶子分别埋在小土包的左右两边，这是以前放毒药的瓶子。瓶子里插着一根已经枯萎了的曼陀罗。班蹲在那里，嘴里发出含糊的长长的呻吟。他一边哼哼着，眼神迷茫地到处搜寻着什么。终于他找到了一根小树枝，插进了另外的那个小瓶子里。“你怎么就闭不上嘴呢？”拉斯特说，“你就是皮痒了想我抽你，让你哭得欲罢不能啊，是不是？那好办，我就让你开开眼。”他跪下来，迅速地拔起瓶子藏在身后。班不由自主地闭嘴了。他很迷惑，蹲在地上看着那个瓶子留下的小洞，突然明白了什么似的，倒抽一口冷气，张嘴就要号哭起来了，这时候拉斯特立刻掏出了那个瓶子。“别闹！”他在牙齿缝里发出嘶嘶声，“你敢再来一声试试！料定你不敢。瓶子就放在这里。看见没呀？拿着。你在这里待久了就喜欢哭闹。走啦，一起去看下他们开始打球了没有。”他抓住班的手臂把他拖了起来，两人走到篱笆面前，透过密密匝匝的纠缠不清的金银花苞，肩并肩一起朝着牧草地望过去。

“你看，”拉斯特说，“有人走过来了。你看见了没？”

他们看到了两对打球的人，他们把球打到小草坪的球洞里，然后走到球座之后再重新发球。班边看边哼哼。一个打球的人嚷着：

“科弟，过来。把球棒袋子拿过来。”

“班吉，安静一点儿。”拉斯特说，但是班依然沿着篱笆，趺趺撞撞一路小跑着，嘴里发出绝望的嘶吼。那个人打了一球出去，跟着往前走。班跟在人家附近一起走着，一直走到栏杆的直角拐弯处，他没法再往前走，只能紧紧抓住篱笆，眼巴巴地望着别人远走。

“你能闭嘴吗？”拉斯特说，“你赶紧给我闭嘴好不好？”他抓紧班的胳膊。班抓紧篱笆，嘴里在哀声大叫。“你闭嘴啊行不行？”拉斯特说，“到底肯不肯闭嘴？”班木讷地朝着篱笆外面望去。“行啊，”拉斯特说，“是不是找不到理由来号叫了啊，我这就帮你找一个。”他回头看了大宅子方向一眼，然后就轻轻地说：“凯蒂！你吼啊。凯蒂！凯蒂！凯蒂！”

片刻之后，在班一声接着一声昂天长啸的间隙，拉斯特听到了来自迪尔希的呼唤。他拽着班的手臂，拖着他穿过院子走到迪尔希那里。

“就跟您说了，他根本没办法安静下来。”拉斯特说。

“你这坏痞子！”迪尔希说，“你对他又做了什么呀？”

“我真的没干什么啊。我早跟您汇报过了，但凡有人在打球，他就不淡定了。”

“都过来这边，”迪尔希说，“班吉，别哭了。乖啊，不哭了。”但是他依然不肯善罢甘休。三个人急匆匆地走过院子，进了小木屋里。“赶紧跑进去把那只拖鞋拿出来，”迪尔希说，“但千万别吵醒了卡洛琳小姐，听见了吗？如果她问起来了，你就说我正在照顾他呢。行了，去吧；我想这么简单的事情你总不可能办砸了吧。”拉斯特走出去了。迪尔希牵着班走到床边并排坐下，然后拥抱着他，前前后后地摇晃着，时不时用裙边擦一擦他嘴边的口水。“乖啦，别哭了。”她说，轻轻抚摸着他的头，“不哭了呀。迪尔希在照顾你呢。”但他依然缓慢地、凄惨地干号着；这真是太阳底下最无声的痛苦中的最沉重和无可救药的声音了。拉斯特回来了，手里拿着一只白色的缎带拖鞋。这只拖鞋已经泛黄，脏兮兮的很残破了。刚把这只拖鞋放在班手中，他立刻就停住不哭了。然而他还在断断续续地哼唧，很快他的嗓门又扯高了。

“你这会儿能找到T.P.吗？”迪尔希说。

“昨天他提了一句，说今天要去圣约翰教堂。他说四点钟就会回来。”

迪尔希一下又一下匀速地摸着班的脑袋，前后摇晃着。

“还要那么久啊，上帝哟，”她说，“怎么要这么久。”

“外婆，我也能赶得动那辆马车啊。”拉斯特说。

“你会把大家都摔死的，”迪尔希说，“你赶马车就是想搞恶作剧。

我知道你的脑子转得很快。但我还是不太放心你 。别哭了，乖啊，”她说，“安静点呀。别哭了啊。”

“不会的，我不会出事的，”拉斯特说，“我和T.P.一起赶过马车了。”迪尔希搂着班前后摇晃着。“卡洛琳小姐说了，要是你搞不定他，那她就要从床上爬起走下楼来亲自安抚他了。”

“宝贝，快别哭了呀。”迪尔希说，摸了摸班的脑袋。“你可不可以答应外婆，你会很小心翼翼地赶马车啊？”

“当然可以啦，没问题呀，”拉斯特说。“我赶马车的技术和T.P.一样棒呢。”

迪尔希轻抚着班的脑袋，前后摇着晃着。“我已经尽心尽力了呀，”她说，“上帝知道的。那你去套好马车做准备吧。”她站起身来。拉斯特像狂风骤雨一般卷出门去了。班在号啕大哭，手里还抓着那只拖鞋。“安静一点呀，别哭啦。拉斯特很快就带你出门，赶着马车去墓地啦。看来也没必要去拿你的帽子了。”她说。她走到了屋子角落，那里有一个挂着花布帘子的小隔间，进去拿了一顶她的旧毡帽出来。“也不怕告诉你了，咱们家族曾经有过比现在还落魄的时候呢，”她说，“无论如何你都是上帝赐予我们的孩子。我也很快要成为上帝的孩子了，赞美耶稣。来，戴上吧。”她把旧毡帽扣在他脑袋上，接着给他扣好外套。他还在抽抽搭搭地直哼哼。她抽出了他手里的拖鞋放在旁边，然后拉着他走出门去。此刻拉斯特正赶着一匹老白马，后面拖着一辆破破烂烂、东倒西歪的马车过来了。

“拉斯特，你会小心再小心的，对不对？”她说。

“是的，外婆。”拉斯特说。她扶着班坐进了后排的座位上。他才消停了一会儿，现在又开始抽抽搭搭了。

“他这是想要他的花呢，”拉斯特说。“等着啊，我去给他摘一枝来。”

“你先别下来。”迪尔希说。她走到车头拉住马匹口勒上的一根绳子。“行了，赶快去摘，快去快回。”拉斯特飞快地冲着花园跑过去。一会儿他就回来了，手里举着一枝水仙花。

“这枝的根茎都掉了，”迪尔希说，“怎么你就不能给他摘一枝漂亮点的呢？”

“唯一能找到的就是这枝了，”拉斯特说，“礼拜五为了装饰教堂，把花园里的花都摘干净了。等一下，我有办法了。”迪尔希拉住了马缰，拉斯特不知从哪里找来一根嫩枝和两条细绳子，把花的根茎做了一套“夹板”，递给了班。然后他爬上马车头，抓好缰绳。迪尔希还是不放开马缰。

“现在你对行车路线熟悉了吗？”她说，“沿着大街走到广场就拐弯，那条路通到墓地，然后就直接回家。”

“好的，遵命，”拉斯特说，“‘皇后号’，跑起来呀。”

“你肯定会很小心翼翼的，对不对？”

“绝对小心，您放心啦。”于是迪尔希松开了马缰。

“‘皇后号’，驾！”拉斯特说。

“来，”迪尔希说，“把鞭子递给我吧。”

“哎呀，外婆。”拉斯特说。

“赶紧给我！”迪尔希说，朝车轮子走去。拉斯特非常不情愿地把绳子递给了她。

“那我现在可怎么能让‘皇后号’跑起来呀。”

“关于这点你尽管放心好了，”迪尔希说，“这条路线‘皇后号’比你熟悉太多了。你只需要抓紧缰绳，稳稳当当地坐在位置上就行了。你现在认得路了吧？”

“肯定认得啊，外婆。T.P.每个礼拜天都赶一遍呢。”

“那你今天就照他那样重走一遍吧。”

“那当然啦。其实我早就替T.P.赶过至少一百次车啦。”

“那行吧，你就再替他赶一次，”迪尔希说，“行了，走吧。但是如果你这个小黑鬼弄伤了班，那我真是想不出要怎么处罚你。反正用当囚犯做苦力是免不了的，而且不用别人来拉你，我自己就先把你送进去。”

“知道，遵命，”拉斯特说，“开动吧，‘皇后号’。”

他在“皇后号”宽阔的背脊上抖了抖缰绳，马车轻微摇晃之后就往前跑了。

“拉斯特，小心点啊！”迪尔希说。

“快点跑呀，驾！”拉斯特说。他接着甩缰绳。随着一阵轰隆声从地下传来，“皇后号”晃晃悠悠地跑下车道，来到大街上，拉斯特心急地赶着它往前跑着，每一步看起来都颤颤巍巍的似乎马上就要跌倒了。

班现在很安静。他坐在后座正中央，拳头朝上握着那枝装了夹板的花，眼神安静宁谧、神圣不可侵犯。他正前方是拉斯特那颗子弹形状的脑袋，还没完全驶出大宅子的视线范围时，这颗脑袋总是时不时地扭过去朝后方张望。大宅子再也看不见的时候，拉斯特就停下了马车，跳了下来，从树篱上折断了一根树枝来当鞭子，班就这么静静地瞧着他。“小皇后”垂着脑袋在吃路边的青草，拉斯特跳上马车，一把拉起它的脑袋，赶着它往前跑去。接着拉斯特伸直双手，高高挥舞着鞭子和缰绳，屁股很随意地上下颠簸着，完全合不上“皇后号”稀稀拉拉的蹄声，还有马肚里发出的风琴似的重低音。旁边的汽车和行人们纷纷超过了他们；半路上还遇到了一群黑人小青年。

“哈啰，拉斯特。你这是赶去哪儿啊，拉斯特？是要去公墓吧？”

“嘿，”拉斯特说，“你们不也赶去那里吗。加油跑呀，你这头大笨象。”

他们就快到广场了，那里摆着一座饱经风霜的南方联盟的士兵石像，一双空洞的双眼正凝视正前方。拉斯特仿佛打满了鸡血，凶猛地朝着无动于衷的“皇后号”抽了一鞭子，眼角余光瞟了广场一眼。“杰生先生的车停在这里。”他说，看见了一伙正往这边走来的黑人。“班吉，咱们给那群黑人弟兄们露一手吧，”他说，“你意下如何？”他扭头往车里看着。班手里紧握着那枝花，坐得端端正正的，眼睛没有神采，茫然不知所措。拉斯特又给了“皇后号”一鞭子，马车跑到了纪念碑前，他指挥马匹拐往左边跑去。

班原本是好端端地坐在马车上，纹丝不动，一直没发出声音。而后他突然大吼了起来[1]，吼了一声又一声，越来越响亮，越来越密集，简直都

---

① 班吉每个礼拜坐T.P.赶的马车去墓地时都从雕像右边拐弯，这一次拉斯特从雕像左边拐弯，引起了班吉的不适应感。

没有喘气的缝隙。他的吼声里充满了惊惶、恐惧、巨大的盲目的无言的痛苦；就这么一种嘶吼让拉斯特直翻白眼，甚至有一瞬间他眼睛全是眼白，看不到一点瞳孔的颜色。“我的上帝呀，”他说，“别吼了，快别吼了！上帝呀！”他转身用枝条抽了“皇后号”一鞭子。用力过猛，于是枝条折断了，被他一甩手丢了，班的叫吼声越来越响彻云霄，简直到了令人无法置信的程度。拉斯特一不做二不休，俯身抓紧缰绳，就在此时，杰生连跑带跳穿过广场，纵身踏到了马车的脚镫子上。

他反手把拉斯特推到旁边，伸手收回了缰绳，再把缰绳一弯就能抽到马屁股了。他一下又一下地抽着，“皇后号”跌跌撞撞地开始加快速度跑了起来，而班吉的吼声依然不绝于耳，他指挥着马车从纪念碑的右边拐过去。然后他毫不留情地给了拉斯特脑袋一拳。

“你难道不知道不可以带班吉从左边拐弯吗？”他说。他屈身伸手打班，理所当然地把花茎弄断了。“闭嘴！”他说，“马上给我闭嘴！”他勒住了“皇后号”，然后跳下马车。“你这该死的马上把他带回家去。如果你再把他带出大门，我就把你大卸八块！”

“遵命，老爷！”拉斯特说。他举起缰绳的一端抽在“皇后号”的屁股上。“驾！跑起来呀！快一点！班吉，看在上帝的面上就消停一会儿吧！”

班的吼叫声依然连绵不绝于耳。“皇后号”又开动了，嘚嘚的马蹄声匀速落在空气中，班立刻就闭嘴了。拉斯特飞快地转头看了看马车之后又继续赶路了。班依然用拳头紧握着那枝已经断了的花，两旁的房屋和店面飞速地落在车子背后，此刻班的蓝色眼珠子充满了空虚的安宁与迷茫；邮筒、大树、窗户、门道和广告牌又恢复了井然的次序。

纽约市，纽约州

1928年10月

附录

康普生家族：1699—1945年

伊凯摩塔勃。 一位被驱逐出境的亚美利加王。他的义兄称之为“人”（偶尔称为“人的”）作为法老授封的“骑士”之一，这位义兄出生太晚，否则毫无疑问，他会成为拿破仑手下那群恶贯满盈的屠夫们，或者说元帅们，所组成的群星闪耀的银河系之中最为耀眼的那一颗。这位义兄毫不意外地把契卡索族[1]人的头衔直接明了地翻译成“人”，而伊凯摩塔勃头脑机灵，他对于人的性格特点有着冷静透彻的分辨能力，当然这包括他自己在内，他更进一层，让这个称谓更加英语化，成为了“厄运”。在他广袤无垠的疆土上，他赏赐了一块位于密西西比河北部的一平方英里见方的未开垦的处女地给一位苏格兰难民的孙子，这块覆盖着茂盛原始森林的土地平整规矩得简直就像四角牌桌，那已经是一八三三年之前了，幸运星陨落下坠了，位于密西西比州的小镇杰弗逊还只是一列布局凌乱不堪的

① 北美洲印第安人的一个部落，原来居住在现在的密西西比州北部，1832年迁徙到现在俄克拉荷马州的印第安人居留地。

糊着泥巴的圆木头平房，这平房被契卡索族小官吏用来当宅子和货仓。而那位苏格兰难民既然冒着命运的风险与这位被驱逐的国王联合起来参与政治赌博，那自然而然地，他失去了所有与生俱来的权力。伊凯摩塔勃这种过度慷慨的行为让自己和子民能够挺进荒芜的蛮夷之地——西部，他们可以选择步行或者骑马，而这里所说的马仅是契卡索种族的小马驹。他们所到之处后来被称为俄克拉荷马，而当时的他们从未得知脚底下踩着丰富的石油资源。

杰克逊[①]。手握利剑的“伟大的白人父亲”。（资深决斗者，爱吵架的老狮子，瘦巴巴、恶狠狠、脏兮兮、精壮且坚毅。对他而言，国家利益高于白宫利益，而他新成立政党的完整性比前两者皆高。还有比这三者更重要的，但不是他妻子的名誉，而是“誓死捍卫荣誉”这个原则，并不在乎具体是否名誉，只需确定对象已经被维护。）在瓦西镇的金色圆顶帐篷里，他亲自签署核准并密封好了一封文件，而那时候对刚划归印第安人的领土底下深埋的石油资源浑然不觉，于是到了某一天，这些被驱逐的无家可归的后代人们将会躺在红彤彤的特制运尸车和救火车上面，一路横七竖八醉醺醺地喝到意识全无，奔驰在漫天尘土的已经为他们准备好的坟场上。

以下这些都是康普生家族的人们：

昆汀·麦克拉昌。格拉斯哥一名印刷工人的儿子，很小就失去了双亲，由住在佩斯高地的母亲家亲戚带大。他随身带着一把双刃大砍刀，还有一条白天穿在身上，晚上当毯子用的格子花呢裙，就从柯罗顿荒原逃到了卡罗来纳。八十岁那一年，他和一位英格兰国王打仗，输掉了之后他实在不想重蹈覆辙，于是在一七七九年的某个夜晚，他又逃跑了，带走了襁褓中的孙子和那条格子花呢裙子逃到了肯塔基（大概一年前在佐治亚的战场上，那把大砍刀随着他的儿子，也就是婴儿的父亲一起和塔尔顿[②]的一个

① 安德鲁·杰克逊（1767～1845年），美国第七任总统。

② 巴纳斯特·塔尔顿（1754～1833年），英国将领，曾参与反对美国独立革命的战争。

团队同时消失了），在那个地方已经有一个定居点，由一位叫做波恩或是布恩[①] 的邻居建起来的。

查尔斯·斯图亚特。在被除名并且取消军衔之前，他在某支英国军队服役。他平躺在佐治亚沼泽地里装死，成功骗过了后撤中的自己人和向前冲来的美国部队。又过了四年，在肯塔基州的哈罗兹堡，他一瘸一拐拖着自制的假木腿，还没忘记随身带着大砍刀，最后可算追上了自己的老子和儿子，而他仅仅只赶上了父亲的葬礼。从此以后在漫长的岁月中他的性格分裂了：一边很勉强地当着教师，他努力说服自己喜欢这个职业，而无数日子之后他最终放弃了，屈服于自己强大的天性，成为了一个赌棍。康普生家族遗传了好赌的因子，个个都很好赌，然而他们自己竟浑然不觉，尤其是碰到惊险刺激，赢面超小的赌局时。最后他冒着极大的风险进入了一个赌局，赌注不但押上自己的性命，还包括整个家族的安全和声誉，他居然参加了一个企图把美利坚合众国的密西西比州流域划分送给西班牙人的密谋组织，领导人是一位姓威尔金森的老相识（该人拥有杰出的才能和魅力，头脑睿智，足智多谋）。而当这痴心妄想被打败的时候（全世界大概仅有一位康普生教员才想不到竟然会有这一天），这次他逃跑了，其实他正好是那些所有阴谋家中唯一需要流亡海外的人，并不是政府要惩罚和制裁他的阴谋，而是他之前的同伙们为求自保而对他先除之而后快。他早就自称为无国界人士，但他其实没有真的被取缔美国身份，而他之所以被驱逐出境，正是因为他之前密谋叛国的动作太过招摇跋扈、虚张声势，常常陷入很尴尬的局面，还没走到能搭建下一座桥梁的地方，就已经匆匆忙忙地把上一座桥给烧掉了。所以，最希望把他赶出局的不是市政执法官，也不是民间机构，而是他之前的党羽们，商量着要把他从肯塔基州、从美国踢出去，甚至如果能活捉他的话，简直恨不得能把他踢出地球的同伙们。所以他只能连夜出逃，并且不忘家族传统，记得带上了自己的儿子、那把双刃大砍刀还有那条花格子呢裙。

---

① 丹尼尔·布恩（1734～1820年），美国边疆的开拓者。小时候住在卡罗来纳，1764年到肯塔基探险，与1775年建立了一个殖民点。

杰生·莱克格斯。他的父亲可能就是那位喜欢招摇过市、擅长惹恼别人的斗志昂扬的瘸子，这位装着自制假腿的浮夸人士也许心底深处仍把自己当成之前在教古典主义的老师呢。顶着瘸子父亲所赐予的赫赫有名的姓名[①]，这位杰生·莱克格斯在一八一一年某天身揣两把精致手枪和一个扁平的马褡裢，身跨腰细腿粗的母马，奔驰在纳奇兹[②]古道上。这匹马一开始跑两弗隆[③]只需不到半分钟，再跑两弗隆也挺快，但接下来的路程就不敢保证了。但这就足够了，因为杰生·莱克格斯到达奥卡托巴（此处地名为老杰弗逊镇一直延续到一八六〇年）的契卡索人办事处之后，就没再继续前进了。他花了不到六个月时间就成为了办事员助理，还没一年就成了办事员的合伙人，头衔还是助理，但是本质上已经成为这个颇具规模的货栈的半个老板了。在货栈里堆满了各种奖品，都是他用那匹母马去与叫伊凯摩塔勃的年轻人赛马而赢来的，康普生小心谨慎地把每场赛程都限定在四分之一英里之内，坚决不能超过三弗隆。第二年，那匹小母马被伊凯摩塔勃占为已有，康普生以此换来了整一平方英里的土地面积，而日后这块土地几乎占据了杰弗逊的镇中心区域。原始森林一直覆盖着这片土地，直至二十年后，那时候这地方看起来甚至像一个公园，是那栋石柱门厅大宅的建筑师设计规划了这个公园，里面错落有致地分布着奴隶们的小木屋，点缀着马厩和菜园子，围绕着方正规整的草坪和林间小路，当然还有美丽的亭台楼宇，一砖一瓦都是从法国和新奥尔良用船只运送过来的。这片乐土一直安然无恙直至一八四〇年。（彼时，一个名为杰弗逊的白人小村落逐渐包围了这片土地，并且眼睁睁地就要被吞并成白人城镇的一块区域。原因是仅在短短几年时间内，伊凯摩塔勃的族人和子孙后代们都陆续离开此地，只留下那些幻想着自己是白人的印第安人，他们忘记了如何当战士与猎人，一门心思学白人——当懒散的农夫，或是当四处散落的所谓“庄园”的主人，手下有一批更没出息的黑人。这些印第安人甚至比白人更加

① 杰生是希腊神话中寻找金羊毛的英雄。莱克格斯是古希腊一位有名望的法律制定者。

② 印第安人部落，原居美国密西西比州西南部的印第安人的一个部落，现已灭绝。

③ 1弗隆=201.167米。

懒惰、肮脏和残忍，最终连野蛮血统的痕迹也几乎消失殆尽了，仅能在运棉车上的某个黑人、或是锯木厂的某个白人工匠、又或是设陷阱的猎人、又或是列车炊事员这些人的鼻头上细微察觉到一点点。）那时候这块土地被称为“康普生之地”，从此看起来很冠冕堂皇地适合培养出贵族、政治家、将军和主教了。原本在卡洛登、卡罗来纳和肯塔基都是低贱平民的康普生家族开始抖了起来。之后此地被誉为“州长府邸”，因为这里培养出了，或者至少能说是产生了一位州长，沿袭了来自卡洛登的祖父昆汀·麦克拉昌之名的一位州长，直至一八六一年，诞生了一位将军，可此地依然被称为“老州长府邸”。（全城镇子民一致同意沿用旧称呼，仿佛大家那时候已经知道老州长是最后一位百战百胜的康普生了，当然不包括长命百岁和自杀这两件事。）在一八六二年陆军准将杰生·莱克格斯二世在夏伊洛打了败战，一八六四年在雷萨加又遭受挫折。时间来到一八六六年，他第一次在那块原本完整无缺的一平方英里中切割出一部分抵押给了一个来自新英格兰的投机政客。那时候镇上的老城区已经被北方来的史密斯将军的一把火烧成了平地，从此以后这一片的主要居民就不姓康普生，而是姓斯诺普斯了，新的街区和道路不断蚕食侵吞了这一平方英里土地，而那位屡战屡败之将军在余下的四十年残生中，唯一能做的仅是把那块地一小块一小块地卖出去，防止之前抵押出去的土地被没收。就这样一直持续到了一九〇〇年的某一天，他躺在塔拉哈契小河谷上的渔猎营地的一张行军床上静悄悄地死去了，他在这个地方度过了一生中的大部分时间。

事到如今，就连老州长也早已埋葬在人们的记忆中了；那一平方英里土地上仅剩的一小块面积被简单地称为“康普生家宅”——当年美丽的草坪与林荫小路已经是杂草丛生，大宅子的墙面看起来很需要重新喷漆，还有纷纷剥落的门廊走道，杰生三世成天坐在此处，手边放着一壶威士忌，还有乱放着几本残破不堪的贺拉斯、李维和卡图卢斯[①]的文集，他喝着酒，据说是在为已死去和仍健在的居民们谱写挖苦嘲讽的诗歌。（杰生三世是一名律师，他的确曾在镇上广场附近的房子里开过一家律师事务

① 这三位都是古罗马的拉丁语作家。

所。在铺满灰尘的档案柜里面埋藏着本县几大古老世家——霍尔斯顿家族、塞德潘家族、格莱尼尔家族、布钱普家族和科菲尔德家族——的档案资料，年复一年，日复一日，这些材料在堆积如山的旧档案迷宫里显得越发黯淡陈旧了：而又有谁能懂得他父亲那颗永不言败的内心藏着怎样的梦想呢，他已经完成了三层化身中的第三层——第一层化身是当一个睿智勇敢的政治家的儿子，第二层是当骁勇善战的战争首领，第三层是扮演一个幸运的假冒的丹尼尔·布恩加罗宾逊·克鲁斯的角色。父亲并不是幻想回到童年，而是他根本就从来没有离开过童年——幻想着这个律师事务所能再次通往州长府邸与昔日荣光。）康普生家族现在仅有大宅子和菜园地，摇摇欲坠的马厩还有一所迪尔希一家人居住着的小木屋。杰生三世把家族中硕果仅存的最后一块土地卖给了一家高尔夫球俱乐部，他急需用钱，为了确保女儿凯蒂斯在一九一〇年四月风风光光地嫁人，也为了让儿子昆汀能进哈佛大学，而这位高才生则在同年的六月终结了自己的生命。时至一九二八年，这块土地已被称为“康普生家族的老宅子”， 这家人依然居住在此处。这年春天的某个黄昏，老州长的那个十七岁的没有父姓的已经注定要堕落沉沦的玄外孙女偷走了这个家族最后一个心智健全、神志正常的男性长辈（她的舅舅杰生四世）私藏多年的一大笔钱，然后她顺着排水管道[①] 爬下楼，与一个随戏班子四处兜售的摊贩私奔而去。再往后看去，尽管康普生家族的所有痕迹和脉络都已经不复存在了，居民们依然叫这里为“康普生家族的老宅子”。而在守寡多年的老母亲去世之后，杰生四世不再顾及迪尔希，他径直把傻子弟弟班吉送去了杰克逊的州立精神病院，接着把这栋祖宅卖给了乡下人，而这里被改造成寄宿公寓，用来接待陪审员和牲口贩子，直至这家公寓（与隔壁的高尔夫球俱乐部）一起关门大吉之后，那一块土地上匆匆忙忙地建起了密密麻麻的城乡结合部式的私人平房时，那一平方英里的土地却仍是原封不动地被人称为“康普生家族的老宅子”。

---

① 在小说正文中是“梨树”。附录与正文有些许不一致的地方，是因为作者于不同时期所写导致。

康普生家族中的这些人：

昆汀三世。他并不是迷恋同胞妹妹的肉体，而是异常爱惜康普生家族的荣誉，而这荣誉正好取决于他胞妹的脆弱不堪，随时可能失去的贞洁，这种危急程度简直可以比得上一个训练有素的海豹鼻子上顶着的地球仪。他不能接受乱伦，当然他就不愿意这么做，但是长老会那套遭天谴的万劫不复的荒谬理论却深深地打动了他。他思索着：要是真这么做了，不用劳烦上帝帮忙，他自己就能和妹妹一起进入地狱，在永恒之火焰中，他永远保护着她的纯洁无瑕的贞操。但是，他的至爱依然是死亡，他只热爱死亡，热爱并且期待着死亡。这种淡定从容的期待近乎病态，正如热恋中的人内心非常期待，但却蓄意压抑着对恋人的渴望，不愿意接受对方期待已久的、敞开胸怀的、温柔体贴的、美不胜收的肉体。终于他再也无法忍受了，并不是无法忍受对肉体的压抑，而是对死亡那种极度渴望的抑制，于是就抛弃一切，终身一跃进了无底深渊。一九一〇年六月，在他妹妹婚礼举行两个月之后，为了不浪费学费，他也读完了一学年之后，在马萨诸塞州坎布里奇投水自尽了。他并不是因为身上流淌着卡洛登、卡罗来纳或是肯塔基那些祖宗先人们的血液，而是因为家里已经卖掉了老康普生家族的最后一块土地，就为了操办妹妹的婚事并给他缴纳学费，而这片牧场曾经是那个傻子弟弟的心头宝，班吉另外两样挚爱就是姐姐凯蒂和熊熊燃烧的炉火。

凯蒂斯（凯蒂）。她知道，自己的命数已定，就是一个放荡堕落的女人。她没有回避，也不主动迎接，只是顺从了命运安排。她爱她的同胞哥哥，不在乎他的性格是怎样。她爱他，同时也欣赏他在面对必定将会失去的家族荣誉时的那种痛苦的预言和公正无私的法官的性格。他对她的态度也同样如此。他以为自己很爱她（其实这是恨）——因为她是脆弱而又即将破碎的家族荣誉的象征，又是令家门羞耻的污秽不堪的工具。而尽管如此，她还是爱他，虽然他失去了爱的能力，而她正是爱着他这一点。她已经接受了这个现实：他心目中最至尊无上的是她的贞操，而不是她这个人，她仅是贞操的保管者，而她又觉得贞操毫无价值，就那么一层脆弱的薄膜，在她看来甚至还不如指甲边缘的一根倒刺。她明白哥哥对于死亡的热爱大于一切，她一点也不嫉妒，甚至推波助澜地把一棵毒草献给了他。（或许她精心策划和安排的婚事发挥了很大作用）她有了两个月身孕，怀的是另外一个男人的孩子。她不知道孩子是男是女，为了纪念她的哥哥，她给孩子取名为昆汀，因为他们（她和她哥哥）都知道，他实际早就行尸走肉，活着和死去没有区别了。一九一〇年，她嫁给了头一年夏天与母亲去弗兰区·里克度假时认识的条件优渥的印第安纳州的小伙子。一九一一年，对方提出离婚。一九二〇年，她嫁给了加利福尼亚州好莱坞的一名电影界权贵。一九二五年，两人在达成共识的前提下离异了。一九四〇年，德军侵占巴黎，从此之后她杳无音信了。当年的她风韵犹存，经济实力也不错，所以看上去比实际年龄四十八岁至少年轻十五岁。从那以后再也没有人听说过她的消息了，只除了杰弗逊的一名妇女，这位待字闺中的老小姐是县立图书馆的管理员，她个子矮小，看起来像只老鼠，肤色也和老鼠很类似，她是凯蒂斯·康普生中学时的同学。她将后半生的时间都用这些事情来打发：把一本本《琥珀》整齐地包上正儿八经的书皮，为了避开初中和高中的孩子，就把《玉米根》和《汤姆·琼斯》放在偏僻的书架上，其实这些孩子根本不用垫脚都能拿到这些书，矮个子的她还必须垫个木箱子才能把书藏上去。一九四三年的一个礼拜，她成天都心猿意马，烦躁不安，简直要精神崩溃了，在图书馆的人们发现她总是急匆匆地关上办公室抽屉然后插钥匙上锁。（所以那些已婚妇女们，那些银行家、医生和律师的太太们，其中有好几位是她的同班同学，她们下午来图书馆借用孟菲斯与杰克逊的报纸仔细包裹严实生怕被人发现封面的《琥珀》和桑恩·史密斯的书，她们确信老小姐眼看着就要生病了，以至于要精神错乱了。）某天下午三点多，她关好并锁上了图书馆的大门，手提包夹在腋下，内心已经决定好了要做什么，所以她向来惨白的脸颊难得地出现了两抹红晕，她走进那个杰生四世曾在此当伙计的农业生产工具的店铺里，如今杰生已经升级为棉花倒卖生意的老板了。老小姐大步走过那个从来都只有男人进出的黑漆漆的洞窟似的店铺，这里的所有一切，地上丢的，墙上挂着的，天花板上还吊着的犁耙、铁圆片、绳圈、车前横木，还有腌肉、劣质皮鞋、马用麻布、面粉和糖浆之类的东西，一片黑糊糊的，这个店铺更像是个仓库。那些卖给密西西比州农夫（或者至少是密西西比州的黑人农夫）农具用品从而在收成中提成的人，才不会提醒农夫们有什么需求呢，他们只是简单地提供农夫们确实必不可少的用具，除非丰收已经在望并且可以估算产量了。这位老小姐继续往里直走到店堂深处的杰生的专属领地里：这个特殊角落围上了栅栏，摆放着许多货架和很多小格子的柜子，还有积满了灰尘和棉绒的插着轧花机收据和账本以及棉花样本的铁签。空气中飘着混杂不堪的臭味，可以闻到干奶酪和煤油以及马具润滑油和大铁炉子的味道，铁路壁上粘着一团已经干透了的至少一百年了的嚼碎了的烟草渣子。老小姐走到杰生面前那个高高的长长的斜面朝里的柜台前，老小姐收回了看那些穿工装裤的男人的目光，她刚一走进店铺，他们就住嘴了，连烟草都忘了嚼。老小姐豁出去了拼命抑制不让自己昏倒，打开手提包拿出一样东西放在柜台上。杰生低头看，她呼吸急促、全身发抖——一张照片，一张彩色照片，很明显是从一本印刷精美的杂志上裁剪下来的——充斥着奢靡、金钱与阳光——背景有山阙、棕榈树、柏树和大海，还有一辆大马力的滚铬边的高档敞篷跑车，应该是类似戛纳的风景旅游地。照片上的那个女人没戴帽子，系着一条看着就很贵的围巾，身穿海豹皮大衣，看不出年纪的脸蛋儿艳光四射，一副冷漠又淡定的无所谓的表情；她身边站着一个英俊精干的中年男人，军服上佩戴着德国参谋部将军的绶带和领章。而这个长得像老鼠，肤色也像老鼠的老小姐被自己的鲁莽和草率吓得瑟瑟发抖，头脑空白一片，她的目光从彩照的上方直射在这个没有后代的老光棍身上，一个古老的世家血脉将在他这里宣告终结，出身自这个家族的男子们即使人格已经支离破碎，但强烈的自尊心让他们无法低下骄傲的头颅，而最终演变成了虚荣心和自哀自怨：一位流亡在外的一无所有只剩一条贱命的难民，他的骄傲让他拒绝承认失败；接着是那个用生命和名誉赌了两次的人，两次全输了之后依然是骄傲让他无法承认失败；再然后是那位仅靠一匹只能跑四分之一英里的灵巧的小马驹赢回来了一片厚土，总算为一穷二白的祖父和父亲洗净耻辱；接着是那位睿智精干的州长和英姿勃发的将军，虽然他在率兵打仗屡战屡败，可至少他在拼尽全力争取胜利；之后就是那位满腹经纶的酒鬼了，他卖掉祖上最后一块产业也不是为了换酒喝，而是为了提供让他的子女们能过上他觉得最好的生活的机会。

“那个是凯蒂呀！”图书馆馆员轻声说，“我们一定要把她救出来呀！”

“这是凯蒂，没错，”杰生说。然后他疯狂大笑。他站在原地对着那张照片狂笑不止，对着那张冷冰冰而又美艳的脸蛋儿狂笑不止，这张照片在这一个礼拜里在办公室抽屉和手提包里塞进去又取出来，别说照片被折起角了，就连那张美丽的脸蛋儿也都皱巴巴了。图书馆馆员心知肚明他为何要狂笑。一九一一年凯蒂斯被丈夫抛弃，她带着女儿回家放下之后，就搭乘最近一趟火车离开了杰弗逊，从此没有再回来过，从那时候开始起整整三十二年。老小姐都只称呼他为康普生先生，没任何其他叫法了。除了黑人厨娘迪尔希能透彻地看出杰生一直心怀叵测之外，这位图书馆馆员也凭借自己敏锐的直觉，发现了杰生正是在利用孩子和她的私生女身份一直在敲诈和勒索孩子的母亲，让她余生都不能再回杰弗逊，同时还让自己成为了唯一的无可辩驳的财务委托人，侵吞了她每个月寄给孩子的赡养费。从一九二八年小昆汀爬下排水管与那摊贩私奔之后，那个图书馆馆员就再也没跟杰生说过任何一句话了。

“杰生！”而此刻她竟然喊道，“我们要把她救出来呀！杰生！杰生！”——她喊个不停，但是杰生轻轻地用拇指和食指捏起照片一甩手，照片往她脸上飞去。

“那个人是凯蒂斯？”他说，“别闹了行吗。这个婊子还没到三十岁吧。我们认识的那一位都五十多了。”

到了第二天图书馆依然大门紧闭，一到下午三点，那位已经腰酸腿疼、筋疲力尽而精神却高度亢奋的老小姐腋下紧紧地夹着那只手提包，走进了孟菲斯黑人区的一个干净整齐的小院子，在一座清爽整洁的小屋子台阶上按了按门铃。门打开之后，一个年纪与她不相上下的黑人妇女目光平静地注视着她。“你是方罗妮，对吧？”图书馆馆员说，“你还记得我吗？——梅丽莎·米克，从杰弗逊——”

“我记得你，”那个黑人妇女说，“进来吧。你是要见我妈妈吧。”她走进去了，这个卧室洋溢着一种老年人、老妇女、老黑人的气味，整个房间虽然堆满了东西但却井然有序，要找的那个黑人老太婆就坐在壁炉面前的摇椅上，六月天了，还在熏燃着炉火——这个年轻时高大健壮的妇女穿着一件已退色但很整洁的花布衣服，头巾也依旧干净妥帖，她已经老眼昏花，视力模糊了——图书馆馆员把那张折角卷边的剪报放在那双黑色的手上，这双手就像所有的黑人妇女的手一样，很柔软灵活和精巧，仿佛和她三十岁、二十岁甚至十七岁时一样。

“这是凯蒂呀！”图书馆馆员说，“就是她呀！迪尔希！迪尔希！”

“他是怎么说的？”黑老太问。图书馆馆员立刻就知道她说的“他”是指谁，老小姐对黑老太的敏锐一点也不觉得出奇，黑老太不但估算到了她（图书馆馆员）会懂自己在说“他”是指谁，并且还立刻就猜得出她已经把照片拿给杰生瞧过了。

“你难道会猜不出他的说法吗？”她高声说着，“他要是知道她的处境危险，他就会说这是她，就算我连照片也没有给他看，他都会说那就是她。可现在他发现不管什么人，即使是仅有我一个人想去救出她来，他就立刻否定这是她了。但这千真万确就是她！你看照片呀！”

“你看看我的眼睛，”黑老太说，“我哪还看得清什么照片呀？”

“那把方罗妮喊过来！”图书馆馆员尖叫着，“她一定认得出来！”但是黑老太已经把剪报照片按照之前的折痕认真叠好，然后把纸片递给了图书馆馆员。

“我的眼睛已经不顶用了，”她说，“我看不清东西了。”

而这就是事情的全部经过了。六点钟的时候她混迹在熙熙攘攘的汽车终点站里，胳膊底下夹着那只包，另一只手捏着往返票根，每天在循环往复的高峰期人流中被挤上喧哗的站台。乘车的人其中少量是中年平民，大部分都是士兵和水手， 要么去度假、送死，或是去找那些无家可归的年轻女人，她们是他们的伙伴。这两年来，这些女人们运气好就在客车卧铺或是旅馆里过夜，要么是走背运就只能在坐铺或是长途汽车上，要么是车站、旅馆大堂和公众休息室里凑合着睡一晚。除非是在慈善机构的监护室里生小孩，要么就是被警察拘留的时候停顿一段时间，其他时间她们都在不停赶路。老小姐费尽全力挤上了车之后，个子太瘦小的她双脚无法着地，总算有人（应该是一位穿卡其布军装的男人，但她看不清因为早已被泪水模糊了双眼）站了起来一把抱起她，放在窗边的座位上。她无声地哭泣着，心情好转了很多，望着窗外飞逝而过的景色。片刻之后，城市已经被甩在脑后，她马上就可以回家了，在杰弗逊小镇上平静安宁地继续生活下去，虽然这地方也有各种难以理解的激情、混乱、悲伤、愤怒与觉悟，但是一到六点，这一切就被掩盖起来了，被一张大布包裹起来，就算是一个小孩子也能轻而易举地把这个包裹放到那个陈列着毫无特色的同类物品的宁谧永恒的架子上去，然后拧动钥匙把它锁在储存室里，于是就能整夜无梦，安静地酣睡了。是啊她寻思着，无声哭泣着就是这样了她不想看这张照片她知道无论这是不是凯蒂，反正凯蒂已经不需要任何人的救赎了因为她再也没有什么宝贵的东西值得拯救了现在她所能失去的都是无价值的东西了。

杰生四世。从卡洛登之前每一代看过来，他是康普生家族第一个神志正常、心智健全的人，而他是个没有后代的单身汉，所以也是最后一个。他讲求理性与逻辑，性格很具有自制力，甚至可称之为古老的苦修派的哲学家：他完全不理会上帝的这样或是那样的各种教条，他仅仅在意警察的说法。让他又害怕又尊敬的只有一个人，就是那个做饭给他吃的黑人女佣，他出生之日起，她就是他的仇人，而一九一一年的那一天之后，她更是他不共戴天的死对头，敏锐的观察力告诉她，杰生应该就是拿着小外甥女的野种身份，在不停地敲诈勒索她的母亲。杰生不但脱离了康普生家族，而且还毫不让步地与统领小镇的斯诺普斯家族针锋相对，在世纪交替之后的康普生和沙多里斯这两个古老的家族慢慢衰败之后，斯诺普斯家族就逐渐在小镇上占领了制高点。（然而这种局面的形成并不是只靠斯诺普斯家族，而杰生他本人在自己母亲尸骨未寒之时——那个野种外甥女又爬雨水管跑掉了，所以迪尔希也失去了两根能够牵制对付杰生的棍棒——他毫不犹豫把傻子弟弟丢给了州政府，先是把曾经金碧辉煌的大房间分隔成了一个个所谓的公寓房间，然后索性一股脑儿把整栋大宅子卖给了一个乡巴佬，这厮就把宅子开成了一家寄宿公寓。）对他来说，这些行为一点也不困扰他，因为在他眼中，除了自己，全镇子和全世界乃至全人类种族都是康普生，总之都是不靠谱的人，其中原因当然是不言而喻的。家里把卖掉最后一块地的钱给姐姐办婚事，送哥哥上哈佛，于是他只能当店小二，从微薄的薪水里省下一个又一个送自己去孟菲斯的某个学校里学会了如何鉴定棉花等级，这之后才慢慢做起了买卖。在自己那位嗜酒如命的父亲去世之后，他全靠这个生意才撑起了颓唐衰败的大宅子里的这副摇摇欲坠的家庭重担。他为了母亲，只能继续供养那个傻子弟弟，牺牲了一个三十岁的光棍有权并且应当享受的所有快乐，就是为了保证母亲的生活品质不变。他这么做不是因为他太爱母亲，而是因为（心智健全的人通常如此）他太惧怕那个黑人厨娘，他想尽办法赶她出去，还试过停发她每周的薪水，可即便如此，她也不肯离开。然后尽管他遇到了以上重重困难，他依然想方设法存下了将近三千块钱（被外甥女把钱偷走的那晚他报警说是2840.50元），这笔钱全都是些零零散散的让人心酸不已的硬币和毛票。他把这些钱藏在卧室的一个上锁的橱柜抽屉里，他不肯存进银行，因为他觉得银行家也都是些康普生。从来都是他自己铺床，自己换床单，除了进出房门，他的卧室总是上锁的。有一次傻子弟弟想骚扰一个过路的小姑娘，他瞒住了母亲，并借此机会成为了傻子的监护人，甚至在母亲根本就不知道的情况下，把傻子弟弟带去做了去势手术。就这样，一九三三年他母亲一撒手人寰，他不但能永远摆脱傻子弟弟和大祖宅，也彻底摆脱了那个黑人厨娘。他搬进那个堆满棉花账本和样品的农产品用具店的楼上办公室，把那个地方改造成了一套带厨房和浴室的公寓。每逢周末，人们都能看到有个体形高胖，相貌平凡，看起来很温和的脸上总是带微笑的女人在这里进进出出。她已经不年轻了，有一头黄褐色头发，戴着当季的宽边圆帽，身披一件仿皮大衣。礼拜六晚上总能看见这个中年的棉花商和这位妇女，大家都称她为“杰生的来自孟菲斯的好朋友”，这两人一同去看电影，礼拜天早上他们从副食店里买了一大堆的面包啊、鸡蛋啊、橘子啊、罐头汤啊之类的，一起上二楼，看起来也很像是正式夫妻之间那种溺爱妻子的氛围，到了礼拜天傍晚，她又乘着长途汽车回孟菲斯去了。他总算解脱了，自由了。他总是说："一八六五年，亚伯拉罕·林肯从康普生家族手里解放了黑奴。一九三三年，杰生·康普生从黑奴手里解放了康普生家族。"

班吉明。刚出生时用的是舅舅（他母亲唯一的弟弟）的名字，叫做莫里：这个长相俊俏的舅舅很浮夸浅薄，爱好吹牛，是个无业光棍。他向每一个认识的人借钱，甚至连迪尔希这个黑人女佣的钱也借。他一边把借来的钱塞进兜里，一边抽出手来解释说：在他心目中，她早就成为姐姐家的一分子，而且无论在世界上任何一个人眼里，她根本就是一位天生的贵妇。最终，当这男孩的妈妈也无可奈何地承认他的确与常人不同，她哭哭啼啼地坚持要把小孩的名字改掉，小孩的哥哥昆汀给他取了个新名字叫做班吉明（班吉明是我们最小的那个已经被卖去埃及的孩子）。他深爱着三样东西：那一片为了给凯蒂斯办婚礼和给昆汀交哈佛的学费而被卖掉的牧草地，他的姐姐凯蒂斯、炉火。他并没有失去这三件东西，因为他已经不记得姐姐了，只是偶尔若有所思；至于炉火，他昏昏沉沉的时候依然能见到炉子的火苗在跳动；而牧草地在被卖掉之后反而变得更好玩了，现在他和T.P.一起永远在追着人们的活动（不管人家是在打高尔夫球或是干吗），他们在篱笆后面奔跑着，T.P.带他去野草地和荆棘丛中去，然后他手里就会突然冒出来几个圆圆的白色东西，把它们朝着木地板和熏制室的墙壁或是水泥做的人行横道上丢过去，它们会抵抗甚至克服万有引力定律和所有一切永恒定律，班吉当然根本就不懂这些。一九一三年，他被施行了去势手术。一九三三年，他被送进了杰克逊的州立精神病院。即便是到了那里，他也没有失去什么，因为正如他已经忘记姐姐了，也忘记了那片牧草地，他只是偶尔怅然若失。而炉火就依然是他昏昏沉沉时见到的那抹亮光了。

昆汀。最后一个了。凯蒂的女儿。出生前九个月就已经没有父亲了，生下来没有姓氏，从卵子分裂决定性别的那一秒开始，她就注定将终身不婚。十七岁那年，在主耶稣基督复活一千八百九十五[①]周年纪念日的前一天，中午时候舅舅把她房间的门锁上之后，她从窗户里爬了出来，抓住雨水管道，荡过去扒住了舅舅那间上锁的卧室窗户，击碎了紧闭的窗户玻

① 1928年4月8日，据《圣经》所说，耶稣是三十三岁被处死并复活。

璃，然后爬进去了，用舅舅的拨火棍撬开了上锁的书桌抽屉，拿走了那笔钱。（真实数目并不是2840.50元，而是将近七千元，这让杰生怒火冲天、暴跳如雷，在那晚之后的五年当中，只要他一想到那件事，他都觉得自己极有可能会毫无预警地突然暴毙身亡，像是挨了枪子或是被雷劈了似的；因为他被抢的不是三千元，而是将近七千元的一笔巨款，而他却不可能告诉任何人说他被抢的不是三千而是七千，于是他非但听不到外人——就是那些跟他一样衰气的，不但姐姐是个婊子，连外甥女也是个荡妇的男人——为他辩解一句——当然他也不需要别人的同情——并且他都不能上警察局报案；因为他失去了理论上不属于他的四千元，结果连属于他的三千元也追不回来了；这四千元是过去十六年来她母亲寄给女儿的赡养费中的一部分，是他外甥女的合法财产，而且从法律角度来说，这笔钱是不存在的；作为他外甥女的监护人和委托管理人，他每年度都要向区域大臣提交年度报告，这些报告里记载了那些钱的用途；所以他那笔被抢走的钱里不但有他私吞的不义之财，也有真的是他省吃俭用存下来的钱，而抢劫犯竟然就是那个受害者；他被抢走了冒着坐牢的风险弄来的四千元，还有他勤恳节俭、克制和牺牲自己近二十年来一分一毫地攒下来的三千元，更吐血的是打劫者不但是那个受害者，还是个黄毛丫头，她没有计划过；这也不是预谋犯案，她撬开抽屉时甚至都根本不知道也不在乎里面有多少钱，可她就是这么轻而易举地掳走了他全部老本；事到如今，他甚至都不能去警察那里报案寻求协助；他从来都对警察很毕恭毕敬，不惹他们，也不麻烦他们，按时纳税，让警察们不但活得像寄生虫，而且还有着虐待狂式的无作为工作方式；更有甚者，他也不敢壮着胆子自己单独去追捕那个女孩，怕万一活捉了她，她会一五一十地说出事情的来龙去脉，所以他唯一的解脱办法就是做徒劳无功的梦，在事后两年、三年甚至四年时间里，他原本早该忘掉这件事情，但他却经常午夜时分在床上大汗淋漓地翻来覆去；他梦见自己终于抓住了她，在黑暗之中扑倒她，而她还没花光所有钱，不给她任何开口说话的机会就立刻杀掉她。）小昆汀带着钱在黑暗中从雨水管上爬下来，与一个犯了重婚罪被判过刑的摊贩私奔了。从此以后，她彻底消失不见了，无论她走了什么路子，她再也不可能坐着一辆镀铬的梅赛德斯回来了；无论她拍什么照片，上面都不可能站着参谋部的上将了。

而以上这一切就是康普生家族的故事。还有几位不属于康普生家族的人。他们是黑人：

T.P.。他在孟菲斯城里的比尔街上游荡着，身穿芝加哥与纽约的血汗工厂的老板们特意为他这一类人缝制的鲜艳明亮的俗里俗气的气势凌人的衣服。

方罗妮。她嫁给了一个在普尔曼式卧车的服务员，搬去了圣路易斯，后来又搬回孟菲斯，并把母亲也接过来了，因为迪尔希无论如何也不肯搬得更远去了。

拉斯特。一个十四岁的年轻人。他不但有本事把一个年纪大他两倍，个头大他三倍的大傻子照顾得妥帖，还能保证他的安全，甚至偶尔还逗他开心。

迪尔希。

他们就这么一直艰辛隐忍地生活着。